Omerta

Mario Puzo

Omerta

Traduit de l'américain
par Dominique Defert

J'AI LU

À Evelyn Murphy

Titre original :
OMERTA
William Heinemann, London

« Omerta : code de l'honneur sicilien interdisant à quiconque de fournir des informations sur quelque crime que ce soit, considérant que ce genre d'affaires ne concerne que les intéressés. »

World Book Dictionary

PROLOGUE

1967

Dans le village fortifié de Castellammare del Golfo, surplombant la masse bleu sombre de la mer Tyrrhénienne, un grand parrain de la Mafia agonisait. Vincenzo Zeno était un homme d'honneur ; durant toute sa vie, il avait été aimé et respecté pour son sens aigu de l'équité et de la justice, son soutien en faveur des démunis et sa sévérité d'airain à l'égard de ceux qui osaient s'opposer à sa volonté.

Rassemblés autour de lui, ses trois anciens lieutenants ; chacun d'eux avait depuis acquis indépendance, position et pouvoir. Il y avait Raymond Aprile, originaire de Sicile et vivant à New York, Octavius Bianco de Palerme et Benito Craxxi de Chicago. Chacun des trois hommes devait à Don Zeno une ultime faveur.

Don Zeno était le dernier des grands chefs mafieux dans la pure tradition sicilienne. Toute son existence, il avait suivi à la lettre les vieilles coutumes, tirant des revenus de toutes sortes de négoce, mais sans jamais toucher à la drogue, à la prostitution et autres activités criminelles. Aucun homme pauvre, venu chercher secours en sa demeure, n'était reparti les mains vides. Il avait corrigé bien des injustices de la loi – le plus haut magistrat de Sicile pouvait toujours rendre son verdict, si vous aviez le droit pour vous, Don Zeno saurait casser ce jugement par la seule force de sa volonté, ou par celle des armes.

Aucun jeune galant ne pouvait abandonner la fille d'un pauvre paysan, Don Zeno était là pour lui rappeler ses devoirs matrimoniaux. Aucune banque ne pouvait poursuivre un fermier sans le sou, Don Zeno intervenait pour régler le différend. Aucun jeune homme désireux de suivre des études ne pouvait se voir refuser l'accès à l'université par manque d'argent ou de qualification. Si les demandeurs faisaient partie de sa *cosca* – de son clan – leurs vœux étaient exaucés. Les décrets de Rome ne pourraient jamais annihiler les traditions millénaires de la Sicile et n'avaient aucune légitimité ; Don Zeno passait outre les lois, quel qu'en soit le prix à payer.

Mais Don Zeno était aujourd'hui un octogénaire, et durant les dernières années, son pouvoir avait commencé à s'amenuiser. Il avait eu la faiblesse d'épouser une jeune femme très belle qui lui avait donné un fils. La mère était morte en couches et le garçon avait à présent deux ans. Le vieil homme, sentant sa fin proche, savait que sa *cosca*, privée de son influence, serait mise en pièces par celle des Corleone et des Clericuzio et s'inquiétait, à juste titre, de l'avenir de son fils.

Le patriarche commença par exprimer sa gratitude à ses trois amis qui avaient, par courtoisie et respect envers lui, parcouru des milliers de kilomètres pour répondre à son invitation. Puis, il leur exposa sa requête : il désirait que son jeune fils, Astorre, soit mené en lieu sûr et élevé, comme lui, bien que dans un contexte différent, dans la tradition et l'honneur.

— Je pourrais mourir la conscience tranquille, déclara-t-il, bien qu'il eût, durant son existence, ordonné la mort de centaines d'individus, si je sais mon fils en sécurité. Malgré ses deux jeunes années, je vois poindre en lui l'âme et le cœur d'un vrai *mafioso*, une qualité rare et presque disparue de la planète.

Don Zeno choisirait l'un d'entre eux pour servir d'ange gardien à cet enfant atypique, et cette haute responsabilité serait dotée de grandes récompenses...

— C'est étrange... poursuivit le vieil homme, en posant sur chacun de ses ex-lieutenants son regard aux yeux voilés ; selon la tradition, c'est le premier fils qui doit devenir un vrai *mafioso*. Mais dans mon cas, il m'aura fallu attendre quatre-vingts ans pour voir ce rêve devenir réalité. Je ne suis pas homme à être superstitieux, mais si je l'étais, je serais persuadé que cet enfant est sorti de la terre même de notre chère Sicile. Ses yeux sont verts comme les olives de mes plus beaux arbres. Il a l'âme de notre île – romantique, lumineuse –, et un goût prononcé pour la musique. Et si quelqu'un l'offense, il ne l'oublie pas, jamais, tout jeune qu'il est... Mais il a besoin d'un guide.

— C'est donc pour cette raison que tu nous as fait venir, Don Zeno, conclut Craxxi. Pour ma part, je serais heureux de prendre cet enfant avec moi et de l'élever comme le mien.

Bianco lança un regard vers Craxxi, avec un certain agacement :

— Je connais Astorre depuis qu'il est né ! Je suis habitué au petit. Il sera comme mon enfant.

Raymond Aprile regardait Don Zeno, mais ne disait rien.

— Et toi, Raymond ? demanda Don Zeno.

— Si c'est moi que tu choisis, ton fils sera mon fils.

Don Zeno étudia les trois hommes, tous des êtres de valeur ; Craxxi était le plus intelligent ; Bianco, sans doute, le plus puissant et ambitieux. Aprile était un homme de principe, plus discret et réservé. Un homme plus proche de lui. Mais également sans pitié.

Malgré les brumes du trépas qui gagnaient son esprit, le vieillard savait que, des trois hommes, Raymond Aprile serait le meilleur choix. Il saurait apprécier, à sa réelle valeur, l'amour que lui offrirait cet enfant et lui donner toutes les armes pour survivre dans ce monde de mensonges et de duperies.

Don Zeno resta silencieux un long moment.

— Raymond, déclara-t-il finalement, c'est toi qui seras son père. Maintenant, je peux reposer en paix.

Les funérailles de Don Zeno furent dignes de celles d'un empereur. Tous les chefs des *cosci* de Sicile vinrent rendre un dernier hommage au vieux parrain, ainsi que les ministres de Rome, les propriétaires des grandes latifundia et les centaines de sujets de sa *cosca* tentaculaire. Sur le corbillard noir tiré par des chevaux, le petit Astorre Zeno, un *bambino* âgé de deux ans, le regard perçant, assis bien droit dans son costume noir, ouvrait le convoi avec la dignité d'un César romain.

Le cardinal de Palerme assura le service religieux et proclama pour la postérité :

— Dans la maladie ou la pleine santé, dans le désespoir ou le bonheur, Don Zeno n'a jamais abandonné les siens. (Il entonna alors les derniers mots du vieillard.) « Je confie mon âme à Dieu. Je sais qu'il pardonnera mes péchés, car chaque jour de mon existence, je n'ai cherché que la justice. »

C'est ainsi qu'Astorre Zeno fut emmené en Amérique par Raymond Aprile pour devenir le nouvel enfant de la famille.

1

Lorsque les frères Sturzo, Franky et Stace, s'engagèrent dans l'allée d'Heskow, ils aperçurent quatre adolescents de grande taille qui jouaient au basket-ball sur le petit terrain ménagé sur le côté de la maison. Les deux frères sortirent de leur grosse Buick et John Heskow apparut sur le pas de la porte pour les accueillir. Heskow était grand avec un corps en forme de poire et des petits yeux pétillant d'intelligence.

— Vous tombez à pic ! lança-t-il avec entrain. Venez, je vais vous présenter quelqu'un.

La partie de basket s'arrêta.

— Voici mon fils, Jocko, annonça Heskow avec une fierté évidente.

Le plus grand adolescent du groupe s'approcha et tendit sa main énorme vers Franky.

— Salut, fit Franky. On fait une petite manche ?

Jocko scruta les deux visiteurs ; ils faisaient leur mètre quatre-vingts, semblaient en bonne forme physique et étaient en tenue décontractée – polo Ralph Lauren, l'un rouge, l'autre vert, pantalon kaki et chaussures à semelle de crêpe. Ils avaient l'air sympathique ; leur visage taillé à coup de serpe avait une grâce et une assurance naturelles. Ils étaient frères, à l'évidence, mais Jocko n'aurait pu deviner que les Sturzo étaient jumeaux. Le garçon leur donnait dans les quarante ans.

— Bien sûr ! répondit Jocko avec l'enthousiasme de son âge.

Stace fit un grand sourire.

— Super ! Après cinq mille kilomètres de voiture, ça va faire du bien de se dégourdir un peu les jambes.

Jocko se tourna vers ses compagnons, qui approchaient tous les deux mètres de hauteur, et déclara :

— Vous jouez ensemble, et moi, je vais avec eux. Vous contre nous trois – se sachant le meilleur joueur, il pensait que cet arrangement laisserait une petite chance aux amis de son père.

— Allez-y doucement les garçons, précisa John Heskow. Ce ne sont que deux braves gars qui veulent s'amuser un peu.

C'était le milieu de l'après-midi, en plein mois de décembre, l'air était vif à fouetter les sangs. Le soleil froid de Long Island, jaune pâle, se reflétait sur les parois des serres où Heskow cultivait ses fleurs – un commerce qui servait d'écran à ses activités illicites.

Conciliants, les jeunes camarades de Jocko ne mirent pas la barre trop haut d'entrée de jeu pour ne pas vexer les aînés. Mais, soudain, Franky et Stace partirent comme des fusées, percèrent leurs défenses et marquèrent plusieurs paniers d'affilée. Jocko était surpris par leur vélocité. Ils jouaient entre eux deux, négligeant même de lui passer la balle. Ils ne tentaient jamais un tir de loin et semblaient se faire un point d'honneur à se faufiler entre leurs adversaires pour aller marquer un panier d'un beau *smash*.

Les garçons de l'équipe adverse voulurent se servir de leur grande taille pour contrecarrer les deux frères, mais leurs tentatives restèrent quasi vaines et ils ne parvinrent à récupérer, curieusement, que peu de ballons. Finalement, l'un des garçons perdit patience et donna, dans le feu de l'action, un coup de coude dans le visage de Franky. Dans l'instant, l'adolescent se retrouva à terre. Bien que l'incident se fût produit sous ses yeux, Jocko était incapable de dire ce qui s'était passé. Tout avait été trop vite… Stace intervint aussitôt et lança la balle sur la tête de son frère.

— Allez, s'exclama-t-il, joue donc grand couillon !

Franky aida le garçon à se relever, et lui donna une claque sur les fesses.

— Sans rancune, mon gars.

Ils jouèrent pendant cinq minutes encore, puis les deux frères commencèrent à montrer des signes de fatigue alors que les jeunes continuaient à sauter comme des cabris autour d'eux. La partie s'arrêta d'elle-même.

Heskow apporta des sodas pour tout le monde ; les jeunes se regroupèrent autour de Franky, le plus charismatique des deux frères, qui avait montré de réelles qualités de basketteur professionnel sur le terrain. Franky passa un bras sur les épaules du garçon qu'il venait d'envoyer au sol, puis leur lança à tous son plus beau sourire, qui illumina soudain son visage anguleux.

— Écoutez bien les conseils d'un vieux de la vieille comme moi ! commença-t-il. Ne dribblez jamais lorsque vous pouvez passer. Ne baissez jamais les bras lorsque vous avez vingt points de retard même si c'est dans le dernier quart-temps. Et surtout, ne vous approchez jamais d'une femme qui a d'autres biens que son petit chat ! Prenez vos jambes à votre cou et tirez-vous !

Les garçons éclatèrent de rire.

Il y eut des poignées de mains, des remerciements de part et d'autre, puis les frères Sturzo suivirent Heskow à l'intérieur de la maison, une demeure élégante que le maître des lieux entretenait, à l'évidence, avec un soin de manucure.

— Eh les gars, vous êtes vraiment des bons ! lança Jocko derrière eux.

Une fois à l'intérieur, John Heskow conduisit les deux frères dans leur chambre à l'étage. La pièce était pourvue d'une lourde porte, avec un gros verrou, remarquèrent les jumeaux à leur arrivée ; Heskow les fit entrer et referma le battant derrière lui.

La chambre était vaste, une vraie suite, avec une salle de bain privative. On y trouvait deux lits à une place – Heskow savait que les jumeaux aimaient dormir dans la même pièce. Dans un coin, un grand coffre, bardé de métal et fermé par un cadenas. Heskow sortit une clé pour déverrouiller le tout et souleva le couvercle – à l'intérieur : des pistolets, des mitraillettes, des boîtes de munitions, agencés en une succession géométrique de formes noires.

— Ça suffira ? demanda Heskow.

— Et les silencieux ? s'enquit Franky.

— Vous n'en aurez pas besoin pour ce travail.

— Tant mieux, répliqua Stace. Je déteste les silencieux. Je raterais une vache dans un couloir avec ces engins de malheur !

— Parfait. Vous avez le temps de prendre une douche et de vous installer. Je vais me débarrasser des gamins et préparer le dîner. Qu'est-ce que vous pensez de mon garçon, au fait ?

— Un gentil petit gars, affirma Franky.

— Et comment vous le trouvez sur le terrain ? demanda Heskow avec une bouffée d'orgueil paternel qui le fit rougir comme une pivoine. Il n'est pas mauvais, hein ?

— Exceptionnel, répondit Franky.

— Et toi, Stace ?

— Mieux que ça encore.

— Il a décroché une place de sport-étude chez les Villanova, ajouta Heskow. C'est la voie royale pour la NBA !

Les jumeaux descendirent au salon quelque temps plus tard pour y retrouver Heskow qui s'affairait derrière ses fourneaux. Il avait préparé un sauté de veau avec des champignons et une grande salade verte. Il y avait du vin rouge sur la table et trois couverts.

Les trois hommes prirent place pour dîner. C'étaient des amis de longue date et chacun connaissait le passé de l'autre. Heskow était divorcé depuis treize ans. Son ex-femme vivait, avec Jocko, à quelques kilomètres de là, à Babylon. Mais le garçon passait la majeure partie de son temps ici ; Heskow l'adorait et le couvrait de cadeaux. Un vrai papa gâteau !

— Vous étiez censés arriver demain matin, fit remarquer Heskow. Si j'avais su que vous veniez ce soir, j'aurais renvoyé le gosse chez sa mère. Lorsque vous avez téléphoné, je n'avais plus le temps de me débarrasser de lui et de ses copains.

— Ce n'est pas grave, assura Franky. Aucune importance.

— Vous étiez vraiment impressionnants tout à l'heure, avec les mômes, annonça Heskow. Cela ne vous a jamais tentés de devenir pros ?

— Non ! répliqua Stace. On est trop petits avec notre mètre quatre-vingt. On n'était pas de taille à résister aux têtes d'aubergine.

— Ne parle pas comme ça devant le gamin, lança Heskow, en se raidissant. Il va devoir jouer avec eux toute sa carrière.

— Ne te fais pas de bile, répondit Stace. Je saurai me tenir.

Heskow se détendit et but une gorgée de vin. Il aimait bien travailler avec les frères Sturzo. Ils étaient, l'un comme l'autre, irréprochables – jamais un mot plus haut que l'autre, jamais de mauvais esprit ou de méchanceté comme c'était le cas chez la plupart des ordures avec qui il avait affaire. Les Sturzo avaient une grâce naturelle dans leurs relations avec les gens, à l'image de l'harmonie qui régnait entre eux deux. Il émanait de leur personne une aura de confiance qui avait le don de rassurer ceux avec qui ils travaillaient.

Les trois hommes mangeaient tranquillement, parlant de choses et d'autres, comme trois vieux amis se connaissant par cœur. Heskow remplissait leurs assiettes à même la poêle qu'il avait apportée à table.

— Je me suis toujours demandé pourquoi tu as changé de nom, John, déclara Franky.

— Cela fait des années, répondit Heskow en haussant les épaules. Je n'avais pas honte d'être Italien, au contraire. Mais je ressemblais tellement à un teuton – avec mes cheveux blonds, mes yeux bleus et ce putain de nez ! Cela faisait vraiment bizarre de porter un nom de rital !

Les jumeaux rirent – un rire plein de sympathie et de compréhension. Heskow était un grand filou devant l'Éternel, mais ils s'en fichaient ; ils aimaient bien l'homme.

Lorsque tout le monde eut fini la salade, Heskow apporta des doubles expressos et un assortiment de pâtisseries italiennes. Il leur tendit la boîte à cigares, mais les deux frères déclinèrent l'offre, préférant rester à leurs Marlboro, qui seyaient à merveille à leurs visages de cow-boys burinés.

— Il est temps de parler travail, déclara Stace. Ce doit être un gros coup ; on ne nous aurait pas demandé de faire cinq mille kilomètres en voiture, sinon. On aurait pris l'avion.

— Ce n'était pas si terrible, nuança Franky. C'était même plutôt agréable. On a vu l'Amérique profonde aux premières loges ! On a passé de bons moments. Les gens des petites villes sont extra.

— Ils sont adorables, c'est vrai. Mais cela n'empêche que ça fait un long voyage.

— Je ne voulais pas que l'on puisse suivre votre trace aux aéroports, expliqua Heskow. Ce sont les premiers endroits où ils vérifient. Il risque d'y avoir pas mal de remue-ménage après. J'espère que cela ne vous dérange pas trop ?

— Au contraire, on adore les voir s'agiter en tout sens, c'est du petit-lait pour nous, répondit Stace. Vas-tu nous dire, à la fin, de qui il s'agit !

— De Don Raymond Aprile.

Heskow faillit s'étrangler tout seul en prononçant ce nom.

Il y eut un long silence, et puis, pour la première fois, Heskow perçut l'aura de mort qui pouvait parfois émaner des deux frères.

— Tu nous as fait faire cinq mille kilomètres en voiture pour nous proposer ce contrat ? articula Franky d'une voix sourde.

Stace esquissa un sourire et se pencha vers Heskow.

— John, cela nous a fait plaisir de te voir, vraiment...

Tu n'as plus, maintenant, qu'à payer la mise au panier et on s'en va.

Un écrivain de Los Angeles, ami de Franky, avait expliqué aux jumeaux que même si un magazine lui payait ses frais pour écrire un article, cela ne voulait pas dire pour autant qu'ils allaient le lui acheter. Ils se contentaient de verser une petite part de la somme globale juste pour mettre l'article au panier. Les jumeaux avaient repris cette pratique à leur compte. Ils facturaient leurs clients pour le simple fait d'entendre leur proposition. Dans ce cas présent, à cause du voyage et du fait qu'ils étaient deux impliqués dans l'opération, les frais de mise au panier s'élevaient à vingt mille dollars.

Mais Heskow n'abandonna pas la partie pour autant ; son travail était de les convaincre d'accepter le contrat.

— Don Aprile est retiré des affaires depuis trois ans, expliqua-t-il. Tous ses anciens contacts sont en prison. Il n'a plus de pouvoir. Le seul qui pourrait poser problème, c'est Timmona Portella, mais il ne bougera pas. Votre salaire sera d'un million de dollars, la moitié à l'exécution du travail, l'autre dans un an. Mais pendant cette année, il faudra vous faire discrets. Tous les détails sont d'ores et déjà réglés. Tout ce qu'on vous demande, les gars, c'est d'appuyer sur la gâchette.

— Un million de dollars, répéta Stace. C'est beaucoup d'argent.

— Mon client sait que tuer Don Aprile n'est pas une mince affaire, répondit Heskow. Il veut s'assurer le concours d'experts. Des tireurs de sang-froid et des partenaires silencieux avec de la matière grise sous le crâne. Vous êtes les meilleurs, les gars.

— Et il n'y a pas grand monde pour accepter un contrat aussi risqué, précisa Franky.

— C'est vrai, renchérit Stace, il nous faudra vivre avec ça toute notre vie. On ne va plus nous lâcher, sans compter les flics et les fédéraux...

— Je peux vous assurer, répliqua Heskow, que la police de New York ne montrera pas le bout de son nez. Et que le FBI ne bougera pas.

— Et les amis de Don Aprile ? s'enquit Stace.

— Les morts n'ont plus d'amis, rétorqua Heskow d'un ton théâtral, avant de reprendre après une courte pause. Quand Don Aprile s'est retiré des affaires, il a coupé tous les ponts avec ses anciennes relations. Il n'y a aucune inquiétude à avoir de ce côté-là.

Franky se tourna vers Stace.

— C'est drôle, à chaque fois que l'on nous propose un contrat, on nous dit qu'il n'y a pas de risque !

— C'est parce que ce ne sont pas eux les tireurs, rétorqua Stace en riant. John, tu es un vieil ami. On a confiance en toi. Mais si tu te trompais cette fois ? Cela peut arriver à tout le monde. Et si le vieux Don Aprile a encore des amis ? Tu sais comment ils procèdent. Pas de pardon ni de pitié dans ces cas-là. Ils nous attraperont tôt ou tard, et ils ne se contenteront pas de nous tuer. Ils nous feront faire avant un petit tour aux enfers pendant deux heures. En plus, nos familles paieront aussi les pots cassés. Y compris ton fils. Pas de danger qu'il joue à la NBA s'il se retrouve six pieds sous terre ! Tu devrais peut-être nous dire qui est le commanditaire de l'opération...

Heskow se pencha vers eux, son visage à la peau pâle se teintant de rouge.

— Je ne peux pas faire ça. Vous le savez. Je suis juste l'intermédiaire. Mais j'ai beaucoup réfléchi à ce problème. J'ai retourné ça dans tous les sens. Vous me prenez pour un idiot ou quoi ? Tout le monde connaît Don Aprile ! Mais il est sans défense, je vous l'assure. Totalement isolé. Je tiens ça des plus hautes sources. La police se contentera d'une enquête de routine ; le FBI, de son côté, ne peut se permettre de se lancer dans une investigation de fond. Et les chefs de la Mafia n'interviendront pas. C'est du béton.

— Jamais je n'aurais imaginé qu'un jour Don Aprile serait sur ma feuille de match, déclara Franky.

La notoriété de la victime flattait son ego malgré lui. Tuer un homme si craint et respecté par ses pairs...

— Franky ! Il ne s'agit pas d'une partie de basket ! maugréa Stace. Si nous perdons, on ne pourra pas se contenter de serrer la main de nos adversaires et de quitter le terrain.

— Mais il s'agit d'un million de dollars, Stace ! répliqua Franky. John ne nous a jamais mis sur de mauvais coups. Allez, faisons le grand saut.

Stace sentit, malgré lui, une bouffée d'excitation le gagner. Et puis merde, banco ! Franky et lui étaient assez grands pour se défendre tout seuls. Après tout, il y avait un million de dollars en jeu. En vérité, Stace était plus mercenaire dans l'âme que son frère, doté d'un esprit plus pragmatique, plus mercantile. L'idée de toucher un million de dollars avait de quoi lui échauffer les sangs.

— C'est d'accord, répondit Stace. On marche. Mais que Dieu nous garde si nous faisons le mauvais choix !

Stace, dans sa jeunesse, avait été enfant de chœur.

— Mais Don Aprile est surveillé vingt-quatre heures sur vingt-quatre par le FBI, s'inquiéta Franky. Cela risque de nous causer des soucis, non ?

— Aucun risque, affirma Heskow. Lorsque tous ses vieux amis se sont retrouvés en prison, Don Aprile a mené une vie de parfait gentleman. Le FBI a apprécié le geste et lui a laissé la bride sur le cou. Ils ne sont plus sur son dos, je vous le garantis. Passons à présent aux détails de l'opération...

Il lui fallut plus d'une demi-heure pour exposer le *modus operandi* prévu.

Finalement Stace posa la question cruciale :

— C'est pour quand ?

— Pour dimanche matin, répondit Heskow. Vous resterez ici pour les deux jours à venir. Ensuite un jet privé vous emmènera à Newark.

— Il nous faudra un très bon chauffeur, précisa Stace. Exceptionnel, même.

— C'est moi qui conduirai, répliqua Heskow avant d'ajouter, presque sur un ton d'excuse. Le boulot est très bien payé. Cela aurait été dommage de passer à côté.

Le reste du week-end, Heskow joua le maître d'hôtel pour les frères Sturzo, préparant les repas, faisant les courses. Heskow, qui n'était pourtant pas facilement impressionnable, avait parfois la chair de poule en observant les jumeaux. Ils étaient comme des vipères, la tête toujours en mouvement, le regard sur le qui-vive, mais, par bonheur, ils restaient malgré tout amicaux ; ils l'aidèrent même à s'occuper des fleurs dans les serres...

Les jumeaux jouaient au basket avant dîner, un contre un ; Heskow regardait, fasciné, leurs corps s'enrouler l'un autour de l'autre comme des anguilles. Franky était plus rapide et précis que son frère. Stace, quant à lui, était plus tactique, plus rusé. Franky aurait vraiment pu jouer à la NBA, songeait Heskow... Mais il ne s'agissait pas d'un match de basket pour l'heure. Sur l'autre terrain, ce serait à Stace de mener le jeu. Il serait le premier tireur.

2

La grande offensive du FBI des années quatre-vingt-dix contre la Mafia new-yorkaise n'avait laissé que deux survivants : Don Raymond Aprile et Don Timmona Portella. Le premier, le parrain le plus grand et le plus redouté du milieu, avait su échapper aux fédéraux. L'autre, aussi puissant que Don Aprile, mais moins rusé, n'avait dû son salut qu'à une chance miraculeuse.

Mais le futur était limpide. Avec l'avènement des lois RICO[1] des années soixante-dix, si partiales et antidémocratiques dans leur formulation, le zèle des enquêteurs du FBI, et la disparition de l'*omerta* dans les rangs des soldats de la Mafia américaine, Don Aprile savait qu'il était temps pour lui de tirer sa révérence.

Don Aprile avait dirigé sa famille pendant trente années d'une main de maître et son nom était devenu une légende. Élevé en Sicile, il n'avait ni l'arrogance, ni la démesure des chefs mafieux natifs d'Amérique. Il était, en fait, un descendant direct des anciens Siciliens qui régnaient sur les villes et les villages au dix-neuvième siècle, usant de leur charisme, de leur sens de l'honneur qui les rendait impitoyables à l'égard de tout ennemi présumé. Il avait montré maintes fois qu'il avait hérité du génie de stratège de ses vaillants aïeux.

1. *Racketeer Influence and Corrupt Organizations Act.* Lois permettant au Congrès de saisir les biens des parrains de la Mafia *(N.d.T.)*.

Aujourd'hui, âgé de soixante-deux ans, il avait mis ses affaires en ordre. Après avoir évincé ses ennemis et accompli ses devoirs d'ami comme de père, il pouvait à présent profiter de ses dernières années, la conscience libre, ne plus se soucier des désordres du monde et endosser l'habit d'un banquier respectable, véritable pilier de la société légale.

Ses trois enfants étaient à l'abri des autorités et du besoin, chacun menant une carrière brillante et honorable. L'aîné, Valerius, avait à présent trente-sept ans ; marié et père de deux enfants, il était colonel de l'armée américaine et maître de conférence à West Point. Ce fut sa timidité d'enfant qui avait été à l'origine de cette carrière militaire. Don Aprile, voulant corriger cette faiblesse chez son fils, lui avait trouvé une place comme cadet à West Point, le nec plus ultra des écoles d'officiers.

Son deuxième fils, Marcantonio, qui allait fêter ses trente-cinq ans, par quelque mystérieuse variation génétique, était devenu un grand producteur de télévision sur une chaîne nationale. Dans sa jeunesse, c'était un enfant maussade et renfermé qui vivait dans un monde imaginaire ; Don Aprile le pensait incapable de réussir dans quelque métier sérieux que ce soit. Aujourd'hui, son nom était cité dans tous les journaux, on disait de lui qu'il était un visionnaire, un précurseur inventif... tout cela faisait plaisir à Don Aprile, mais ne le convainquait pas. Après tout, il était le père du génie en question et le connaissait mieux que personne.

Sa fille, Nicole, était sa favorite. Tout le monde la surnommait affectueusement Nikki jusqu'à ce qu'un jour, à l'âge de six ans, elle exigeât qu'on l'appelât par son vrai prénom. À vingt-neuf ans, elle était avocate d'affaires, militante féministe et offrait ses talents de juriste pour plaider la cause de malheureux criminels qui n'auraient pas eu, sans son gracieux concours, les moyens de s'offrir une défense digne de ce nom. Elle excellait, en particulier, dans l'art de sauver des meurtriers de la chaise électrique, des femmes maricides de l'incarcération et des violeurs récidivistes de l'emprisonnement à perpétuité. Farouchement opposée à la peine de mort, elle croyait en la réhabilitation des criminels, quels qu'ils soient, et critiquait avec sévérité le système économique des États-Unis. À ses yeux, un pays aussi prospère que le sien ne pouvait se montrer aussi indifférent face au sort des pauvres et des démunis, quelles que soient leurs fautes. Malgré ses prises de positions radicales, Nicole était une avocate d'affaires très talentueuse, une redoutable négociatrice, doublée d'une femme courageuse et volontaire. Don Aprile ne partageait aucun de ses points de vue.

Et puis il y avait Astorre, membre à part entière de la famille, comme s'il était le véritable neveu de Don Aprile. Mais les autres enfants le considéraient davantage comme un frère, séduits par son charme et sa vitalité. De trois à seize ans, il avait partagé leur intimité, c'était le petit dernier que l'on choyait ; puis il était parti en exil en Sicile durant les onze années suivantes, jusqu'à ce que Don Aprile, au moment de prendre sa retraite, le fasse revenir aux États-Unis.

Don Aprile avait organisé son départ avec soin. Il avait distribué son empire à ses ennemis potentiels, mais aussi récompensé grassement ses amis fidèles, sachant que la gratitude est la plus éphémère des vertus et que les cadeaux se doivent d'être constamment renouvelés. Il avait veillé, en particulier, à calmer les ardeurs belliqueuses de Timmona Portella. Portella était dangereux – un être excentrique, ardent et passionné qui tuait parfois sans raison.

Personne ne savait comment Portella avait échappé à la grande attaque du FBI des années quatre-vingt-dix. Un vrai mystère. Natif des États-Unis, il n'avait pas la subtilité de ses ancêtres siciliens ; c'était un homme arrogant et imprudent, doté d'un caractère colérique. Il était énorme, avec une panse rebondie, et vêtu comme un *picciotto* de Palerme, ces apprentis assassins, tout en soie et en couleurs. Il avait édifié son empire sur la distribution de la drogue. Il ne s'était jamais marié et à l'âge de cinquante ans, c'était un coureur de jupons. Le seul être qu'il aimait vraiment c'était son frère, Bruno, un garçon légèrement attardé qui partageait avec son aîné le goût du sang et de la violence.

Don Aprile s'était toujours méfié de Portella et ne faisait que rarement des affaires avec lui. C'étaient les faiblesses même de l'homme qui rendaient l'individu dangereux. Il fallait donc le neutraliser au plus vite. C'est pourquoi Don Aprile avait convié Portella à une rencontre au sommet.

Portella arriva avec son frère Bruno. Aprile les accueillit, comme à l'accoutumée, avec sa courtoisie tranquille, mais il entra rapidement dans le vif du sujet.

— Mon cher Timmona, commença-t-il, comme vous le savez, je me retire des affaires ; je ne garde que mes banques. Tous les regards risquent de se tourner vers vous et il va vous falloir être très prudent. Si d'aventure vous avez besoin d'un conseil, venez me trouver. Car je ne serai pas totalement sans ressources ni influence dans ma retraite.

Bruno, réplique miniature de Timmona, qui était impressionné par la réputation de Don Aprile, esquissa un sourire de plaisir en entendant cette marque de respect à l'égard de son frère aîné. Mais Timmona comprit le message entre les mots. Don Aprile venait de lui donner un avertissement.

Portella inclina la tête en signe d'allégeance.

— Vous avez toujours été le plus sage et le plus avisé de nous tous, articula-t-il. Et je respecte votre démarche. Vous pouvez me compter parmi vos amis.

— Parfait. Parfait. Alors en guise de cadeau d'adieu, écoutez ma mise en garde. Ce Cilke, le type du FBI, est un pervers. Ne lui faites en aucun cas confiance. Il est dévoré par l'ambition, et vous allez être sa prochaine cible.

— Mais vous comme moi avons déjà pu lui échapper, répliqua Timmona. Même s'il a réussi à faire tomber tous nos amis. Qu'il vienne, je n'ai pas peur de lui, mais merci quand même du renseignement.

Ils trinquèrent à leur santé réciproque puis les frères Portella prirent congé. Dans la voiture, Bruno ne put s'empêcher de lâcher :

— Ce Don Aprile, un vrai seigneur !

— Oui, concéda Timmona. C'était un grand parmi les grands.

Don Aprile, de son côté aussi, était satisfait. Il avait vu le signal d'alarme s'allumer dans les yeux de Timmona. Il était assuré qu'il ne représenterait plus une menace pour lui.

Don Aprile demanda à rencontrer en privé Kurt Cilke, le chef de l'antenne locale du FBI à New York. À son corps défendant, il ne pouvait s'empêcher d'éprouver une certaine admiration pour l'homme. Cilke avait envoyé derrière les barreaux la plupart des chefs mafieux de la côte Est, et presque anéanti tout leur pouvoir.

Don Raymond Aprile était parvenu à lui échapper parce qu'il connaissait l'identité de l'informateur secret de Cilke, le *Deep Throat* qui avait offert aux autorités ce succès sans précédent. Mais Don Aprile admirait Cilke davantage encore parce qu'il savait l'homme honnête ; les coups bas ne faisaient pas partie de ses pratiques – pas de harcèlements, pas de coups montés, aucune attaque visant ses enfants dans le but de nuire à leur réputation. Il ne semblait donc que justice, aux yeux de Don Aprile, de prévenir Kurt Cilke de ce qui l'attendait.

La rencontre aurait lieu dans la propriété de Don Aprile à Montauk. Cilke devrait venir seul – une entorse aux règles élémentaires de sécurité. Le directeur du FBI en personne avait donné son accord, mais avait insisté pour que Cilke porte sur lui un système d'enregistrement. Il s'agissait d'un implant corporel, logé sous la cage thoracique, invisible de l'extérieur; le dispositif était inconnu du grand public, sa fabrication strictement surveillée et classée secret-défense. Comme le supposait Cilke, la mission première de cet implant était davantage de surveiller ce qu'il allait dire, lui, à Don Aprile.

Les deux hommes se rencontrèrent un après-midi dans la véranda de Don Aprile, sous la lumière ocre de l'automne. Cilke n'avait jamais pu pénétrer dans cette maison avec un mouchard sur lui et un juge avait interdit toute surveillance physique rapprochée. Ce jour-là, il ne fut pas fouillé par les hommes de Don Aprile, ce qui le surprit. À l'évidence, l'ex-chef mafieux ne comptait pas lui faire de proposition malhonnête.

Comme à l'accoutumée, Cilke fut étonné, et même un peu déstabilisé, par le charisme de Don Aprile. Il avait beau savoir que le vieil homme avait ordonné des centaines de meurtres, violé des lois innombrables de la société, Cilke n'arrivait pas à le haïr. Pourtant, cette pègre en col blanc représentait pour lui le mal incarné, de véritables démons souterrains sapant les fondements même de la civilisation qu'il fallait éradiquer jusqu'au dernier.

Don Aprile était élégamment vêtu – costume sombre, cravate noire et chemise blanche. L'expression de son visage était à la fois grave et empreinte de compréhension, les traits harmonieux, les rides adoucies de l'homme épris de vertu. Comment un visage aussi aimable pouvait-il appartenir à un être aussi insensible et impitoyable? Aux yeux de Cilke, cela restait un mystère de la génétique.

Don Aprile ne lui tendit pas la main à son arrivée, dans le but de ne pas mettre Cilke dans une position embarrassante. Il fit simplement signe à son invité de prendre un siège et le salua d'un hochement de tête.

— J'ai décidé de me placer moi et ma famille sous votre protection – c'est-à-dire, sous la protection de l'État, déclara-t-il.

Cilke ne savait trop que penser. Où voulait en venir au juste le vieux chef mafieux ?

— Pendant les vingt dernières années vous avez été mon ennemi, poursuivit Don Aprile. Vous m'avez traqué, pourchassé. Mais toujours en utilisant des moyens dignes et honnêtes ; en cela, je vous suis reconnaissant. Vous n'avez jamais cherché à inventer des preuves ou à encourager de faux témoignages. Vous avez mis en prison la majeure partie de mes amis et vous vous êtes battu bec et ongles pour me réserver le même sort.

— Je n'ai pas encore renoncé, précisa Cilke dans un sourire.

Don Aprile hocha la tête l'air pensif.

— Je me suis débarrassé de toutes mes affaires suspectes. Je n'ai gardé que quelques banques, un secteur d'activité parfaitement honorable. Je me suis placé, donc, sous l'aile de votre société. En retour, j'acquitterai mes devoirs et mes obligations envers elle. Vous pourriez me faciliter grandement la tâche dans ma démarche si vous relâchiez la pression sur moi ; car je vous le répète, il n'y a plus aucune raison de surveiller mes faits et gestes.

Cilke haussa les épaules.

— Ce n'est pas moi qui décide. C'est la direction. Je vous cours après depuis si longtemps, pourquoi arrêterais-je aujourd'hui ? Qui sait, un jour, la chance me sourira peut-être...

Le visage de Don Aprile devint plus grave, empreint d'une longue lassitude.

— J'ai un marché à vous proposer. Ce sont vos succès impressionnants de ces dernières années qui ont influencé ma décision. Il se trouve que je connais votre informateur, je sais qui est votre précieuse taupe. Et je n'en ai parlé à personne.

Cilke hésita quelques secondes avant de répondre d'une voix impassible.

— Je n'ai aucun informateur. Et encore une fois, c'est la direction qui décide, pas moi. Vous perdez donc votre temps à ce petit jeu.

— Non, non, répliqua Don Aprile. Je ne cherche nullement à tirer un quelconque avantage de la situation ; je désire simplement trouver un arrangement. Laissez-moi vous dire, eu égard à mon grand âge, ce que j'ai appris durant mon existence : il faut se garder de faire usage de son pouvoir parce qu'il est grand et à portée de mains. Et il ne faut pas se laisser griser par la victoire s'il subsiste une seule ombre au tableau. C'est ainsi qu'arrivent les souffrances. Sachez, désormais, que je vous considère comme un ami et non plus comme un ennemi ; je vous demande donc de réfléchir, d'évaluer ce que vous avez à gagner ou à perdre en rejetant mon amitié. Pesez le pour et le contre.

— Mais si vous vous êtes réellement retiré des affaires, je ne vois pas en quoi votre amitié m'est utile ? répondit Cilke en souriant.

— Vous pourrez compter sur moi, expliqua Don Aprile. C'est une chose toujours précieuse, même de la part du plus humble des hommes.

Quelque temps plus tard, Cilke écouta l'enregistrement effectué par Bill Boxton, son adjoint.

— À quoi ça rime tout ça ? lâcha le collègue de Cilke.

— C'est justement ce que nous devons découvrir, répondit Cilke. Il me dit qu'il n'est pas totalement sans défense et qu'il garde un œil sur moi.

— Foutaises ! Ils n'oseraient pas toucher un agent fédéral.

— C'est vrai, reconnut Cilke. C'est la raison pour laquelle je ne veux pas le lâcher, qu'il ait pris ou non sa retraite. Mais je me méfie quand même. On n'est jamais sûr de rien…

Don Aprile s'était penché sur le passé des plus prestigieuses familles des États-Unis, ces princes voleurs aujourd'hui respectables et renommés qui avaient établi leur fortune en violant sans vergogne les lois et les coutumes de la société humaine ; pourquoi ne pourrait-il pas suivre leur exemple et devenir à son tour un grand bienfaiteur de l'humanité ? Comme eux, il avait édifié un empire – il possédait dix banques réparties dans les plus grandes villes du monde. Il faisait ainsi des dons généreux pour la construction d'un hôpital, œuvrait en mécène pour les arts. Il avait financé une chaire à l'université de Columbia consacrée à l'étude de la Renaissance.

Yale et Harvard avaient certes refusé son enveloppe de vingt millions de dollars pour la construction d'un foyer d'étudiants, mais uniquement parce que Don Aprile désirait que le complexe soit baptisé « La Cité Christophe Colomb » – le navigateur, à cette époque, étant en disgrâce dans les milieux intellectuels. Yale était néanmoins prêt à prendre l'argent si le bâtiment s'appelait : « le foyer Sacco et Vanzetti », mais Don Aprile n'avait que faire des deux anarchistes.

Il détestait les martyrs.

Un homme de moindre condition se serait senti insulté et aurait gardé de cette rebuffade un vif ressentiment, mais pas Raymond Aprile. Il s'était contenté, à la place, de donner l'argent à l'Église catholique pour que des messes quotidiennes soient dites en souvenir de sa femme, qui avait quitté ce bas monde pour le paradis depuis vingt-cinq ans.

Il offrit un million de dollars à l'amicale des anciens policiers de New York et un autre million à une société de défense pour les immigrants clandestins. Pendant les trois années qui suivirent son retrait des affaires, Don Aprile se montra d'une générosité extrême envers le monde entier. Son portefeuille était toujours ouvert pour aider toutes les causes, à l'exception d'une seule : la campagne contre la peine de mort ; jamais il n'accepterait de soutenir financièrement ce combat contre la peine capitale, même si Nicole, ardente libérale, en avait fait son cheval de bataille.

Trois ans de dons et autres largesses avaient presque effacé des mémoires trois décennies d'actes féroces et impitoyables. Un coup de gomme étonnant. Mais le propre des grands hommes a toujours été de savoir acheter bonnes grâces et absolution après avoir trahi leurs amis et prononcé des sentences de mort.

Don Aprile avait suivi à la lettre les règles strictes qui lui avaient permis d'édifier sa propre morale. Sa fidélité d'airain à ses principes lui avait attiré le respect de son entourage et avait instillé cette peur chez autrui qui avait été l'assise même de son pouvoir pendant plus de trente ans. L'un des éléments fondateurs de cette morale – le plus important de tous – était de ne jamais faire preuve de pitié.

Cette absence totale de pitié ne provenait pas de quelque cruauté innée ou pulsion sadique inassouvie, mais d'une conviction de fer : les hommes étaient toujours réticents à obéir aux ordres. Même Lucifer, l'archange, avait défié Dieu, et avait été chassé du Paradis.

Un homme ambitieux, donc, voulant maintenir son pouvoir, n'avait pas d'autres solutions que de se montrer intraitable. On pouvait, certes, utiliser des moyens de persuasion, ou faire parfois des concessions au profit d'un tiers. Le bon sens en la matière prévalait. Mais si toutes ces méthodes douces échouaient, la seule sentence à prononcer était la mort – la punition finale. Tout autre mode de châtiment vous exposait aux risques de représailles. Il suffisait de bannir de cette terre l'empêcheur de tourner en rond et le différend se trouvait réglé.

La trahison était le plus grand crime. La famille d'un traître devait souffrir, ainsi que son cercle d'amis ; tout son petit monde devait être anéanti. Nombre d'hommes courageux sont prêts à risquer leur vie pour voler de leurs propres ailes, mais ils y réfléchissent à deux fois s'ils savent qu'ils mettent aussi en danger les êtres qui leur sont chers. C'est ainsi que Don Aprile fit régner la terreur autour de lui. La fidélité de ses sujets avant tout. Quant à leur amour, vertu secondaire à ses yeux, un peu de générosité à l'égard des choses matérielles suffisait à le lui garantir.

Il faut reconnaître toutefois, qu'il était tout aussi impitoyable avec lui-même. Malgré toutes ses richesses et son pouvoir, il ne put éviter la mort de sa jeune épouse après qu'elle lui eut donné son troisième enfant. La malheureuse succomba d'un cancer après six mois d'horribles souffrances. Pendant qu'il s'occupait d'elle dans sa lente agonie, il se prit à penser que sa femme payait pour tous les crimes qu'il avait commis. C'est cela qui l'avait conduit à décréter cet auto-châtiment : jamais il ne se remarierait. Il enverrait ses enfants loin de lui, faire des études dans la société légale, pour qu'ils n'aient pas à vivre dans ce monde plein de danger et de haine. Il les aiderait à trouver leur chemin, mais jamais ses enfants ne seraient mêlés à ses activités. Avec une tristesse infinie, Don Aprile se résolut à ne jamais connaître le bonheur d'être un père à part entière.

Don Aprile envoya donc Nicole, Valerius et Marcantonio en pension dans des écoles privées. Il ne les laissa jamais approcher sa vie personnelle. Ils revenaient à la maison pendant les vacances ; il jouait alors le rôle du père attentionné mais distant ; jamais ses enfants ne pénétrèrent son monde.

Et pourtant, malgré ça, malgré sa réputation de tyran, ses enfants l'aimaient. Jamais ils ne parlaient des activités de leur père, jamais ils n'abordaient ce sujet entre eux. C'était l'un de ces secrets de familles qui ne sont des secrets pour personne.

On ne pouvait reprocher à Don Aprile d'être un sentimental. Il avait très peu d'amis intimes, pas d'animal de compagnie, détestait les vacances et fuyait comme la peste les fêtes et les réceptions mondaines. Une fois dans sa vie, des années plus tôt, il avait eu un acte de compassion qui avait surpris les autres chefs mafieux des États-Unis.

En revenant de Sicile avec le petit Astorre, Don Aprile avait trouvé sa tendre épouse malade d'un cancer et ses trois enfants éperdus de chagrin. Ne voulant pas garder le petit encore trop impressionnable dans ce climat, de crainte de lui laisser quelque traumatisme psychologique, Don Aprile avait décidé de confier l'enfant à l'un de ses proches conseillers, un dénommé Frank Viola, ainsi qu'à son épouse. Ce fut un choix bien mal avisé. À l'époque, Frank Viola briguait le fauteuil de Don Aprile.

Mais peu après la mort de la femme de Don Aprile, Astorre Viola, alors âgé de trois ans, devint membre à part entière de la famille Aprile, son « père » s'étant suicidé dans le coffre de sa voiture en des circonstances mystérieuses et sa « mère » ayant succombé à une hémorragie cérébrale. Don Aprile avait ramené Astorre chez lui et était devenu officiellement son oncle.

Lorsque Astorre fut en âge de poser des questions sur ses parents, Don Aprile lui expliqua qu'il était orphelin. Mais Astorre était un garçon curieux et obstiné... Don Aprile, pour mettre un terme à toutes ces questions, raconta que ses parents étaient des paysans sans le sou, incapables de subvenir à ses besoins, et qu'ils étaient morts, dans l'anonymat, dans un petit village sicilien. Raymond Aprile savait que ces explications ne satisferaient pas entièrement le garçon ; il éprouva une pointe de culpabilité à l'idée de tromper Astorre, mais, dans le même temps, il était vital de garder secrètes, tant que le garçon était petit, ses origines mafieuses – pour la propre sécurité d'Astorre et celle de ses enfants.

Don Aprile voyait à long terme ; son empire n'était pas éternel – le monde, tout autour, était trop avide. Depuis le début, il avait prévu de changer de camp, de rejoindre la sécurité de la société légale. Sans en avoir clairement conscience, il avait, comme tous les grands de ce monde, un sixième sens pour pressentir ce que le futur exigerait de lui. Mais dans ce cas présent, il avait recueilli Astorre Viola par pure compassion. Car rien ne permettait d'entrevoir, chez cet enfant de trois ans, l'homme qu'il allait devenir et le rôle crucial qu'il allait avoir pour la famille.

C'était l'émergence de grandes familles qui avait fait la gloire des États-Unis ; les plus hauts représentants de la société américaine étaient issus d'hommes qui avaient à l'origine perpétré de grands crimes contre cette même société. C'étaient ces mêmes hommes qui, à la recherche de la fortune, avaient édifié l'Amérique tout en parvenant à faire oublier leurs mauvaises actions passées. Comment aurait-il pu en être autrement ? Laisser les Grandes Plaines aux Indiens qui ne pouvaient concevoir des habitations à deux étages ? Laisser la Californie aux Mexicains qui n'avaient aucune compétence technique, aucun projet de grands aqueducs pour irriguer les terres qui permettront à des millions de personnes de vivre prospères ? L'Amérique avait eu le génie d'attirer des millions de travailleurs des quatre coins du monde, pour les enrôler dans les grands et pénibles chantiers – construction de chemins de fer, de barrages, de gratte-ciel. La statue de la Liberté avait été un coup de promotion génial. Et tout avait été pour le mieux, non ? Il y avait eu des drames, certes, mais cela faisait partie de la vie. Les États-Unis n'étaient-ils pas la plus grande corne d'abondance de la planète ? Une petite injustice par-ci, un petit regret par-là, était un prix bien faible à payer, au fond. De tout temps, des individus ont dû se sacrifier pour qu'avancent la civilisation et cette société en particulier.

Mais il existe une autre race de grands hommes. Celle qui n'accepte pas de porter sa part de ce fardeau collectif. D'une manière ou d'une autre – qu'elle soit criminelle, immorale ou inspirée par la simple ruse –, cet homme-là s'arrangera pour surfer sur la vague du progrès humain, sans rien donner de sa personne.

Don Raymond Aprile était de cette race d'hommes. Il avait édifié son pouvoir personnel grâce à sa seule intelligence et à son absence de pitié pour son prochain. À force d'engendrer la peur, il était devenu une légende, une figure emblématique. Mais ses enfants, une fois devenus adultes, refusèrent de croire aux récits terribles de ses faits d'armes.

Une histoire, aux accents de tragédie antique, datant du début du règne de Raymond Aprile leur était parvenue. Don Aprile possédait une société de travaux publics, dirigée par l'un de ses vassaux, un certain Tommy Liotti. Don Aprile avait fait sa fortune en lui apportant plusieurs gros contrats de construction. L'homme était séduisant, drôle et charmeur; Don Aprile avait toujours apprécié sa compagnie. Liotti n'avait qu'un seul défaut : il buvait trop.

Liotti avait épousé la meilleure amie de la femme de Don Aprile, Liza, une femme très belle, éduquée à l'ancienne, qui ne mâchait pas ses mots et se faisait un devoir de réprimander son mari toujours trop satisfait de lui-même. Une pratique qui fut à l'origine d'incidents malheureux. Lorsqu'il était sobre, Tommy Liotti supportait plutôt bien ses reproches, mais, après quelques verres, il la frappait – une fois si fort qu'elle s'en était coupé la langue.

Il était malheureux également que Liotti eût une force de taureau, héritage des durs labeurs sur les chantiers durant sa jeunesse. Il portait, d'ailleurs, toujours des chemises à manches courtes pour montrer ses biceps et ses avant-bras à la Popeye.

Les disputes se firent de plus en plus violentes durant deux ans. Une nuit, Liotti cassa le nez de Liza et lui brisa quelques dents, des dégâts qui nécessitèrent de coûteuses interventions de chirurgie esthétique. La pauvre épouse n'osa pas demander de l'aide à la femme de Don Aprile, car elle aurait signé l'arrêt de mort de Liotti qu'elle aimait malgré tout.

Don Aprile n'avait pas pour habitude d'interférer dans la vie privée de ses subordonnés. Ce genre de problèmes n'avait pas de solutions. Si le mari avait tué la femme, cela ne l'aurait pas dérangé outre mesure. Mais que Liotti la cogne à répétition mettait en danger la pérennité de ses affaires. Une épouse, folle de rage, pouvait se mettre à parler, révéler des informations risquant de compromettre tout le monde... Car le mari gardait toujours à demeure de fortes sommes d'argent en liquide pour graisser les pattes des officiels de la ville, pratique nécessaire et suffisante dans le métier si l'on voulait décrocher les grands contrats de travaux publics.

Don Aprile convoqua donc le mari. Avec la plus grande courtoisie, il lui expliqua qu'il se mêlait de ses problèmes conjugaux uniquement parce qu'ils pouvaient avoir une incidence sur les affaires. Il proposa à Liotti trois solutions : tuer sa femme pour de bon, divorcer ou ne plus jamais la maltraiter. Liotti promit qu'on ne l'y prendrait plus jamais. Mais Don Aprile se méfiait. Il avait remarqué une étrange lueur dans les yeux du mari, la lueur de celui qui n'en fait qu'à sa tête. C'était là encore un autre grand mystère de la vie, que de voir un homme s'entêter dans son erreur, quel qu'en soit le prix à payer. Les grands hommes jouissent d'une belle vie au prix de terribles sacrifices. Les misérables préfèrent suivre leur moindre caprice pour de petites satisfactions immédiates, quitte à finir leurs jours en enfer.

Il en fut ainsi avec Tommy Liotti. Un an plus tard, Liza vivait de plus en plus mal les brutalités de son mari. Malgré les avertissements de Don Aprile, malgré l'amour de Liotti pour sa femme et ses enfants, il continua à la battre de plus en plus violemment. Elle finit à l'hôpital avec plusieurs côtes cassées et un poumon perforé.

Grâce à son argent et à ses appuis politiques, Liotti put acheter l'un des juges corrompus de Don Aprile, au prix d'un pot-de-vin faramineux, pour se sortir de ce mauvais pas. Puis il convainquit sa femme de revenir avec lui.

Don Aprile suivit les événements avec un certain agacement et décida, plein de regret, de prendre les choses en main. Tout d'abord, il s'occupa des aspects pratiques de l'affaire; il obtint une copie du testament du mari et découvrit qu'en bon père de famille, il avait laissé tous ses biens à sa femme et à ses enfants. Elle serait une veuve riche. Il envoya ensuite une équipe avec des instructions bien précises. Dans la semaine qui suivit, le juge reçut par la poste un grand paquet cadeau, avec à l'intérieur, disposés en croix comme une paire de longs gants de soie, les deux avant-bras massifs de Liotti, le gauche affublé de la Rolex que lui avait offerte Don Aprile des années auparavant en signe de son estime. Le lendemain, le reste du corps fut retrouvé dérivant dans l'eau aux abords du pont Verrazano.

Une autre anecdote qui circulait sur Don Aprile donnait également des frissons dans le dos, cette fois par son caractère ambigu, quasi fantastique. Un journaliste entreprenant et talentueux, connu pour son talent à dévoiler les secrets inavouables des gens célèbres, avait réussi à approcher les enfants Aprile, alors en pension, et à les questionner au fil d'une conversation d'apparence anodine dans l'espoir de leur soutirer quelque détail croustillant. L'auteur s'était beaucoup amusé de l'innocence des trois enfants, de leurs tenues sages et proprettes, de leur idéalisme juvénile quand ils parlaient de faire un monde meilleur. Le journaliste opposait la fraîcheur de ces propos à la réputation sinistre du père, tout en reconnaissant que Don Aprile n'avait jamais été condamné de sa vie.

L'article fut un succès ; il circula dans toutes les salles de rédaction du pays avant même qu'il ne soit publié. Le genre d'article dont rêve tout journaliste. Tout le monde l'adorait.

Le journaliste était un amoureux de la nature ; régulièrement, il emmenait sa femme et ses deux enfants dans une cabane au nord de l'État de New York, pour chasser et pêcher, et vivre une vie de Robinson. Ils se rendirent là-bas pour le long week-end de Thanksgiving. Le samedi, la cabane, située à vingt kilomètres de la ville la plus proche, prit feu. Il se passa deux heures avant que les secours n'interviennent. À leur arrivée, la cabane n'était plus qu'un amas de rondins fumants ; le journaliste et sa famille n'étaient plus que morceaux de charbon cassants et carbonisés. L'affaire fit beaucoup de bruit et il y eut une grosse enquête ; mais aucun indice ne fut trouvé attestant qu'il s'agissait d'un incendie criminel. La conclusion de la police fut que la famille s'était fait piéger par la fumée et n'avait pu sortir de la cabane.

C'est alors qu'un événement curieux se produisit. Quelques mois après le drame, des rumeurs commencèrent à circuler. Des lettres anonymes arrivaient au FBI, à la police, dans les salles de rédaction. Toutes laissaient entendre que l'incendie était un acte de vengeance perpétré par l'infâme Don Aprile. La presse, avide de sensationnel, exigea à cor et à cris la réouverture du dossier. Ce fut le cas, mais l'enquête ne déboucha sur aucune inculpation. Malgré l'absence de preuve, cette histoire permit à Don Aprile d'asseoir un peu plus sa sinistre réputation.

Du moins dans l'opinion publique; les autorités, quant à elles, ne s'étonnaient pas qu'on n'eût rien trouvé contre Don Aprile. Tout le monde savait qu'il ne fallait jamais toucher à un journaliste. Il aurait fallu les décimer tous, alors à quoi bon se donner tout ce mal? Don Aprile était trop intelligent pour prendre un tel risque. Mais la rumeur persista. Certaines équipes du FBI pensaient que c'était Don Aprile lui-même qui avait lancé ces rumeurs à son encontre, dans le seul but d'impressionner son entourage. Ce qui fut effectivement le cas.

Mais il y avait une autre facette du personnage : sa générosité. Si vous serviez Don Aprile avec loyauté, vous deveniez riche et vous aviez pour la vie un protecteur tout-puissant dans vos entreprises. Les récompenses offertes par Don Aprile étaient énormes, mais ses punitions étaient définitives et sans appel. Voilà ce qui avait fait sa légende.

Après ses entretiens avec Portella et Cilke, Don Aprile avait de derniers détails à régler. Il mit en branle la machinerie complexe pour rapatrier Astorre Viola après ses onze ans d'exil en Sicile.

Il avait besoin du jeune homme ; il avait veillé à ce qu'il soit formé et éduqué en vue de ce moment. Astorre était le favori de Don Aprile et passait même avant sa propre progéniture. Enfant déjà, Astorre était un meneur ; il était devenu très vite sociable et avait compris, avant les autres, les arcanes de la vie en société. Il aimait profondément Don Aprile ; à l'inverse des enfants de la famille, le *padrone* ne lui inspirait aucune crainte. Bien que Valerius et Marcantonio fussent respectivement de dix ans et huit ans ses aînés, dès qu'il fut âgé de dix ans, Astorre prit son indépendance vis-à-vis d'eux. En effet, lorsque Valerius, en futur garde-chiourme, tentait de lui infliger une correction, Astorre se rebiffait. Marcantonio était plus tendre avec lui ; il lui offrit un banjo pour l'encourager à chanter. Astorre reçut le cadeau comme un geste d'un adulte envers un autre.

La seule personne dont Astorre acceptait les ordres était Nicole. Bien qu'elle eût deux ans de plus que lui, elle le traitait comme un soupirant, depuis son tout jeune âge. Elle l'envoyait faire des courses pour elle et écoutait avec ravissement les ballades italiennes qu'il lui chantait. Mais elle le gifla, lorsqu'il voulut l'embrasser. Petit garçon déjà, Astorre était sensible à la beauté féminine.

Et Nicole était belle à ravir. Avec de grands yeux noirs, et un sourire sensuel ; son visage était le miroir de toutes ses émotions. Elle sortait les griffes sitôt que quelqu'un osait insinuer qu'une femme n'était pas l'égale de l'homme, en quelque domaine que ce soit. Elle était agacée de se savoir moins forte physiquement que ses frères et Astorre, et de voir que pour imposer sa volonté elle ne pouvait pas compter sur ses muscles, mais sur son seul charme. Tout cela la rendait d'une témérité à toute épreuve ; elle les défiait tous, y compris son père, malgré sa réputation à glacer le sang.

Après la mort de son épouse, alors que ses enfants étaient encore petits, Don Aprile passait rituellement un mois d'été en Sicile. Il adorait la vie dans son village natal, près de la ville de Montelepre ; il avait toujours une propriété là-bas, la Villa Grazia, une maison qui avait été autrefois le pavillon de chasse d'un comte.

Après quelques années, il avait embauché une gouvernante, une veuve sicilienne prénommée Caterina, pour s'occuper de la maison. Caterina était très belle, de cette beauté solide et généreuse de paysanne, doublée d'un tempérament de maîtresse femme sachant mener un domaine et se faire respecter des villageois. Elle devint sa maîtresse. Il garda cette relation secrète, n'en parla ni à ses amis, ni à sa famille, alors qu'il avait quarante ans à l'époque et régnait en maître absolu dans son royaume.

Astorre Viola n'avait que dix ans la première fois qu'il accompagna son oncle en Sicile. Don Aprile avait été appelé pour régler un différend entre la *cosca* des Corleone et celle des Clericuzio. Il avait décidé d'en profiter pour passer un mois de tranquillité dans sa chère Villa Grazia. C'était l'un de ses plaisirs, son jardin secret.

Astorre était un garçon affable – il n'y avait pas d'autres mots. Il était toujours de bonne humeur, et sa jolie frimousse toute ronde, avec son teint hâlé, rayonnait de gentillesse. Il chantait tout le temps, de sa voix déjà chaude et grave. Et lorsqu'il ne chantait pas, il conversait gaiement. Il possédait, toutefois, la flamme et l'ardeur de ceux qui ont la rébellion dans le sang et terrorisait tous les garçons de son âge.

Don Aprile l'avait emmené en Sicile parce que le garçon lui semblait être un compagnon idéal pour un homme dans la force de l'âge comme lui – un jugement pour le moins curieux, qui en disait long sur les regrets qu'éprouvait Don Aprile quant à la façon dont il avait choisi d'élever ses propres enfants.

Une fois que Don Aprile eut réglé ses propres affaires, il joua les médiateurs dans la querelle entre les deux clans et parvint à rétablir la paix – une paix sinon permanente, du moins temporaire. Il coula ensuite des jours heureux, retrouvant les joies, les parfums et les saveurs de son enfance ; il mangeait des citrons, des oranges et des olives à même leur tonneau de saumure ; il faisait de longues promenades avec Astorre sous le soleil cuisant de Sicile qui embrasait comme des tisons chaque pierre sèche des maisons, chaque rocher des collines. Il racontait au garçon l'épopée des multiples Robin des bois de Sicile, leurs combats contre les Maures, les Français, les Espagnols, contre le pape lui-même. Et aussi les hauts faits du héros local : le grand Don Zeno.

Le soir, confortablement installés sur la terrasse de la Villa Grazia, ils contemplaient le ciel lapis de Sicile, traversé par les étoiles filantes et les éclairs d'orages dans les montagnes toutes proches. Astorre apprit tout de suite le dialecte sicilien et avalait goulûment des olives noires comme s'il s'agissait de bonbons.

En quelques jours, Astorre était devenu le chef de bande des garçons du village. C'était un réel exploit aux yeux de Don Aprile, car les enfants de Sicile étaient comme leur père, fiers, ombrageux et ne craignaient personne. Nombre de ces chérubins de dix ans étaient déjà des habitués du *lupara*, le fusil national de Sicile.

Don Aprile, Astorre, et Caterina passaient les longues soirées d'été à manger et à boire à la fraîcheur du jardin luxuriant, l'air parfumé par les senteurs des citronniers et des orangers. Parfois, des amis d'enfance de Don Aprile venaient dîner et jouer aux cartes. Astorre aidait alors Caterina à leur servir des rafraîchissements.

Caterina et Don Aprile ne montraient jamais en public l'affection qu'ils avaient l'un pour l'autre, mais tout le monde le savait dans le village ; aucun homme n'aurait osé proférer quelque propos galant à Caterina ; tous observaient à son égard le respect dû à l'épouse et maîtresse de maison. Pour Don Aprile, ces jours passés en Sicile étaient les plus heureux de sa vie. Un cadeau du ciel.

Ce fut trois jours avant son retour aux États-Unis que l'inconcevable se produisit : Don Aprile fut kidnappé alors qu'il se promenait dans les rues de son village.

Dans le Cinesi, une province voisine comptant parmi les plus pauvres et isolées de l'île, le chef de la *cosca* locale était un bandit féroce et téméraire nommé Fissolini. Il régnait en despote absolu sur ses terres et n'avait aucun contact avec le reste de la Mafia sicilienne. Il ne savait rien du pouvoir immense de Don Aprile et ne soupçonnait pas que son influence pouvait s'étendre à son fief reculé coincé entre deux chaînes de montagnes. Il décida de kidnapper Don Aprile et de demander une rançon. La seule loi qu'il avait conscience de violer c'était que pour mener à bien son projet, il allait devoir faire une incursion sur le territoire d'une *cosca* voisine ; mais l'Américain semblait suffisamment fortuné pour qu'il prenne ce petit risque.

La *cosca* était l'unité élémentaire de l'organisation occulte nommée la Mafia ; chaque *cosca* était, le plus souvent, composée par des membres de la même famille. Des citoyens respectables, tels que des avocats ou médecins, ralliaient une *cosca* pour protéger leur intérêt. Chaque *cosca* était une entité autonome, mais elle pouvait s'allier à une autre, plus puissante. C'est cet entrelacs d'influence et d'allégeance qui formait la Mafia. Mais il n'existait aucun commandant en chef de l'ensemble, aucune autorité supérieure.

Une *cosca* se spécialisait le plus souvent dans un type de racket sur son territoire. Il y avait la *cosca* qui contrôlait le marché de l'eau et qui empêchait le gouvernement d'édifier un barrage destiné à faire baisser le prix du mètre cube. En cela, elle sapait le monopole de l'État. Une autre *cosca* contrôlait la production et distribution des fruits et légumes. Les *cosci* les plus puissantes étaient celle des Clericuzio de Palerme, qui avait la mainmise sur tout le secteur des travaux publics en

Sicile et celle des Corleone qui influençait les politiciens de Rome et organisait la circulation de la drogue à travers le monde entier. On trouvait aussi les *cosci* rapaces et mesquines, celles qui demandaient de l'argent aux jeunes amoureux pour avoir le droit de pousser leurs sérénades sous les fenêtres de leurs dulcinées. À elles toutes, les *cosci* organisaient le crime. Elles n'auraient jamais toléré que d'honnêtes citoyens qui versaient dûment leur obole à la *cosca* se fassent rançonner ou cambrioler. Les malheureux qui tuaient pour voler des portefeuilles ou violaient des femmes étaient punis de mort, sans autre forme de procès. De la même manière, il n'y avait aucune mansuétude pour l'adultère à l'intérieur d'une *cosca*. Amant et maîtresse étaient exécutés d'un même mouvement. Une sentence connue de tous.

La *cosca* de Fissolini n'avait pas de gros moyens d'existence. Elle contrôlait la vente des icônes religieuses, percevait un salaire pour protéger le bétail d'un fermier et organisait le kidnapping d'hommes riches ayant le tort de négliger leur protection.

C'est ainsi que Don Aprile et le jeune Astorre furent kidnappés alors qu'ils se promenaient tranquillement dans les rues du village ; Fissolini et sa bande, inconscients du danger, arrivèrent avec deux vieux camions du surplus de l'armée américaine pour emporter l'homme dans les montagnes.

Les dix hommes en tenue de paysans étaient armés de fusils. Ils soulevèrent Don Aprile du sol et le projetèrent à l'arrière du premier camion. Astorre, sans l'ombre d'une hésitation, sauta dans la benne ouverte pour rester avec son oncle. Les bandits voulurent le repousser, mais il s'accrocha de toutes ses forces aux montants de bois. Les camions roulèrent pendant une heure jusqu'au pied des montagnes à la périphérie de Montelepre, puis la suite du voyage se fit à cheval et à dos d'âne, pour gravir les sentiers muletiers qui se perdaient dans les surplombs rocheux barrant l'horizon. Durant tout le périple, le garçon observait chaque chose, chaque détail, de ses grands yeux verts, mais ne prononça pas un mot.

Au coucher du soleil, ils atteignirent une grotte nichée dans les montagnes. On leur offrit pour dîner du mouton à la broche, du pain fait maison et du vin. Sur place, trônait une grande statue de la Vierge Marie, installée dans une châsse de bois sculptée. Fissolini, malgré sa férocité, était un homme pieux. Il avait également cette courtoisie toute paysanne et se présenta humblement à Don Aprile et à Astorre. Il ne faisait aucun doute qu'il était le chef de la bande. Il était petit, trapu, et bâti comme un gorille; il avait un fusil à la main et deux pistolets à la ceinture. Son visage était aussi rocailleux que la Sicile, mais il y avait une lueur malicieuse dans ses yeux. Il aimait la vie et les pieds de nez du destin, en particulier ceux qui menaient dans son filet un homme richissime qui valait son poids en or. Il n'y avait, en outre, aucune méchanceté ou malveillance chez cet homme.

— *Commandatore,* commença-t-il en s'adressant à Don Aprile, je ne veux pas que vous vous inquiétiez pour le jeune homme. C'est lui qui portera en ville la demande de rançon demain matin.

Astorre dévorait sa viande grillée au feu de bois. Jamais il n'avait mangé quelque chose d'aussi délicieux. Il parla finalement, la bouche pleine, avec une bravoure enthousiaste :

— Je veux rester avec mon oncle Raymond.

Fissolini éclata de rire.

— La bonne nourriture donne du courage! Pour montrer mon respect au *Commandatore,* j'ai préparé ce repas moi-même. J'ai utilisé les herbes spéciales de ma mère.

— Je reste avec mon oncle, répéta Astorre cette fois d'une voix claire et chargée de défi.

Don Aprile se tourna vers Fissolini d'un air grave mais sans animosité.

— Cela a été une belle soirée – le repas, l'air des montagnes, votre compagnie. J'attendrais presque avec joie la rosée du matin. Mais je ne saurais trop vous conseiller de me ramener dans mon village.

Fissolini s'inclina respectueusement.

— Je sais que vous êtes riche. Mais êtes-vous aussi puissant que ça ? J'en doute. Je ne vais demander que cent mille dollars américains pour votre libération.

— Vous m'insultez, répondit Don Aprile. Vous allez ruiner ma réputation. Doublez la rançon. Et ajoutez cinquante mille pour le garçon. Tout sera payé. Mais votre existence sera une torture de chaque instant. (Don Aprile marqua une pause.) Je suis surpris de vous voir agir d'une façon aussi irréfléchie.

Fissolini poussa un soupir.

— Il faut me comprendre, *Commandatore*, je suis un pauvre homme. Bien sûr, je peux prendre tout ce que je veux dans ma province, mais la Sicile est une terre maudite ! Même les riches y sont trop pauvres pour subvenir aux besoins de gens comme moi ! Vous êtes ma seule chance de faire fortune, comprenez-moi.

— Vous auriez dû venir me trouver pour me proposer vos services, répondit Don Aprile. J'ai toujours du travail pour les hommes hardis et débrouillards.

— Vous dites cela à présent parce que vous êtes à ma merci, répliqua Fissolini. Les gens qui se retrouvent soudain sans défense se montrent toujours très généreux. Mais je vais suivre votre conseil et demander le double. Je suis quand même un peu gêné ; aucun humain ne vaut autant. Et je laisserai le garçon s'en aller. J'ai toujours eu un faible pour les enfants – j'en ai quatre moi-même que je dois nourrir.

Don Aprile se tourna vers Astorre.

— Tu veux t'en aller ?

— Non, répondit Astorre en relevant la tête. Je veux rester avec toi.

Ses grands yeux verts cherchèrent le regard de son oncle.

— Alors laissez-le rester ici, ordonna Don Aprile en se tournant vers le bandit.

Fissolini secoua la tête.

— Il reviendra après. J'ai une réputation à défendre. Je ne suis pas un bourreau d'enfants. Parce qu'en définitive, malgré tout le respect que j'ai pour vous *Com-*

mandatore, je serai contraint de vous couper en morceaux et de les envoyer un à un à vos collègues s'ils rechignent à payer. Mais s'ils payent, vous avez la parole d'honneur de Pietro Fissolini que je ne toucherai pas à un seul cheveu de votre tête.

— La rançon sera payée, affirma Don Aprile avec calme. Maintenant, passons aux choses agréables. Allez, mon neveu, chante donc une chanson pour ces messieurs.

Astorre chanta pour les bandits, qui furent sous le charme ; on le complimenta avec chaleur, on lui ébouriffa les cheveux. Ce fut, en effet, un moment magique pour tout le monde – la douce voix de l'enfant emplissant les montagnes de chants d'amour.

On partit chercher dans une autre grotte des couvertures et des sacs de couchage à leur intention.

— Que voulez-vous manger au petit déjeuner demain matin, *Commandatore* ? Du poisson, tout frais sorti du torrent ? Et puis du veau et des spaghetti pour déjeuner ? Nous sommes à votre service.

— Je vous remercie, répondit Don Aprile. Un morceau de fromage et quelques fruits feront l'affaire.

— Alors je vous souhaite une bonne nuit.

Voyant l'air chagrin du garçon, il lui tapota la tête avec affection et ajouta à son intention :

— Demain soir, tu dormiras dans ton lit.

Astorre ferma les yeux et s'endormit aussitôt à côté de son oncle.

— Viens près de moi, murmura Don Aprile, en refermant ses bras autour de l'enfant.

Astorre dormit si profondément que le soleil était déjà haut dans le ciel lorsqu'un bruit le réveilla. Il se redressa et vit que l'endroit était occupé par cinquante hommes armés. Don Aprile, royal et serein, buvait un café assis sur un grand rocher.

Il aperçut Astorre et lui fit signe d'approcher.

— Tu veux un peu de café ? (Puis il désigna du doigt l'homme qui se tenait devant lui.) Je te présente mon ami Bianco. C'est lui qui est venu à notre rescousse.

L'homme semblait énorme aux yeux du garçon ; malgré son embonpoint évident, le fait qu'il soit en costume cravate et sans arme rendait le personnage bien plus impressionnant que Fissolini. Il avait une touffe de cheveux blancs bouclés sur le crâne et de grands yeux d'albinos. Il émanait de lui une formidable aura de puissance. Mais sa voix était douce et chaude, comme si tout son être voulait contredire cette impression.

— Don Aprile, articula Octavius Bianco, je suis désolé d'arriver si tard et de t'avoir laissé dormir par terre comme un paysan. Mais je suis venu dès que j'ai appris la nouvelle. J'ai toujours su que Fissolini était un crétin, mais je ne m'attendais pas à ce qu'il fasse une bêtise pareille.

Des coups de marteaux se firent entendre, puis quelques hommes disparurent dans les fourrés. Deux garçons clouaient des branches pour confectionner une croix ; à l'autre extrémité de la combe, Pietro Fissolini et ses dix bandits étaient ligotés à des troncs d'arbres, prisonniers d'un entrelacs de fils de fer barbelés et de cordes, leurs membres emmêlés comme des queues d'ail dans une botte.

— Raymond, lequel de ces scélérats veux-tu juger en premier ? demanda Bianco.

— Fissolini, c'est le chef.

Bianco traîna Fissolini aux pieds de Don Aprile ; il était toujours ficelé comme une momie. Bianco et l'un de ses hommes le soulevèrent de terre et le mirent debout.

— Comment peux-tu être aussi stupide, Fissolini ? lança Bianco. Tu ne savais donc pas que Don Aprile était sous ma protection ? Sinon je l'aurais déjà kidnappé moi-même depuis longtemps ! Qu'est-ce que tu imaginais ? Que c'était comme chaparder une barrique d'huile d'olive ? Un peu de vinaigre ? Ai-je déjà mis les pieds chez toi ? Ai-je déjà fait des expéditions dans ta province ? Il faut toujours que tu n'en fasses qu'à ta tête ! Je savais qu'un jour ou l'autre tu nous ferais une bêtise. Enfin, puisque comme Jésus, tu es bon pour être cloué sur la croix, pour le salut de ton âme présente tes excuses à Don Aprile et au garçon. Peut-être aurai-je alors pitié de toi au point de te mettre simplement une balle dans la tête.

— Je t'écoute, déclara Don Aprile. Pourquoi avoir eu ce manque de respect pour ma personne ?

Fissolini redressa les épaules d'un air digne.

— Il n'y a pas eu manque de respect pour votre personne, *Commandatore*. J'ignorais à quel point vous étiez précieux et important pour mes amis. Cet idiot de Bianco aurait dû me prévenir de la situation. J'ai fait une erreur, *Commandatore*, et je dois payer, c'est normal. (Il marqua un temps d'arrêt puis se tourna vers Bianco.) Dis à tes hommes de cesser de planter ces clous. Ce vacarme me monte à la tête. À quoi bon essayer de me faire mourir de peur, si vous comptez me tuer de toute façon !

Fissolini marqua une nouvelle pause et s'adressa à Don Aprile.

— Punissez-moi, mais épargnez mes hommes. Ils n'ont fait que suivre mes ordres. Ils ont des familles. Vous allez faire mourir tout un village si vous les tuez.

— Ce sont des adultes ; ils sont légalement responsables, rétorqua Don Aprile avec sarcasme. Je leur ferais insulte s'ils ne partageaient pas ton sort.

Malgré son jeune âge, Astorre comprit que c'était la vie ou la mort de ces hommes qui était en jeu.

— Oncle Raymond, ne leur fais pas de mal, murmura-t-il.

Mais Don Aprile fit mine de n'avoir rien entendu.

— Continue, reprit-il à l'adresse de Fissolini.

Fissolini lui retourna un regard interrogateur, d'un air à la fois fier et méfiant.

— Je ne vais pas vous supplier de me laisser la vie sauve. Mais tous ces hommes là-bas sont de ma famille, de mon sang. Si vous les tuez, vous réduisez leurs femmes et leurs enfants à la misère. Trois d'entre eux sont mes gendres. Ils ont une foi totale en moi. Ils suivront aveuglément mes ordres. Si vous les laissez partir, je leur ferai jurer, avant de mourir, fidélité et loyauté envers vous jusqu'à la fin de leurs jours. Et ils m'obéiront, vous pouvez en être sûr. Ce n'est pas rien de pouvoir compter sur dix compagnons fidèles. C'est même un grand atout. On dit que vous êtes un grand parmi les grands, mais vous ne pouvez être réellement aussi grand qu'on le dit si vous êtes incapable de montrer de la pitié. Vous ne pouvez vous permettre d'en faire une habitude, bien sûr, mais pour une fois...

Il lança un sourire vers Astorre.

Don Aprile avait connu maintes fois ce genre de moments critiques, et sa décision était d'ores et déjà prise. Il avait toujours douté de la véritable force de la gratitude et, à son avis, personne ne pouvait durablement influer sur le libre arbitre d'autrui, hormis en le tuant. Il considéra Fissolini d'un air impassible et secoua la tête. Bianco s'avança.

Astorre se planta alors devant son oncle et le regarda droit dans les yeux. Il avait tout compris de ce qui se tramait. Il leva la main pour protéger Fissolini.

— Il ne nous a pas fait de mal, lança Astorre. Il en voulait juste à notre argent.

Don Aprile esquissa un sourire.

— Et ce n'est rien selon toi ?

— Il avait une bonne raison. Il voulait nourrir sa famille. Et je l'aime bien. S'il te plaît, oncle Raymond...

Don Aprile sourit et resta un long moment silencieux, ignorant Astorre qui lui agrippait la main. Pour la première fois depuis des années, Don Aprile sentit monter en lui l'envie de faire preuve de mansuétude.

Les hommes de Bianco avaient allumé de petits cigares, très forts, dont la fumée s'élevait en volutes silencieuses dans l'air vif des montagnes. L'un des hommes s'avança, sortit de sa veste de chasse un nouveau cigare et l'offrit à Don Aprile. Avec son esprit incisif, Astorre comprit qu'il ne s'agissait pas simplement d'un geste de politesse, mais d'une marque de respect. Son oncle prit le cigare; l'homme lui offrit du feu, tenant ses deux mains en coupe pour protéger la flamme.

Don Aprile tira de longues bouffées, sans se presser, puis annonça enfin :

— Je ne vais pas te faire insulte, Fissolini, en te montrant de la pitié ; je préfère passer un marché avec toi. Je reconnais qu'il n'y avait rien de malveillant dans ton action et que tu as montré à mon égard et envers le petit la plus grande attention. Alors voilà le marché que je t'offre. Tu vis. Tes hommes vivent aussi. Mais pour le reste de tes jours, tu seras à mes ordres.

Astorre sentit un immense soulagement le gagner ; il lança un sourire à Fissolini qui s'agenouilla aussitôt au sol et baisa la main de Don Aprile. Le garçon remarqua que les hommes en armes tiraient avec vigueur sur leurs cigares et que même Bianco, grand comme une montagne, était ébranlé par l'événement.

— Que Dieu vous bénisse, *Commandatore*, murmura Fissolini.

Don Aprile posa son cigare sur le rocher à côté de lui.

— J'accepte ta bénédiction, mais tu dois bien comprendre une chose. Bianco est venu me sauver et dorénavant j'attends de toi la même chose. Je lui verse une certaine somme d'argent tous les ans, et je ferai la même chose pour toi. Mais à la première infidélité de ta part, toi et les tiens serez exterminés jusqu'au dernier. Femmes, enfants, neveux, gendres, tous redeviendront poussière.

Fissolini se releva. Il embrassa Don Aprile et fondit en larmes.

C'est ainsi qu'un nouveau lien unit l'oncle et le neveu. Don Aprile avait aimé que le garçon parvienne à le persuader de faire preuve de pitié et Astorre avait apprécié que son oncle épargne la vie de Fissolini et de ses dix hommes. Ce fut un lien qui perdura entre eux jusqu'à la fin de leurs jours.

La dernière soirée à la Villa Grazia, Don Aprile buvait un café dans le jardin tandis qu'Astorre mangeait des olives dans leur tonnelet de saumure. Le garçon était pensif, curieusement silencieux, contrairement à sa nature.

— Tu es triste de quitter la Sicile ? demanda Don Aprile.

— Je voudrais pouvoir passer toute ma vie ici, répondit Astorre.

Il glissa ses noyaux d'olives dans sa poche.

— Nous reviendrons ici tous les étés, annonça Don Aprile.

Astorre releva la tête et jeta sur son oncle un regard chargé de sagesse, comme un vieil ami, le front curieusement froncé sur son visage juvénile.

— Est-ce que Caterina est ta petite amie ? demanda-t-il.

Don Aprile se mit à rire.

— Oui, c'est ma bonne amie.

Astorre réfléchit quelques instants.

— Est-ce que mes cousins savent pour elle et toi ?

— Non, les enfants ne sont pas au courant.

Don Aprile était amusé par la vivacité d'esprit du garçon et il attendait avec curiosité la question suivante. Astorre prit soudain un air grave.

— Mes cousins savent-ils que tu as des amis aussi puissants que ce Bianco, des amis qui sont prêts à faire ce que tu veux, à se sacrifier pour toi ?

— Non, ils ne le savent pas.

— Je ne leur dirai rien alors. Pas même pour le kidnapping.

Une bouffée de fierté monta dans la poitrine de Don Aprile. La loi de *l'omerta* était déjà inscrite dans les gènes du garçon.

Plus tard dans la soirée, une fois seul, Astorre se rendit au fond du jardin et creusa un trou à mains nues. Dans ce trou, il glissa ses noyaux d'olives qu'il avait gardés en secret dans sa poche. Il leva les yeux vers le ciel bleu roi de Sicile et fit un vœu ; il serait un jour un homme respectable comme son oncle, passant ses soirées dans ce jardin sous les mêmes étoiles, à regarder ses oliviers grandir.

Après cet événement, les dés étaient jetés entre eux deux, se disait Don Aprile. Lui et Astorre se rendirent tous les ans en Sicile jusqu'à ce que le garçon ait atteint l'âge de seize ans. Une image se formait dans l'esprit de Don Aprile quant à l'avenir d'Astorre, son destin se précisait peu à peu, de jour en jour...

Ce fut sa fille qui, en déclenchant une crise familiale, précipita les choses et poussa Astorre vers son destin. Alors âgée de dix-huit ans (deux ans de plus qu'Astorre) Nicole tomba amoureuse de son cousin; avec son caractère à l'emporte-pièce, elle ne fit aucun effort pour cacher ses sentiments. Elle jeta son dévolu sur l'adolescent encore fragile qui ne put résister à son charme. Ils devinrent amants avec toute la passion et l'ardeur des jeunes gens de leur âge.

Don Aprile ne pouvait tolérer une telle chose, mais il agissait toujours en stratège de guerre, adaptant ses tactiques en fonction du terrain. Bien qu'il fût au courant de leur liaison, il n'en laissa jamais rien paraître.

Un soir, il convoqua Astorre dans son bureau et lui apprit qu'il voulait l'envoyer en Angleterre faire ses études et apprendre le métier de banquier au contact d'un certain Mr Pryor, résidant à Londres. Il ne donna pas d'autres raisons pour justifier sa décision et savait que le garçon comprendrait qu'on l'envoyait à l'étranger pour mettre un terme à sa liaison avec la fille de la maison. Mais c'était sans compter sur Nicole, qui avait écouté derrière la porte. Elle pénétra dans la pièce comme une furie, encore plus belle et magnifique dans la colère.

— Tu ne peux pas l'écarter comme ça! hurla-t-elle. Si tu oses faire ça, on s'enfuira tous les deux.

Don Aprile esquissa un sourire et répondit avec détachement.

— Vous devez tous les deux finir vos études.

Nicole se tourna vers Astorre, qui était rouge d'embarras.

— Astorre, tu ne vas pas y aller, n'est-ce pas? articula-t-elle.

Astorre ne répondit pas et Nicole éclata en sanglots.

N'importe quel père aurait été ému par cette scène, mais Don Aprile fut simplement amusé. Sa fille était splendide, une vraie *mafiosa* au noble sens du terme. Elle refusa d'adresser la parole à son père pendant des semaines et passa ses journées enfermée dans sa chambre. Mais Don Aprile n'était pas inquiet outre mesure; les blessures d'amour guérissaient toujours.

Il fut encore plus amusé de voir Astorre pris dans les affres de tous les adolescents de son âge. Il aimait Nicole, certes. Et, sans doute, la passion qu'elle lui vouait le faisait se sentir la personne la plus importante au monde. Aucun jeune homme n'aurait pu résister à cette tentation. Mais Don Aprile comprit également qu'Astorre avait besoin d'une excuse pour se libérer de ces entraves et pour pouvoir marcher à grands pas vers le destin glorieux qui l'attendait. L'oncle sourit. Le garçon avait les bons instincts, la tête bien faite, il était temps pour lui de recevoir son éducation, la vraie.

Trois ans, donc, après s'être retiré des affaires, Don Raymond Aprile éprouvait la satisfaction et la sérénité de l'homme qui savait avoir fait les bons choix au cours de sa vie. Il se sentait si serein qu'il commença enfin à entretenir de véritables relations avec ses enfants, profitant sur le tard des joies de la paternité – du moins dans une certaine mesure.

Valerius avait passé le plus clair des vingt dernières années à l'étranger dans diverses bases militaires; il n'avait jamais été très proche de son père. Maintenant qu'il était en poste à West Point, les deux hommes se voyaient plus souvent et la glace se dégelait peu à peu. Mais la route était encore longue avant que le père et le fils se retrouvent.

Avec Marcantonio, la situation était différente. Don Aprile et son cadet avaient toujours entretenu certaines relations. Marcantonio lui parlait de son travail à la télévision, des joies que lui procurait le processus de création artistique, de ses devoirs envers les spectateurs, de son désir de rendre le monde meilleur. Ces gens du show-business vivaient sur une autre planète, aux yeux de Don Aprile. Leur incapacité à voir les réalités de ce monde le laissait pantois.

Lors des dîners de famille, Marcantonio et son père se chamaillaient souvent, sans animosité, pour le plus grand plaisir des autres. C'était leur show à eux. Une fois Don Aprile avait dit à Marcantonio :

— Il n'existe nulle part sur terre des gens aussi bons ou aussi mauvais que dans tes téléfilms.

— C'est l'image qu'a le public de notre monde. C'est ce qu'il imagine être la réalité. Nous devons donc lui en donner pour son argent.

À une réunion de famille, Valerius avait tenté d'expliquer la raison d'être de la guerre du Golfe, qui en plus de protéger d'importants intérêts économiques et de défendre le peuple du Koweït avait été un don du ciel pour la chaîne de télévision de Marcantonio. Don Aprile, en réponse à tout ça, s'était contenté de hausser les épaules. Ces conflits étaient du chipotage économique, des chamailleries de grandes puissances, et ne l'intéressaient pas.

— Dis-moi, commença-t-il à l'adresse de Valerius, comment les nations gagnent-elles réellement les guerres ? Quel est le facteur déterminant ?

Valerius réfléchit un moment.

— Il y a l'entraînement des armées, la qualité de l'état-major, les grandes batailles, celles qu'on gagne, celles qu'on perd. Mais lorsque je travaillais aux services de renseignements, on a tout analysé et on en est arrivés à la conclusion suivante : celui qui l'emporte, c'est le pays qui produit le plus d'acier, c'est aussi simple que ça.

Don Aprile hocha la tête lentement, l'air satisfait.

C'était avec Nicole que ses relations étaient les plus intenses et passionnelles. Il était fier de ses exploits professionnels, de sa beauté, de sa nature ardente et sans compromission, de son intelligence. Malgré son jeune âge – trente-deux ans –, c'était une avocate redoutable qui avait le vent en poupe, jouissant d'appuis politiques solides ; elle ne craignait rien ni personne lorsqu'elle endossait sa robe, symbole de sa puissance.

Don Aprile l'avait aidée en secret dans sa carrière ; le cabinet juridique qui avait embauché Nicole ne pouvait rien lui refuser. Mais ses frères la considéraient comme une sorte d'oiseau rare avec qui ils ne se sentaient pas tout à fait à leur aise et ce pour deux raisons : elle était célibataire et acceptait nombre de travaux non payés pour la bonne cause. Malgré son admiration pour sa fille, Don Aprile avait du mal à la prendre au sérieux. Après tout, c'était une femme, ayant, qui plus est, un goût prononcé pour les hommes.

Durant les dîners de famille, père et fille se chamaillaient constamment comme deux chats batailleurs ne faisant couler le sang que très rarement. Ils avaient un grave sujet de discorde, le seul qui pouvait affecter la bonne humeur de Don Aprile. Nicole croyait que la vie humaine avait un caractère sacré, que la peine capitale était une aberration. Elle avait été à la tête du comité de lutte contre la peine de mort.

— Pourquoi serait-elle sacrée ? s'irritait Don Aprile.

Et Nicole montait sur ses grands chevaux. Parce que la peine de mort sonnait le glas de l'humanité, disait-elle. Parce que si on acceptait ce meurtre-là, on en viendrait invariablement à en accepter d'autres ; on trouverait toujours des circonstances atténuantes, d'autres convictions pour les justifier. Finalement, c'était toute l'évolution de la civilisation humaine qui en pâtirait. Cette prise de position la mettait en conflit permanent avec son frère Valerius. Après tout, l'armée ne faisait rien d'autre qu'exécuter des sentences de mort. Peu importaient les raisons avancées ; un meurtre était un meurtre, aux yeux de Nicole, et cette pratique ramenait l'humanité au cannibalisme ou pire encore. À la moindre occasion, elle écumait les tribunaux, dans l'espoir de sauver la vie de meurtriers condamnés. Même si Don Aprile considérait tout cela comme des enfantillages, au dernier dîner de famille, il leva son verre pour célébrer la victoire de Nicole lors d'un procès qui avait fait la une des journaux. Elle était parvenue à commuer la peine de mort en incarcération à vie pour l'un des meurtriers les plus célèbres de la décennie, un type qui avait occis son meilleur ami et violé sa veuve. Dans sa fuite, il avait abattu deux pompistes à une station d'essence. Il avait poursuivi ses mésactions avec le viol et le meurtre d'une fillette de dix ans. Ses hauts faits prirent fin lorsqu'il tenta de tuer deux policiers dans leur voiture de patrouille. Nicole avait remporté le procès en plaidant la folie et en garantissant que le condamné passerait le reste de ses jours dans un hôpital psychiatrique pour psychopathes criminels sans aucun espoir de libération.

Le dîner de famille suivant fut organisé pour célébrer une nouvelle victoire de Nicole – cette fois, c'était elle l'accusée. Au cours d'un récent procès, elle avait défendu un point juridique litigieux et délicat à son grand péril. Elle avait été convoquée par le conseil du Barreau pour pratique contraire à l'éthique et avait finalement été acquittée. Elle était donc, ce soir-là, débordante de joie.

Don Aprile, d'humeur gaie, montra un intérêt peu coutumier pour cette affaire. Il félicita sa fille, mais se déclara perplexe, ou feignit de l'être, quant à la teneur exacte du problème. Nicole avait dû lui expliquer les enjeux.

Elle avait défendu un homme de trente ans, qui avait violé, sodomisé et tué une fillette de douze ans, puis qui avait caché son corps pour que la police ne puisse le retrouver. Les preuves étaient accablantes, mais sans cadavre, sans *corpus delicti*, le juge et les jurés auraient du mal à exiger la peine de mort. Les parents de la victime vivaient le martyre, dans l'attente qu'on découvre enfin le corps.

Le meurtrier avait dit à Nicole, son avocate, où étaient enterrés les restes de la fillette ; il l'avait autorisée à se servir de cette information pour négocier – si on lui garantissait la peine à perpétuité et non la peine de mort, il dirait à la cour où il avait caché le cadavre. Malheureusement, dès que Nicole avait exposé les termes du marché au procureur, c'est elle qui fut menacée de poursuites judiciaires si elle ne révélait pas au juge l'endroit où le corps était dissimulé. Nicole considérait que la société se devait de protéger la confidentialité entre l'avocat et son client ; elle refusa donc de divulguer cette information et un juge de la haute cour lui donna raison.

Le procureur, après avoir consulté les parents de la victime, accepta le marché.

Le meurtrier leur dit qu'il avait coupé le cadavre en morceaux, placé les restes dans une caisse remplie de glace et enterré le tout dans un marais du New Jersey. On retrouva donc le corps et l'accusé fut condamné à la prison à vie. Mais le conseil du Barreau accusa Nicole de pratiques indignes en violation avec le code déontologique de la profession. Et ce jour-là, elle avait été jugée et acquittée.

Don Aprile porta un toast à la santé de tous ses enfants puis se tourna vers Nicole.

— Et toi, qu'en penses-tu ? C'était une pratique indigne ou non ?

Nicole perdit dans l'instant son entrain.

— C'est une question de principes. L'État ne peut remettre en cause la confidentialité des échanges entre avocat et client, quelles que soient la situation, la gravité des faits. Si l'on touche à ça, c'est tout le système judiciaire qui s'écroule. Cela doit rester un privilège sacro-saint.

— Et tu n'as pas de regrets pour le père et la mère de la fillette ?

— Bien sûr que si, répondit Nicole, agacée. Mais je ne peux laisser mes sentiments remettre en cause l'un des fondements même de notre justice. Cela m'a torturée, tu peux me croire, mais je n'avais pas le choix. Mon cas servira de jurisprudence à présent. Il faut savoir faire parfois des sacrifices pour protéger le futur.

— Mais le conseil du Barreau t'a poursuivie en justice...

— Pour sauver la face. C'était un geste politique. Le

commun des mortels, qui ignore tout de la complexité de notre système judiciaire, ne peut admettre ma position et il y a eu un tollé contre moi. Mon procès a été repris par tous les médias. Les juges les plus influents du pays ont dû expliquer en public que la Constitution m'autorise à ne pas divulguer cette information.

— Bravo ! lança Don Aprile, jovial. Je vois que la loi est toujours pleine de surprises. Mais il faut être avocat pour pouvoir en profiter !

Agacée de voir son père se moquer d'elle, elle répliqua d'un ton sec :

— Sans loi, aucune civilisation ne peut exister.

— C'est vrai, concéda Don Aprile, comme pour apaiser la colère de sa fille. Mais il me semble injuste qu'un homme puisse commettre un crime terrible et s'en sortir vivant.

— Peut-être, mais notre justice est basée sur la négociation. Si l'accusé plaide coupable, le système lui promet des peines allégées. Les criminels reçoivent, c'est vrai, des condamnations moindres que ce qu'ils mériteraient. Mais d'une certaine manière, c'est une bonne chose. Le pardon guérit plus vite les âmes que la vengeance. À long terme, ceux qui ont commis ces crimes pourront plus facilement se réinsérer dans notre société.

Ce fut alors avec une ironie bon enfant que Don Aprile leva son verre pour porter un toast.

— Mais dis-moi, Nicole. Crois-tu vraiment que cet homme n'était pas responsable de ses actes ? Après tout personne ne l'a forcé à faire ce qu'il a fait.

Valerius se tourna vers sa sœur et la regarda avec un intérêt mesuré. C'était un homme de grande taille, il avait quarante ans, portait une fine moustache et ses cheveux viraient déjà au gris acier. En tant qu'officier des services de renseignements, il avait déjà dû prendre des décisions qui bafouaient nombre de principes éthiques et moraux. Il était donc intéressé par ce qu'allait répondre Nicole.

Marcantonio comprenait sa sœur ; si elle aspirait tant à une vie tranquille et sans violence, c'était en partie en réaction à l'existence qu'avait menée son père. Connaissant le tempérament de Nicole, il craignait qu'elle n'ait des paroles trop dures, des paroles que leur père ne pourrait jamais lui pardonner.

Astorre, quant à lui, était toujours fasciné par Nicole – son regard enflammé, l'énergie inconcevable qui l'animait lorsqu'elle répondait aux piques de son père. Il se souvenait encore de leurs ébats amoureux lorsqu'ils étaient adolescents et gardait une grande tendresse pour elle. Mais aujourd'hui, Astorre avait changé ; il n'était plus le garçon qu'elle avait aimé autrefois. C'était une chose entendue entre eux deux. Ils avaient eu une liaison passionnée et secrète dans leur jeunesse et leur histoire appartenait désormais au passé – ses frères n'étaient pas même au courant à l'époque et ne l'étaient peut-être pas plus aujourd'hui. Astorre craignait pardessus tout qu'une dispute éclate, qu'elle brise les liens de cette famille qu'il aimait et qui était son seul foyer. Il espérait, comme Marcantonio, que Nicole n'irait pas trop loin dans ses propos ; mais il ne partageait aucun de ses points de vue. Ses années en Sicile lui avaient appris d'autres vérités. Il s'étonnait néanmoins toujours que les deux personnes qu'il chérissait le plus dans sa vie puissent être si différentes. Même si Nicole avait raison, jamais Astorre ne ferait front avec elle contre Don Aprile.

Nicole soutint le regard de son père.

— Non, je ne crois pas qu'il était responsable de ses actes, répondit-elle. Ce sont les circonstances qui l'ont contraint à faire ce qu'il a fait, les circonstances de la vie – sa perception pervertie, son héritage génétique, son métabolisme et son absence de contact avec les médecins… Cet homme n'était pas sain d'esprit. Bien sûr qu'il n'était pas pénalement responsable. J'en suis sûre.

Don Aprile réfléchit un moment avant de poursuivre :

— Et s'il t'avoue que tout cela était de fausses excuses, qu'il t'a joué la comédie… tenterais-tu encore de lui sauver la vie ?

— Oui, répondit Nicole. La vie humaine est sacrée, quel que soit l'individu. L'État n'a pas le droit de la prendre. Elle ne lui appartient pas.

Don Aprile esquissa un sourire moqueur.

— C'est ton sang italien qui parle. Tu sais que l'Italie moderne n'a jamais connu la peine de mort ? Quand on songe à toutes ces vies épargnées... cela donne le vertige.

Astorre et ses fils se raidirent sous le ton sarcastique de Don Aprile, mais Nicole resta de marbre.

— C'est un procédé barbare, répliqua-t-elle d'un ton sévère. Sous couvert de la justice, l'État perpétue des crimes prémédités ; c'est de la barbarie ; et tu es bien placé pour le savoir.

C'était une parole de défi, une allusion à peine voilée à la réputation de son père. Elle lâcha un rire, puis se reprit :

— Nous avons une alternative. Nous enfermons le criminel dans une prison ou un établissement psychiatrique jusqu'à la fin de ses jours, sans le moindre espoir de liberté conditionnelle ou de remise de peine. Il ne représente ainsi plus un danger pour la société, c'est cela qui importe.

Don Aprile la regarda avec des yeux de glace.

— Reprenons dans l'ordre. Un, j'approuve que l'État puisse prendre la vie d'un être humain. Deux, en ce qui concerne les peines à perpétuité sans conditionnelle ni remise de peine, c'est de la foutaise. Au bout de vingt ans, on aura trouvé de prétendues nouvelles preuves, ou la réinsertion sera à la mode... le criminel aura accompli sa métamorphose, sera jugé innocent comme un nouveau-né et il sortira de cellule, prêt à se gaver au pis de la bonté humaine. Tout le monde aura oublié la victime. Ton bonhomme sera libre comme l'air. Et cela ne te dérange pas...

— Papa, répliqua Nicole en fronçant les sourcils, je n'ai jamais dit que la victime ne comptait pas. Je dis simplement que prendre la vie du meurtrier ne la fera pas ressusciter. Plus nous trouverons des excuses pour prononcer la peine de mort, quels que soient les crimes commis, plus cette pratique perdurera.

Don Aprile but une gorgée de vin en silence, regardant ses fils et Astorre assis autour de la table.

— Je vais te dire la réalité des choses, reprit-il en se tournant vers sa fille. (Il y avait une curieuse vibration dans sa voix.) Tu dis que la vie humaine est sacrée ? Qu'est-ce qui te permet d'affirmer une chose pareille ? Où cela est-il écrit dans l'histoire ? Les guerres qui ont fait des millions de morts étaient cautionnées par tous les États, toutes les religions. Les massacres de milliers de gens, pour des luttes de pouvoir ou des intérêts économiques, ont été légion de tout temps, à toutes les époques. Combien de fois l'appât du gain a-t-il été placé avant la vie humaine ? Et toi-même, tu trouves des excuses aux meurtres de ton client puisque tu lui sauves la vie.

Elle lui retourna un regard étincelant de fureur.

— Je n'excuse pas les meurtres. Ni les siens, ni ceux des autres. Ce sont des actes tout aussi barbares. Je refuse simplement de rallonger la liste.

— Au-delà de tout ça, continua Don Aprile d'une voix plus sourde, plus sincère, la victime, l'être cher, repose sous terre. Elle est bannie à jamais de cette terre. Les siens ne verront plus jamais son visage, n'entendront plus jamais sa voix, ne toucheront plus jamais sa peau. Elle est à jamais dans la nuit, perdue pour nous et notre monde.

Tout le monde écoutait. Don Aprile but une gorgée de vin dans un silence parfait.

— Maintenant écoute-moi, ma Nicole. Ton client, ton meurtrier, a été condamné à la prison à perpétuité. Il va passer le reste de sa vie derrière les barreaux ou dans un asile. C'est ce que tu dis. Mais chaque matin, il verra le soleil se lever, il mangera de la nourriture chaude, il entendra de la musique, le sang coulera dans ses veines et il s'intéressera aux choses de notre monde. Les siens pourront toujours l'embrasser. Je crois savoir qu'ils peuvent étudier en prison, ou apprendre un métier, devenir menuisier par exemple, construire une table, une chaise. Bref, il continuera à vivre, et c'est injuste.

Nicole était d'une détermination d'airain. Elle ne sourcilla pas.

— Papa, pour domestiquer des animaux sauvages, tu ne les laisses pas manger des proies vivantes. Tu évites de leur donner le goût du sang sinon ils t'en demanderont davantage. Plus nous tuons, plus il est facile pour eux de tuer. C'est comme si nous donnions notre accord, tu comprends ? (Voyant qu'il ne lui répondait pas, elle poursuivit.) Et comment sais-tu ce qui est juste ou injuste ? Où situes-tu la limite, toi, entre ce qui est bien ou mal ?

Contrairement à ce qu'on pourrait croire, c'étaient moins des paroles chargées de défi qu'une supplique pour effacer toutes ces années passées à douter de son père. Tout le monde s'attendait à voir Don Aprile exploser de colère devant cette insolence, mais il retrouva soudainement sa bonne humeur.

— J'ai eu mes moments de faiblesse, comme tout le monde, mais je n'ai jamais laissé un enfant porter un jugement sur sa mère ou son père. Les enfants sont des bouches inutiles et ne sont que tourments pour les parents. En tant que père, je considère avoir fait mon devoir. J'ai élevé trois enfants qui sont aujourd'hui des piliers de la société, des enfants talentueux, accomplis et brillants. Et pas totalement démunis face au destin. Avez-vous un seul reproche à me faire ?

Nicole sentit sa colère fondre comme neige.

— Non, papa. En tant que père, personne n'a rien à te reprocher. Mais tu oublies un détail. Les opprimés sont ceux qui se retrouvent au bout d'une corde. Les riches y échappent toujours.

Don Aprile considéra Nicole d'un air grave.

— Pourquoi, dans ce cas, ne te bats-tu pas pour changer les lois, pour que les riches soient pendus à côté des pauvres ? Ce serait plus intelligent.

— Il ne resterait plus grand monde, murmura Astorre dans un sourire.

Cette remarque mit fin à la tension.

— La plus grande vertu de l'humanité est la pitié, déclara Nicole. Une société éclairée ne peut exécuter un homme et se doit d'adoucir ses punitions dans les limites du bon sens et du droit.

Don Aprile perdit sa bonne humeur naturelle.

— D'où tiens-tu de telles sottises ? Ce sont des idées de sybarites et de lâches – pire encore, elles sont blasphématoires. Qui est plus impitoyable que Dieu ? Lui ne pardonne pas, il ne rejette pas le châtiment. Il y a un paradis et un enfer, c'est sa volonté. Il n'a pas banni la douleur et le regret de son monde. C'est le devoir du Tout-Puissant de faire preuve, en matière de pitié, du strict minimum. Qui es-tu pour oser dispenser à profusion de telles grâces ? C'est arrogant et déplacé. Tu penses peut-être qu'en faisant toutes tes saintetés tu vas pouvoir changer le monde ? Je te rappelle que les saints ne font que murmurer des prières à l'oreille de Dieu et seulement lorsqu'ils en ont acquis le droit après avoir enduré leur martyre. Notre devoir est de châtier notre prochain ! Qui sait quel péché plus terrible encore il pourrait commettre. C'est ainsi que nous délivrerons notre monde du mal.

Ce laïus laissa Nicole sans voix et dans une colère blanche, tandis que Valerius et Marcantonio souriaient. Astorre gardait la tête baissée, comme s'il priait.

— Papa, articula finalement Nicole, tu es un indécrottable moraliste et certainement pas un exemple à suivre.

Il y eut un long silence autour de la table, chacun songeant à la relation étrange qu'il entretenait avec son père, le grand Don Aprile.

Nicole n'avait jamais tout à fait cru aux histoires que l'on racontait sur son père mais elle éprouvait une terreur sourde à l'idée qu'elles pussent être vraies.

Marcantonio avait encore en mémoire la question que lui avait posée un jour l'un de ses collègues, d'un air cauteleux : « Comment ton père vous traite-t-il, toi, ton frère et ta sœur ? »

Marcantonio avait réfléchi un moment, sachant que l'homme faisait allusion à la réputation de son père et avait répondu avec le plus grand sérieux du monde :

— Mon père est très cordial avec nous.

Valerius trouvait que son père ressemblait en tout point à ces généraux sous lesquels il avait servi. Des hommes qui voulaient que le travail soit fait sans scrupule ni états d'âme. Des flèches qui filaient vers leur cible avec une précision et une vélocité mortelles.

Pour Astorre, la nature de ses souvenirs était quelque peu différente. Don Aprile lui avait toujours montré sa confiance et son affection. Mais il était également le seul à cette table à savoir que la réputation de Don était bel et bien fondée. Trois ans plus tôt, avant que le jeune homme ne revienne de son long exil, Don Aprile lui avait donné certaines instructions.

— Un homme de mon âge peut mourir en se coinçant un doigt dans une porte, ou d'un mauvais grain de beauté dans le dos, ou encore d'un arrêt du cœur. Un homme ne devrait jamais oublier sa nature mortelle; il devrait y songer à chaque seconde de sa vie. Et pourtant ce n'est jamais le cas. Peu importe qu'on ait ou non des ennemis, il faut toujours avoir à l'esprit qu'un jour ou l'autre, on ne sera plus. J'ai fait de toi l'héritier principal de mes banques. Tu en prendras la direction et tu partageras les bénéfices avec mes enfants. Seulement, certaines personnes sont très intéressées par mes établissements, en particulier le consul général du Pérou. Le gouvernement fédéral continue à me surveiller et aimerait bien mettre la main dessus en faisant jouer les lois RICO. Ce serait un bon coup pour eux. Mais ils ne trouveront rien pour me coincer. Mes instructions sont donc les suivantes : ne vends jamais les banques. Avec le temps, elles deviendront de plus en plus puissantes et rentables. Un jour ou l'autre, le passé sera oublié.

« Si un imprévu survient, appelle Mr Pryor, il t'aidera. Tu le connais bien. C'est un homme très qualifié et il profite lui aussi des banques. Il me doit fidélité. Je vais te présenter également à Benito Craxxi de Chicago. C'est un homme aux ressources infinies qui lui aussi tire profit de ces sociétés. Comme Mr Pryor, c'est un homme de confiance. En attendant, je te donnerai une affaire d'importation de pâtes, un travail simple qui te permettra de vivre confortablement. En échange de tout ça, tu devras assurer la sécurité et la prospérité de mes enfants. C'est un monde cruel et j'ai fait d'eux des agneaux innocents.

Trois ans plus tard, Astorre méditait ces paroles. Le temps avait passé ; il n'avait finalement guère l'impression que les trois enfants Aprile avaient besoin de ses services. Le monde du vieux chef ne volerait pas en pièces.

Mais Nicole n'était pas décidée à clore la discussion.

— Et les vertus de la pitié, qu'en fais-tu ? demanda-t-elle à son père. Celles que prêchent les chrétiens, tu sais ?

Don Aprile répliqua sans hésitation :

— La pitié est un vice, une prétention à un pouvoir auquel nous n'avons pas droit. Ceux qui offrent la pitié au tueur commettent une offense impardonnable envers la victime. Ce n'est pas là notre mission sur terre.

— Tu ne veux donc pas de pitié ?

— Jamais. Je n'en veux pas et je n'en ai nul besoin. Si je dois être puni, j'accepterai de recevoir mon châtiment pour expier tous mes péchés.

Ce fut à ce dîner que le colonel Valerius Aprile invita sa famille à la communion de son fils âgé de douze ans, qui aurait lieu à New York, deux mois plus tard. Sa femme avait voulu que la cérémonie soit organisée dans la vieille église où avait été baptisée toute sa famille. Contrairement à son habitude, Don Aprile avait accepté l'invitation. Lui qui refusait toujours de se déplacer… décidément, la retraite faisait de lui un autre homme.

À midi donc, par un dimanche glacial de décembre baigné d'un soleil jaune citron, la famille Aprile se rendit au grand complet à la cathédrale Saint-Patrick sur la

Cinquième Avenue, la lumière mordorée faisant miroiter l'édifice au milieu des buildings comme une gravure ancienne. Don Raymond Aprile, Valerius et sa femme, Marcantonio (impatient de s'en aller) et Nicole (magnifique dans son tailleur noir) regardèrent le cardinal en personne, coiffé d'une mitre rouge, boire le vin et donner la communion.

C'était un spectacle à la fois mystérieux et émouvant de voir tous ces garçons au seuil de la puberté et ces jeunes filles tout juste nubiles, dans leurs robes blanches et leurs écharpes de soie rouges, descendre les allées de la cathédrale, sous le regard fixe des anges et des saints de pierre. Il s'agissait de la confirmation, celle où ils juraient fidélité à Dieu jusqu'à la fin de leurs jours. Nicole en avait les larmes aux yeux, même si elle ne croyait pas un traître mot de ce que disait le cardinal.

Sur les marches de la cathédrale, les enfants retirèrent leurs robes pour laisser voir leurs beaux habits dessous ; les filles étaient en robe à dentelles blanches, les garçons en costume sombre et chemise d'un blanc éclatant décorée de la traditionnelle cravate rouge pour tenir à distance le malin.

Don Aprile sortit de l'église, Astorre à son côté, Marcantonio de l'autre. Les enfants gambadaient tout autour, tandis que Valerius et sa femme montraient avec fierté la robe de communion de leur fils à l'objectif d'un photographe qui immortalisait ce moment. Don Aprile commença à descendre les marches seul. Il humait l'air frais. C'était une belle journée ; il se sentait en pleine forme, vif et alerte comme dans sa jeunesse. Lorsque son petit-fils tout juste confirmé vint l'embrasser, il tapota la tête du garçon avec affection et glissa dans sa main une grosse pièce d'or – le cadeau traditionnel des fêtes de communion. Puis, d'une main généreuse, il sortit de sa poche une pleine poignée de piécettes d'or et les distribua aux autres enfants présents à la cérémonie. Il fut remercié par un concert de cris de joie et d'excitation ; la ville elle-même, qui dressait autour de lui ses grands immeubles gris comme autant d'arbres vénérables, semblait vouloir se joindre au bonheur de cet instant et lui renvoya les échos de cette liesse enfantine. Don Aprile descendait l'escalier seul en tête, Astorre à quelques pas derrière lui. Il contemplait l'enfilade de marches de pierre devant lui, puis il se figea un instant au moment où une grosse voiture noire se gara devant l'église comme pour venir l'accueillir.

À Bridgewaters, ce dimanche matin, Heskow s'était réveillé à l'aube et était parti chercher des croissants et les journaux. Il avait caché la voiture volée dans son garage, une grosse berline noire, avec à bord pistolets, masques et boîtes de munitions. Il vérifia la pression des pneus, le niveau d'essence et d'huile ainsi que le fonctionnement des feux stop. Tout était parfait. Il rentra dans la maison pour réveiller Franky et Stace ; ils étaient bien sûr déjà levés et Stace avait fait du café.

Ils déjeunèrent en silence en lisant les journaux du dimanche. Franky regarda les résultats du championnat universitaire de basket.

À dix heures du matin, Stace se tourna vers Heskow.

— La voiture est prête ?

— Oui, tout est OK.

Ils prirent place à bord et quittèrent la maison, Franky assis à l'avant à côté d'Heskow, Stace à l'arrière. Le voyage jusqu'à la ville prendrait une heure ; ils auraient une heure encore à attendre avant de perpétrer le meurtre. L'important, c'était le minutage. Il fallait être en place au bon moment.

Dans la voiture, Franky vérifia les armes. Stace essaya l'un des masques, des petites coquilles blanches attachées par un élastique, de sorte qu'ils pouvaient les garder autour du cou jusqu'à l'heure « H ».

Ils gagnèrent la ville en écoutant de l'opéra à la radio. Heskow était un excellent chauffeur, rassurant, sûr de lui, une conduite souple, sans à-coups. Il gardait toujours une distance raisonnable avec le véhicule qui le précédait ou qui le suivait. Stace le félicita d'un petit grognement d'admiration, ce qui eut pour effet de diminuer quelque peu la tension régnant dans l'habitacle. Les trois hommes étaient concentrés, mais pas angoissés. Ils n'avaient pas droit à l'erreur et ne pouvaient se permettre de rater leur cible.

Heskow se faufila dans les embouteillages ; il semblait avoir tous les feux rouges. Enfin, il tourna au coin de la Cinquième Avenue et se gara à un pâté de maisons des grandes portes de la cathédrale. Il coupa le contact. Les trois hommes attendirent en silence. Les cloches, soudain, se mirent à sonner, les tintements se réverbérant sur les faces d'acier des gratte-ciel. Heskow remit en marche le moteur. La vue du groupe d'enfants dévalant les marches les inquiéta.

— Tu tires au-dessus, Franky, murmura Stace.

Ils virent alors Don Aprile sortir de la cathédrale, s'avancer sur le parvis, laissant les deux hommes qui l'accompagnaient derrière lui. Il commença à descendre les marches, regardant droit devant lui comme s'il les avait repérés.

— Mettez vos masques, lança Heskow.

Il accéléra doucement ; Franky posa une main sur la poignée de la portière, tenant de l'autre l'Uzi, prêt à sortir sur le trottoir.

La voiture prit de la vitesse et s'arrêta devant la cathédrale au moment où Don Aprile se trouvait sur la dernière marche. Stace sortit côté rue, la voiture entre lui et sa cible. D'un mouvement rapide, il cala ses bras sur le toit de la berline, tenant son pistolet à deux mains. Il tira deux balles. Pas une de plus.

La première atteignit Don Aprile en plein front. La deuxième lui transperça la gorge. Le sang jaillit, éclaboussant le trottoir en une pluie de gouttes roses.

Dans le même temps, Franky, sur le trottoir, tira une longue rafale avec son Uzi au-dessus de la foule.

Puis les deux hommes remontèrent en voiture et Heskow démarra dans un crissement de pneus avant de disparaître dans le trafic. Quelques minutes plus tard, il s'engageait dans le tunnel des Hollandais et gagnait le petit aéroport où les attendait un jet privé.

À la première déflagration, Valerius plaqua sa femme et son fils au sol pour les protéger de son corps. Il ne vit rien de la fusillade. Pas plus que Nicole, qui regardait, interdite, son père s'écrouler dans une mare de sang. Marcantonio n'en croyait pas ses yeux. La réalité était si différente des scènes de ses téléfilms. La balle avait fait éclater le crâne de son père comme un melon, de sorte que l'on pouvait voir à l'intérieur un magma de cervelle et de sang. L'autre balle avait ouvert la gorge en une grosse entaille aux contours déchiquetés, comme si Don Aprile avait reçu un coup de couperet de boucher. Et il y avait une quantité énorme de sang sur le trottoir autour de lui. Il n'imaginait pas qu'un corps humain pût en contenir autant. Marcantonio aperçut deux hommes portant des masques ; il vit également les armes dans leurs mains, mais tout cela semblait irréel. Il n'aurait pu donner aucun détail sur leur vêtement, la couleur de leurs cheveux. Il était tétanisé par la stupeur. Il n'aurait pas même pu dire si les tueurs étaient noirs ou blancs, nus ou habillés. Ils auraient pu être des géants ou des nains, cela ne l'aurait pas davantage marqué.

Astorre, en revanche, avait été sur le qui-vive dès que la voiture noire s'était arrêtée le long du trottoir. Il vit Stace faire feu, et crut remarquer que c'était l'index de la main gauche qui avait pressé la gâchette. Il vit Franky tirer une rafale avec son Uzi ; là, il n'y avait aucun doute ; celui-là était bel et bien un gaucher. Il entr'aperçut le chauffeur, un type à la tête ronde, visiblement gros. Les deux tireurs se déplaçaient avec une dextérité et une souplesse d'athlètes. Au moment de plonger au sol, il tira à lui Don Aprile pour l'entraîner dans sa chute, mais c'était une seconde trop tard. Il était déjà couvert de son sang.

Il vit alors les enfants courir en tous sens en un tourbillon de terreur, une grande flaque rouge en son centre. Ils hurlaient. Il vit Don Aprile gisant sur les marches dans une position improbable, comme si la mort avait désarticulé son squelette. Une vague de peur l'envahit en songeant à ce que ce drame allait avoir comme conséquences sur son existence et celle de ceux qui lui étaient chers.

Nicole s'approcha du corps de son père. Ses jambes fléchirent malgré elle et elle se retrouva à genoux à côté de lui. En silence, elle tendit la main pour toucher la gorge ensanglantée de son père. Puis elle se mit à pleurer et ses sanglots semblaient ne jamais devoir finir.

3

L'assassinat de Don Raymond Aprile causa un grand choc parmi le microcosme de la Mafia. Qui avait osé prendre le risque de tuer un tel homme, et dans quel but ? Il avait démantelé son empire ; il n'y avait plus rien à voler. Mort, il ne pouvait plus faire profiter son prochain de sa générosité ni user de son influence pour l'aider dans son malheur, que ce soit vis-à-vis de la loi ou du destin.

Pouvait-il s'agir d'une vieille vengeance, datant de Mathusalem ? Avait-il gardé des affaires en activité, des affaires dont nul ne savait rien ? Bien sûr, une histoire de femme pouvait être là-dessous, mais il était veuf depuis près de trente ans et on ne lui connaissait aucune liaison ; il n'avait pas la réputation d'être un coureur de jupons. Ses enfants étaient au-dessus de tout soupçon. C'était un travail de professionnels, et les descendants Aprile n'avaient aucun contact dans le milieu.

Cette exécution était non seulement mystérieuse mais également sacrilège. Un homme qui avait inspiré tant de terreur durant sa vie, qui avait échappé aux autorités comme aux attaques de ses rivaux pendant les trente ans de son règne – comment pouvait-on l'éliminer comme ça ? Quelle ironie du sort que de mourir ainsi, alors qu'il venait de trouver le chemin du droit et s'était mis sous la protection de la société légale ; il aura vécu dans son nouvel Éden seulement trois petites années.

Plus étrange encore, fut le peu d'émoi que causa la mort de Don Aprile. Sitôt né, sitôt évanoui. Les médias se désintéressèrent rapidement de l'affaire, la police resta plus que discrète et le FBI ne voulut pas se charger de l'enquête, prétextant qu'il s'agissait d'une affaire locale qui ne concernait en rien les instances fédérales. Tout se passait comme si l'aura et le pouvoir de Don Aprile avaient disparu après seulement trois ans de retraite.

Le monde de l'ombre ne montra guère plus d'intérêt. Il n'y eut aucunes représailles – tous ses amis, ainsi que ses anciens vassaux, semblaient l'avoir oublié. Même les enfants de Don Aprile avaient décidé d'enterrer l'affaire et d'accepter le sort de leur père.

Personne ne semblait s'intéresser à la fin du grand Don Aprile, personne sauf Kurt Cilke.

Kurt Cilke, chef de la section du FBI de New York, décida de prendre l'affaire en main, même s'il s'agissait d'un banal homicide relevant du ressort de la police municipale. Il était déterminé à avoir un entretien avec tous les membres de la famille Aprile.

Un mois après les funérailles du patriarche, Cilke, accompagné de son adjoint, Bill Boxton, rendit visite à Marcantonio Aprile. Directeur des programmes d'une grande chaîne de télévision et fort de dix mille appuis politiques à Washington, ils devaient marcher sur des œufs avec Marcantonio. Un appel téléphonique courtois à sa secrétaire leur avait permis d'obtenir un rendez-vous.

Marcantonio les reçut dans son bureau luxueux du siège social de la chaîne en ville. Il se montra chaleureux, leur proposa du café que les agents refusèrent. C'était un homme de grande taille, bien fait de sa personne, avec un teint hâlé, d'une élégance ostensible – il était vêtu d'un somptueux costume sombre rehaussé d'une extravagante cravate rose et rouge, dernière création d'un couturier et que l'on retrouvait un peu partout chez les huiles et les présentateurs TV.

— Nous sommes à la recherche de renseignements susceptibles de nous aider dans notre enquête sur la mort de votre père, déclara Cilke. Vous vient-il à l'esprit une personne qui aurait pu vouloir lui causer du tort ?

— Je suis mal placé pour vous le dire, répondit Marcantonio dans un sourire. Mon père a toujours gardé ses distances avec nous, et même avec ses petits-enfants. Nous avons grandi à l'écart, sans aucun contact avec ses affaires.

Il agita la main en signe de regret. Cilke n'aima pas ce geste.

— À votre avis, pourquoi vous a-t-il coupés à ce point de son monde ? demanda-t-il.

— Vous connaissez mieux que moi le passé de mon père, messieurs, répondit Marcantonio sans plus sourire. Il ne voulait pas que ses enfants soient mêlés à ses activités. Il nous a envoyés en pension, puis à l'université, pour que nous puissions trouver notre place dans la société. Il n'est jamais venu chez nous, ne serait-ce que pour un dîner. Il se rendait à nos remises de diplôme, c'est tout. Et bien sûr, lorsque nous avons compris les raisons de cette distance, nous lui en avons été reconnaissants.

— Vous avez grimpé les échelons comme une fusée pour arriver à votre poste d'aujourd'hui. Don Aprile ne vous aurait-il pas donné un petit coup de pouce ?

Pour la première fois, Marcantonio perdit son amabilité.

— En aucune manière. Il n'est pas rare, dans notre secteur, de voir de jeunes loups faire des ascensions fulgurantes. Mon père m'a envoyé dans les meilleures écoles et m'a donné pas mal d'argent de poche. J'ai utilisé cet argent pour développer des projets de série et il se trouve que j'ai eu du nez.

— Et qu'en disait votre père. Il était content de votre carrière ? demanda Cilke en scrutant le visage de Marcantonio pour y lire chacune de ses expressions.

— Je ne crois pas qu'il ait vraiment compris ce que je faisais, mais oui, il était content, répondit Marcantonio avec aigreur.

— Votre père était un homme très intelligent, vous savez. Je lui ai couru après pendant vingt ans sans jamais pouvoir lui mettre la main dessus.

— Nous non plus, si ça peut vous rassurer ! répliqua Marcantonio. Ni mon frère, ni ma sœur, ni moi.

Cilke laissa échapper un rire, comme s'il s'agissait d'une blague.

— Et il n'y a aucun désir de vengeance dans votre sang de Sicilien ? Vous n'allez rien tenter ?

— Absolument rien. Mon père nous a élevés hors de cette éthique. Mais j'espère que vous pourrez attraper le coupable.

— Et son testament, qu'en est-il ? Il est mort richissime.

— Il faudra poser la question à ma sœur, Nicole ; c'est elle qui s'occupe de ça. C'est son exécutrice testamentaire.

— Mais vous savez ce qu'il y a dedans, non ?

— Bien sûr, répondit Marcantonio d'un ton de glace.

Boxton intervint dans l'échange :

— Et vous ne voyez vraiment personne qui aurait pu lui vouloir du mal ?

— Non. Si un nom me venait, je vous le dirais.

— C'est parfait, conclut Cilke. Je vous laisse ma carte. Au cas où.

Avant d'avoir un entretien avec les deux autres enfants de Don Aprile, Kurt Cilke décida de rendre visite à l'inspecteur principal de la police municipale de New York. Désirant qu'il n'y ait aucune trace de leur conversation, il invita Paul Di Benedetto dans l'un des restaurants italiens les plus chics d'East Side. Di Benedetto adorait le haut de gamme, tant qu'il n'avait pas à ouvrir son portefeuille.

Les deux hommes avaient souvent collaboré par le passé. Cilke aimait bien l'inspecteur ; il le regardait avec amusement goûter à tous les plats.

— Alors, lança Di Benedetto, ce n'est pas tous les jours que les fédés offrent de tels festins. Je t'écoute – qu'est-ce que tu veux ?

— Quoi, tu ne vas pas commencer à te plaindre ! C'était bon, non ? rétorqua Cilke.

Di Benedetto haussa ses grosses épaules, soulevant sous sa chemise une masse de chair, puis il esquissa un sourire malicieux. Pour un type aux airs de grosse brute comme lui, son sourire était un atout miraculeux ; il transformait tout son visage, le métamorphosait en l'un de ces personnages balourds et attachants à la Walt Disney.

— Écoute, Kurt, lança-t-il, cet endroit est une méga-entourloupe. Le resto est tenu par des *aliens* venus des confins de l'espace. D'accord, ça ressemble à de la bouffe italienne, ça sent comme de la bouffe italienne, mais cela a le goût d'un blob venant de Mars. Ce sont des *aliens*, des envahisseurs, je te le dis !

Cilke rit de bon cœur.

— N'empêche que tu as apprécié leur vin !

— Il avait un goût de médicament, à moins que ce ne soit du chianti coupé avec du Pepsi.

— Tu es bien difficile.

— Pas du tout, répliqua Di Benedetto. Je suis au contraire très facile à contenter. C'est là tout le problème. J'ai des goûts trop simples.

Cilke soupira.

— Deux cents dollars gracieusement offerts par l'État fichus en l'air.

— Pas du tout, se défendit Di Benedetto. J'ai apprécié le geste, parole d'honneur ! Alors, quoi de neuf ?

Cilke commanda deux expressos puis expliqua :

— J'enquête sur le meurtre de Don Aprile. Une affaire qui est chez toi, Paul. On a mis le vieux sur écoute pendant des années et rien. Il se retire des affaires, mène une vie irréprochable. Il ne possède plus rien qui puisse exciter la convoitise des autres. Alors pourquoi se fait-il descendre ? C'était une opération très risquée pour son commanditaire, quel qu'il soit.

— Du travail de grand professionnel, précisa Di Benedetto. Un petit bijou dans le genre.

— Et alors ? poursuivit Cilke.

— Alors ça n'a aucun sens, répondit Di Benedetto. Tu as retiré de la circulation la plupart des gros bonnets de la Mafia – du beau boulot aussi soit dit en passant. Je te tire mon chapeau ! Peut-être est-ce toi qui as contraint ce Don Aprile à prendre sa retraite. Les petits futés qui restent en lice n'ont donc aucune raison de lui faire la peau.

— Et ces banques dont il est le propriétaire ?

Di Benedetto agita son cigare dans la direction de Cilke.

— Les huiles en cols blancs, c'est ton domaine. Nous, on se contente de traquer le menu fretin.

— Et sa famille ? Pas d'histoires de drogues, de femmes ? Rien de bizarre ?

— Absolument rien. Des citoyens modèles, faisant de belles carrières. Ton bonhomme avait tout prévu. Il voulait que ses chérubins soient blancs comme neige. (Il marqua un silence, puis il reprit, avec le plus grand sérieux.) Ce n'est pas une histoire de vengeance. Il avait réglé les différends avec tout le monde. Ce n'est ni un hasard ni une erreur. Il doit y avoir une raison. Quelqu'un, quelque part, a quelque chose à y gagner. C'est là-dessus que nous travaillons.

— Et son testament ?

— Sa fille le fait ouvrir demain. Je lui ai posé la question. Elle m'a dit d'attendre.

— Et tu laisses faire ? s'étonna Cilke.

— Et comment ! C'est une avocate, une grosse pointure ; elle a des relations partout et son cabinet a un réel poids politique. Je n'ai aucun intérêt à me la mettre à dos, tu vois. Je préfère lui manger dans la main.

— Je vais tenter ma chance. Peut-être m'en sortirai-je mieux que toi.

— Je n'en doute pas.

Kurt Cilke connaissait l'adjointe de Di Benedetto depuis plus de dix ans. Elle s'appelait Aspinella Washington ; c'était une Noire d'un mètre quatre-vingt, avec des cheveux coupés ras et un visage anguleux digne d'un Rodin. Une véritable terreur pour les policiers qu'elle commandait et pour les suspects qu'elle appréhendait. Elle s'était fait une règle d'airain : mordre d'abord, aboyer ensuite. D'ailleurs, elle n'aimait pas trop Cilke et encore moins le FBI.

Elle reçut Cilke dans son bureau en lançant :

— Alors Kurt, tu viens encore une fois faire la fortune de l'un de mes frères noirs opprimés ?

— Non Aspinella ! répondit-il en riant. Je viens chercher des informations.

— Ah oui ? Et t'espères avoir ça pour rien ? Alors que toi et tes petits camarades avez coûté à la ville cinq millions de dollars ?

Elle portait une veste safari et un pantalon de toile marron clair. Sous sa veste, on apercevait son arme dans son étui. À sa main droite, elle avait une bague surmontée d'un diamant qui semblait tranchant comme un rasoir.

Elle avait toujours une dent contre Cilke parce que le FBI avait démontré un cas de brutalité policière de la part de ses inspecteurs – la victime avait remporté le procès pour violation de ses droits civils et deux hommes à elle s'étaient retrouvés incarcérés. La victime en question, devenue riche grâce aux dommages et intérêts obtenus, était un maquereau notoire, doublé d'un revendeur de drogue. Aspinella l'avait déjà passé à tabac une fois. Bien que la ville lui eût offert son poste d'inspecteur principale adjointe pour s'allier le vote des Noirs, elle se montrait encore plus brutale avec les gens de couleur qu'avec les Blancs.

— Cesse de tabasser des innocents, répliqua Cilke, et j'arrêterai les frais.

— Je n'ai jamais frappé quelqu'un qui n'était pas coupable, précisa-t-elle dans un grand sourire.

— Je viens simplement chercher quelques tuyaux sur le meurtre de Don Aprile.

— En quoi ce sont tes affaires ? C'est un cas qui relève de notre service. À moins que tu ne voies encore ici une violation des droits civils du citoyen ?

— Il y a peut-être là-dessous une histoire d'argent ou de drogue, insista Cilke.

— Et d'où tu sors ça ?

— J'ai mes informateurs.

Soudain Aspinella partit dans l'une de ses grandes colères :

— Vous êtes vraiment une bande de connards, vous autres les fédés ! Vous débarquez ici pour avoir des infos et vous ne voulez rien lâcher en retour ! Vous faites toujours vos coups en douce ; vous ne jouez même pas franc-jeu avec de bons flics comme nous. Votre truc, c'est d'arrêter des ordures toutes propres en complet veston ; mais nous, on s'occupe de la merde ! Viens donc salir ta chemise avec nous, on en reparlera après. En attendant, tire-toi de mon bureau !

Cilke n'était pas mécontent de ses deux derniers entretiens. Les choses s'éclairaient. Di Benedetto et Aspinella se dirigeaient tout droit dans une impasse avec l'affaire Don Aprile et refusaient de coopérer avec le FBI. Ils assuraient le service minimum. En un mot, on leur avait graissé la patte.

Un fait étayait ce soupçon. Aucun trafic de drogue ne pouvait perdurer sans la bienveillance de certains policiers touchant au passage des pots-de-vin ; il avait appris, même si cela ne valait rien devant un tribunal, faute de preuves, que Di Benedetto et Aspinella étaient rémunérés par le magnat local de la drogue.

Avant que Cilke n'ait une entrevue avec la fille de Don Aprile, il voulut tenter sa chance auprès de l'aîné. Pour cela, il dut, avec Boxton, faire tout le voyage jusqu'à West Point, où le colonel Valerius Aprile enseignait les arcanes de la tactique militaire. Cilke l'imaginait en train de déplacer des petits soldats de plomb comme il le faisait enfant.

Valerius les reçut dans un grand bureau qui dominait la cour d'honneur où les cadets s'entraînaient à défiler au pas. Il se montra moins affable que son frère, mais sans être discourtois. Cilke lui demanda s'il connaissait à son père des ennemis.

— Non, répondit-il. J'ai été en poste à l'étranger pendant près de vingt ans. Je me rendais aux fêtes de famille quand mon emploi du temps m'y autorisait. Mon père voulait que je devienne général. Il voulait me voir porter cette étoile. Même un simple général de brigade aurait fait son bonheur.

— Un vrai patriote, à ce que je vois !

— Il adorait ce pays, rétorqua Valerius d'un ton tranchant.

— Il a dû user de son influence pour vous faire entrer à West Point, j'imagine ?

— Possible. Mais il n'a jamais pu me faire nommer général. Il n'avait pas les appuis nécessaires au Pentagone, je suppose, ou bien je n'avais pas la carrure de l'emploi. Mais j'aime mon travail. Je m'y sens parfaitement à ma place.

— Vous êtes sûr que vous ne pouvez nous donner aucune piste ? Aucun nom ne vous vient à l'esprit ?

— Non, il n'avait pas d'ennemis. Mon père aurait été un grand général. À sa retraite, il avait mis toutes ses affaires en ordre. Lorsqu'il usait de son pouvoir, c'était toujours de façon préventive. Il avait les hommes et la logistique.

— Vous ne semblez pas si traumatisé que quelqu'un ait assassiné votre père. Aucun désir de vengeance ?

— Pas plus que lorsqu'un camarade officier tombe sur le champ de bataille. J'ai hâte, bien sûr, que l'on démasque le coupable. Personne n'apprécie que l'on abatte son père.

— Vous connaissez ses dernières volontés ?

— Pour ce genre de choses, il faut demander à ma sœur.

Plus tard dans l'après-midi, Cilke et Boxton se retrouvèrent dans le bureau de Nicole Aprile; l'accueil fut cette fois tout à fait différent. Pour accéder au bureau de Nicole, il leur fallut passer trois barrages de secrétaires, puis endurer l'œil scrutateur d'une agent de sécurité qui semblait capable de les mettre KO tous les deux d'une seule claque. Dès le premier regard, il était évident que cette femme garde du corps avait acquis, par un entraînement intensif, la force d'un homme. Sous les vêtements, on devinait les muscles, tandis que sa poitrine était dissimulée par un sweater.

Les salutations de Nicole furent glaciales; la jeune femme était néanmoins très séduisante dans son tailleur haute couture; elle avait de gros anneaux d'oreille en or et ses cheveux bruns étaient longs et brillants. Les traits de son visage étaient volontaires et anguleux, mais l'impression d'ensemble était adoucie par ses grands yeux noisette.

— Messieurs, je n'ai que vingt minutes à vous accorder, commença-t-elle.

Elle portait un chemisier vaporeux sous sa veste mauve, les poignets de manches lui couvraient presque toute la main lorsqu'elle tendit le bras pour prendre la plaque de Cilke. Elle l'examina avec attention.

— Agent spécial Cilke. Chef du bureau de New York? Voilà du beau linge pour une enquête de routine.

Elle avait ce ton péremptoire qui avait toujours eu le don d'agacer Cilke. Cette même petite pointe de mépris qu'avaient les procureurs fédéraux face aux équipes d'investigation qu'ils supervisaient.

— Votre père était un personnage très important.

— Du moins jusqu'à ce qu'il prenne sa retraite et se place sous la protection de la loi, rétorqua Nicole avec aigreur.

— C'est justement ce qui rend ce crime si mystérieux. Peut-être vous vient-il à l'esprit le nom de quelqu'un qui aurait pu lui vouloir du tort?

— Ce n'est pas si mystérieux. Vous connaissez sa vie mieux que quiconque. Mon père avait plein d'ennemis – dont vous-même.

— Même nos plus farouches détracteurs ne nous ont jamais accusés d'organiser des exécutions aux sorties d'église, répondit Cilke, d'un ton sec. Et je n'étais pas l'ennemi de votre père. Je suis un représentant de la loi, je suis là pour la faire appliquer. Lorsque Don Aprile s'est retiré des affaires, il n'avait plus d'adversaires. Il avait acheté leur bienveillance à tous (Cilke se tut un moment); cela me paraît pour le moins étrange que ni vous, ni aucun de vos frères ne cherche à retrouver l'assassin de votre père. Vous semblez prendre ça avec une sorte de détachement, comme si cela ne vous intéressait pas.

— Parce que nous ne sommes pas hypocrites. Mon père n'était pas un saint. Il a joué et en a payé le prix. (Elle poursuivit d'un ton plus dur.) Et vous vous trompez, nous sommes, au contraire, très concernés. Je vais même réclamer le dossier qu'a rassemblé le FBI sur mon père au titre de loi garantissant au citoyen le libre accès aux informations le concernant. Et j'espère que vous ne me mettrez pas des bâtons dans les roues, sinon c'est vous et moi qui allons être ennemis.

— C'est votre droit de réclamer ce dossier. Peut-être pourriez-vous m'aider en me disant la teneur du testament de votre père.

— Je ne l'ai pas encore ouvert, répondit Nicole.

— Mais vous êtes son exécutrice testamentaire, j'ai cru comprendre. Vous devez être au courant de ce qu'il y a dedans.

— La lecture officielle aura lieu demain. La teneur du testament sera alors portée au registre public. Tout le monde pourra en prendre connaissance.

— Peut-être pourriez-vous nous dire tout de suite une ou deux petites choses susceptibles de nous être utiles, insista Cilke.

— Juste que je ne compte pas prendre de retraite anticipée.

— Pourquoi ne voulez-vous rien nous dire aujourd'hui ?

— Parce que rien ne m'y oblige, répondit Nicole d'un ton de glace.

— Je connaissais Don Aprile plutôt bien. Il se serait montré plus coopératif.

Pour la première fois, Nicole considéra Cilke avec respect, d'égal à égal. Il avait raison. Son père aurait eu cette courtoisie.

— D'accord, lâcha-t-elle dans un soupir. Mon père a distribué beaucoup d'argent avant de mourir. Tout ce qu'il nous a laissé, ce sont ses banques. Mes frères et moi avons quarante-neuf pour cent des parts et les cinquante et un restants vont à notre cousin, Astorre Viola.

— Que pouvez-vous me dire sur lui ?

— Astorre est plus jeune que moi. Il n'a jamais fait partie du monde de mon père ; nous l'adorons tous, c'est un doux dingue absolument charmant. Bien sûr, on lui en veut un peu, à présent.

Cilke fouilla sa mémoire. Il n'avait aucun souvenir d'un dossier concernant cet Astorre Viola. Il devait pourtant bien en exister un.

— Puis-je avoir son adresse et son numéro de téléphone ?

— Bien sûr, marmonna Nicole. Mais vous perdez votre temps. Croyez-moi.

— Je me dois de vérifier tous les détails, répondit Cilke en signe d'excuse.

— Et pourquoi le FBI s'intéresse-t-il autant à cette affaire ? Il s'agit d'un simple meurtre. C'est à la police locale de régler ça.

— Les dix banques de votre père, répliqua Cilke avec froideur, commercent avec le monde entier. Il y a peut-être une histoire d'intérêts financiers derrière ce meurtre.

— Vous croyez ? Je ferais donc bien de réclamer ce dossier sans tarder. Après tout, j'ai des parts dans ces banques à présent.

Elle lui lança un regard suspicieux.

Il allait falloir se méfier d'elle, songea Cilke.

Le lendemain, Cilke et Boxton se rendirent dans le comté de Westchester pour rencontrer Astorre Viola. Le grand parc de sa propriété abritait une grande maison et trois granges. Six chevaux paissaient dans le pré, fermé par une barrière de ranch et un portail en fer forgé. Quatre voitures et une camionnette étaient garées devant la maison. Cilke mémorisa par réflexe professionnel deux plaques d'immatriculation.

Une femme d'environ soixante-dix ans les fit entrer et les conduisit dans un salon luxueux où trônait du matériel d'enregistrement. Quatre jeunes hommes lisaient des partitions sur des pupitres, un autre était assis au piano ; un quintette de musiciens – saxophone, basse, guitare, piano et batterie.

Astorre se tenait derrière un micro, face au groupe, chantant de sa voix rocailleuse. Même Cilke, qui n'était pas un expert, sut dans l'instant que ce genre de musique n'aurait aucun succès.

Astorre interrompit ses vocalises et lança aux visiteurs :

— Vous voulez bien patienter cinq minutes, le temps que l'on finisse l'enregistrement ? Mes amis pourront remballer et nous aurons tout le temps pour bavarder. Cela ne vous dérange pas trop ?

— Pas du tout, répondit Cilke.

— Apportez-leur du café, ordonna Astorre à la gouvernante.

Cilke était ravi. Astorre ne leur avait pas fait simplement une offre par politesse. Il était passé aux actes.

Mais Cilke et Boxton durent attendre plus longtemps que les cinq minutes annoncées. Astorre enregistrait un disque de chansons folkloriques italiennes. Il grattait sur un banjo tout en chantant dans un dialecte aux sons gutturaux que Cilke ne connaissait pas. L'ensemble donnait un résultat étonnant, comme s'il entendait sa propre voix sous le jet de la douche.

Enfin, les musiciens s'en allèrent et les deux agents du FBI se retrouvèrent seuls avec Astorre, qui essuyait son visage en sueur avec un mouchoir.

— Alors comment vous avez trouvé ? Pas mal, hein ? lança-t-il en riant.

Cilke ressentit aussitôt de la sympathie pour ce garçon. Il avait environ trente ans, une vitalité juvénile et ne semblait absolument pas se prendre au sérieux. Il était de grande taille, bien bâti, avec une grâce et une souplesse de boxeur. D'une beauté latine avec un visage aux traits vifs, comme taillé à la serpe, digne de ces tableaux du quinzième siècle, il ne semblait pas vaniteux, mais portait autour du cou un collier en or de quatre centimètres de large auquel était suspendue une médaille de la Vierge Marie.

— C'était un vrai régal, s'exclama Cilke. Vous comptez sortir un disque ?

Astorre esquissa un grand sourire, plein d'innocence et de bonhomie.

— Je voudrais bien. Malheureusement je n'ai pas encore le niveau. Mais j'adore ces chansons, alors je fais des CD pour mes amis et les offre en cadeau.

Cilke décida d'entrer dans le vif du sujet :

— Connaissez-vous quelqu'un qui pourrait vouloir du mal à votre oncle ?

— Non personne, répondit Astorre avec une bonne volonté désarmante.

Cilke commençait à en avoir assez de ce discours. Tout le monde avait des ennemis, en particulier Raymond Aprile.

— Vous héritez des banques. Vous en avez le contrôle total. Vous étiez donc si proche de Don Aprile ?

— Je suis le premier surpris par ce geste, reconnut Astorre. J'étais son chouchou quand j'étais petit. Il m'a mis le pied à l'étrier pour mon boulot et puis plus rien ; c'est comme s'il m'avait complètement oublié.

— Quel genre de boulot ?

— J'importe d'Italie des pâtes haut de gamme.

Cilke haussa les sourcils, perplexe.

— Des pâtes ?

Astorre sourit. Il était habitué à ce genre de réaction. Il y avait plus glorieux comme travail.

— Dans ma branche, on ne dit pas « tagliatelles » ou « fettucini », mais simplement des « pâtes » ; c'est comme Lee Iacocca, le président de Chrysler, qui tenait à dire « voiture » et non « automobile ».

— Et vous voilà banquier ?

— Qui ne tente rien n'a rien.

Après leur départ, Cilke se tourna vers Boxton :

— Qu'est-ce que tu en penses ?

Il aimait bien son adjoint – même beaucoup. L'homme croyait, comme lui, au FBI, à son rôle, à son utilité, à ses vertus. L'organisme fédéral était impartial, incorruptible et bien supérieur, par ses résultats et son efficacité, aux autres administrations assurant la sécurité publique dans le pays. Cilke menait en partie ces entretiens avec les membres de la famille Aprile pour l'édification de Boxton quant au monde de la Mafia.

— Ils semblent tous dire la vérité ; des gens au-dessus de tout soupçon, répondit Boxton. Mais c'est toujours comme ça, j'imagine.

Oui, tous blancs comme neige, songea Cilke avec aigreur. Toujours. Puis un détail curieux lui revint en mémoire. Le gros médaillon suspendu au collier d'Astorre Viola n'avait pas bougé d'un millimètre durant toute leur conversation.

Le dernier entretien était le plus important pour Cilke. Il s'agissait d'interroger Timmona Portella, le grand chef de la Mafia pour New York, le seul qui avait échappé, avec Don Aprile, à la justice après les enquêtes de Cilke.

Portella dirigeait son empire depuis un grand appartement en terrasse planté au sommet d'un immeuble de West Side. Le reste du bâtiment abritait les bureaux des sociétés dont il avait le contrôle. La sécurité y était plus lourde qu'à Fort Knox, là où l'État gardait ses réserves d'or. Portella voyageait en hélicoptère – le toit était équipé d'une plate-forme d'appontage – pour se rendre dans sa propriété dans le New Jersey. Ses pieds foulaient rarement les pavés de New York.

Portella accueillit Cilke et Boxton dans son bureau luxueux, décoré de gros fauteuils club et de baies panoramiques à l'épreuve des balles qui offraient une vue magnifique sur les gratte-ciel de la ville. Portella était une montagne de chair, vêtu d'un costume noir sans le moindre faux pli et d'une chemise à la blancheur immaculée.

Cilke serra la grosse main de Portella en admirant la cravate noire qui pendait au cou de taureau du chef mafieux.

— Kurt, que puis-je faire pour vous ? demanda Portella de sa voix de ténor qui se réverbéra dans la grande pièce.

Il ne se donna pas la peine de saluer Boxton.

— Je me renseigne sur l'affaire Aprile, répondit Cilke. Je me demandais si vous n'auriez pas quelques infos à me donner ?

— Quel malheur, cette histoire ! Tout le monde aimait Raymond Aprile. Cela reste un mystère pour moi. Je ne vois pas qui avait intérêt à faire ça. Dans les dernières années, Aprile était un homme si bon – la générosité même. Un vrai saint. Il distribuait son argent comme un Rockfeller. Quand Dieu l'a rappelé à lui, son âme était sans tache.

— Dieu n'est pour rien là-dedans, rétorqua Cilke, acerbe. C'était une exécution menée par des professionnels. On ne tue pas un ancien parrain sans raison.

Portella releva un sourcil, mais ne dit rien. Cilke poursuivit donc :

— Vous avez été partenaires pendant des lustres. Vous devez bien avoir une petite idée. Et son neveu, cet Astorre Viola, celui qui hérite des banques... vous en pensez quoi ?

— Don Aprile et moi avons fait des affaires ensemble pendant des années. Mais lorsqu'il a pris sa retraite, il était parfaitement en mesure d'ordonner mon exécution. Le fait que je sois encore en vie prouve que nous n'étions pas ennemis. Quant à son neveu, je ne sais rien, excepté que c'est une sorte d'artiste. Il chante à des mariages, à de petites fêtes, même dans des petites boîtes de nuit. L'un de ces jeunes fous qui font chaud au cœur à des vieux comme moi. Et il vend de bonnes pâtes de chez nous. Tous mes restaurants se fournissent chez lui. (Il se tut un instant et poussa un long soupir.) Je ne comprends pas pourquoi on a tué un grand homme comme lui. Un vrai mystère, je vous dis.

— Vous savez que si vous nous aidez, ce sera apprécié en haut lieu.

— Bien sûr que je le sais. Le FBI a toujours été sympa avec moi. Je sais bien qu'on n'oubliera pas mon geste.

Il lança un grand sourire à Boxton et à Cilke, découvrant une double rangée de dents parfaites.

Ce fut la conclusion du rendez-vous.

De retour vers leur bureau du FBI, Boxton annonça à Cilke :

— J'ai lu le dossier de ce type. C'est un gros bonnet dans le porno et le trafic de stup, doublé d'un meurtrier... comment se fait-il que nous ne l'ayons pas encore coincé ?

— Il est plutôt moins pire que les autres, répondit Cilke. Et nous aurons sa peau un jour ou l'autre, c'est prévu.

Kurt Cilke plaça les domiciles de Nicole Aprile et d'Astorre Viola sous surveillance électronique. Un juge fédéral à la botte du FBI en fit la demande officielle. C'était par acquit de conscience que Cilke avait pris cette mesure. Nicole était une empêcheuse de tourner en rond et Astorre semblait trop innocent pour être honnête. Il était, en revanche, hors de question de mettre des mouchards chez Valerius, puisque sa maison se trouvait dans l'enceinte de West Point.

Cilke découvrit qu'Astorre vouait une véritable passion aux chevaux. C'était la raison de la présence de ces animaux dans sa propriété. Il brossait et soignait un étalon tous les matins avant de partir en promenade. Il avait plutôt fière allure en selle, hormis le fait qu'il montait en tenue anglaise – redingote rouge, pantalon bouffant et tout l'accoutrement ad hoc – y compris la bombe noire.

Cilke avait du mal à croire qu'Astorre ait pu paraître une proie aussi facile au point d'être attaqué par trois malfrats à Central Park. Il leur avait échappé, semble-t-il. Mais le rapport de police n'était pas très clair sur ce qu'il était advenu de ses trois agresseurs.

Deux semaines plus tard, Cilke et Boxton écoutèrent les enregistrements effectués chez Astorre Viola. On y entendait en particulier une conversation entre les enfants Aprile et Astorre. Sur la bande, ils devenaient humains. Ils avaient tombé les masques.

— Pourquoi ont-ils dû le tuer ? demanda Nicole, sa voix vibrante encore de chagrin.

Il n'y avait plus cette froideur et ce mépris qu'elle avait réservés à Cilke quelque temps plus tôt.

— Il doit forcément exister une raison, répondit tranquillement Valerius. (Lui aussi n'avait pas ce ton autoritaire d'officier lorsqu'il s'adressait à sa famille.) Je n'ai jamais été mêlé aux affaires du paternel, alors je ne suis pas inquiet pour moi. Mais qu'en est-il de vous ?

Marcantonio parla d'une voix chargée de mépris. Il n'aimait visiblement guère son frère.

— Écoute Val, si tu es entré à West Point, c'est grâce au paternel justement ; il pensait que tu étais une femmelette et il voulait t'endurcir un peu. Et puis, c'est lui qui t'a dégotté ces postes de responsabilité à l'étranger. Alors ne dis pas que tu es extérieur à ses affaires. Tu es dedans jusqu'au cou. Il aurait adoré te voir général. Général Aprile – il trouvait que cela sonnait bien. Va savoir quelle ficelle il tirait pour ça !

La voix de Marcantonio semblait plus énergique, plus passionnée sur bande qu'en personne.

Il y eut un long silence, puis Marcantonio ajouta :

— Et bien sûr, il a fait pareil pour moi. Il m'a aidé à démarrer. Il a financé ma société de production. Les grosses agences m'ont accordé des prix sur leurs stars. On n'était peut-être pas dans sa vie, mais il était dans la nôtre. Pareil pour toi, Nicole. Le vieux t'a fait gagner dix ans en te trouvant cette place dans ce cabinet juridique. Quant à Astorre, comment croyez-vous qu'il a décroché ses têtes de gondole dans les supermarchés ?

Soudain, Nicole piqua une colère.

— Papa m'a peut-être aidée à pousser la porte, mais la seule responsable de ma réussite, c'est moi ! J'ai dû batailler avec tous ces requins du cabinet, pied à pied, pour avoir ce que j'ai. C'est moi, jusqu'à preuve du contraire, qui ai passé quatre-vingts heures par semaine à éplucher ces montagnes de dossiers ! (Elle marqua un temps d'arrêt, pour retrouver son calme. Elle avait dû se tourner vers Astorre.) En attendant, j'aimerais bien savoir pourquoi papa t'a confié la direction des banques. À ce que je sache, tu n'y connais rien.

La voix d'Astorre semblait pleine de regrets et d'excuses.

— Je n'en ai pas la moindre idée, Nicole. Je n'ai rien demandé du tout. J'ai mon boulot, et tout ce que j'aime c'est chanter et monter mes chevaux. En plus, vous avez le beau rôle. C'est moi qui vais devoir faire tout le travail, mais les bénéfices seront répartis équitablement entre nous quatre.

— Il n'empêche que tu en as la majorité des parts alors que tu n'es qu'un cousin, fit remarquer Nicole, avant d'ajouter avec sarcasme. Papa devait beaucoup aimer tes chansons...

— Tu imagines pouvoir diriger les banques tout seul ? demanda Valerius.

— Oh ! non, non ! répondit Astorre avec une terreur feinte. Nicole me donnera une liste de noms, un directeur et tout ça.

La voix de Nicole vibrait de frustration ; on la sentait au bord des larmes.

— Je ne comprends toujours pas pourquoi papa ne m'en a pas confié la direction ! Pourquoi il a fait ça ?

— Parce qu'il ne voulait pas que l'un de ses enfants ait un moyen de pression sur les deux autres, répondit Marcantonio.

— Peut-être voulait-il vous mettre hors de danger ? déclara doucement Astorre.

— Je n'aime pas voir ce type du FBI débarquer chez nous comme s'il était un vieil ami, lança Nicole. Il a pourchassé papa pendant des années. Et maintenant il s'imagine que nous allons lui raconter tous nos secrets de famille. Quel connard !

Cilke sentit une bouffée de chaleur lui rosir les joues. Il n'avait pas mérité une telle haine.

— Il ne fait que son boulot, intervint Valerius ; cela ne doit pas être facile tous les jours pour lui. À mon avis, c'est un type plus futé qu'il n'en a l'air. Il a envoyé en prison plein d'anciens amis du vieux. Et pour un paquet d'années.

— Grâce à des traîtres, des informateurs, précisa Nicole avec dédain. Et ils ont une manière toute personnelle d'utiliser les lois RICO. Ils pourraient envoyer la moitié de nos hommes politiques en prison, s'ils le voulaient, et la majeure partie des cinq cents familles les plus riches, mais il s'en garde bien !

— Nicole, tu es une avocate d'affaires, répliqua Marcantonio, ne joue pas les vertueuses effarouchées.

— Je me demande où les fédés dénichent des costumes aussi chicos ? s'enquit Astorre. Ils ont un tailleur rien que pour eux au FBI, ou quoi ?

— Tout est dans la façon de les porter, répondit Marcantonio. C'est là le secret. Malheureusement à la télé, on ne peut jamais avoir de type comme Cilke – un brave gars – sincère, honnête, travailleur, à qui, dans le même temps, il ne faut jamais tourner le dos.

— Marc, je t'en prie, nous ne sommes pas dans l'un de tes polars débiles ! s'écria Valerius. Nous sommes dans une situation hostile et bien réelle ; il n'y a que deux questions pertinentes à se poser : un... pourquoi ? Et deux... qui ? *Pourquoi* a-t-on tué le paternel et *qui* a pu faire ça ? Tout le monde sait qu'il n'avait pas d'ennemis et ne possédait plus rien qui puisse exciter les convoitises.

— J'ai fait une demande pour avoir accès au dossier du FBI sur papa, annonça Nicole. Ça nous donnera peut-être une piste.

— À quoi bon ! rétorqua Marcantonio. On ne pourra rien faire, de toute façon. Nous sommes totalement impuissants. Papa aurait voulu qu'on oublie cette affaire. Il faut laisser les autorités régler tout ça.

— Alors tout le monde se fiche de savoir qui a tué mon père ? lança Nicole avec aigreur. Et toi Astorre ? Tu es de cet avis ?

La voix d'Astorre était calme et mesurée.

— On ne peut pas faire grand-chose. J'aimais ton père et je lui suis reconnaissant d'avoir été aussi généreux avec moi. Mais je crois qu'il vaut mieux attendre de voir la tournure des événements. En fait, j'aime bien Kurt Cilke. S'il y a quelque chose à trouver, il mettra la main dessus. Nous avons tous des vies agréables... pourquoi risquer de tout fiche en l'air ? (Il marqua un silence puis reprit.) Je dois vous laisser. J'ai des choses à régler avec l'un de mes fournisseurs. Mais vous pouvez rester là pour continuer à discuter.

Il y eut un long silence sur la bande. Cilke ne pouvait s'empêcher d'éprouver de la sympathie pour Astorre et quelque aigreur envers les autres. Mais, globalement, il était satisfait. Ce n'étaient pas des gens dangereux ; ils ne lui poseraient aucun problème.

— J'adore Astorre. (C'était la voix de Nicole.) Il était plus proche de papa que n'importe lequel d'entre nous. Mais c'est un tel touche-à-tout. Tu crois qu'il peut aller quelque part avec ses chansons, Marc ?

Marcantonio fit entendre son rire.

— On rencontre des milliers de types comme lui dans notre milieu. Il est comme la star de football d'un petit lycée. Il se fait plaisir, mais ne se donne pas les moyens d'aller plus loin. Il a un bon métier qui lui permet de se payer ses petits extras. Tant que ça l'amuse, je ne vois pas où est le mal.

— Il va avoir le contrôle de banques pesant des milliards de dollars – toute notre fortune, et lui, tout ce qui l'intéresse c'est de pousser la chansonnette et de monter à cheval ! pesta Nicole.

Valerius intervint d'un ton sinistre et acerbe :

— De l'extérieur, le fauteuil paraît très joli, mais il est infesté de poux.

— Comment papa a-t-il pu nous imposer ça ?

— Astorre a fait quelque chose de bien de cette entreprise d'importation de pâtes, précisa Valerius.

— Nous devons nous protéger et protéger Astorre, insista Nicole. Il est bien trop gentil pour diriger des banques et bien trop naïf pour traiter avec ce renard de Cilke.

À la fin de l'enregistrement, Cilke se tourna vers Boxton.

— Et toi, qu'en penses-tu ?

— Oh, comme Astorre. Je pense que tu es un grand bonhomme.

Cilke éclata de rire.

— Non, je te parle de ces gens. Tu crois qu'ils pourraient être impliqués dans le meurtre ?

— Non. Primo, ce sont ses propres enfants et deuzio, ils n'ont aucune expérience.

— Peut-être, mais ce ne sont pas des crétins. Ils ont tout de suite posé la bonne question : « Pourquoi ? »

— Ce n'est pas notre problème. C'est une affaire pour la police, pas pour les fédés. À moins que tu n'aies une piste ?

— Les banques, répondit Cilke. Mais il est inutile de gâcher plus longtemps l'argent des contribuables ; annule les écoutes.

Si Kurt Cilke aimait tant les chiens, c'était parce qu'ils étaient incapables de conspirer contre qui que ce soit. Ils ne pouvaient dissimuler leur hostilité, ils ne connaissaient ni la ruse, ni le mensonge. Ils ne passaient pas des nuits blanches à s'imaginer en train de voler ou de tuer d'autres chiens. La duperie était au-delà de leur entendement. Cilke avait deux bergers allemands pour garder sa maison ; il allait se promener avec eux le soir dans les bois environnants en pleine confiance et harmonie.

Il rentra chez lui, ce soir-là, satisfait de sa journée. Le danger était écarté, du moins du côté de la famille de Don Aprile. Il n'y aurait pas de vendetta sanglante.

Cilke habitait dans le New Jersey avec sa femme qu'il aimait tendrement et sa fille de dix ans qu'il adorait. Sa maison était protégée par une alarme électronique dernier cri en plus des deux chiens. C'était le FBI qui payait. Sa femme avait refusé de suivre une formation au tir et Cilke comptait sur l'anonymat pour assurer sa sécurité. Ses voisins pensaient qu'il était avocat (ce qu'il était de formation) ; sa fille croyait la même chose. Cilke enfermait toujours au coffre son arme et ses balles avec sa plaque d'agent lorsqu'il était à la maison.

Il ne prenait jamais sa voiture pour se rendre à la gare et attraper son train qui l'emmenait en ville tous les matins. De petits voleurs risquaient de voler la radio de bord. Lorsqu'il arrivait dans le New Jersey, il appelait sa femme sur son portable et elle venait le chercher à la gare, qui se trouvait à cinq minutes de la maison.

Ce soir-là, Georgette lui donna un long baiser plein d'entrain – le doux contact de sa chair sur ses lèvres ! Vanessa, sa fille, si jeune et impétueuse, lui sauta dans les bras, tête baissée. Les deux chiens lui firent une grande fête. Tout ce petit monde trouvant place aisément dans la grosse Buick familiale.

Il chérissait cette partie de sa vie comme le plus précieux des trésors. Parmi les siens, il se sentait à l'abri, en paix. Sa femme l'aimait, il n'en avait jamais douté. Elle admirait sa personnalité, car il faisait effectivement son travail sans malveillance, sans tromperie, avec un réel sens de l'équité et de la justice pour son prochain, quel que soit son état de dépravation. Cilke, de son côté, aimait l'intelligence de son épouse et lui faisait suffisamment confiance pour lui parler de ses enquêtes. Bien sûr, il ne pouvait tout lui dire. Elle avait également son propre travail ; elle écrivait des articles sur les grandes figures féminines de l'Histoire, enseignait l'éthique à l'université du comté, et se battait d'arrache-pied pour ses grandes causes.

Cilke observait sa femme préparer le dîner. Sa beauté l'avait toujours ému. Vanessa mettait la table, imitant sa mère, tentant même de marcher de son pas gracieux de ballerine. Georgette n'avait pas jugé utile d'avoir une femme de ménage ; elle élevait sa fille en lui apprenant à être autonome, comme si elle ne pouvait compter que sur elle-même. À l'âge de six ans, Vanessa faisait déjà son lit, rangeait sa chambre et aidait sa mère à faire la cuisine. Comme toujours, Cilke se demandait comment une femme comme elle pouvait aimer un homme tel que lui. C'était, dans son cœur, un émerveillement de chaque instant. Un don du ciel.

Plus tard, après avoir couché Vanessa et vérifié le bon fonctionnement de la sonnette au cas où la fillette avait besoin de les appeler, Cilke se retira avec sa femme dans leur chambre. Comme d'habitude, il ressentit cette émotion presque mystique lorsque sa femme se déshabilla. Puis les grands yeux gris de Georgette, si vifs, si intelligents, se voilèrent de désir. Après, alors qu'ils sombraient dans le sommeil, elle lui tint la main, comme pour l'emporter avec elle dans ses rêves.

Cilke l'avait rencontrée lorsqu'il enquêtait sur des organisations extrémistes, suspectées de se livrer à des actes terroristes mineurs. Elle était, à l'époque, une activiste politique et enseignait l'histoire dans une petite université du New Jersey. L'enquête de Cilke établit qu'elle n'était qu'une militante libérale et n'avait aucun lien avec quelque groupe extrémiste violent. Ce fut donc ce que consigna Cilke dans son rapport.

Mais lorsqu'il l'interrogea pour mener son enquête, il avait été frappé par son absence totale de préjugés ou d'hostilité envers l'agent du FBI qu'il était. Elle semblait, au contraire, curieuse de connaître son travail, comme il le vivait chaque jour et étrangement, il se surprit à répondre à ses questions avec franchise : il n'était que l'un des gardiens d'une société qui ne pouvait exister sans quelques règles. Il avait ajouté, mi-figue mi-raisin, qu'il était le bouclier entre les gens comme elle et ceux qui voulaient lui voler son âme pour accomplir leurs propres desseins.

La cour fut brève. Ils se marièrent rapidement, avant que le bon sens ne vienne entraver leur amour – car ils étaient, en effet, à l'opposé l'un de l'autre dans presque tous les domaines. Cilke ne partageait aucune des convictions de Georgette ; de son côté, elle était d'une innocence absolue face au monde obscur et perverti de son mari. Elle n'adhérait pas à son engagement quasi sacerdotal pour le FBI, mais elle écoutait ses plaintes, sa rancœur de voir le saint des saints du Bureau, J. Edgar Hoover, diffamé de la sorte. « Ils disent aujourd'hui que c'était un homosexuel refoulé et un bigot intégriste. Alors que ce n'était qu'un type qui aimait son boulot et qui a omis de s'ouvrir aux idées libérales, expliquait-il. Les intellectuels comparent le FBI à la Gestapo ou au KGB, mais nous n'avons jamais eu recours à la torture, ni à des coups montés pour coincer qui que ce soit – à l'inverse des flics de New York, pour ne citer qu'eux. Nous n'avons jamais placé de fausses preuves. Les gosses à l'université se seraient retrouvés sous les barreaux si ce n'était pas nous qui avions mené l'enquête. La police est d'une bêtise crasse en matière politique ; son aile droite causera sa perte. »

Elle souriait devant son air passionné. Il parlait avec une telle ferveur que c'en était touchant.

— Ne me demande pas de changer, lui répondait-elle, en souriant. Mais si ce que tu me dis c'est la vérité, alors nous n'aurons pas de dispute.

— Je ne veux pas que tu changes. Et si le FBI affecte notre couple, alors je donnerai ma démission.

Il ne lui dit pas à quel point cette décision lui serait douloureuse.

Combien de personnes pouvaient se déclarer parfaitement heureuses ? Combien pouvaient dire qu'il n'y avait qu'un seul être dans leur vie en qui elles avaient une confiance aveugle ? C'était un tel réconfort de connaître cette adoration, cette foi sans limite pour l'être aimé, d'être l'ange gardien de sa vie et de ses rêves. À chaque instant de la journée, Georgette le sentait sur le qui-vive, soucieux de son bien-être et de sa sécurité.

Elle lui manquait terriblement lorsque Cilke était en mission. Jamais il n'avait été tenté par une autre femme, parce qu'il honnissait l'idée de s'imaginer conspirer contre elle. Il adorait revenir vers elle, la retrouver avec son sourire rassurant, son corps généreux, tandis qu'elle l'attendait dans la chambre, nue, vulnérable, lui pardonnant déjà de rentrer si tard. Une bénédiction.

Mais son bonheur était hanté par les choses qu'il devait garder secrètes – les méandres inhérents à son travail et leurs dangereuses conséquences, le fait qu'il était en contact tous les jours avec un monde débordant de pus, empli d'hommes et de femmes démoniaques, de toute la lie de l'humanité qui jour après jour entachait son âme. Sans Georgette, la vie ne valait pas son lot de souffrances.

À une période de son existence, alors qu'il tremblait de peur à l'idée de perdre son bonheur, il avait fait une chose dont il aurait honte toute sa vie ; il avait placé des mouchards dans sa propre maison pour espionner les faits et gestes de sa femme et écoutait les enregistrements le soir venu dans la cave. Il avait écouté ses paroles jusque dans ses moindres inflexions. Et Georgette avait passé l'épreuve haut la main. Elle n'avait aucune malice, aucune malveillance envers lui. Ni mesquinerie, ni traîtrise à redouter de son côté. Et lui, l'avait espionnée pendant toute une année…

Il lui paraissait inconcevable qu'elle puisse l'aimer – avec tous ses défauts, son instinct de prédateur, son besoin inextinguible de pourchasser son prochain. Un vrai miracle ! Mais il avait toujours peur qu'elle découvre sa véritable nature et qu'elle se mette à le détester. C'est ainsi que dans son travail, il devint des plus scrupuleux et acquit sa réputation d'homme juste et droit.

Georgette n'avait jamais douté de lui. Elle l'avait prouvé de la meilleure façon un soir, alors qu'ils dînaient chez le directeur du FBI, en compagnie d'une vingtaine d'autres invités, une réception moitié professionnelle, moitié honorifique.

À un moment durant la soirée, le directeur s'était arrangé pour se retrouver seul avec Cilke et sa femme.

— Je crois savoir que vous êtes engagée dans nombre de grandes causes, commença le directeur en s'adressant à Georgette. C'est votre droit le plus strict, bien entendu. Mais peut-être n'avez-vous pas totalement pris conscience que ces actions politiques peuvent nuire à la carrière de Kurt chez nous ?

Georgette esquissa un sourire et répondit avec le plus grand sérieux.

— Je le sais parfaitement et ce serait là une grossière erreur du FBI, tant d'un point de vue professionnel que politique. Bien entendu, si cette situation devient trop problématique, mon mari démissionnera.

Le directeur se retourna vers Cilke, l'air surpris.

— C'est vrai ? Vous seriez prêt à démissionner ?

Cilke n'hésita pas une seconde.

— C'est la vérité vraie. Je vous la donne demain matin si vous voulez !

Le directeur partit d'un grand rire.

— Oh non ! On ne croise pas des hommes comme vous tous les jours. (Puis il se tourna vers Georgette d'un air pompeux.) La fidélité est parfois le dernier refuge de l'homme honnête.

Le couple avait ri devant ce trait d'esprit laborieux, pour montrer sa bonne volonté.

4

Pendant cinq mois après la mort de Don Aprile, Astorre consulta les anciens collègues de son oncle, afin de prendre des mesures pour assurer la sécurité des enfants Aprile et tenter d'éclaircir ce meurtre. Avant toute chose, il fallait connaître la ou les raisons d'un acte aussi risqué et scandaleux. Qui avait donné l'ordre de tuer le grand Don Aprile ? Astorre allait devoir marcher sur des œufs.

Il rencontra en premier Benito Craxxi à Chicago.

Craxxi s'était retiré des affaires dix ans avant Don Aprile. Il avait été le grand *consiglieri* auprès du Conseil national de la Mafia et avait une connaissance approfondie de toutes les familles des États-Unis. Il avait été le premier à repérer les signes de décadence des grandes familles, le premier à prévoir leur déclin. Prudemment, il avait donc pris sa retraite pour se convertir à la spéculation en bourse. Avec surprise, il avait découvert qu'il pouvait détourner tout autant d'argent, mais cette fois en toute légalité. Don Aprile avait dit à Astorre d'aller trouver Benito Craxxi en cas de besoin. C'était, selon lui, un homme de bon conseil.

Craxxi, à soixante-dix ans, vivait avec deux gardes du corps, un chauffeur et une jeune Italienne qui faisait office de cuisinière, de gouvernante et, d'après les on-dit, de maîtresse. Craxxi était en parfaite santé car il avait toujours mené une existence sans excès ; il surveillait ce qu'il mangeait, ne buvait qu'aux grandes occasions ; pour le petit déjeuner, un bol de fruit et de fromage ; à midi, une omelette ou une soupe de légumes ; pour dîner, une simple entrecôte de bœuf ou une côtelette de mouton, suivie d'une grande salade verte avec des oignons et des tomates. Il fumait un seul cigare par jour, juste après dîner pour accompagner son café et son anisette. Il dépensait son argent avec générosité et sagesse, mais sélectionnait avec soin ses bénéficiaires – un homme qui était de mauvais conseil était aussi honni que le pire des ennemis.

Mais avec Astorre, il était prêt à en donner sans compter, car Craxxi était l'une des nombreuses personnes à devoir beaucoup à Don Aprile. C'était lui qui avait protégé Craxxi quand celui-ci avait pris sa retraite – un geste toujours dangereux dans le milieu.

La rencontre eut lieu au petit déjeuner. Il y avait des coupes de fruits – de grosses poires jaunes, des pommes rousses, un ramequin de fraises aussi grosses que des citrons, des grappes de raisin blanc, et des cerises grenat, presque noires. Un grand morceau de fromage était présenté sur un plateau de bois comme s'il s'agissait d'une pépite d'or. La gouvernante leur servit du café et de l'anisette puis disparut.

— Alors, mon garçon, commença Craxxi. Tu es donc le gardien qu'a choisi Don Aprile.

— Oui.

— Je sais que tu as été formé pour cette tâche. Mon vieil ami a toujours été prévoyant. Il nous avait parlé de ses intentions. Je sais que tu es qualifié. La question est : en as-tu le désir ?

Astorre sourit d'un air engageant.

— Don Aprile m'a sauvé la vie et m'a donné tout ce que j'ai. C'est lui qui m'a fait devenir ce que je suis. Et j'ai fait le serment de protéger la famille. Si Nicole n'arrive pas à avoir son propre cabinet d'avocat, si la chaîne de Marcantonio tombe en faillite, si quelque chose arrive à Valerius, il leur restera les banques. J'ai eu une vie heureuse. Je regrette les circonstances qui me poussent à assumer cette mission, mais j'ai donné ma parole à mon oncle et je dois tenir ma promesse. Sinon, c'est toute ma vie qui n'aura plus de sens.

Des souvenirs d'enfance remontaient à sa mémoire, des moments de rire et de joie pour lesquels il garderait une reconnaissance éternelle à son oncle. Il se revoyait petit garçon en Sicile, avec Don Aprile, en train de se promener par monts et vallées, tandis que son oncle lui contait des histoires. Il avait alors en tête un autre monde, un monde où la justice était rendue, où la loyauté était respectée, où de grandes choses étaient accomplies par des hommes nobles de cœur et puissants. C'était à ces moments de nostalgie que la Sicile et Don Aprile lui manquaient le plus cruellement.

— Parfait, lança Craxxi, interrompant les rêveries d'Astorre et le ramenant sur terre. Tu étais sur les lieux. Raconte-moi ce qui s'est passé. Tout, dans le moindre détail.

Astorre s'exécuta.

— Et tu es certain que les deux tireurs étaient gauchers ? demanda Craxxi.

— Pour l'un des deux, c'est sûr; pour l'autre, c'est très probable.

Craxxi hocha la tête lentement, perdu dans ses pensées. Au bout d'un long moment, il leva les yeux vers Astorre.

— Je crois savoir qui sont les tireurs, annonça-t-il. Mais il ne faut pas aller trop vite. Il faut à tout prix savoir qui les a embauchés et pourquoi. Tu vas devoir être très prudent. J'ai beaucoup réfléchi à cette histoire. Le suspect le plus évident est Timmona Portella. Mais pour quelles raisons ? Pour être agréable à qui ? Timmona a toujours été un peu dingue. Mais l'exécution de Don Aprile était une entreprise très risquée. Même Timmona craignait ton oncle, qu'il ait pris ou non sa retraite.

« En ce qui concerne les tireurs, voilà mon sentiment ; il s'agit de deux frères vivant à Los Angeles. Ils comptent parmi les hommes les plus qualifiés de ce pays. Ils ne parlent jamais. Peu de gens savent qu'ils sont jumeaux en fait. Ils sont tous les deux gauchers. Ils sont courageux et des tireurs nés. Le danger a dû les titiller et la récompense devait être énorme. Et on a dû forcément leur donner des garanties – par exemple que les flics fermeraient plus ou moins les yeux. Je trouve bizarre qu'il n'y ait eu aucun policier ou agent fédéral posté en surveillance devant la cathédrale le jour de la communion. Après tout, Raymond était encore dans le collimateur du FBI, même s'il avait cessé ses activités.

« Mais attention, tout ce que j'avance ne sont que des suppositions, de la théorie. Tu vas devoir enquêter et confirmer tout ça. Si je ne me suis pas trompé, alors il te faudra frapper de toute ta puissance.

— Une chose encore, demanda Astorre. Les enfants de Don Aprile sont-ils en danger ?

Craxxi haussa les épaules. Il épluchait avec grand soin une poire dorée.

— Je n'en sais rien. Mais ne joue pas le fier. Demandeleur de l'aide au besoin ; car une chose est sûre : toi, tu es en danger. En grand danger, même. Un dernier conseil : appelle ton Mr Pryor de Londres et fais-le venir ici pour s'occuper des banques. C'est un homme suprêmement qualifié, dans tous les domaines.

— Et Bianco de Sicile ?

— Laisse-le là-bas pour l'instant. Quand tu en sauras plus, fais-moi signe. On en rediscutera.

Craxxi versa une rasade d'anisette dans le café d'Astorre.

— Cela me fait bizarre, déclara le jeune homme dans un soupir. Je n'avais jamais pensé qu'un jour j'aurais à accomplir une mission pour Don Aprile, le grand Don Raymond Aprile.

— Je sais, la vie est dure et cruelle pour les nouveaux venus, répondit Craxxi. Elle ne fait pas de cadeau.

Pendant vingt ans, Valerius avait vécu dans le monde du renseignement militaire ; un monde bel et bien réel, à l'inverse de celui de strass et de paillettes où se complaisait son frère. Il semblait avoir prévu chaque parole que prononçait Astorre; pas la moindre surprise ne transparaissait sur son visage.

— J'ai besoin de ton aide pour savoir ce qui s'est passé, disait Astorre. Mais tu vas devoir peut-être faire quelques entorses à tes règles de conduite sacro-saintes.

— Tu te montres enfin sous ton véritable jour ! rétorqua Valerius avec sécheresse. Je me demandais quand tu allais te décider.

— Je ne vois pas ce que tu veux dire, répondit Astorre, quelque peu étonné. Je crois que le meurtre de ton père a été perpétré avec la complicité de la police de New York et du FBI. Il s'agit d'un coup monté. Ce ne sont pas des fabulations. Trop d'indices concordent.

— Ce n'est pas impossible. Mais je n'ai pas accès aux documents secrets civils par mon travail ici.

— Mais tu as des amis parmi d'autres services de renseignements. Tu peux leur poser certaines questions.

— Il est inutile de leur poser des questions, répliqua Valerius en souriant. Ce sont de vraies pipelettes. Ils bavassent comme des concierges. Ce « besoin de savoir » c'est des conneries. Sais-tu au moins ce que tu cherches ?

— Des infos sur les tueurs de ton père.

Valerius se laissa aller au fond de son fauteuil, tirant une longue bouffée sur son cigare – son seul vice.

— Ne me raconte pas de salades, Astorre. Je vais te dire quelque chose. Moi aussi, j'ai cogité sur les événements. Cela pourrait être un règlement de compte, une vengeance. Et j'ai réfléchi au fait que c'est toi qui as le contrôle des banques. Le vieux avait un plan. Il ne faisait jamais rien au hasard. Voilà comment je vois les choses : le paternel a fait de toi son champion pour la famille. Que doit-on en conclure ? Que tu as été formé et entraîné pour cette tâche, que tu étais son agent dans la place, une bombe à retardement destinée à être déclenchée au jour « J ». Il y a un trou de onze ans dans ta bio et ta couverture est trop proprette pour être honnête – un chanteur amateur, un passionné d'équitation ?

Laisse-moi rire ! Et ce collier en or que tu portes au cou m'a toujours paru suspect. (Il se tut et prit une profonde inspiration.) Alors Astorre ? Que penses-tu de mes cogitations ?

— Impressionnant. J'espère que tu garderas ça pour toi.

— Cela va de soi. Il s'ensuit donc que tu es un homme dangereux. Et que, par suite, tu vas devoir avoir recours à des solutions extrêmes. J'ai, toutefois, un conseil à te donner ; ta couverture n'est pas crédible. Elle va voler en éclats sous peu. En ce qui concerne mon aide, j'ai une vie agréable et je suis opposé à tout ce que tu es et représentes. Pour l'instant, donc, ma réponse est non. Je ne t'aiderai pas. S'il y a du nouveau, tiens-moi au courant.

Une femme conduisit Astorre jusqu'au bureau de Nicole. Elle le serra dans ses bras et l'embrassa. Elle avait toujours beaucoup de tendresse pour lui ; leur idylle de jeunesse n'avait pas laissé de cicatrices douloureuses.

— Il faut que je te parle, en privé, annonça Astorre.

Nicole se tourna vers son garde du corps féminin.

— Hélène, vous pouvez nous laisser, s'il vous plaît ? Je suis en sécurité avec lui.

Ladite Hélène évalua Astorre du regard, comme si elle cherchait à sonder son esprit. Elle sembla même y parvenir. Comme Cilke, Astorre remarqua la confiance absolue qui émanait d'elle – la même confiance qu'un joueur de poker ayant un carré d'as ou qu'un duelliste ayant un pistolet caché dans sa manche. À tout hasard, Astorre regarda où elle aurait pu dissimuler l'arme en question. Son pantalon moulant et sa veste près du corps mettaient en valeur sa silhouette impressionnante – pas la place d'y glisser une arme. Puis il remarqua la fente dans le bas de son pantalon. Elle portait un holster de cheville, ce qui n'était pas des plus intelligent. Il lui lança un sourire au moment où elle quittait la pièce, usant de tout son charme latin. Elle lui retourna un regard totalement lisse.

— Qui l'a recrutée ? s'enquit Astorre.

— Papa, répondit Nicole. Elle travaille très bien. C'est fou comme elle sait s'y prendre avec les emmerdeurs et les dragueurs.

— Le contraire m'eût étonné ! Tu as réussi à obtenir le dossier du FBI sur ton père ?

— Oui, je l'ai. Il renferme la liste la plus terrible d'accusations qu'il m'ait été donné de lire. Je ne peux croire que tout soit vrai ; ils ne pourront jamais rien prouver, de toute façon.

Don Aprile aurait sans doute voulu entendre Astorre nier tout en bloc.

— Pourrais-tu me prêter ce dossier un jour ou deux ?

Nicole lui retourna son visage impénétrable de professionnelle de la loi.

— Je crois que c'est un peu tôt. Je voudrais l'analyser plus en détail, souligner les points importants, et puis je te le donnerai. En fait, il n'y a rien qui puisse t'aider. Peut-être vaudrait-il mieux que mes frères et toi ne le voyiez pas.

Astorre la regarda d'un air pensif, puis esquissa un sourire.

— C'est aussi moche que ça ?

— Donne-moi le temps de l'éplucher. Les types du FBI sont de tels roublards.

— Comme tu voudras. C'est toi qui décides. Souviens-toi que c'est une affaire dangereuse. Fais gaffe à toi.

— Promis. De toute façon, j'ai Hélène.

— Et je suis là, en cas de besoin. (Astorre posa sa main sur le bras de Nicole pour la rassurer ; pendant un moment, elle le regarda avec une telle tendresse qu'il en fut mal à l'aise.) N'hésite pas à m'appeler, ajouta-t-il.

Nicole sourit.

— Je le ferai, c'est promis. Mais tout va bien, ne t'inquiète pas.

En réalité, elle pensait avec impatience à la soirée qui l'attendait en compagnie d'un fringant diplomate au charme irrésistible.

Dans sa suite directoriale hi-tech, où scintillaient six écrans de télévision, Marcantonio Aprile recevait Richard Harrison, le chef d'une des plus grosses agences de publicité de New York. Harrison était grand, la mine aristocratique, vêtu avec élégance – un curieux mélange, entre la grâce de l'ancien mannequin et la vigueur du parachutiste commando.

Sur les genoux d'Harrison, une boîte de cassettes vidéo. Avec une assurance totale, sans même demander la permission à Marcantonio, il se dirigea vers un téléviseur et inséra une cassette dans le lecteur.

— Regarde ça, annonça-t-il. Ce n'est pas l'un de mes clients, mais je trouve ça étonnant.

La cassette présentait une publicité pour American Pizza et le faire-valoir à l'écran était Mikhaïl Gorbatchev, l'ancien président de l'Union soviétique. Gorbatchev vendait son produit avec une dignité silencieuse, sans prononcer un mot ; il se contentait d'offrir une pizza à son petit-fils, tandis que la foule hurlait son admiration.

Marcantonio lança un sourire à Harrison.

— Une victoire pour le monde libre, je présume ? Où veux-tu en venir ?

— Voilà que l'ancien dirigeant de l'Union soviétique fait le guignol à la télé pour vendre de la pizza américaine. Étonnant, non ? Et il paraît qu'ils ne l'ont payé qu'un demi-million de dollars.

— Et pourquoi ?

— Pourquoi a-t-il fait une chose aussi humiliante ? Parce qu'il est raide, qu'il n'a plus un flèche.

Soudain Marcantonio songea à son père. Don Aprile aurait eu un tel mépris pour un homme qui avait gouverné un pays aussi puissant et qui n'avait pas su assurer la sécurité financière de sa famille. Aux yeux du patriarche, seul un imbécile pouvait commettre une bêtise pareille.

— C'est une belle leçon sur l'histoire et la nature humaine, répondit Marcantonio. Mais encore une fois, pourquoi me montres-tu ça ?

Harrison tapota sa boîte de cassettes.

— J'ai mieux encore dans ma musette mais je crains quelques réticences de ta part. Elles sont un peu plus osées. Toi et moi, ça fait longtemps qu'on travaille ensemble. Je veux simplement m'assurer que tu laisseras ces pubs passer sur ta chaîne. Les autres chaînes seront obligées de suivre.

— Montre déjà.

Harrison inséra une nouvelle cassette.

— Nous avons acheté les droits d'utiliser des vedettes décédées dans nos pubs, expliqua-t-il. C'est un tel gâchis de laisser tous ces morts prestigieux tomber dans l'oubli et n'avoir plus d'utilité dans notre société. Nous voulons changer tout ça ; nous les ressuscitons et leur rendons leur gloire passée.

La cassette de démonstration commença. On voyait à l'écran une succession de photos de Mère Teresa s'occupant des pauvres et des malades à Calcutta, les pans de sa robe de religieuse retombant en drapé sur les lépreux. Un autre cliché la montrait en train de recevoir le prix Nobel de la Paix, son visage ingrat rayonnant de joie. Puis un autre encore, la montrant en train de servir la soupe à des pauvres dans la rue. Toutes ces photos étaient en noir et blanc.

Brusquement, l'image passe en couleur. Un homme, élégamment vêtu, s'approche d'une grande marmite avec un bol vide. Il demande à une jolie jeune femme : « Puis-je avoir un peu de soupe ? On m'a dit qu'elle était délicieuse. » La jeune femme lui retourne un sourire radieux et lui remplit son bol. L'homme boit, l'air extatique.

Puis l'image se transforme en supermarché avec un rayonnage entier de boîtes de potage étiquetées *Soupe de Calcutta*. Une voix off proclame : « La soupe de Calcutta, un don de la vie, pour les pauvres comme pour les riches. Il en existe vingt spécialités délicieuses, accessibles à toutes les bourses. Chacune élaborée selon la recette de Mère Teresa. »

— Tu conviendras que c'est fait sans mauvais goût, n'est-ce pas ? lança Harrison.

Marcantonio souleva ses sourcils.

Harrison inséra une nouvelle cassette. On y voyait une superbe photo de la princesse Diana dans sa robe de mariée, puis une série de clichés la présentant à Buckingham. Puis en train de danser avec le prince Charles, entourée de la famille royale et de sa suite, le tout dans un ballet frénétique.

La voix off entonne : « Toutes les princesses méritent leur prince. Mais cette princesse-là avait un secret. » Un top-model présente un élégant flacon de parfum, l'étiquette de la marque face caméra. La voix off poursuit : « Avec le spray vaginal Parfum de Princesse, vous aussi envoûtez votre prince – et soyez sûre de vos odeurs intimes. »

Marcantonio pressa un bouton sur son bureau et l'écran s'éteignit.

— Attends, j'en ai d'autres... lança Harrison.

Marcantonio secoua la tête.

— Richard, tu es aussi inventif que dépourvu de scrupules. Ces pubs ne passeront jamais sur ma chaîne.

— Mais certains des bénéfices vont à des œuvres de charité, protesta Harrison. Et ces spots sont tous de bon goût. J'espérais que tu serais le premier à ouvrir la voie. On est amis, non ?

— Exact. Mais il n'empêche que c'est non.

Harrison remua la tête de dépit et remballa lentement ses cassettes.

— Au fait, ajouta Marcantonio dans un sourire, comment marche le spot de Gorbatchev ?

— Un bide, répondit Harrison en haussant les épaules. Cet idiot ne sait même pas vendre une pizza !

Marcantonio termina son travail de la journée puis se prépara pour ses obligations du soir. Il était attendu à la soirée des Emmy Awards. Sa chaîne disposait de trois grandes tables pour ses dirigeants et ses vedettes. Ils étaient plusieurs fois nominés. Sa fiancée du moment était Matilda Johnson, une présentatrice célèbre.

Le bureau de Marcantonio était équipé d'une chambre avec salle de bain et douche privatives, ainsi que d'une garde-robe bien fournie. Il passait souvent la nuit là lorsqu'il devait travailler tard.

Au cours de la cérémonie, plusieurs célébrités primées lui rendirent hommage pour le rôle crucial qu'il avait joué dans leurs carrières. Les flatteries étaient toujours agréables à entendre. Mais tout en applaudissant, saluant des connus et des inconnus, embrassant des dizaines de joues, il songeait à toutes les cérémonies et dîners auxquels il avait dû assister dans l'année – *Oscars*, *Awards* du Public, Prix de l'*American Film Institute* et autres récompenses offertes aux stars vieillissantes, producteurs et réalisateurs. Il avait l'impression de se retrouver à l'école élémentaire lors de la remise des prix en fin d'année, devant une assemblée d'enfants tout excités de ramener leur trophée à la maison pour le montrer à leur mère. Il eut un moment de honte pour cette vilaine pensée – ces gens méritaient ces honneurs, ils avaient autant besoin de reconnaissance que d'argent.

Après la cérémonie, il s'amusa à regarder le ballet des acteurs ayant un petit nom en train de parader devant des gens influents comme lui ; la rédactrice en chef d'un magazine à la mode était courtisée comme une dinde à Noël par une brochette d'écrivains sans contrat. Marcantonio voyait la prudence sur son visage, sa cordialité froide et précautionneuse, comme si elle était une Pénélope attendant un soupirant plus digne d'elle.

Et puis il y avait les présentateurs vedettes, les piliers incontournables du petit écran, des hommes et des femmes pétris d'intelligence, de charisme et de talent qui connaissaient le dilemme exquis de devoir choisir telle ou telle star pour leur émission et écarter les autres parce qu'ils les jugeaient de moindre importance.

Actrices et acteurs primés rayonnaient d'espoir et de désir. Ils étaient tous suffisamment célèbres pour faire le grand saut : quitter la télévision pour le cinéma, le vrai, l'unique, sans jamais de retour à la case départ – du moins c'était ce qu'ils croyaient.

Finalement, Marcantonio en eut assez ; il était épuisé par ces démonstrations d'enthousiasme à tout crin – ces paroles enjouées et pleines d'encouragement qu'il devait proférer aux perdants, l'exubérance frénétique qu'il devait montrer aux gagnants – tout cela était usant.

— Tu viens chez moi, ce soir ? lui demanda Matilda à l'oreille.

— Je suis vanné. Rude journée. Rude soirée.

— Tant pis, répondit-elle, compatissante. (Ils avaient tous les deux des emplois du temps très chargés.) Je serai en ville toute la semaine.

Ils s'entendaient bien parce qu'il n'y avait pas de compétition entre eux. Inutile de tenter de prendre l'avantage sur l'autre ; il n'y avait rien à y gagner. Matilda s'en sortait très bien. Elle n'avait besoin ni d'un mentor ni d'un patron. Marcantonio ne prenait pas part, de toute façon, au choix des présentateurs du journal TV. C'était le boulot du directeur de l'information. Avec la vie qu'il menait, toute idée de mariage était impossible. Matilda voyageait beaucoup ; lui travaillait quinze heures par jour. Ils étaient deux amis qui passaient de temps en temps la nuit ensemble. Ils faisaient l'amour, parlaient du travail et apparaissaient quelquefois ensemble en public. Il était admis, chez l'un comme chez l'autre, que leur relation était d'ordre secondaire. Les rares fois où Matilda tombait amoureuse, leurs nuits câlines se trouvaient suspendues jusqu'à nouvel ordre. Marcantonio, quant à lui, ne tombait jamais amoureux, cet accord ne lui posait donc aucun problème.

Ce soir-là, il était quelque peu las de son monde de rêves. Il fut donc presque content de trouver Astorre qui l'attendait dans le hall de son immeuble.

— Salut ! Quel bon vent t'amène ? lança Marcantonio. Où étais-tu passé, ces derniers temps ?

— Le travail. Je peux monter deux minutes, boire un verre ?

— Bien sûr. Mais pourquoi ces airs de vieux barbouze ? Pourquoi n'as-tu pas appelé ? Tu aurais pu faire le planton pendant des heures. J'étais censé aller à une fête.

— Pas de problème, répondit Astorre.

Il avait fait surveiller son cousin durant toute la soirée.

Une fois dans l'appartement, Marcantonio prépara deux cocktails. Astorre semblait un peu embarrassé.

— Dis-moi, tu peux lancer de nouveaux concepts d'émission sur ta chaîne. Ta position t'y autorise, n'est-ce pas ?

— Ça m'arrive tout le temps.

— J'en ai un à te proposer. Cela a un rapport avec le meurtre de ton père.

— Non, articula Marcantonio.

C'était son fameux « non », celui qui mettait un terme à toute discussion. Mais cela ne sembla pas pour autant intimider Astorre.

— Ne me dis pas non comme ça. Je ne suis pas en train de te vendre quoi que ce soit. Il s'agit de la sécurité de ton frère et de ta sœur. Et de la tienne, cela va de soi. (Il lui fit un grand sourire.) Ainsi que de la mienne par la même occasion.

— Je t'écoute.

Marcantonio voyait soudain son cousin sous un jour nouveau. Cet artiste dilettante avait finalement quelque chose dans le ventre ?

— J'ai besoin que tu fasses un docu sur le FBI, annonça Astorre. En particulier sur la façon dont Kurt Cilke est parvenu à détruire la majeure partie des grandes familles de la Mafia. Cela risque de faire un carton à l'audimat, non ?

Marcantonio opina du chef.

— Et tout ça dans quel but ?

— Je n'arrive pas à avoir d'infos sur Cilke. Et ce serait trop dangereux d'insister lourdement, si tu vois ce que je veux dire. En revanche, si tu fais un reportage, les pouvoirs publics n'oseront pas te mettre des bâtons dans les roues. Tu peux savoir où il vit, son passé, ses façons de procéder, quelle est sa position au sein du FBI. S'il est sur la sellette ou non. J'ai besoin de tous ces renseignements.

— Le FBI et Cilke ne coopéreront jamais. Cela va compliquer le travail. (Il se tut un moment.) Ce n'est pas comme du temps de ce cher Hoover. Les nouveaux dirigeants sont très suspicieux et cachent leurs cartes.

— Je sais que tu peux y arriver. J'ai vraiment besoin de ces infos. Tu as une armée de producteurs et de journalistes d'investigation. Il me faut des renseignements sur ce Cilke. Il me faut tout. Il fait peut-être partie d'une conspiration contre ton père et la famille.

— C'est absurde.

— Peut-être que oui, peut-être que non. Mais une chose est sûre, c'est qu'il ne s'agit pas d'un simple règlement de compte entre gens du milieu. Et Cilke fait une drôle d'enquête. On a presque l'impression qu'il cherche à effacer les traces, et non à les trouver.

— Supposons que je t'aide à avoir ces renseignements. Qu'est-ce que tu vas faire ?

Astorre, avec un grand sourire, leva les bras en signe d'impuissance.

— Que veux-tu que je fasse, Marc ? Je veux juste savoir. Peut-être pourrais-je négocier pour qu'on laisse la famille tranquille. Je veux juste pouvoir consulter la documentation. Je ne veux pas de copie. Tu ne risques pas de te retrouver en porte-à-faux.

Marcantonio le regarda un long moment. Son esprit tentait de discerner la personne qui se cachait réellement derrière ce visage avenant et innocent.

— Je dois dire que je me pose pas mal de questions sur toi, Astorre. Le paternel t'a laissé la direction des banques. Pourquoi ? Tu es un importateur de pâtes. Je t'ai toujours considéré comme un artiste, un doux excentrique avec ta veste rouge pour monter à cheval et ton groupe de musique. Mais le paternel n'aurait jamais fait confiance à un type comme toi, du moins pas celui que tu sembles être.

— Je ne chante plus. Je ne monte plus non plus. Don Aprile a toujours eu le nez fin ; il avait foi en moi. Tu devrais faire pareil. (Il marqua un temps d'arrêt, puis reprit avec un accent de sincérité.) Il m'a choisi pour protéger ses enfants, pour qu'ils ne courent aucun danger. Et il m'a formé pour cette tâche. Il m'aimait, mais je n'étais pas irremplaçable à ses yeux, vous oui. C'est aussi simple que ça.

— Tu as les moyens de contre-attaquer ?

— Oh, oui.

Astorre se laissa aller au fond de son siège et lança un sourire à son cousin ; un sourire délibérément sinistre comme celui que faisait un acteur lorsqu'il voulait montrer aux téléspectateurs qu'il était le méchant. Mais Astorre y mit une ironie moqueuse qui fit rire Marcantonio.

— C'est tout ce que j'aurai à faire ? Tu ne me demanderas plus rien après ?

— Tu n'es pas qualifié pour aller plus loin, répondit Astorre.

— Je peux prendre quelques jours pour réfléchir ?

— Non. Si tu refuses, ce sera moi tout seul contre eux.

Marcantonio hocha la tête, l'air pensif.

— Je t'aime bien Astorre, mais je ne peux pas faire ça. C'est trop risqué.

La rencontre avec Kurt Cilke dans le bureau de Nicole fut pour le moins étonnante. Cilke était venu avec Bill Boxton et avait demandé qu'Astorre soit présent. Il entra aussitôt dans le vif du sujet :

— Je me suis laissé dire que Timmona Portella tente d'investir un milliard de dollars dans vos banques. Vous confirmez cette info ?

— Il s'agit d'une affaire privée, répondit Nicole. Pourquoi devrions-nous répondre à cette question ?

— Je sais qu'il a fait la même offre à votre père. Et que votre père a refusé.

— J'aimerais savoir en quoi tout cela intéresse le FBI ? demanda Nicole avec un ton qui signifiait « Allez vous faire foutre ».

Cilke refusa de s'énerver et répondit d'un ton affable :

— Nous pensons que Portella cherche à blanchir de l'argent provenant de la drogue. (Il se tourna vers Astorre.) Nous voulons que vous coopériez avec lui pour que nous puissions surveiller l'opération. Nous voulons que vous embauchiez dans vos banques certains de nos experts comptables pour qu'ils puissent suivre tout ça de l'intérieur. (Cilke ouvrit un attaché-case.) J'ai quelques papiers à vous faire signer, qui nous protégeront tous les deux.

Nicole lui prit les papiers des mains et les parcourut rapidement du regard.

— Ne signe pas ça, annonça-t-elle à Astorre. Il existe le secret bancaire pour les clients. S'ils veulent vraiment enquêter sur Portella, il leur faut un mandat.

Astorre lut à son tour les documents et lança un sourire à Cilke.

— Je vous fais confiance. (Il signa les papiers et les rendit à Cilke.)

— Quel est le marché ? demanda Nicole. Qu'est-ce qu'on a en échange de notre coopération ?

— La satisfaction d'avoir fait votre devoir de citoyen, répondit Cilke. Une lettre de recommandation du Président et la levée des audits mis en place sur toutes vos banques et qui risquent de vous causer des tas d'ennuis si votre gestion n'est pas absolument nickel.

— Et pourquoi pas quelques infos sur le meurtre de mon oncle ? avança Astorre.

— Bien sûr, répondit Cilke. Allez-y, posez vos questions.

— Pourquoi n'y avait-il aucune surveillance de la police le jour de la cérémonie à Saint-Patrick ?

— C'est une décision de l'inspecteur principal Paul Di Benedetto. Et de son bras droit. Une dénommée Aspinella Washington.

— Et pourquoi n'y avait-il sur place aucun observateur du FBI ? demanda Astorre.

— C'est malheureusement de ma faute. Je n'en avais pas vu la nécessité.

Astorre secoua la tête.

— Il est trop tôt pour que je puisse accepter votre requête. Il me faut quelques semaines pour réfléchir à tout ça.

— Vous avez déjà signé les papiers. Cette affaire relève désormais de la sûreté nationale. Vous pouvez être poursuivi en justice si vous parlez à qui que ce soit de notre conversation.

— Pourquoi ferais-je une chose pareille ? Je veux juste pouvoir diriger mes banques sans la mainmise du FBI ou celle de Portella.

— Réfléchissez bien, conseilla Cilke.

Lorsque les deux agents du FBI eurent quitté le bureau, Nicole se tourna vers Astorre, furieuse.

— Comment oses-tu négliger mon avis et signer ces papiers ? C'est d'une stupidité rare !

Astorre la dévisagea ; c'était la première fois qu'il voyait de la colère dans le regard de sa cousine.

— Il se sent rassuré avec ces bouts de papiers, répondit-il. Et c'est précisément ce que je voulais.

5

Marriano Rubio était comme ces divinités indoues, pourvues de nombreux bras et chaque main plongée dans un coffre empli d'or pur. Il avait le fauteuil de consul général du Pérou, bien qu'il passât le plus clair de son temps à New York. Il représentait de gros intérêts économiques investissant dans divers pays de l'Amérique du Sud et en Chine populaire. C'était également un ami intime de Inzio Tulippa, le chef du principal cartel de la drogue en Colombie.

Rubio était tout aussi chanceux dans sa vie personnelle que dans les affaires. Célibataire de quarante-cinq ans et homme à femmes respectable, il se faisait un point d'honneur à n'avoir qu'une maîtresse à la fois ; l'élue se devait d'être à sa disposition et se voyait grassement remerciée lorsqu'elle devait laisser la place à une plus jeune. Il était bel homme, drôle, éloquent, et bon danseur. Avec aussi une cave à vin fabuleuse et un chef trois étoiles à son service.

Mais comme nombre de gens fortunés, Rubio aimait taquiner le destin. Il adorait se mesurer à des hommes dangereux. Il lui fallait le piment du risque pour agrémenter son existence, lui donner une touche d'exotisme. D'où son implication dans l'envoi illégal de matériel de haute technologie en direction de la Chine à fin d'espionnage industriel ; il avait aussi mis en place un réseau de communication au plus haut niveau pour les barons de la drogue ; et il lui arrivait de jouer le porteur de fonds qui servaient à débaucher des scientifiques américains pour qu'ils aillent travailler en Amérique du Sud. Il était même en affaire avec Timmona Portella, qui était aussi imprévisible et dangereux qu'Inzio Tulippa.

Comme tous les joueurs qui misaient gros, Rubio veillait à protéger ses arrières. Il était, certes, au-dessus des lois du fait de son immunité diplomatique, mais il savait qu'il existait d'autres dangers, et en ce domaine, se montrait très prudent.

Ses revenus étaient énormes et il dépensait sans compter. C'était si enivrant d'avoir l'impression de pouvoir tout acheter sur Terre, y compris l'amour des femmes. On se sentait si puissant! Il adorait entretenir ses anciennes maîtresses, qui restaient des amies fidèles. C'était un employeur généreux qui savait préserver la bonne volonté des gens qui travaillaient pour lui.

Dans son appartement de New York, qui se trouvait judicieusement logé dans une aile du consulat du Pérou, Rubio dressait la table pour son rendez-vous galant avec Nicole Aprile. La raison d'être de cette liaison était, comme à l'accoutumée, un mélange de travail et de plaisir. Il avait rencontré Nicole à Washington, au cours d'un dîner organisé par l'un des plus prestigieux clients de son cabinet juridique. Au premier regard, il avait été séduit par la beauté quelque peu décalée de Nicole, par ce visage anguleux à l'air volontaire, par ces yeux vifs et pétillants d'intelligence, par ce corps voluptueux, mais aussi parce qu'elle était la fille d'un grand parrain de la Mafia – Don Raymond Aprile.

Rubio l'avait charmée, mais pas par les sens – et cela n'avait que d'autant plus de valeur à ses yeux. Il aimait les femmes intelligentes, qui écoutaient d'abord leur esprit avant leur corps. Il voulait gagner la confiance de Nicole par des faits, non par des mots. Il décida de passer aussitôt à l'action et proposa à Nicole de représenter l'un de ses clients pour la négociation d'un gros contrat. Rubio savait qu'elle œuvrait en bénévole pour l'abolition de la peine de mort et qu'elle avait même défendu des meurtriers célèbres pour leur éviter la peine capitale.

Elle était l'incarnation, à ses yeux, de la femme moderne idéale – belle, menant une carrière brillante, et prête à payer de sa personne pour de nobles causes. Sauf problèmes sexuels cachés, elle ferait sans doute une compagne très agréable pour une bonne année.

Mais tout ceci était valable avant la mort de Don Aprile.

Aujourd'hui, l'objet principal de sa cour était de savoir si Nicole et ses deux frères étaient prêts à mettre leurs banques à la disposition de Portella et de Tulippa. Sinon, cela ne servait à rien d'éliminer Astorre Viola.

Inzio Tulippa attendait depuis trop longtemps. Voilà plus de neuf mois que Raymond Aprile était mort et il n'avait toujours conclu aucun arrangement avec les héritiers des banques. De grosses sommes d'argent avaient été dépensées ; il avait donné des millions à Timmona Portella pour acheter le FBI, la police de New York, et pour s'offrir les services des frères Sturzo ; et il en était toujours au même point. Son affaire n'avait pas avancé d'un iota.

Tulippa ne correspondait pas à l'image que l'on pouvait se faire d'un grand trafiquant de drogue. Il ne venait pas du ruisseau contrairement à ce que l'on pourrait penser, mais d'une famille riche et respectable ; il avait même joué au polo pour défendre les couleurs de l'Argentine, son pays natal. Il vivait à présent au Costa Rica ; il avait un passeport diplomatique costaricain, ce qui le préservait de toute poursuite judiciaire sur le reste de la planète. Il s'occupait des relations entre les cartels de Colombie, les fournisseurs de Turquie et les raffineries d'Italie. Il organisait les transports, « bakchishait » les représentants de l'État, du plus haut rang au plus humble. Il assurait la logistique pour les gros arrivages aux États-Unis. C'était lui encore qui débauchait les spécialistes américains du nucléaire pour les envoyer en Amérique latine et qui finançait leurs recherches. En tous les domaines, il était prudent, efficace et il amassait une fortune colossale.

Mais c'était un révolutionnaire dans l'âme. Il défendait farouchement le marché de la drogue. Les produits stupéfiants étaient les sauveurs de l'esprit humain, ils constituaient le seul refuge pour les masses de désespérés enfermés dans la pauvreté ou la maladie mentale. Ils étaient le remède au mal d'amour, le seul réconfort pour les âmes perdues dans notre monde sans Dieu ni foi. Après tout, si on ne croyait plus dans le Tout-Puissant, plus dans la société, ni dans sa propre valeur, que vous restait-il à faire ? Vous suicider ? La drogue maintenait les gens en vie dans un royaume de rêve et d'espoir. Tout ce qu'il fallait leur apprendre, c'était de consommer avec modération. Après tout, la drogue tuait-elle autant que l'alcool et les cigarettes ? Tuait-elle autant que le désespoir et la misère ? Non. D'un point de vue strictement moral, Tulippa était sûr de son fait.

Inzio Tulippa avait un surnom sur la planète. On l'appelait le « *Vaccinator* ». Les industriels et investisseurs étrangers qui avaient de gros intérêts en Amérique du Sud – que ce soit des champs de pétrole, des usines de voitures, des cultures – avaient forcément besoin d'envoyer là-bas des hauts responsables. La plupart venaient des États-Unis. Le plus gros problème auquel devaient faire face ces entreprises était le kidnapping de leurs hauts dirigeants sur cette terre étrangère, dont la libération leur coûtait des millions de dollars.

Inzio Tulippa avait une société qui assurait justement ces responsables contre les kidnappings ; tous les ans, il se rendait aux États-Unis négocier les contrats de protection avec ces grosses compagnies. Il ne faisait pas cela uniquement pour l'argent, mais parce qu'il avait besoin des ressources scientifiques et techniques de ces grandes sociétés. En un mot, il proposait un service de vaccination à domicile.

Il avait toutefois une excentricité beaucoup plus dangereuse. La lutte internationale contre le trafic des stupéfiants était, à ses yeux, une guerre sainte menée contre sa personne ; et il était bien décidé à protéger son empire. Il avait donc un rêve, aussi ridicule que démesuré : posséder l'arme nucléaire, afin de pouvoir faire pression en cas de crise. C'était une arme stratégique ; il ne voulait pas réellement s'en servir, sauf en dernier recours. Mais elle aurait un effet psychologique certain pendant les négociations. Un rêve qui faisait sourire tout le monde – tout le monde, sauf le responsable du FBI à New York : Kurt Cilke.

À un moment durant sa carrière, Kurt Cilke avait suivi une formation de la cellule antiterroriste du FBI. Sa sélection pour cette session de six mois était un signe de la haute estime dans laquelle le plaçait le directeur. Durant cette période, il eut accès (complet ou non, comment savoir ?) aux dossiers classés secret-défense et aux prévisions de l'usage de l'arme nucléaire par les terroristes de certains petits pays. Les études passaient en revue les nations possédant l'arme nucléaire. Pour le grand public, il y avait la Russie, la France, l'Angleterre, peut-être l'Inde et le Pakistan. On supposait qu'Israël avait la bombe aussi. Kurt avait lu avec fascination les scénarios catastrophes qui détaillaient comment Israël utiliserait l'arme nucléaire, en cas de guerre, si le bloc des pays arabes était sur le point de remporter la victoire.

Pour les États-Unis, il n'y avait que deux solutions au problème : si Israël était attaqué, les États-Unis se porteraient à son secours, avant qu'il n'ait le temps d'utiliser la bombe. Et s'il était trop tard, si Israël ne pouvait plus être sauvé, les États-Unis devraient détruire la force de frappe nucléaire des Juifs.

L'Angleterre et la France n'étaient pas considérées comme des pays potentiellement dangereux ; jamais ces nations ne se risqueraient dans une guerre nucléaire. L'Inde n'avait pas d'ambitions territoriales et le Pakistan pouvait être éradiqué dans la seconde. La Chine n'oserait pas bouger; elle n'avait pas les capacités industrielles pour suivre.

Le danger le plus immédiat provenait des petits pays comme l'Irak, l'Iran ou la Libye, dont les dirigeants étaient impétueux et imprévisibles, selon les analystes. La solution les concernant était presque unanime; ces nations, en cas d'agression nucléaire, devaient être noyées sous un déluge de bombes atomiques jusqu'à éradication complète.

Mais le plus grand danger à court terme, c'étaient les organisations terroristes, financées en secret par des puissances étrangères; elles pouvaient parvenir à introduire aux États-Unis une arme nucléaire et la faire exploser dans une grande ville – probablement Washington ou New York. Il n'y avait aucune parade possible. La seule solution préconisée était la formation d'un corps expéditionnaire pour mener, grâce au service de renseignements, des expéditions punitives impitoyables contre ces terroristes et contre tous ceux qui les auront soutenus. Il faudrait, pour cela, faire voter des lois qui abrogeraient nombre de libertés civiles du citoyen américain. Selon les analystes, il serait impossible de faire passer ces lois tant qu'une bonne portion d'une métropole américaine ne serait pas partie en fumée. Mais une fois soufflé la moitié de Manhattan ou le quartier de la Maison Blanche, il n'y aurait alors plus d'obstacles à leur ratification. En attendant ce jour funeste, comme le faisait remarquer l'une des études avec une certaine désinvolture : « Il fallait vivre avec cette épée de Damoclès au-dessus de la tête. »

Seuls quelques scénarios envisageaient l'éventualité d'une utilisation criminelle de l'arme nucléaire. Ces travaux restaient au fond des tiroirs, tout le monde s'accordant à dire que les moyens logistiques et technologiques pour mettre en œuvre l'arme nucléaire, ainsi que le nombre de gens impliqués dans l'affaire, seraient tels qu'il y aurait forcément des fuites. Une solution était de demander à la Cour suprême de prononcer la condamnation à mort sans poursuite judiciaire de tout contrevenant en ce domaine. Mais c'était de l'utopie, songeait Kurt Cilke. De la pure spéculation. Il se passerait des années avant que quelque chose de ce genre ne se produise.

Aujourd'hui, toutefois, des années plus tard, Cilke savait que ce jour était arrivé. Inzio Tulippa voulait avoir sa petite bombe H. Il débauchait des scientifiques américains vers l'Amérique du Sud, il leur construisait des laboratoires, subventionnait leurs travaux. Et à présent, Tulippa voulait s'offrir les banques de Don Aprile pour mettre en place une caisse noire d'un milliard de dollars afin de financer son effort de guerre – logistique, achat d'équipement et de matériel. Voilà ce qu'avait récemment découvert Cilke. Mais que faire à présent ? Quelle carte jouer ?

Il rapporterait bientôt les faits au grand chef lors de son prochain voyage au QG du FBI à Washington, mais il doutait que cela suffise à solutionner le problème. Inzio Tulippa était un homme tenace. Jamais il ne baisserait les armes.

Inzio Tulippa débarqua aux États-Unis pour rencontrer Timmona Portella et poursuivre le processus d'acquisition des banques de Don Aprile. Dans le même temps, le chef de la *cosca* des Corleone en Sicile, Michael Grazziella, atterrissait à New York pour peaufiner avec Tulippa et Portella les détails de la distribution de la drogue aux quatre coins de la planète. Les arrivées des deux hommes se déroulèrent selon un mode radicalement différent.

Tulippa se rendit à New York à bord de son jet privé, avec une cour de cinquante personnes composée de ses gardes du corps et de ses lieutenants. Tous ces hommes portaient une sorte d'uniforme : costume blanc, chemise bleue, cravate rose, avec un grand panama jaune sur le crâne. On aurait pu les prendre pour les membres d'un groupe de rumba. Tulippa et sa suite avaient des passeports costaricains. Tulippa, évidemment, jouissait de l'immunité diplomatique.

Lui et ses hommes se rendirent dans un hôtel particulier acheté par le consul général au nom du consulat péruvien. Tulippa ne resta pas dans l'ombre comme un vulgaire trafiquant de drogue. Il était, après tout, le *Vaccinator*, et les émissaires de grandes compagnies américaines veillaient à lui rendre son séjour agréable. Il assistait aux premières des comédies de Broadway, aux spectacles du Lincoln Center Ballet, du Metropolitan Opera ou encore à des concerts donnés par de grands artistes d'Amérique du Sud. On le vit même dans des émissions TV jouant son rôle de président de la Confédération paysanne d'Amérique du Sud ; il profitait de la présence des caméras pour défendre le marché libre de la drogue. L'une de ces interventions – sur le plateau de Charlie Rose sur PBS – resta dans les annales.

Tulippa affirma que le combat des États-Unis contre la vente et la consommation de cocaïne, d'héroïne et de marijuana partout sur la planète, était une forme de colonialisme détestable. Les moyens de subsistance des paysans d'Amérique du Sud dépendaient de la culture des drogues. C'était la seule façon pour eux de ne pas mourir de faim. Comment pouvait-on blâmer un homme, dont la pauvreté a brisé tous ses rêves, de consommer un peu de drogue pour s'offrir quelques heures d'évasion ? Il fallait être inhumain pour condamner un tel acte. Et que dire de l'alcool, du tabac ? Chacune de ces deux substances faisait bien plus de ravages à elle seule.

À ces paroles, sa suite de cinquante personnes, le panama posé sagement sur les genoux, applaudit à tout rompre. Lorsque Charlie Rose évoqua les dommages que causait la drogue sur l'organisme, Tulippa se montra d'une sincérité rare. Son organisation versait des sommes énormes à la recherche scientifique dans le but de modifier la composition des drogues et d'éliminer leurs effets secondaires nocifs ; en un mot, les drogues deviendraient des médicaments comme les autres, prescrits sur ordonnance. Les programmes seraient dirigés par de grands médecins et non par des pions de l'*American Medical Association*, qui était à la botte de l'État et de sa brigade des stupéfiants. Alors que les narcotiques pouvaient être la grande chance pour l'avenir de l'humanité ! Les cinquante panamas volèrent jusqu'aux cintres du studio.

Pendant ce temps, le chef de la *cosca* Corleone, Michael Grazziella, fit une tout autre entrée sur le sol des États-Unis. Il arriva discrètement, avec seulement deux gardes du corps. C'était un homme maigre et décharné, avec une tête de faune et une cicatrice en travers de la bouche, souvenir d'un coup de couteau. Il marchait avec une canne, car une balle lui avait mis le genou en charpie lorsqu'il était un jeune *picciotto* à Palerme. Il avait la réputation d'être d'une ruse diabolique – on disait qu'il avait organisé l'assassinat des deux plus grands juges anti-mafia de Sicile.

Grazziella séjourna chez Portella. Il ne se faisait aucun souci pour sa sécurité, car Portella dépendait de lui pour toutes ses activités. Il n'aurait pu vendre un gramme de poudre sans son bon vouloir.

L'ordre du jour de la réunion était d'établir un plan d'attaque pour prendre le contrôle des banques Aprile. C'était de la plus haute importance pour laver des milliards de dollars de la drogue et avoir un certain poids dans le monde financier de New York. En ce qui concernait Inzio Tulippa, il ne s'agissait pas simplement de laver son argent, mais de financer son arsenal nucléaire. Les banques lui permettraient aussi de continuer à jouer le *Vaccinator* en toute sécurité.

Les quatre hommes se retrouvèrent au consulat péruvien – un lieu offrant une sécurité maximale et la protection de l'immunité diplomatique. Le consul général, Marriano Rubio, était un hôte généreux. Depuis qu'il recevait un pourcentage sur les revenus des trois autres et qu'il dirigeait leurs intérêts aux États-Unis, il était plein de grâces et de bonne volonté à leur égard.

Assis autour d'une petite table ovale, ils formaient un tableau curieux.

Grazziella ressemblait à un croque-mort avec son costume sombre, sa chemise blanche et sa cravate étroite et noire – il portait encore le deuil de sa mère, décédée six mois plus tôt. Il parlait d'une voix basse, dolente, avec un fort accent italien, mais on le comprenait parfaitement. Il paraissait si timide, si poli, qu'on eût peine à croire qu'il était responsable de la mort d'une centaine de représentants de l'État en Sicile.

Timmona Portella, le seul des quatre dont la langue natale était l'anglais, parlait d'une voix forte, comme s'il avait affaire à une assemblée de sourds. Ses vêtements aussi avaient quelque chose de criard : il portait un costume gris, une chemise vert citron et une cravate en soie d'un bleu éclatant. Sa veste, coupée sur mesure, aurait dissimulé à merveille son ventre rebondi si elle n'avait pas été ouverte pour laisser voir une paire de bretelles bleues.

Inzio Tulippa ressemblait, quant à lui, à l'image type du Sud-Américain – une ample chemise blanche en soie, un mouchoir rouge autour du cou. Il tenait son panama jaune à la main d'un air respectueux. Il parlait avec une pointe d'accent espagnol et sa voix était mélodieuse comme un rossignol. Ce jour-là, toutefois, son visage d'Indien des *altiplanos* était tout crispé ; il était l'homme le plus mécontent de la terre.

Marriano Rubio était le seul à paraître heureux. Son amabilité les charmait tous. Sa voix était élégante, dans un style tout britannique, et il recevait ses invités avec une décontraction soignée, « en chaussons », comme il disait : pyjama vert clair en soie et robe de chambre vert bouteille. Il avait aux pieds des pantoufles marron, bordées d'un galon de fourrure blanche. Après tout, il était chez lui et pouvait se mettre à son aise.

Tulippa ouvrit les débats en s'adressant à Portella avec une politesse glaciale :

— Timmona, mon ami, j'ai payé une coquette somme pour mettre Don Aprile hors jeu, et nous n'avons toujours pas les banques. Cela fait presque un an que j'attends.

Le consul général intervint de sa voix huilée, comme un lubrifiant ayant le don de réduire les frottements.

— Mon cher Inzio. J'ai essayé d'acheter les banques. Portella a essayé aussi. Mais nous nous heurtons à un obstacle imprévu. Cet Astorre Viola, le neveu de Don Aprile. Il lui en a laissé le contrôle et il refuse de vendre.

— Et alors ? lança Inzio. Pourquoi est-il toujours en vie ?

Portella partit d'un grand rire, un vrai tonnerre.

— Parce qu'il n'est pas facile à tuer ! J'ai mis une équipe de quatre hommes pour surveiller sa maison et ils ont disparu. Aujourd'hui, je ne sais pas où il se trouve, et il a un bataillon de gardes du corps à chaque fois qu'il se déplace.

— Personne n'est aussi difficile à tuer ! répliqua Tulippa.

Sa voix était si chantante qu'on avait l'impression qu'il citait les paroles d'une vieille chanson d'Argentine.

Grazziella s'immisça dans la discussion pour la première fois :

— On a eu affaire à Viola en Sicile, il y a des années. C'est un homme très chanceux, mais il était à l'époque déjà très qualifié. On l'a abattu en Sicile et on le croyait mort. Si nous devons l'attaquer une autre fois, nous devons être certains de notre coup. Cet homme est dangereux.

— Tu prétends avoir un agent du FBI dans la poche, lança Tulippa à Portella. C'est le moment de le tirer de son lit, nom de Dieu ! Envoie-le au charbon !

— Il n'est pas à ce point-là à ma botte ! répondit Portella. Le FBI est un cran au-dessus des flics de New York. Ils n'accepteront jamais de descendre qui que ce soit.

— Très bien. Dans ce cas, on kidnappe l'un des enfants Aprile et on s'en sert pour faire pression sur Astorre. Marriano, tu connais sa fille, je crois. (Il lui lança un clin d'œil.) Tu peux donc nous arranger le coup.

Rubio n'était pas très chaud. Il tira sur son cigare, souffla un nuage de fumée et déclara d'un ton sans appel :

— Non. Je suis dingue de cette fille. Je ne veux pas lui faire ça. Je mets mon veto et j'interdis à quiconque d'entre vous de toucher à l'un de ses cheveux.

À ces paroles, les autres hommes levèrent les sourcils. Le consul général leur était inférieur en terme de pouvoir. Remarquant leur réaction, Rubio leur sourit et retrouva son affabilité coutumière :

— Je sais, c'est ma faiblesse ! Je suis amoureux. Mais il ne faut pas m'en vouloir. À part ce détail, vous pouvez compter sur moi. Je sais, Inzio, que le kidnapping est ton métier, mais cela ne marche pas vraiment aux États-Unis. En particulier si la victime est une femme. En revanche, si tu enlèves l'un de ses frères et que tu négocies rapidement avec Astorre, tu as une chance de réussir.

— Pas Valerius, annonça Portella. Il appartient aux services de renseignements de l'armée et il a plein d'amis à la CIA. Pas question d'avoir sur le dos ces types-là !

— Alors ce sera Marcantonio, décida le consul général. Je pourrai passer un marché avec Astorre.

— Fais une offre plus généreuse pour les banques, précisa Grazziella. Évitons la violence. Crois-moi, j'ai déjà eu affaire à ce genre de cas. À chaque fois que j'ai employé les armes au lieu de l'argent, cela m'a coûté davantage.

Les autres le regardèrent avec étonnement. Grazziella avait la réputation d'avoir recours à la violence sans vergogne.

— Michael, précisa le consul général, il s'agit de milliards de dollars. Et Astorre ne voudra de toute façon pas vendre.

Grazziella haussa les épaules.

— Si nous devons passer à la manière forte, allons-y. Mais soyons très prudents. Si tu peux l'attirer à terrain découvert pendant l'opération, on pourra lui régler son compte.

Tulippa leur lança un grand sourire.

— Voilà ce que j'aime entendre ! (Il se tourna vers Marriano.) Arrête de tomber amoureux. C'est une faiblesse qui te perdra.

Marriano Rubio persuada finalement Nicole et ses frères de s'asseoir à la table des négociations et de discuter avec son groupe de la vente des banques. Bien sûr, Astorre Viola devait être présent ; Nicole ne put toutefois garantir que ce serait le cas.

Avant l'entrevue, Astorre expliqua à Nicole et à ses frères quoi dire et comment se comporter. Tout devait être parfait jusque dans le moindre détail. Ils comprenaient sa stratégie : le groupe de Rubio devait croire qu'Astorre était leur seul opposant.

La rencontre eut lieu dans une salle de réunion du consulat péruvien. Il n'y avait aucun service de restauration prévu, mais un grand buffet avait été préparé ; Rubio en personne remplit leurs verres de vin. À cause des emplois du temps de chacun, l'entretien avait été organisé à dix heures du soir.

Rubio fit les présentations et ouvrit les débats. Il tendit à Nicole un dossier.

— Voici la proposition en détail. Mais pour résumer, nous offrons cinquante pour cent au-dessus de la valeur du marché. Nous aurons le contrôle total des banques ; malgré tout, nous reverserons à la famille Aprile dix pour cent de tous nos bénéfices, et ce, durant une période de vingt ans. Vous serez richissimes et vous pourrez profiter de cet argent en toute quiétude, sans connaître les affres et le stress du monde de la finance.

Tout le monde attendit que Nicole ait terminé de lire les documents. Elle releva finalement les yeux et déclara :

— C'est impressionnant. Mais pourquoi une offre aussi généreuse ?

Rubio lui retourna un sourire attendri.

— La synergie. Tout est synergie dans le monde des affaires, c'est comme les ordinateurs et l'aviation, les livres et l'édition, la musique et la drogue, le sport et la télé. Tout est synergie ! Avec les banques Aprile, nous disposerons d'une synergie dans la finance internationale ; nous contrôlerons alors le secteur des travaux publics des grandes villes, ainsi que les élections… Ce groupe est de dimension planétaire et nous avons besoin de vos banques, voilà pourquoi notre offre est généreuse.

Nicole s'adressa aux autres associés.

— Et vous messieurs, vous êtes tous partie prenante à parts égales ?

Tulippa était troublé par les cheveux bruns de Nicole, sa peau hâlée de Méditerranéenne, et son air sévère ; il rassembla donc tout son charme pour répondre :

— Nous sommes à parts égales dans cet achat, mais laissez-moi vous dire que c'est un grand honneur pour moi que mon nom soit associé à celui des Aprile. Personne n'admirait autant que moi votre père.

Valerius, le visage de pierre, s'adressa directement à Tulippa d'une voix posée.

— Ne vous méprenez pas, je veux vendre. Mais je préfère une vente franche, sans pourcentage. D'un point de vue strictement personnel, je veux ne plus rien avoir affaire avec tout ça.

— Mais vous êtes prêt à vendre quand même ?

— Bien sûr, répondit Valerius. Je veux me débarrasser du bébé et avoir les mains propres.

Portella voulut intervenir, mais Rubio l'interrompit dans son élan :

— Et vous Marcantonio ? demanda-t-il. Que pensez-vous de cette offre ? Elle vous séduit ?

Marcantonio prit une voix résignée :

— Je suis d'accord avec Val. Trouvons un accord sans pourcentage. On pourra alors tous dire *arrivederci* et *buona fortuna* !

— Parfait. On doit pouvoir modifier le contrat en ce sens, annonça Rubio.

— Mais il faudra évidemment augmenter le prix d'achat, précisa Nicole. Vous pouvez suivre ?

— Pas de problème, répliqua Tulippa avec son plus beau sourire.

Grazziella, l'air soucieux, demanda d'une voix polie :

— Et notre cher ami, Astorre. Qu'en pense-t-il ? Est-il d'accord aussi pour vendre ?

Astorre émit un rire embarrassé.

— Vous savez que je me suis mis à aimer mon travail de banquier. Et que Don Aprile m'a fait promettre de ne jamais vendre. Je déteste aller contre l'avis de ma famille ici présente, mais je dois dire non. Or, ayant la majorité des parts, j'ai la décision finale.

— Mais les enfants de Don Aprile ont des intérêts dans l'affaire, intervint le consul général. Ils pourraient vous poursuivre en justice.

Astorre éclata de rire.

— Nous ne ferions jamais une chose pareille, rétorqua Nicole d'un air pincé.

Valerius sourit amèrement et Marcantonio feignit de trouver cette idée hilarante.

— Nous perdons notre temps, marmonna Portella en commençant à se lever.

— Soyez patients, modéra Astorre sur un ton de conciliation. Je vais peut-être me lasser de jouer les banquiers. On n'a qu'à se revoir dans quelques mois.

— Certes, répondit Rubio. Mais nous ne serons peut-être plus en mesure de maintenir cette offre. Vous risquez de vendre à un prix plus bas.

La séance fut close. Il n'y eut aucune poignée de main échangée.

Après que les enfants Aprile eurent quitté la pièce avec Astorre, Michael Grazziella se tourna vers ses partenaires.

— Il cherche à gagner du temps. Il ne vendra jamais.

Tulippa poussa un soupir.

— C'est pourtant un garçon bien sympathique. On aurait pu devenir bons amis. Je devrais peut-être l'inviter sur mes plantations au Costa Rica. Je pourrais lui faire passer les plus grands moments de sa vie.

Tout le monde rit.

— Parce que t'imagines qu'il va partir en lune de miel avec toi, Inzio ! rétorqua Portella, graveleux. Je vais devoir m'occuper de lui, ici.

— Avec davantage de succès que la fois dernière, j'espère ! railla Tulippa.

— Je l'avais sous-estimé, répondit Portella. Je ne suis pas devin ! Un type qui chante à des mariages... je ne pouvais pas prévoir ! Mais j'ai fait mon boulot avec Don Aprile, pas vrai ? Personne n'a rien eu à y redire.

— Un travail excellent, Timmona, renchérit le consul général, avec un air de connaisseur. Nous avons toute confiance en toi. Mais ce nouveau travail devra être accompli le plus vite possible. Le temps presse.

Au sortir de la réunion, Astorre et la famille Aprile allèrent dîner au *Partinico*, un restaurant qui avait des salons privés et qui était dirigé par un vieil ami de Don Aprile.

— Vous vous en êtes tous très bien tirés, déclara Astorre. Je crois que vous les avez convaincus que vous étiez contre moi.

— Mais nous sommes contre toi ! ricana Valerius.

— Pourquoi nous avoir fait jouer cette comédie ? demanda Nicole. Je déteste ça, vraiment.

— Ces types sont peut-être impliqués dans la mort de votre père. Je ne veux pas qu'ils puissent s'imaginer obtenir quoi que ce soit en s'en prenant à l'un d'entre vous.

— Et tu crois être de taille à leur résister ? lança Marcantonio.

— Non, non, protesta Astorre. Mais je peux toujours aller me cacher quelque part sans que ma vie ait trop à en souffrir. Si je vais dans le Dakota, ils ne me retrouveront jamais. (Il avait un sourire si charmant, si convaincant qu'il aurait pu tromper tout le monde, sauf les enfants de Don Aprile.) À partir de maintenant, prévenez-moi s'ils tentent d'entrer en contact avec l'un d'entre vous.

— J'ai eu un tas d'appels de l'inspecteur Di Benedetto, annonça Valerius.

— Qu'est-ce qu'il voulait ? demanda Astorre, surpris.

Valerius esquissa un sourire.

— Lorsque j'étais en opération pour les services secrets, on recevait ce qu'on appelait des « appels de Judas ». Quelqu'un t'appelait pour te donner des infos ou te proposer son aide sur telle ou telle affaire, mais en fait, c'était dans l'espoir de te tirer les vers du nez. C'est ce qu'a fait ce Di Benedetto ; il m'appelle officiellement par courtoisie pour me tenir informé de l'avancée de l'enquête, puis dans la foulée, il commence à me poser des questions sur toi, Astorre. C'est fou comme ta personne l'intéresse !

— C'est très flatteur, répondit Astorre avec ironie. Il doit m'avoir entendu chanter quelque part !

— Ça m'étonnerait, lança Marcantonio avec aigreur. Di Benedetto m'a appelé aussi. Il disait avoir une idée pour une série policière. Il y a toujours de la place sur la grille pour un polar, alors je l'ai encouragé. Mais le scénario qu'il m'a envoyé était nullissime. C'était du flan. Il voulait juste garder le contact avec nous, ne pas perdre notre trace.

— Parfait, lâcha Astorre.

— Tu tiens vraiment à ce qu'ils t'aient dans le collimateur, pour qu'ils nous laissent tranquilles ? articula Nicole. Tu ne crois pas que c'est trop dangereux ? Ce Grazziella me fiche la chair de poule.

— Oh, je le connais, répliqua Astorre. C'est un homme parfaitement raisonnable. Et ton consul général est un vrai diplomate ; il peut tenir Tulippa. Le seul qui peut poser problème en ce moment, c'est Portella. Ce type est assez stupide pour faire de la casse.

À son air calme, on eût dit qu'il parlait d'un simple différend comme il en arrive tous les jours dans les négociations d'affaires.

— Mais combien de temps tout cela va-t-il durer ? demanda Nicole.

— Laisse-moi un mois ou deux. Et je te promets que tout sera réglé.

Valerius lui lança un regard dédaigneux.

— Tu as toujours été un grand optimiste, Astorre. Si tu étais sous mes ordres, je te transférerais illico dans l'infanterie juste pour te faire revenir à la réalité.

Ce ne fut pas un dîner joyeux. Nicole passa son temps à scruter le visage d'Astorre comme pour tenter d'y percer quelque secret. Valerius n'avait visiblement pas confiance en Astorre et Marcantonio était pour le moins réservé. Finalement Astorre leva son verre et lança avec gaîté :

— Vous êtes d'une compagnie sinistre, mais peu importe. On va beaucoup s'amuser, je vous le promets. À votre père !

— Au grand Don Aprile, renchérit Nicole, acerbe.

Astorre lui sourit et ajouta :

— Exactement. Au grand Don Aprile !

Astorre montait toujours à cheval en fin d'après-midi. Cette pratique le détendait et lui ouvrait l'appétit pour le dîner. S'il courtisait une femme, il l'emmenait en promenade avec lui. Si la belle en question ne savait pas monter, il lui donnait des leçons. Et si elle n'aimait pas les chevaux, il jetait son dévolu ailleurs.

Il avait fait percer une piste cavalière sur son domaine, qui menait dans la forêt. Il adorait entendre les oiseaux pépier, le bruissement des petits animaux, parfois le brame d'un cerf. Mais, par-dessus tout, il adorait s'habiller pour partir à cheval. La veste d'un rouge flamboyant, les grandes bottes noires, la cravache dans la main dont il ne se servait jamais, la bombe en daim noir. Il souriait devant son reflet dans le miroir, se prenant pour un lord anglais dans son manoir.

Il descendit aux écuries où il gardait six chevaux ; il fut ravi de s'apercevoir qu'Aldo Monza, l'entraîneur, avait déjà préparé l'un des étalons. Astorre monta en selle et s'en alla au petit galop sur la piste forestière. Prenant de la vitesse, il s'enfonça sous un dais de feuilles mordorées qui formait un rideau de dentelle devant le soleil. Des flaques d'or éclairaient le chemin. Les sabots du cheval remuaient l'odeur d'humus des feuilles pourrissantes. Soudain, un tas de fumier se dressa en travers du chemin. Pour éviter cette masse au fumet capiteux, Astorre accéléra et bifurqua sur la gauche, vers une petite sente, qui décrivait une autre boucle autour de la maison. Le sentier recouvert d'or disparut derrière lui.

Passé l'odeur, il ralentit son cheval. À ce moment-là, deux hommes apparurent devant lui. Ils étaient habillés en fermiers mais portaient des masques et des objets en métal brillaient dans leurs mains. Astorre éperonna son cheval et plaqua sa tête le long du flanc de l'animal. La forêt s'emplit de lumière et de coups de feu. Les hommes étaient très près et Astorre sentit les balles le toucher dans le dos et les reins. Le cheval, paniqué, partit au grand galop, tandis qu'Astorre rassemblait toutes ses forces pour rester en selle. Quelques centaines de mètres plus loin, deux autres hommes surgirent, mais ceux-là n'étaient ni masqués, ni armés. Astorre perdit conscience et tomba dans leurs bras.

Dans l'heure qui suivit, Kurt Cilke reçut un rapport de l'équipe de surveillance qui avait secouru Astorre Viola. Ce qui le surprit réellement, c'est que Astorre, sous sa tenue excentrique, portait un gilet pare-balles qui lui couvrait toute la moitié supérieure du corps. Ce n'était pas un gilet classique en Kevlar ; c'était du cousu main, du sur-mesure. Pourquoi un dandy comme Astorre portait-il une armure sous ses vêtements ? Lui, un importateur de pâtes, un chanteur de chansons folkloriques, un amateur d'équitation… Certes, l'impact des balles l'avait sonné, mais il était indemne. Astorre était déjà sorti de l'hôpital.

Cilke écrivit une note pour que l'on fasse des recherches sur Astorre. Il voulait connaître tout son passé, depuis sa plus petite enfance. Astorre Viola était peut-être la clé de tout. Une chose était sûre : Cilke savait qui avait essayé d'assassiner Astorre Viola.

Astorre rencontra ses cousins chez Valerius. Il leur raconta l'attaque dont il avait été victime, comment on avait tenté de le tuer.

— Je vous ai demandé de l'aide, l'autre jour, et vous avez refusé. J'ai compris vos raisons. Mais aujourd'hui, il serait peut-être temps de réviser votre jugement. Il y a une sorte de menace qui pèse sur chacun de vous. Tout pourrait être réglé, certes, en vendant les banques. C'est une solution sans perdant. Chacun aurait ainsi ce qu'il veut. Mais il existe aussi une autre solution, une solution à un gagnant et un perdant. Nous gardons les banques et nous défaisons de nos ennemis, quels qu'ils soient. Et puis il y a la solution à deux perdants, celle que nous devons éviter à tout prix : nous combattons nos ennemis, nous sommes victorieux, mais l'État nous tombe dessus.

— Le choix est vite fait, répliqua Valerius. Vends les banques. Et tout le monde est gagnant.

— Nous ne sommes pas Siciliens, renchérit Marcantonio. Nous ne sommes pas prêts à tout perdre pour assouvir notre vengeance.

— Si nous vendons les banques, c'est notre futur que nous vendons, intervint Nicole calmement. Un jour, Marc, tu voudras avoir ta propre chaîne. Et toi, Val, en arrosant les politiques, tu pourrais devenir ambassadeur ou ministre de la Défense. Astorre, tu pourrais chanter avec les Rolling Stones. (Elle lui lança un sourire.) D'accord, c'est un peu tiré par les cheveux. (Elle changea brutalement de ton.) Cessons les plaisanteries et parlons sérieusement. L'assassinat de papa ne vous fait donc rien ? Doit-on les récompenser de l'avoir tué ? Je crois que nous devrions, au contraire, aider Astorre de tout notre possible.

— Te rends-tu compte de ce que tu es en train de dire ? lança Valerius.

— Absolument, répondit Nicole, sereine.

Astorre s'adressa à tous, gentiment.

— Votre père m'a appris qu'il ne fallait jamais laisser d'autres gens imposer leur volonté sinon la vie perdait tout son sens. C'est bien pour cela qu'il y a des guerres, pas vrai Val ?

— La guerre c'est la solution à deux perdants ! rétorqua Nicole.

Valerius ne cacha pas son irritation.

— N'en déplaise aux libéraux, il y a toujours un gagnant et un perdant dans une guerre. Et il vaut bien mieux gagner une guerre. La perdre est une horreur indescriptible.

— Votre père avait un passé, reprit Astorre, et ce passé se rappelle à notre bon souvenir aujourd'hui. Nous ne pouvons nier son existence. Alors je réitère ma demande : allez-vous m'aider oui ou non ? N'oubliez pas que j'agis sous les instructions de votre père et que mon boulot est de protéger la famille, ce qui signifie garder les banques.

— J'aurai des infos pour toi avant la fin du mois, annonça Valerius.

— Et toi, Marc ? demanda Astorre.

— Je vais m'atteler à ce film tout de suite, répondit Marcantonio. Dans deux mois, trois au max, ce sera fait.

Astorre se tourna vers Nicole.

— Tu as terminé d'éplucher le dossier du FBI ?

— Non, pas encore. (Elle semblait mal à l'aise.) Ne devrait-on pas demander un coup de main à Cilke ?

— Cilke est l'un de mes suspects, répondit Astorre en souriant. Quand j'aurai tous les renseignements, on pourra décider d'un plan d'attaque.

Moins d'un mois plus tard, Valerius arriva avec de premiers renseignements – des infos inattendues qui n'auguraient rien de bon. Grâce à ses relations au sein de la CIA, Valerius avait appris la vérité sur Inzio Tulippa. Il avait des contacts en Sicile, en Turquie, en Inde, au Pakistan, en Colombie et dans d'autres pays d'Amérique latine. Il était même en relation avec les Corleone de Sicile, qu'il surpassait encore en puissance.

Selon Valerius, Tulippa finançait certains centres de recherches spécialisés dans le nucléaire en Amérique du Sud. Tulippa tentait désespérément de trouver des fonds aux États-Unis pour acheter des équipements et du matériel. Dans sa mégalomanie, il rêvait de posséder une grande arme stratégique pour faire plier les autorités en dernière extrémité. Il fallait donc en conclure que Timmona Portella jouait les premières lignes pour Tulippa. C'était une bonne nouvelle pour Astorre. Voilà un nouveau joueur dans la partie, un autre front par lequel attaquer.

— Tulippa pourrait-il arriver à ses fins ? C'est dans le domaine du possible ? demanda Astorre.

— Ça l'est, du moins dans sa tête, répondit Valerius. Et il a la protection des officiels dans les régions où il a placé ses laboratoires.

— Merci, Val.

Astorre donna une tape affectueuse sur l'épaule de son cousin.

— Pas de problème, répondit Valerius. Mais mon aide s'arrête là. Je n'irai pas plus loin.

Il fallut six semaines à Marcantonio pour rassembler la documentation sur Cilke. Il donna à Astorre un énorme dossier ; celui-ci le garda vingt-quatre heures pour l'étudier puis le rendit à son propriétaire.

C'est l'attitude de Nicole qui l'inquiéta le plus. Elle lui confia une copie du dossier du FBI sur Don Aprile, mais toute une section était noircie. Lorsqu'il lui demanda les raisons de ce biffage, elle répondit : « Je l'ai reçu comme ça. »

Astorre avait examiné le dossier avec soin. La section noircie concernait une époque où Astorre était âgé de deux ans.

— Ce n'est pas grave, répondit-il. Cela fait trop longtemps pour que ce soit important.

À présent, Astorre ne pouvait plus être pris de court. Il en savait assez pour commencer sa guerre.

Nicole avait été éblouie par Marriano Rubio et par la cour dont elle avait été l'objet. Elle ne s'était jamais vraiment remise de la trahison d'Astorre lorsqu'il avait choisi d'obéir à son père au lieu de filer le grand amour avec elle. Même si elle avait eu quelques histoires avec des hommes importants, elle savait que, par nature, les hommes conspiraient toujours contre les femmes.

Mais Rubio semblait une exception. Il ne se mettait jamais en colère lorsqu'un changement dans l'emploi du temps de Nicole ruinait un week-end en amoureux, prévu de longue date. Il ne se laissait jamais aller à la jalousie, cette émotion ridicule et insultante que bon nombre d'hommes considèrent comme une preuve d'amour.

Ses cadeaux, plus que généreux, étaient la cerise sur le gâteau ; plus important, aux yeux de Nicole, elle trouvait sa conversation intéressante, et elle adorait l'écouter parler théâtre ou littérature. Mais sa plus grande qualité, c'était son enthousiasme au lit – un amant extraordinaire qui, hors de leurs ébats, ne lui prenait pas trop de son temps.

Un soir, Rubio emmena Nicole dîner au *Cirque* avec quelques amis ; il y avait, parmi les convives, un grand romancier sud-américain qui charma Nicole par son esprit espiègle et ses histoires extravagantes de fantômes, un célèbre chanteur d'opéra qui saluait l'arrivée de chaque plat en poussant une aria et qui mangeait comme si c'était le dernier repas de sa vie, un chroniqueur républicain qui jouait les oracles du monde des affaires dans le *New York Times* et qui tirait une grande fierté d'être haï par les libéraux comme par les conservateurs.

Après le dîner, Rubio emmena Nicole dans son appartement luxueux du consulat péruvien. Ils firent l'amour avec passion, tant avec le corps qu'avec les mots. Puis il la souleva du lit et dansa avec elle nu, peau contre peau, tout en lui murmurant des poèmes espagnols au creux de l'oreille. Nicole passa un moment merveilleux, en particulier lorsque dans le silence, alors qu'il lui versait une coupe de champagne, il lui dit avec une sincérité confondante : « Je t'aime, de toute mon âme. » Ses yeux brillaient d'honnêteté, tout son visage semblait rayonner de lumière. Les hommes avaient un culot qui dépassait l'entendement ! Nicole ressentait une satisfaction silencieuse à l'idée qu'elle allait le trahir. Son père aurait été fier d'elle. Elle était bien la fille d'un *mafioso* !

En tant que chef de l'antenne du FBI à New York, Kurt Cilke avait d'autres dossiers à régler que le meurtre de Don Raymond Aprile, tous plus importants les uns que les autres. L'un d'entre eux concernait une enquête d'envergure portant sur six grandes multinationales qui exportaient illégalement des marchandises interdites, dont des ordinateurs et du matériel informatique, vers la Chine populaire. Un autre dossier traitait de plusieurs grands fabricants de cigarettes qui avaient passé sous silence certaines informations et menti sous serment devant une commission d'enquête du Congrès. La troisième affaire s'intéressait à la fuite de scientifiques américains vers des pays d'Amérique du Sud, tels que le Brésil, le Pérou et la Colombie. Le directeur du FBI voulait connaître l'avancée de ces trois enquêtes.

Pendant le vol vers Washington, Boxton résuma la situation.

— On a coincé les types des cigarettes ; on a détruit le trafic pour la Chine – on a les infos, les documents, et la déposition des informateurs qui veulent sauver leur peau. Le seul hic, ce sont les scientifiques. On n'a pas réussi à savoir pourquoi ils filent comme ça, à l'anglaise. Mais c'est un détail. À mon avis, tu as ton fauteuil de directeur adjoint. Les résultats parlent pour toi.

— C'est au directeur de décider, répondit Cilke.

Il savait pourquoi les scientifiques descendaient en Amérique du Sud, mais il n'en souffla mot à Boxton.

Une fois arrivé dans le bâtiment Hoover, Boxton fut refoulé à l'entrée de la salle de réunion.

Cela faisait onze mois que Don Aprile avait été assassiné. Cilke avait préparé toutes ses notes. L'affaire Aprile était au point mort, mais il avait de bonnes nouvelles sur d'autres dossiers importants. Et cette fois, il y avait une chance qu'on lui offre l'un des postes de directeur adjoint au siège central. Sa réputation n'était plus à faire, tout le monde reconnaissait ses talents de grand professionnel. Les résultats étaient éloquents. Il avait roulé sa bosse suffisamment longtemps comme ça. Il avait droit à ce fauteuil.

Le directeur du FBI était un homme grand, élégant, dont les aïeux étaient venus en Amérique à bord du *Mayflower*. Il était issu d'une famille richissime et était entré en politique par devoir civique. Il avait instauré des règles d'airain à son arrivée. « Pas de gaudriole chez moi, lançait-il avec bonhomie dans son accent Yankee. Avec moi, le règlement, c'est le règlement. Et pas d'accrocs à la constitution. Un agent du FBI est toujours courtois, toujours honnête et se conduit correctement dans sa vie privée. » Le moindre scandale – femme battue, ivrognerie, relations trop étroites avec un représentant de la police locale, vulgarité en tout genre – et vous vous retrouviez dans le caniveau, que votre oncle soit sénateur ou non. Cela avait été les règles pendant les dix dernières années. En outre, si vous attiriez un peu trop l'attention de la presse, même en termes élogieux, vous étiez bon pour aller surveiller les igloos en Alaska !

Le directeur invita Cilke à s'asseoir sur le siège parfaitement inconfortable placé devant son grand bureau en chêne.

— Agent Cilke, commença-t-il, je vous ai fait venir ici pour plusieurs raisons. Primo : j'ai mis dans votre dossier une recommandation spéciale, signée de ma main, pour votre travail contre la Mafia à New York. C'est grâce à vous que nous avons pu leur briser les reins. Vous avez toutes mes félicitations. (Il se pencha vers Cilke pour lui serrer la main.) Nous ne rendrons pas vos hauts faits publics parce qu'il est d'usage que ce soit le FBI tout entier qui tire profit des réussites individuelles de ses agents. Et aussi, pour éviter que votre personne soit en danger.

— Seul un fou pourrait avoir cette idée. Toute la Mafia sait qu'il ne faut jamais toucher à un cheveu d'un agent fédéral.

— Sous-entendriez-vous que le FBI pourrait mener des vendettas personnelles ?

— Oh non ! Mais on serait deux fois plus tatillons.

Le directeur ne releva pas. Il existait des limites à ne pas dépasser. L'intégrité devait toujours en tracer la ligne, si ténue soit-elle.

— Je ne vais pas vous laisser sur le gril plus longtemps. J'ai décidé de ne pas vous prendre comme adjoint, ici, avec moi. Pas pour l'instant. Les raisons en sont multiples ; primo, vous êtes trop brillant, trop futé, un vrai loup de mer dans la ville et il y a encore trop de choses à faire sur le terrain pour que l'on puisse se passer de vos services. La Mafia, en attendant un jour meilleur, est encore opérationnelle. Secundo : officiellement, vous avez un informateur dont vous refusez de révéler le nom, même aux hauts responsables du FBI. Officieusement, vous nous l'avez communiqué, bien sûr. Alors il n'y a pas de problème entre nous, mais cela ne doit pas sortir de ces quatre murs. Tertio : vos relations avec un certain inspecteur principal de la police de New York sont bien trop personnelles.

Cilke et le directeur avaient encore d'autres points à aborder.

— Comment avance notre opération « *Omerta* » ? demanda le directeur. Nous devons veiller à ne jamais nous trouver légalement en porte-à-faux.

— Bien entendu, répondit Cilke, avec un visage de marbre. (Le directeur savait parfaitement qu'on devait parfois faire des entorses au règlement ; c'était inévitable.) Nous avons eu quelques problèmes. Raymond Aprile refusait de coopérer avec nous. Mais bien sûr cet obstacle n'existe plus.

— Aprile a été tué juste au bon moment, répliqua le directeur, d'un air sardonique. Sans vouloir vous insulter, vous n'auriez pas eu vent de cette opération ? Par votre ami Portella, par exemple ?

— On ne savait rien. Les Italiens ne se confient jamais aux autorités. Tout ce qu'on peut faire, c'est arriver sur les lieux et compter les morts. Nous avons approché Astorre Viola. Il a signé les papiers, mais on ne peut rien lui demander de plus. Il ne s'associera pas avec Portella et il ne vendra pas les banques.

— Qu'est-ce qu'on décide, alors ? Vous savez à quel point ces banques sont importantes pour nous. Si nous pouvons coincer les proprios sous les lois RICO, l'État pourra saisir les banques. Cela fera dix milliards de dollars qui rentreront dans les caisses pour financer la lutte contre le crime. Ce sera un grand coup pour le FBI. Et puis nous pourrons alors mettre un terme à notre association avec Portella. Il a cessé de nous être utile. Kurt, nous sommes dans une situation très délicate. Seuls mes adjoints et moi-même sommes au courant de votre coopération avec Portella. Nous savons également que vous avez touché de l'argent venant de lui et qu'il vous prend pour l'un de ses confédérés. Votre vie est peut-être en danger.

— Il n'oserait pas toucher à un agent fédéral. Il est fou, mais pas à ce point.

— On doit avoir la peau de Portella dans cette opération. Quels sont vos plans ?

— Cet Astorre Viola n'est pas le bon petit gars innocent qu'il veut bien paraître. J'ai demandé à ce qu'on se penche sur son passé. En attendant, je vais demander aux enfants Aprile de l'ignorer. Mais j'ai des doutes ; peut-on faire appliquer les lois RICO rétroactivement sur les dix dernières années pour quelque chose dont ils n'ont eu connaissance qu'aujourd'hui ? Cela m'étonnerait que ça passe.

— C'est le boulot du procureur général. Le nôtre, c'est de glisser le pied dans la porte entrouverte. Ensuite, des bataillons d'avocats s'engouffreront dans la brèche. Nous devons aller au tribunal avec un dossier béton.

— En ce qui concerne mon compte secret aux îles Caïmans qu'alimente Portella, il faudrait, je crois, que vous en préleviez un peu pour que Portella imagine que j'utilise bien son argent.

— Je vais arranger ça. Je dois dire que votre Timmona Portella n'est pas près de ses sous !

— Il pense vraiment que je suis maintenant dans son camp.

— Faites attention. Ne lui donnez pas de quoi faire de vous un vrai confédéré, ne vous rendez pas complice d'un vrai crime.

— J'y veillerai, répondit Cilke, en songeant que c'était là une chose plus facile à dire qu'à faire.

— Et pas de risques inutiles. Rappelez-vous que les trafiquants de drogue d'Amérique du Sud et de Sicile sont en affaire avec Portella, et que ce sont des types incontrôlables.

— Dois-je vous tenir au courant de l'avancée de l'opération jour par jour oralement, ou par écrit ?

— Ni l'un ni l'autre. J'ai une confiance absolue dans votre intégrité. En outre, je n'ai aucune envie de me parjurer devant quelque commission parlementaire. Pour devenir l'un de mes directeurs adjoints, il faudra faire le ménage devant votre porte.

Le directeur le regarda, attendant de voir sa réaction.

Cilke n'osait pas même former ses propres pensées en présence de son supérieur, comme s'il craignait que l'homme pût lire dans son esprit. Mais une pulsion de révolte l'envahit malgré lui. Pour qui se prenait-il ? Pour le chef du Mouvement pour les libertés civiles ? Avec ces mémos qu'il faisait circuler pour rappeler que les Italiens n'étaient pas tous des *mafiosi*, que les Musulmans n'étaient pas tous des terroristes, et que les Noirs ne constituaient pas la seule classe criminelle du pays ! Qui donc, selon lui, commettait tous ces crimes dans les rues ?

Mais Cilke répondit doucement :

— Si vous voulez ma démission, monsieur le directeur, je suis prêt à vous la donner. Cela fait assez d'années que je bourlingue. J'ai bien le droit de prendre une retraite anticipée.

— Non. Répondez simplement à ma question. Allez-vous ou non faire le ménage ? Tirer un trait sur vos relations peu recommandables ?

— J'ai donné les noms de tous mes informateurs au service. En ce qui concerne les écarts au règlement, c'est une question d'appréciation. Et pour ce qui est de mes contacts avec des membres de la police municipale, je ne fais que de la relation publique pour la maison.

— Vos résultats parlent pour vous. Essayons encore pendant un an. On ne change pas une équipe qui gagne. (Il se tut un long moment, poussa un soupir, et demanda, presque avec impatience.) A-t-on de vraies preuves de parjure de la part de ces fabricants de cigarettes ? On peut les coincer devant un tribunal ?

— Sans l'ombre d'un doute, répondit Cilke en se demandant pourquoi le directeur lui posait une question pareille ; il avait tous les dossiers en main.

— Mais ils pourraient être sincères ? Ils pouvaient réellement croire à ce qu'ils disaient ? Plusieurs sondages montrent que la moitié de la population est d'accord avec eux.

— Cela n'a aucune incidence sur l'affaire. Les gens sondés n'ont pas commis de parjure au moment de témoigner devant une commission d'enquête. Nous avons des enregistrements et des documents internes prouvant que les dirigeants des firmes en question ont menti sciemment devant le Congrès. Il s'agit d'une réelle conspiration.

— Vous avez raison, répondit le directeur en soupirant. Mais le procureur général a passé un accord. Pas de charge criminelle retenue contre eux. Pas de peine d'emprisonnement prononcée. Ils paieront des amendes de milliards de dollars. Vous pouvez cesser vos recherches, Cilke. Ce n'est plus de notre ressort à présent.

— Très bien, monsieur le directeur. Je pourrai ainsi utiliser mes hommes à d'autres tâches.

— Tant mieux. Je vais même vous faire un autre plaisir. En ce qui concerne cet envoi illicite de technologie vers la Chine, c'est du sérieux ?

— Assurément. Ces sociétés violent délibérément les lois fédérales pour gagner de l'argent, et portent atteinte à la sécurité nationale. Les dirigeants de ces sociétés conspirent contre l'État.

— On peut les coincer quand on veut, mais tout le monde conspire, à un degré ou à un autre. Vous pouvez clore l'enquête pour ce dossier également. Cela vous libérera encore d'autres hommes.

— Quoi ? Ne me dites pas qu'un accord a été signé avec eux !

Le directeur se laissa aller au fond de son siège, fronça les sourcils pour montrer sa surprise devant cet accès d'insolence, mais il ne se formalisa pas.

— Cilke, vous êtes notre meilleur homme de terrain. Mais vous n'avez aucun sens politique. Alors écoutez-moi bien, et n'oubliez jamais ce que je vais vous dire : on ne peut pas envoyer six milliardaires en prison. Pas dans un pays démocratique.

— Ah oui ?

— Les sanctions financières seront très lourdes. Passons au point suivant, un point tout à fait confidentiel. Nous allons échanger un prisonnier contre l'un de nos informateurs retenu en otage en Colombie, un homme fort précieux dans notre combat contre les trafiquants de drogues. C'est un cas que vous connaissez. (Il faisait allusion à une affaire, datant de quatre ans, où un trafiquant de drogue avait pris cinq otages, une femme et quatre enfants. Il les avait tués, ainsi qu'un agent du FBI. Il avait été condamné à la réclusion à perpétuité.) Je crois me souvenir que vous étiez, à l'époque, contre la peine de mort. Et maintenant vous allez devoir le remettre en liberté ; je sais que cela ne sera pas de gaîté de cœur. Rappelez-vous que tout ceci doit rester secret, même si les journaux vont sûrement mettre leur nez là-dedans. Cela va faire couler beaucoup d'encre. Vous et vos hommes ne devrez faire aucun commentaire. Je veux le silence absolu. Compris ?

— Nous ne pouvons laisser des gens tuer nos collègues et s'en sortir indemnes.

— Je ne saurais accepter cette attitude revancharde de la part de l'un de mes directeurs adjoints.

Cilke fit de son mieux pour dissimuler sa colère.

— Tous nos agents risquent chaque jour leur vie. C'est la loi de la rue. Mais notre homme a été tué alors qu'il essayait de sauver les otages. C'était une exécution en règle. Laisser le tueur sortir de prison est une insulte à la mémoire de cet agent.

— Je n'accepterai aucun esprit de vendetta dans le service. Sinon, c'est que nous ne valons pas mieux qu'eux. Ce point étant clos, où en est l'enquête sur la fuite des scientifiques ? Vous avez du nouveau ?

Cilke comprit alors qu'il ne pouvait plus avoir confiance en son supérieur.

— Non. Rien, mentit-il.

Cilke venait de décider qu'à partir de maintenant il ne marcherait plus dans les combines politiques du FBI. Il agirait en solitaire.

— Vous avez plein d'hommes à disposition à présent. Profitez-en et mettez-les sur le coup. Lorsque vous aurez fait tomber Timmona Portella, j'aimerais vous avoir avec moi et que vous rejoigniez mon équipe d'adjoints.

— Je vous remercie. Mais lorsque j'aurai coincé Portella, je prendrai ma retraite.

Le directeur poussa un long soupir.

— Réfléchissez-y à deux fois. Je comprends à quel point cette libération vous chagrine. Mais rappelez-vous ceci : le FBI doit non seulement protéger la société contre les malfaiteurs, mais également engager uniquement des actions qui seront profitables à cette même société à long terme.

— On apprend ça dès l'école. La fin justifie les moyens.

Le directeur haussa les épaules.

— Parfois. Pas toujours... En attendant, je vous demande de réfléchir encore avant de prendre votre décision. Je mettrai une lettre de recommandation dans votre dossier. Que vous partiez ou que vous restiez, vous recevrez une médaille du Président des États-Unis en personne.

— Je vous remercie.

Le directeur lui serra la main et l'accompagna jusqu'à la porte. Mais il avait encore une dernière question à lui poser :

— Où en êtes-vous avec l'assassinat d'Aprile ? Cela date de plusieurs mois et j'ai l'impression que vous n'avez pas avancé d'un iota.

— C'est du ressort de la police de New York, pas du nôtre. Bien entendu, j'ai un peu fouiné. Pour l'instant, je ne vois pas de motifs. Aucune piste. Je crois qu'on ne trouvera jamais rien.

Le soir même Cilke dînait avec Bill Boxton.

— Bonne nouvelle ! lança Cilke, l'affaire des fabricants de cigarettes et celle de la contrebande vers la Chine sont closes. Le procureur général va demander des sanctions financières, rien de pénal. Cela nous libère plein de gars.

— Tu déconnes ! J'ai toujours cru que le big boss était un pur et dur. Un type droit. Il va leur donner sa dèm ?

— Il y a les vrais types droits, et ceux qui ont des fusils pour tirer dans les angles.

— Autre chose ?

— Quand j'aurai eu la peau de Portella, j'aurai mon fauteuil de directeur adjoint. Garanti cent pour cent ! Mais en fait, à ce moment-là, j'aurai pris ma retraite.

— Glisse donc un petit mot sur moi pour le poste !

— Tu n'as aucune chance, rétorqua Cilke en riant. Le directeur sait que tu parles comme un charretier.

— C'est même pas vrai, bordel de merde ! pesta Boxton avec ironie.

Le lendemain soir, Cilke rentra chez lui. Georgette et Vanessa étaient en Floride pour une semaine, chez la grand-mère maternelle. Détestant les taxis, il avait préféré faire à pied le chemin de la gare à la maison. En arrivant dans l'allée, il fut surpris de ne pas entendre les chiens aboyer. Il les appela, mais rien ne se passa. Ils avaient dû faire un tour dans le quartier ou dans les bois voisins.

Sa famille lui manquait, en particulier aux heures des repas. Il avait dîné seul ou avec des collègues trop souvent aux quatre coins du pays, toujours sur le qui-vive. Il regrettait la douceur du foyer. Il se prépara un petit repas équilibré suivant les consignes de sa femme – légumes, salade verte et steak. Pas de café, mais un cognac dans un verre minuscule comme un dé à coudre. Il monta ensuite à l'étage prendre une douche et appeler sa femme au téléphone avant d'aller lire au lit. Il adorait les livres et était toujours au supplice lorsque dans les romans policiers on décrivait le FBI comme un repaire de brutes épaisses. Qu'est-ce qu'ils en savaient !

Lorsqu'il ouvrit la porte de la chambre à coucher, il sentit l'odeur du sang dans l'instant et les pensées se bousculèrent dans sa tête. Une vraie tempête ; toutes les terreurs enfouies durant son existence remontaient à la surface.

Les deux bergers allemands gisaient sur le lit. Leur fourrure marron maculée de rouge, leurs pattes entravées, leurs museaux emmaillotés dans de la gaze. Leurs cœurs avaient été arrachés de leur poitrine et déposés sur leurs ventres.

Au prix d'un grand effort, Cilke recouvra ses esprits. Par réflexe, il appela sa femme pour s'assurer qu'elle allait bien. Il ne lui dit rien du drame. Puis il avertit le FBI et leur demanda d'envoyer des techniciens de l'identification criminelle et une équipe de nettoyage. Il leur faudrait se débarrasser de toute la literie, du matelas, de la descente de lit. Il n'avertit pas la police locale.

Six heures plus tard, les équipes du FBI s'en allèrent ; il rédigea un rapport pour le directeur puis se versa un cognac, cette fois-ci dans un verre normal et tenta d'analyser la situation.

Pendant un moment, il songea continuer à mentir à Georgette, à raconter que les chiens s'étaient enfuis. Mais il allait falloir justifier la disparition du tapis et de la literie. En outre, ce ne serait pas juste envers elle. Elle avait un choix à faire. Et plus important encore, elle ne lui pardonnerait jamais de lui avoir menti. Il devait lui dire la vérité ; il n'avait pas d'autre solution. C'était son contrat avec elle.

Le lendemain, Cilke fit le voyage jusqu'à Washington pour s'entretenir des derniers événements avec le directeur, avant de descendre en Floride chez ses beaux-parents.

Après avoir déjeuné avec eux, il emmena Georgette faire un tour sur la plage. Pendant qu'ils regardaient la mer turquoise, il lui apprit que les chiens avaient été tués ; une vieille méthode d'intimidation de la Mafia sicilienne.

— D'après les journaux, tu as débarrassé le pays de la Mafia, articula Georgette, l'air pensif.

— Plus ou moins. Il reste tout de même quelques réseaux de drogue et je sais qui a fait le coup.

— Nos pauvres chiens. Comment peut-on être aussi cruel ? Tu en as parlé au directeur ?

Une pointe d'irritation gagna Cilke en voyant Georgette aussi affligée pour les chiens.

— Il m'a donné trois possibilités. Un ; je démissionne et je déménage. Je m'y refuse. Deux ; je place ma famille sous la protection du FBI jusqu'à la fin de cette affaire. Trois ; tu restes à la maison, comme si rien ne s'était passé. Nous aurons une équipe vingt-quatre heures sur vingt-quatre pour assurer notre sécurité. Un agent spécial, une femme, vivra avec nous, et toi et Vanessa serez accompagnées par deux gardes du corps dans tous vos déplacements. Il y aura des systèmes d'alarme placés tout autour de la maison, technologie dernier cri. Qu'est-ce que tu en penses ? Dans six mois, tout sera fini.

— Tu crois que c'est du bluff ?

— Oui. Ils n'oseraient pas s'en prendre à un agent fédéral, ni à sa famille. Ce serait suicidaire pour eux.

Georgette contempla la mer calme baignant la baie. Sa main serra la sienne plus fortement.

— Je vais rester. Tu me manquerais trop et je sais que tu ne voudras pas lâcher l'affaire. Comment peux-tu assurer que ce sera fini dans six mois ?

— Je le sais.

Georgette secoua la tête.

— Je n'aime pas quand tu joues les Monsieur Je-sais-tout. Ne fais rien que tu puisses regretter, je t'en prie. Et je veux que tu me fasses une promesse : lorsque cette histoire sera terminée, je veux que tu quittes le FBI.

Ouvre ton propre cabinet, ou enseigne. Je ne pourrais pas vivre de cette manière le reste de ma vie.

Ce n'était pas des propos en l'air.

Il allait lui manquer trop, voilà les paroles qui l'avaient marqué. Une fois encore, il s'émerveillait de constater qu'une femme comme elle puisse aimer quelqu'un comme lui. Mais il avait toujours su qu'un jour ou l'autre, elle lui demanderait ce sacrifice. Il laissa échapper un soupir et répondit :

— C'est d'accord, je démissionnerai. Je te le promets.

Ils continuèrent à marcher le long de la plage puis s'assirent sur un banc, dans un petit parc ombragé qui formait un halo de fraîcheur sous les rayons ardents du soleil. Une brise soulevait les mèches de cheveux de sa femme, lui donnant des airs de nymphette innocente et heureuse. Il ne pourrait jamais revenir sur sa promesse. Et elle lui avait fait cette demande au moment le plus opportun qui soit – celui où elle acceptait de risquer sa vie pour rester à ses côtés. Comment lui refuser ? Georgette était d'une ruse diabolique ! Mais quel homme aurait voulu être aimé par une femme stupide ? Elle aurait été horrifiée, humiliée même, de l'entendre avoir ces pensées. C'était tellement injuste. Il s'agissait, chez Georgette, moins de ruse que d'une inquiétude innocente. Comment osait-il la juger ? Jamais, elle ne s'était méfiée de lui, jamais elle n'avait eu de mauvaises pensées à son égard – il ne pouvait malheureusement pas en dire autant.

6

Franky et Stace Sturzo possédaient une boutique d'articles de sports à Los Angeles, et une maison à Santa Monica, qui se trouvait à cinq minutes à peine de la plage de Malibu. Chacun des deux frères avait été marié, mais leurs unions n'avaient pas marché ; aujourd'hui, les jumeaux vivaient ensemble.

Ils n'avaient jamais dit à leurs amis qu'ils étaient jumeaux. Franky était le plus charmant, le plus lunatique. Stace était toujours d'humeur égale, un tout petit peu flegmatique, mais l'un comme l'autre étaient appréciés pour leur amabilité.

Ils faisaient partie d'un de ces clubs de gym de luxe qui florissaient à Los Angeles, une salle remplie de machines de body-building numériques et de grands écrans pour pouvoir regarder la télévision tout en s'entraînant. On y trouvait également un terrain de basket, une piscine et même un ring de boxe. Les animateurs étaient des garçons au corps sculptural et des filles magnifiques tout en muscles. Le club était un terrain de chasse idéal pour des hommes comme les frères Sturzo, où l'on rencontrait, à foison, des actrices pleines d'espoirs qui tentaient de garder leur corps de jeune fille et des épouses négligées de grands magnats des studios de cinéma venant ici tuer le temps.

Mais l'occupation préférée de Franky et Stace, c'était de lancer des parties de basket. De bons joueurs venaient au club – parfois même un membre remplaçant de l'équipe des LA Lakers. Les deux frères avaient joué contre lui et avaient eu l'impression de ne pas avoir été totalement ridicules. Cela leur rappelait le bon temps des tournois scolaires. Mais ils ne se berçaient pas d'illusions ; dans un vrai match, ils auraient été moins chanceux et le type des Lakers ne faisait que s'amuser.

Au restaurant du club, ils bavardaient avec les animatrices, avec d'autres membres du club, parfois même avec une célébrité. Ils passaient toujours de bons moments là-bas, mais c'était une partie infime de leur existence. Franky entraînait l'équipe de basket de l'école primaire locale, un travail qu'il prenait très au sérieux. Il espérait toujours dénicher une future superstar ; il mettait une telle intensité et un tel enthousiasme dans sa tâche que les gosses l'adoraient. « OK, les enfants, vous avez vingt points de retard et c'est le dernier quart-temps. Vous vous sortez les tripes et vous marquez dix points. Et les voilà sur des charbons ardents, cuits à point. Vous pouvez gagner. C'est juste une question de nerfs et de confiance. On n'est jamais perdu. Jamais. Vous avez dix points de retard, puis cinq, puis vous êtes à égalité. Et paf ! Vous les avez battus ! » répétait-il toujours, pour motiver ses troupes.

Bien sûr, cela ne marchait jamais. Les gamins n'étaient pas assez solides physiquement et mentalement pour mettre en application ce principe. Ce n'était que des enfants. Mais Franky savait que les plus talentueux d'entre eux n'oublieraient jamais la leçon et que cela les aiderait plus tard.

Stace se chargeait de faire tourner la boutique et c'est lui qui décidait quels contrats ils allaient accepter. Le risque devait être minimum et le prix maximum. Stace croyait aux vertus des chiffres et était de nature sombre. Pourtant les deux frères étaient rarement en désaccord. Ils avaient les mêmes goûts et étaient pratiquement égaux dans tous les domaines. Ils combattaient parfois sur le ring ou jouaient l'un contre l'autre sur le terrain de basket.

Ils avaient à présent quarante-trois ans et une vie agréable ; mais ils parlaient souvent de se remarier, de fonder de nouveau une famille. Franky avait une maîtresse à San Francisco et Stace à Las Vegas, une danseuse. Aucune des deux femmes n'avait montré quelque inclination au mariage, les deux frères avaient l'impression d'être des pis-aller et qu'elles attendaient qu'un meilleur parti se présente.

Ils étaient si charmants qu'ils se faisaient vite des amis et avaient une vie sociale bien remplie. Toutefois, ils vécurent l'année qui suivit l'assassinat de Don Aprile avec une certaine angoisse. On ne pouvait tuer en toute impunité un homme de l'envergure du grand Raymond Aprile.

Vers novembre, Stace appela Heskow, comme prévu, pour organiser le second versement de cinq cent mille dollars. L'entretien au téléphone fut bref et quelque peu ambigu :

— Salut, lança Stace. On vient le mois prochain. Tout baigne ?

Heskow semblait content de l'entendre.

— Tout est OK. Tout est prêt. Tu pourrais simplement être plus précis sur le jour de votre arrivée ? Je ne voudrais pas être absent et que vous vous cassiez le nez.

— Oh ne te fais pas de bile ! rétorqua Stace en riant, on saura toujours te trouver ! Compte en gros un mois, ajouta-t-il avant de raccrocher.

La récupération de l'argent était toujours le moment délicat dans ce genre d'affaires. Quelquefois les gens avaient du mal à payer pour un travail déjà fait. Cela se produisait dans tous les corps de métier. D'autres, parfois, avaient la folie des grandeurs. Ils se croyaient aussi bons que des professionnels. Le danger était minime avec Heskow – il avait toujours été un intermédiaire fiable et sérieux. Mais le contrat sur Don Aprile était d'un type particulier, tout comme la somme en jeu. Stace ne voulait donc pas que Heskow connaisse le jour exact de leur venue.

Les deux frères s'étaient mis au tennis durant l'année mais ce sport leur résistait, malgré leur aptitude innée d'athlètes. Ils étaient si doués physiquement qu'ils n'acceptaient pas d'être tenus en échec, même si on leur avait expliqué que pour jouer convenablement il fallait apprendre les coups dès le plus jeune âge, pour que les gestes soient naturels et instinctifs, un peu comme pour l'apprentissage du piano. Les deux frères s'étaient donc arrangés pour passer trois semaines dans un ranch-tennis à Scottsdale en Arizona, afin de prendre des cours. De là, ils feraient le voyage jusqu'à New York pour rencontrer Heskow. Bien entendu, durant leur séjour au ranch, ils pourraient passer leurs soirées à Las Vegas qui se trouvait à moins d'une heure d'avion de Scottsdale.

Le ranch était d'un luxe extrême. Franky et Stace disposaient d'un bungalow de deux chambres avec air conditionné, une salle à manger décorée de motifs indiens, un salon avec balcon et une petite cuisine. Ils avaient une vue magnifique sur les montagnes, un mini-bar, un grand réfrigérateur et une énorme télévision.

Mais les trois semaines de détente débutèrent sur une fausse note. L'un des instructeurs donna du fil à retordre à Franky. Franky était de loin le meilleur de son groupe, et il était assez fier de son service, un moulinet à la fois guère orthodoxe et terriblement efficace. Mais le moniteur, un dénommé Leslie, ne partageait pas cet enthousiasme.

Un matin, Franky fit un service canon que son adversaire ne put rattraper, ni même toucher. Franky se tourna fier comme un paon vers Leslie :

— C'est un ace, non ?

— Non, répliqua Leslie d'un ton de glace. C'est une faute de pied. Ton orteil a franchi la ligne de service. Recommence, en faisant cette fois un mouvement propre. Avec ton service actuel, tu mettras plus de balles dehors que dedans.

Franky servit de nouveau, une balle rapide et précise.

— Et ça ? Ce n'est pas un ace ?

— C'est encore une faute de pied, répondit Leslie lentement. Et ce service est merdique. Contente-toi de mettre la balle dans le carré. C'est facile d'être bon face à des débutants.

Franky était contrarié, mais n'en laissa rien paraître.

— Mets-moi donc face à quelqu'un de confirmé, lança-t-il. On verra bien comment je m'en sors (Il marqua un moment d'arrêt.) Pourquoi pas toi ?

Leslie le regarda avec une mine dégoûtée.

— Je ne joue pas avec les bleus. (Il se tourna vers une jeune femme d'une vingtaine d'années.) Rosie ? Tu veux bien faire un set avec Mr Sturzo ?

La fille venait de pénétrer sur le court. Elle avait de longues jambes tannées par le soleil sous son short blanc ; elle portait une chemise rose avec le logo du ranch sur la poitrine. Elle avait un visage malicieux, et ses cheveux étaient rassemblés en queue de cheval.

— Vous allez m'accorder quelques points d'avance, lança Franky de façon désarmante. Vous paraissez trop bonne. Vous êtes monitrice ?

— Non, répondit Rosie. Je suis ici pour parfaire mon service. Leslie est un crack pour ça.

— Donne-lui une bonne avance, annonça Leslie. Il est très loin de ton niveau.

— Disons deux jeux d'avance dans chaque set, avec des sets de quatre jeux, ça vous va ?

Franky n'y allait pas avec le dos de la cuillère, mais il était prêt à réduire ses exigences. Rosie lui retourna un sourire espiègle.

— Non. Ce n'est pas assez. Si vous voulez avoir une petite chance de me battre, vous feriez mieux de demander deux points d'avance dans chaque jeu ! Et à 40 A, pour gagner le jeu, il me faudra quatre points d'écart au lieu de deux.

Franky lui serra la main.

— Marché conclu.

Ils se tenaient près l'un de l'autre. Il percevait l'odeur sucrée de son corps.

— Vous voulez que je vous laisse gagner ? lui murmura-t-elle à l'oreille.

Franky était sur des charbons ardents.

— Non. Vous ne pouvez pas me battre avec ce handicap.

Ils jouèrent sous l'arbitrage de Leslie, qui ne sanctionna aucune faute de pied. Franky remporta les deux premiers jeux mais ensuite Rosie le battit à plates coutures. Son jeu de fond de court était parfait et son service était pratiquement infaillible – il n'avait en rien besoin d'être amélioré ! Rosie se trouvait toujours à l'endroit où tombaient les balles de Franky, et bien qu'il eût plusieurs fois l'égalité, elle le battit 6-2.

— Dites donc, vous n'êtes pas mauvais pour un débutant, lança Rosie. Mais vous avez commencé à jouer seulement vers vingt ans, pas vrai ?

— Exact, répondit Franky.

Il commençait à en avoir assez qu'on le traite de « débutant ».

— Il faut apprendre les coups et le service dès qu'on est gosse, expliqua-t-elle.

— Ah oui ? Eh bien je vous parie que je vous battrai avant la fin de mes trois semaines de stage ! affirma-t-il pour la taquiner.

Rosie lui fit un grand sourire, un sourire généreux et démesuré pour un si petit minois.

— Possible. Si vous êtes dans un grand jour, le plus grand, et que moi je sois dans mon plus mauvais.

Franky rit de bon cœur.

Stace s'approcha et se présenta.

— Pourquoi ne pas dîner tous les trois ce soir, proposa-t-il une fois les présentations faites. Franky ne vous invitera pas parce que vous l'avez battu, mais il viendra quand même.

— Ce n'est pas vrai, répondit Rosie. Il allait justement me le demander. Disons, huit heures, ça vous va ?

— Parfait, assura Stace.

Il donna un petit coup de raquette sur les fesses de Franky.

— Je serai là, répondit Franky.

Ils dînèrent au restaurant du ranch, une gigantesque salle voûtée avec des baies vitrées qui donnaient sur le désert et les montagnes. Rosie se révéla quelqu'un de rare, comme le confia plus tard Franky à Stace. Elle leur fit du charme à tous les deux ; elle connaissait tous les sports – les grands moments, les championnats, les grands joueurs, les grands exploits, les carrières des stars. Et elle savait écouter aussi ; elle les faisait se livrer ; Franky lui parla même de son équipe de basket à l'école primaire et lui confia qu'il s'arrangeait pour que son magasin de sports offre aux gosses le meilleur équipement. Rosie s'était montrée enthousiaste et émue : « C'est super ! Les gamins doivent vous adorer. » Les deux frères lui avaient alors raconté qu'ils avaient joué au basket, dans leur jeunesse, dans le championnat national interscolaire.

Rosie avait également bon appétit, une qualité que les jumeaux appréciaient chez une femme. Elle mangeait lentement, avec des gestes délicats ; elle baissait la tête, en l'inclinant un peu sur le côté, avec un air de petite fille timide, à chaque fois qu'elle parlait d'elle ; un geste tout à fait charmant. Elle préparait un doctorat de psychologie à l'université de New York. Elle était issue d'une famille relativement aisée ; grande voyageuse, l'Europe n'avait déjà plus de secrets pour elle. Elle avait été une star de tennis dans le championnat junior. Mais elle leur narrait tout ça avec une sorte de distance et d'humilité qui les conquit ; elle ne cessait de leur toucher les mains quand elle leur parlait, comme pour ne pas rompre le contact avec eux.

— J'ignore toujours ce que je ferai lorsque j'aurai fini ma thèse. Avec toutes mes connaissances livresques, je ne sais pas comment sont les gens dans la vie réelle. Comme vous deux, par exemple. Vous me racontez votre histoire, vous êtes deux garçons charmants, mais je n'ai aucune idée de ce qui vous fait avancer.

— Ne t'inquiète pas, répondit Stace. Avec moi, c'est du *WYSIWYG* ! Il n'y aura pas de mauvaises surprises.

— Ne me pose pas la question, enchaîna Franky. Pour l'instant, toute ma vie est axée sur l'idée de te battre au tennis.

Après dîner, les deux frères raccompagnèrent Rosie jusqu'à son bungalow, en empruntant le sentier de terre rouge qui serpentait dans le domaine. Elle leur fit à chacun une bise sur la joue et rentra chez elle, les laissant seuls sous la brise du désert. La dernière image que les frères Sturzo gardèrent de Rosie, pour la nuit, ce fut son joli minois moqueur luisant sous le clair de lune.

— Elle est exceptionnelle, lâcha Stace.

— Mieux que ça encore, rectifia Franky.

Pendant les deux dernières semaines de leur séjour au ranch, Rosie devint leur grande amie. Après les cours de tennis, ils allaient faire un golf ensemble. Elle se débrouillait bien, mais ne pouvait rivaliser avec les deux frères. Ils frappaient la balle vraiment fort et avaient des nerfs d'acier sur le green. Un résident du ranch, âgé d'une quarantaine d'années, voulut faire le quatrième et insista pour s'associer avec Rosie et pour jouer dix dollars le trou. Bien qu'il fût loin d'être un mauvais joueur, il perdait à chaque fois. Lorsqu'il voulut s'incruster le soir pour dîner, Rosie l'éconduisit, au grand plaisir des jumeaux : « J'attends qu'un de ces deux types me demande en mariage » lui expliqua-t-elle.

Ce fut Stace qui, le premier, eut Rosie dans son lit. Franky était descendu à Las Vegas pour jouer au casino et donner le champ libre à son frère. Lorsqu'il revint vers minuit, Stace n'était pas dans sa chambre.

— Alors comment elle est ? lui demanda Franky, à son retour le lendemain matin.

— Exceptionnelle, répondit Stace.

— Cela te dérange si je tente ma chance ?

C'était plutôt inhabituel. Ils n'avaient jamais partagé leurs compagnes. C'était l'un des rares domaines où leurs goûts différaient. Stace réfléchit à la question un instant. Rosie s'entendait à merveille avec l'un comme l'autre. Mais le trio risquait d'être bancal si Stace était le seul des deux à coucher avec Rosie. À moins que Franky n'amène une autre fille dans le groupe, l'harmonie n'allait pas faire long feu.

— D'accord, répondit Stace.

La nuit suivante donc, Stace partit à son tour à Las Vegas et Franky coucha avec Rosie. Rosie n'eut pas le moindre état d'âme et se révéla enchanteresse au lit – pas de trucs sophistiqués, mais de l'enthousiasme et de l'humour à revendre. Elle semblait parfaitement s'accommoder de cette double relation.

Mais le lendemain matin, lorsqu'ils prirent le petit déjeuner tous les trois, une certaine gêne s'installa entre Stace et Franky. Aucun des deux ne savait trop comment réagir. Ils se montraient un peu trop réservés, un peu trop polis. Leur belle entente s'était envolée. Rosie sauça ses œufs au bacon, se laissa aller contre le dossier de sa chaise et considéra les deux frères avec amusement.

— Je ne vais pas avoir de problèmes avec vous les gars ? Je pensais qu'on était copains.

— C'est juste que nous sommes tous les deux fous de toi, répondit Stace en toute sincérité, et nous ne savons pas trop comment assumer ça.

Rosie éclata de rire.

— Ne vous inquiétez pas, je m'occupe de tout ! Je vous aime bien tous les deux. Et nous passons de bons moments. Nous n'allons pas nous marier, à ce que je sache. Et après le stage de tennis, nous ne nous reverrons sans doute jamais. Je rentrerai à New York et vous deux à Los Angeles. Alors ne gâchons pas le séjour à moins que l'un de vous deux soit d'une jalousie maladive. Auquel cas, il suffit de laisser tomber le sexe et tout rentrera dans l'ordre.

Les jumeaux se sentirent dans l'instant plus à l'aise.

— Sûrement pas ! lança Stace.

— Nous ne sommes pas jaloux, expliqua Franky, et je te battrai au tennis avant de partir d'ici.

— Tu n'as pas encore la technique, répondit Rosie avec fermeté, mais elle se pencha au-dessus de la table et leur prit les mains à tous les deux.

— Pourquoi ne pas essayer aujourd'hui ? insista Franky.

Rosie inclina la tête sur le côté d'un air timide.

— Je vais te donner trois points d'avance par jeu. Si tu perds, tu me promets de ne plus m'embêter avec ces histoires d'amour-propre de macho.

— Je mets cent dollars sur Rosie, annonça Stace.

Franky leur retourna un sourire carnassier. Il ne pouvait pas perdre avec trois points d'avance par jeu.

— Je serais toi, je mettrais cinq fois la mise.

Rosie avait un air malicieux.

— Et si je gagne, c'est Stace qui passera la nuit avec moi.

Les frères rirent de bon cœur. Cela les soulageait de voir que Rosie n'était pas un être absolument parfait, qu'il y avait une touche de malice chez elle.

Sur le court de tennis, rien ne put sauver Franky – ni son service en moulinet, ni ses retours acrobatiques, ni ses 40-0 d'avance par jeu. Rosie avait un lift qu'elle n'avait pas encore utilisé et qui laissait Franky sur place. Elle le ridiculisa 6-0. À la fin du set, Rosie fit une bise à Franky sur la joue et lui murmura :

— Je te réserve la place pour demain soir.

Comme promis, elle passa la nuit avec Stace après qu'ils eurent dîné tous les trois ensemble.

Ils fonctionnèrent sur ce cycle alterné pendant toute la semaine.

Les jumeaux conduisirent Rosie à l'aéroport le jour de son départ.

— Je compte sur vous, si vous passez à New York, venez me dire bonjour, dit-elle.

Les frères Sturzo lui avaient déjà offert le gîte et le couvert sans limitation de durée à chaque fois que Rosie serait à Los Angeles. C'est alors qu'elle les surprit ; elle sortit de son sac deux petits paquets cadeaux.

— C'est pour vous, annonça-t-elle avec un sourire d'enfant. (Ils ouvrirent les paquets et trouvèrent à l'intérieur une bague Navajo avec une pierre bleue sertie.) En souvenir de moi.

Plus tard, en faisant des emplettes en ville, les jumeaux découvrirent que les bagues coûtaient trois cents dollars l'unité.

— Elle aurait pu nous acheter une cravate ou l'une de ces ceintures de cow-boys à cinquante dollars, lança Franky.

L'un comme l'autre était profondément touché.

Ils restèrent encore une semaine au ranch, mais ils jouèrent très peu au tennis. Ils préféraient le parcours de golf et faire des allers et retours à Las Vegas le soir. Mais ils s'étaient fixé comme règle d'airain de ne jamais passer la nuit là-bas. C'était le meilleur moyen de perdre gros – s'obstiner à jouer aux petites heures du matin, quand vous n'avez plus les idées claires et que vous tombez de sommeil.

Pendant le dîner, ils parlaient de Rosie. Aucun des deux ne disait un propos déplaisant à son endroit, même si au tréfonds, elle avait un peu baissé dans leur estime parce qu'elle avait couché avec les deux.

— Elle aimait vraiment ça, disait Franky. Elle n'a jamais été triste ou amère après.

— C'est vrai, répondit Stace. C'est une fille exceptionnelle. On a trouvé la perle rare.

— Mais cela ne dure jamais.

— Que fait-on ? On l'appelle quand on sera à New York ? s'enquit Stace.

— Tu fais comme tu veux. Mais moi je l'appelle, répliqua Franky.

Une semaine après avoir quitté le ranch de Scottsdale, ils débarquaient à l'hôtel *Sherry-Netherland* de Manhattan. Le lendemain matin, ils louèrent une voiture et se rendirent chez Heskow, à Long Island. À leur arrivée, Heskow balayait le terrain de basket blanchi d'une fine couche de neige. Il les salua de la main et leur fit signe de rentrer la voiture dans le garage, le véhicule d'Heskow étant stationné le long du trottoir. Franky sortit de l'habitacle avant que Stace pénètre dans le garage, apparemment pour serrer la main d'Heskow mais en fait pour l'empêcher de s'éloigner au cas où il se passait quelque chose.

Heskow ouvrit la porte et les fit entrer rapidement.

— Tout est prêt, dit-il.

Il les conduisit à l'étage jusqu'au grand coffre de la chambre d'amis et l'ouvrit. À l'intérieur : un tas de liasses de billets, chacune épaisse de dix centimètres et une sacoche en cuir presque aussi grosse qu'une valise. Stace jeta l'argent sur le lit, puis les jumeaux examinèrent les liasses pour s'assurer qu'elles étaient bien constituées de billets de cent dollars et qu'elles ne contenaient pas de faux. Ils comptèrent le nombre de billets d'une seule liasse et multiplièrent le tout par le nombre total. Puis ils chargèrent l'argent dans la sacoche. Lorsque ce fut fait, ils relevèrent la tête vers Heskow.

— Vous voulez un café avant de partir, aller aux toilettes ou autre chose ? demanda-t-il en souriant.

— Non merci, répondit Stace. Il y a du nouveau ? Des problèmes ?

— Non. Tout est OK. Simplement ne flambez pas trop avec le fric.

— Il n'y a pas de danger. C'est pour nos vieux jours ! assura Franky.

Tout le monde éclata de rire.

— Et pour ses amis, ça se passe comment ? demanda Stace.

— Les morts n'ont pas d'amis, répliqua Heskow.

— Et les enfants de Don Aprile ? s'enquit Franky. Ils ne vont pas faire de vagues ?

— Ils ont été élevés dans le droit chemin, précisa Heskow. Ce ne sont pas des Siciliens. Ce sont des professionnels qui ont tous superbement réussi dans leur branche. Ils croient en la loi. Et ils sont déjà bien contents de ne pas être considérés comme suspects !

Les jumeaux rirent. Heskow sourit, plutôt satisfait de son trait d'humour.

— Je n'en reviens tout de même pas, lança Stace. Un si grand bonhomme et aussi peu de remue-ménage.

— Cela fait un an et pas la moindre nouvelle, répondit Heskow.

Les deux frères se levèrent et serrèrent la main d'Heskow.

— Portez-vous bien, dit Heskow. J'aurai peut-être encore besoin de vos services un de ces jours.

— Tu sais où nous joindre, répondit Franky.

De retour en ville, les frères Sturzo déposèrent l'argent dans un coffre-fort. En fait, dans deux coffres. Ils ne prirent pas même quelques billets comme argent de poche. Sitôt qu'ils furent rentrés à l'hôtel, ils appelèrent Rosie.

Elle était à la fois surprise et ravie d'avoir de leurs nouvelles si vite. Elle les invita aussitôt à venir la retrouver chez elle ; sa voix était chaude et vibrante d'impatience. Elle allait leur montrer New York, et c'était elle qui régalait ! Ainsi, le soir même de leur arrivée, ils se retrouvèrent dans l'appartement de Rosie. Elle leur offrit à boire, puis ils sortirent dîner.

Rosie les emmena au *Cirque*, qui était, selon elle, le meilleur restaurant de New York. La nourriture était excellente, et bien que le plat ne fût pas au menu, on prépara à Franky une assiette de spaghettis – jamais il n'en avait mangé de si bons. Les jumeaux n'arrivaient pas à croire qu'un restaurant aussi chic que celui-ci puisse servir des plats tout simples qu'ils aimaient autant. Ils remarquèrent également que le maître d'hôtel traitait Rosie avec un respect particulier ; et cela les impressionna. Ils retrouvèrent aussitôt leur connivence ; Rosie les pressait de questions, voulait tout savoir. Elle était encore plus belle que d'habitude. C'était la première fois que les deux frères la voyaient habillée en tenue de ville.

Pendant le café, les jumeaux offrirent leur cadeau à Rosie. Ils l'avaient acheté chez *Tiffany* dans l'après-midi.

Le bijou était présenté dans un écrin de velours marron. Il leur avait coûté cinq mille dollars : il s'agissait d'une simple chaîne en or avec un diamant serti sur un médaillon de platine blanc.

— De la part de Stace et de moi, annonça Franky.

Rosie était bouche bée. Ses yeux devinrent brillants d'émotion. Elle passa la chaîne de sorte que le médaillon repose entre ses seins. Puis elle se pencha au-dessus de la table et les embrassa tour à tour. C'était un simple baiser sur les lèvres qui avait le goût du miel.

Les jumeaux avaient dit un jour à Rosie qu'ils n'avaient jamais vu de comédie musicale à Broadway; le lendemain soir donc, elle les emmena voir *Les Misérables*. Elle était certaine qu'ils allaient aimer; et elle ne s'était pas trompée; mais ils émirent toutefois quelques réserves. Une fois de retour chez Rosie, Franky annonça ses réticences :

— Je ne comprends pas pourquoi il n'a pas tué Javert quand il en avait l'occasion.

— C'est une comédie musicale, répliqua Stace. Les comédies musicales sont faites pour distraire. Elles ne sont pas là pour respecter la réalité.

Mais Rosie n'était pas de cet avis.

— Cela montre que Jean Valjean est devenu un homme bon, expliqua-t-elle. C'est l'histoire d'une rédemption. Un homme qui pèche et qui vole, et puis qui se réconcilie avec la société.

Cette tirade irrita même Stace.

— Allons! ce type a commencé par être voleur. Et quand on est voleur, on l'est pour la vie. Pas vrai, Franky?

Rosie monta sur ses grands chevaux.

— Qu'est-ce que des gars comme vous peuvent comprendre à la psychologie d'un bandit comme Jean Valjean? (Cela fit taire dans l'instant les deux frères. Rosie leur lança un sourire plein de gentillesse.) Lequel des deux reste avec moi, cette nuit?

Voyant que la réponse ne venait pas, elle ajouta :

— Je ne veux pas faire ça à trois. L'un d'entre vous devra attendre son tour.

— Qui veux-tu garder pour cette nuit ? demanda Franky.

— Ne commence pas à ce petit jeu-là, l'avertit Rosie. Ou alors nous aurons une belle relation comme dans les films. Sans baise. Et je déteste ça. (Elle esquissa un sourire cajoleur.) Je vous aime autant tous les deux.

— Je rentrerai à l'hôtel ce soir, déclara Franky voulant lui faire savoir qu'elle n'avait pas d'emprise sur lui.

Rosie l'embrassa en lui souhaitant bonne nuit et le raccompagna à la porte.

— Demain soir, ce sera spécial, tous les deux, lui murmura-t-elle à l'oreille.

Ils avaient six jours à passer ensemble. Rosie devait travailler sur sa thèse la journée, mais elle était disponible les soirées.

Un soir, les jumeaux l'emmenèrent au Madison Square Garden assister à un match opposant les Knicks aux Lakers. Ils furent ravis de voir que Rosie appréciait toutes les jolies phases de jeu. Ils partirent ensuite dîner au restaurant ; c'est là que Rosie leur annonça que le lendemain, la veille de Noël, elle devait quitter New York pour une semaine – sans doute pour passer les fêtes dans sa famille, supposèrent les deux frères. Mais, pour la première fois depuis qu'ils se connaissaient, elle était un peu déprimée.

— Non, pour Noël je suis toute seule dans une maison que mes parents ont dans le Nord. Je voulais éviter toute cette agitation des fêtes, en profiter pour étudier et faire un peu le point dans ma vie.

— Annule donc et réveillonne avec nous, lança Franky. On repoussera notre retour à LA.

— C'est impossible, répondit Rosie. Je dois travailler et c'est le meilleur endroit pour être concentrée.

— Toute seule ? demanda Stace.

Rosie baissa la tête.

— C'est trop bête, je sais, soupira-t-elle.

— Pourquoi ne viendrions-nous pas avec toi quelques jours ? proposa Franky. On fêterait Noël ensemble et on partirait après.

— Oui ! renchérit Stace. On pourrait profiter du calme et du bon air.

Le visage de Rosie s'illumina.

— C'est vrai ? Vous viendriez ? lança-t-elle avec une joie de petite fille. Ce serait si bien ! On réveillonnerait et on irait skier le lendemain. Il y a une station à moins d'une demi-heure de la maison. Et je préparerai le repas pour le réveillon. (Elle se tut un moment puis ajouta d'un air peu convaincant.) Mais c'est promis, vous partirez après Noël ; je dois vraiment travailler.

— Nous devons retourner à LA, la rassura Stace. Nous avons des affaires à régler là-bas.

— Génial ! Je vous adore les garçons !

— Franky et moi on se disait quelque chose, commença Stace d'un ton détaché. Comme tu sais, nous n'avons jamais été en Europe, et on a pensé que cet été, quand les cours à la fac seront terminés, on pourrait y aller ensemble. Tu serais notre guide. On choisirait que du haut de gamme, ce qui se fait de mieux. Juste deux semaines. On pourrait s'amuser comme des fous.

— Sans toi, on va se perdre à chaque coin de rue ! renchérit Franky.

Tout le monde rit.

— C'est une super idée, répondit Rosie. Je vous montrerai Londres, Paris, Rome. Et vous allez adorer Venise. Vous risquez même de ne jamais vouloir en partir. Mais l'été, c'est dans très longtemps. Je vous connais, les gars, d'ici là vous aurez trouvé d'autres femmes.

— C'est toi que nous voulons, répliqua Franky presque avec humeur.

— Alors ma valise sera faite quand vous appellerez.

Le matin du 23 décembre, Rosie alla chercher les jumeaux à leur hôtel. Elle conduisait une énorme Cadillac, dont le coffre contenait des grandes valises et divers paquets cadeaux, mais il restait encore de la place pour les bagages, plus modestes, des deux frères.

Stace monta à l'arrière et laissa Franky faire le voyage à l'avant, à côté de Rosie. La radio était allumée et personne ne parla pendant une heure. Rosie acceptait les silences – un don du ciel!

Pendant qu'ils attendaient Rosie à l'hôtel, les deux frères avaient eu une conversation au petit déjeuner. Stace avait remarqué le malaise de Franky, ce qui était rare entre eux.

— Vas-y, vide ton sac, avait lâché Stace.

— Ne le prends pas mal. Je ne suis pas jaloux ni rien. Mais j'aimerais que tu restes loin de Rosie quand on sera là-haut. Tu veux bien?

— Pas de problème. Je lui dirai que j'ai attrapé la chaude-pisse à Las Vegas!

Franky fit un grand sourire.

— Il est inutile d'aller si loin. J'aimerais juste l'avoir pour moi pendant le séjour. Sinon, je laisse tomber et tu pourras la sauter tant que tu veux.

— Arrête tes conneries. Tu vas tout foutre en l'air. Ça va, on ne l'a pas forcée à ce que je sache, ni attirée dans un guet-apens. C'est elle qui veut le faire. Et c'est tant mieux pour nous.

— Je voudrais juste l'avoir pour moi tout seul, insista Franky. Pendant quelques jours.

— D'accord. Je suis l'aîné et je dois veiller sur mon petit frère. (C'était leur plaisanterie favorite; Stace, effectivement, paraissait plus vieux que son frère de quelques années et non de dix minutes.) Mais elle te remettra dans le droit chemin en deux secondes. Rosie est intelligente. Elle saura tout de suite que tu es amoureux d'elle.

Franky regarda son frère avec étonnement.

— Quoi ? Moi, amoureux ? bredouilla-t-il. Merde ! Il manquait plus que ça !

Les deux frères éclatèrent de rire.

La voiture à présent quittait la ville et s'enfonçait dans la campagne du comté de Westchester. Ce fut Franky qui rompit le silence en premier.

— Je n'ai jamais vu autant de neige ! Comment les gens peuvent-ils vivre ici ?

— Parce que c'est pas cher, répondit Rosie.

— Il y en a encore pour longtemps ? demanda Stace.

— Encore une heure et demie et on y sera, répondit Rosie. Vous voulez un arrêt pipi ?

— Non, dit Franky. On verra ça là-bas.

— À moins que toi, Rosie, tu ne veuilles t'arrêter ? s'enquit Stace.

Rosie secoua la tête. Elle semblait très concentrée sur sa conduite, les mains serrées sur le volant, scrutant la route à travers les nuées de flocons blancs qui tourbillonnaient devant le pare-brise.

Environ une heure plus tard, ils traversèrent une petite ville.

— Encore un quart d'heure, annonça la jeune femme.

La voiture commença à escalader le versant d'une colline ; au sommet une maison se profila, grise comme un éléphant, entourée par des champs couverts de neige, d'un blanc immaculé. Ni traces de pas, ni traces de pneus de voitures.

Rosie se gara devant le perron et tout le monde sortit de l'habitacle. Elle chargea les deux frères de valises et de paquets cadeaux.

— Allez-y entrez, dit-elle. C'est ouvert. On ne ferme jamais à clé ici.

Franky et Stace montèrent les marches du perron et poussèrent la porte. Ils se retrouvèrent dans un vaste salon, les murs décorés de trophées de chasse ; un feu brûlait dans une cheminée grande comme une grotte.

Soudain, ils entendirent, au-dehors, la Cadillac démarrer et s'éloigner. C'est alors que six hommes entrèrent dans la pièce par les portes avant et arrière de la maison. Ils étaient armés et le chef, un type énorme avec une grosse moustache, lança, avec une pointe d'accent italien :

— Pas un geste. Ne lâchez pas les paquets.

Puis les canons des pistolets se plaquèrent contre leurs côtes.

Stace comprit la situation dans la seconde, mais Franky s'inquiétait pour Rosie. Il lui fallut trente secondes de plus pour mettre toutes les pièces en place – le bruit du moteur, l'absence de Rosie. Enfin, avec une horreur qui lui était inconnue jusqu'alors, la vérité se fit jour en lui : ils étaient tombés dans un piège et Rosie était l'appât.

7

La veille du réveillon, Astorre assistait à une fête que donnait Nicole chez elle. Elle avait invité ses collègues du Barreau ainsi que des membres des groupes militants auxquels elle appartenait, dont son favori, celui de la lutte contre la peine de mort.

Astorre adorait ces sauteries. Il aimait bavarder avec des gens qu'il ne reverrait jamais et qui étaient totalement différents. Parfois, il faisait des rencontres avec des femmes intéressantes avec qui il avait de brèves liaisons ; il espérait toujours tomber amoureux ; cela lui manquait. Nicole, ce soir, avait fait allusion à leur idylle de jeunesse, sans timidité ni minauderie ; juste comme un grand souvenir que l'on évoque avec bonne humeur.

— Tu m'as brisé le cœur lorsque tu as obéi à papa et que tu es parti pour l'Europe !

— Je suis désolé, répondit Astorre. Mais cela ne t'a pas empêchée de voir d'autres garçons.

Sans savoir pourquoi, Nicole se sentait pleine de tendresse pour Astorre ce soir. Elle lui tenait la main, comme à une amie d'école, lui faisait des bisous sur les lèvres et s'agrippait à lui comme si elle avait peur de le perdre à nouveau.

Astorre était troublé car il sentait remonter en lui ses anciens sentiments, mais, dans le même temps, il savait que recommencer avec Nicole serait une grave erreur à ce stade de sa vie. Elle le conduisit finalement vers un groupe de personnes et fit les présentations.

Ce soir-là, il y avait un orchestre ; Nicole demanda à Astorre de chanter de sa voix à la fois rocailleuse et pleine de chaleur latine ; il accepta de bonne grâce. Ils interprétèrent ensemble une vieille sérénade italienne.

Pendant qu'il chantait les couplets romantiques, Nicole s'accrochait à lui, scrutait son regard comme si elle avait une chance de discerner son âme derrière ses pupilles. Finalement, lorsque la chanson fut terminée, elle lui donna un baiser chargé de regret et le laissa de nouveau libre de ses mouvements.

Elle insista alors pour lui présenter quelqu'un – une petite surprise, lui avait-elle soufflé à l'oreille avec malice. Elle le conduisit vers une femme à la beauté simple et naturelle, dont le visage était éclairé par de grands yeux gris pétillant d'intelligence.

— Astorre, annonça Nicole, je te présente Georgette Cilke, qui est la présidente du comité contre la peine de mort. Nous avons souvent travaillé ensemble.

Georgette lui serra la main et le complimenta pour sa prestation de chanteur.

— Vous me rappelez Frank Sinatra, dans sa jeunesse.

Astorre était aux anges.

— Merci. Sinatra est mon héros. Je connais par cœur toutes ses chansons.

— Mon mari est un grand fan aussi. J'aime bien ses chansons, mais je n'aime pas la façon dont il traite les femmes.

Astorre soupira. Il abordait un terrain dangereux, mais, en fervent combattant pour la cause, il ne pouvait se défiler.

— Certes, répondit-il, mais il faut séparer l'homme de l'artiste.

Georgette était amusée par la défense d'Astorre.

— Vous croyez ? demanda-t-elle avec une étincelle moqueuse dans les yeux. Je ne crois pas que nous puissions trouver des excuses à un comportement grossier et agressif, sans parler des actes de violence pure.

Georgette n'était visiblement pas prête à céder sur ce terrain ; Astorre préféra donc chantonner quelques mesures d'une des plus célèbres chansons d'amour du crooner. Il plongea son regard dans le sien, ondulant avec la musique, et la vit sourire.

— C'est bon ! C'est bon ! dit-elle. Je reconnais que ses chansons sont magnifiques. Mais il n'est pas question de lui pardonner ses écarts.

Elle lui toucha gentiment l'épaule avant de s'éloigner. Astorre passa le reste de la soirée à l'observer. Elle ne faisait rien pour mettre sa beauté en valeur ; elle avait une grâce et une douceur sans ostentation qui mettaient ses interlocuteurs à l'aise, à l'inverse de ces femmes à la beauté agressive. Astorre, comme tous les autres hommes présents, tomba sous le charme de Georgette. Elle semblait ignorer totalement l'effet qu'elle avait sur son entourage ; il n'y avait pas la moindre once de minauderie en elle, elle ne jouait ni les coquettes, ni les allumeuses.

Astorre avait lu les informations recueillies par Marcantonio pour le documentaire sur Cilke – un limier obstiné sur la piste des défauts humains, un chasseur implacable. Il avait lu aussi que sa femme l'aimait réellement. C'était là un grand mystère.

Au milieu de la soirée, Nicole vint vers Astorre et lui chuchota qu'Aldo Monza était dans le petit salon.

— Je suis désolé, Nicole, répondit Astorre, mais je devrai partir après.

— Tant pis. J'aurais aimé que tu fasses plus amplement connaissance avec Georgette. C'est la femme la plus intelligente et la plus généreuse qu'il m'ait été donné de rencontrer.

— Elle est très belle, répondit Astorre, tout en se disant à quel point il se comportait encore comme un adolescent avec les femmes – une seule rencontre et il fantasmait déjà.

Aldo Monza guettait l'arrivée d'Astorre, inconfortablement assis sur l'un des délicats fauteuils Louis XV de Nicole. Monza se leva et lui murmura :

— Nous avons les jumeaux. Ils attendent ta gracieuse visite.

Astorre sentit son cœur se serrer. C'était parti. Et les mises à l'épreuve ne faisaient que commencer.

— Combien de temps faut-il pour aller là-bas ?

— Au moins trois heures. Il y a une tempête de neige.

Astorre consulta sa montre. Il était vingt-deux heures trente.

— Ne perdons pas de temps, lança-t-il.

Dehors, l'air était traversé de bourrasques blanches et les voitures garées dans la rue étaient à moitié ensevelies sous les congères. Monza était venu avec une énorme Buick noire pour faire le voyage.

Monza s'installa au volant, Astorre à côté de lui. Il faisait très froid ; Monza mit le chauffage. Peu à peu, l'habitacle devint une étuve, chargé de relents d'alcool et de vin.

— Dors un peu, suggéra Monza. La route est longue et une nuit difficile nous attend.

Astorre se mit à son aise et se laissa bercer par le fil de ses pensées. La neige effaçait la route. Il se souvenait des nuits étouffantes de Sicile et des onze ans de formation que lui avait imposés Don Aprile en vue de cette mission ultime. Il ne pouvait échapper à son destin. Tout avait été écrit pour lui.

Astorre Viola avait seize ans lorsque Don Aprile l'avait envoyé à Londres faire ses études – une décision qui ne l'avait pas surpris outre mesure. Don Aprile avait mis tous ses enfants dans des écoles privées puis à l'université ; non seulement il croyait aux vertus de l'éducation mais il voulait également tenir ses enfants à l'écart de ses affaires et de son mode de vie.

À Londres, Astorre séjourna chez un couple prospère qui avait émigré de Sicile des années auparavant et semblait mener une existence plus que confortable en Angleterre. La cinquantaine, sans enfant, ils avaient changé leur nom original Priola en Pryor. Ils semblaient anglais jusqu'au bout des ongles, leur peau avait blanchi sous le *fog* londonien et leurs gestes et leur démarche avaient perdu toute indolence méditerranéenne. Mr Pryor se rendait au travail avec un chapeau melon sur la tête et un parapluie sous le bras ; Mrs Pryor portait des robes avec des imprimés fleuris et des chapeaux à volants des matrones anglaises.

Chez eux, en revanche, à l'abri des regards, ils abandonnaient cet accoutrement et se réconciliaient avec leurs origines. Mr Pryor portait des pantalons de toile rapiécés et des chemises noires sans col, tandis que madame endossait d'amples robes sombres et cuisinait à l'huile d'olive. Il l'appelait Marizza et elle l'appelait Zu.

Mr Pryor était directeur d'une banque, qui était une filiale d'un grand établissement financier de Palerme. Il traitait Astorre comme son propre neveu mais observait une certaine distance avec lui. Mrs Pryor le gavait de gâteaux et d'affection comme un petit-fils.

Mr Pryor offrit à Astorre une voiture et une coquette somme d'argent de poche. La formation du jeune homme était déjà arrêtée ; il irait dans une petite université à la périphérie de Londres spécialisée dans la finance et la gestion des affaires, mais qui avait une bonne réputation dans le domaine des arts. Astorre suivit le cursus prévu, mais son véritable intérêt se portait sur le théâtre et le chant. Il avait choisi en matières optionnelles musique et histoire. Durant son séjour à Londres, il se passionna pour l'imagerie des chasses au renard – non pas pour la mise à mort ou la traque, mais pour l'apparat : les vestes rouges, les beagles bicolores, les chevaux noirs.

Ce fut au cours de théâtre qu'Astorre rencontra une fille de son âge, Rosie Conner. Elle était mignonne à croquer, avec un air innocent qui faisait chavirer le cœur des jeunes hommes et excitait les sens des plus vieux. Elle avait également de réels talents d'actrice et interprétait souvent les rôles principaux dans les pièces que montait la classe. Astorre, de son côté, n'avait droit qu'aux rôles de figuration. Il était très séduisant, mais quelque chose dans sa personnalité l'empêchait de se laisser aller en public. Rosie ne connaissait pas ce problème. Sur scène, on avait l'impression qu'elle voulait séduire chaque spectateur.

Ils étaient ensemble aussi en classe de chant ; et Rosie adorait entendre Astorre chanter. À l'évidence, leur professeur ne partageait pas cet enthousiasme ; plusieurs fois, il avait conseillé à Astorre d'abandonner la musique. Il avait une voix tout juste plaisante, disait-il, mais surtout, aucun sens musical.

Au bout de deux semaines, Astorre et Rosie étaient amants. Ce fut elle qui fit les premiers pas, même si Astorre était déjà fou amoureux, comme on peut l'être à seize ans. Il en avait presque oublié Nicole. Rosie, quant à elle, semblait plus amusée que passionnée. Elle était avec lui comme une touriste en visite, curieuse et enjouée. Mais elle était si ardente, si débordante d'énergie – enthousiaste au lit, généreuse en tout. Huit jours après leur première nuit en amoureux, elle lui avait fait un cadeau luxueux : une veste rouge de chasse à courre, avec une bombe en daim noir et une fine cravache. Elle lui avait offert tout ça presque par facétie.

Comme tous les amoureux de leur âge, ils se racontèrent leur vie. Les parents de Rosie possédaient un ranch gigantesque dans le Dakota du Sud ; elle avait passé son enfance dans les villes mornes des Grandes Plaines. Elle avait finalement échappé à cet enfer en prétextant vouloir prendre des cours d'art dramatique en Angleterre. Mais son enfance n'avait pas été un gâchis total ; elle avait appris à monter à cheval, à chasser, à skier et, au lycée, elle avait été la vedette à la fois du club théâtre et des courts de tennis.

Astorre lui ouvrit son cœur ; il lui dit à quel point il rêvait de devenir chanteur, à quel point il aimait la vie anglaise, avec ses vieux restes de sociétés médiévales, sa famille royale, ses matches de polo et ses chasses au renard. Mais il ne lui parla pas de son oncle Don Raymond Aprile ni de ses séjours en Sicile.

Elle le fit revêtir sa tenue de chasseur pour mieux le déshabiller ensuite.

— Tu es si beau, souffla-t-elle. Tu étais peut-être autrefois un Lord anglais.

C'était la seule facette de sa personnalité qui le mettait mal à l'aise. Rosie croyait dur comme fer en la réincarnation. Mais lorsqu'ils faisaient l'amour, Astorre oubliait cette petite bizarrerie comme le reste du monde entier. Jamais il n'avait été aussi heureux, à part peut-être en Sicile.

Mais à la fin de l'année, Mr Pryor le fit venir dans son bureau et lui annonça de mauvaises nouvelles. Mr Pryor portait un pantalon de velours de paysan et un gilet de laine, sur son crâne une casquette écossaise dont l'ombre lui couvrait les yeux.

— Nous avons été heureux de t'avoir avec nous, déclara-t-il. Ma femme adore t'entendre chanter. Mais j'ai le regret de te dire que nous devons nous dire au revoir. Don Raymond a envoyé des instructions pour toi ; tu vas en Sicile, vivre chez son vieil ami Bianco. Il y a des choses que tu dois apprendre là-bas. Il veut que tu deviennes un Sicilien ; tu sais ce que cela veut dire.

Astorre fut atterré par cette nouvelle, mais pas une seule seconde, l'idée de désobéir à son oncle ne lui traversa l'esprit. Même s'il brûlait de retourner en Sicile, l'idée de ne plus jamais voir Rosie lui était insupportable.

— Si je viens à Londres une fois par mois, je pourrais séjourner chez vous ? demanda-t-il à Mr Pryor.

— Nous serions très fâchés si tu choisissais un autre toit. Mais pour quelle raison reviendrais-tu à Londres ?

Astorre lui parla de Rosie, lui avoua son amour.

— Ah ! lâcha Mr Pryor avec un soupir chargé de plaisir, comme à l'évocation d'un souvenir agréable. Tu en as de la chance d'être séparé de la femme que tu aimes ! C'est une véritable extase. Et cette pauvre jeune fille, comme elle va souffrir. Mais va, ne t'inquiète pas. Laisse-moi son nom et son adresse, je veillerai sur elle.

Astorre et Rosie eurent leurs adieux aux larmes. Il jura de revenir à Londres tous les mois pour la retrouver. Elle jura qu'elle ne regarderait pas d'autres garçons. Ce fut une séparation délicieuse. Astorre se faisait tout de même du souci. Son apparence, ses manières chaleureuses, son sourire, tout invitait à la séduction chez Rosie. Les qualités même pour lesquelles il l'aimait étaient ses pires ennemies. Il en avait vu les effets bien des fois. Comme tous les amoureux, Astorre était persuadé que tous les hommes de la terre désiraient l'élue de son cœur, que tous étaient sensibles à son charme, à sa beauté, à son esprit.

Astorre était dans l'avion de Palerme le lendemain. Ce fut Bianco qui l'accueillit à son arrivée à l'aéroport, mais un Bianco métamorphosé. L'homme gargantuesque portait un costume de soie sur mesure et un grand chapeau blanc. Il avait une tenue en accord avec son statut au sein de sa *cosca* qui régnait à présent sur presque tout le secteur du bâtiment et des travaux publics dans une Palerme ravagée par la guerre. Il menait une vie prospère mais beaucoup plus compliquée que dans l'ancien temps. Bianco devait verser des pots-de-vin à tous les officiels de la ville et du gouvernement de Rome, et défendre son territoire contre les *cosci* rivales, comme la redoutable *cosca* Corleone.

Octavius Bianco serra Astorre dans ses bras, se rappelant le bon vieux temps et la tentative de kidnapping avortée du téméraire Fissolini, lorsqu'il avait rencontré le garçon pour la première fois, puis il lui exposa les instructions de Don Aprile. Astorre devait recevoir un entraînement pour devenir le garde du corps de Bianco, et son élève dans diverses tractations. Ce cycle de formation durerait au moins cinq ans ; mais à la fin de cette période, Astorre serait un vrai Sicilien, et donc un allié précieux pour son oncle. Il ne partait pas de zéro ; grâce à ses séjours dans l'île durant son enfance, il parlait déjà le patois comme un autochtone.

Bianco habitait une énorme maison, juste à la périphérie de Palerme, entouré de domestiques et d'une brigade de gardes vingt-quatre heures sur vingt-quatre. Grâce à son argent et à son pouvoir, Bianco avait des liens avec toute la haute société de Palerme. Durant la journée, Astorre était formé au tir, à l'emploi des explosifs et aux arcanes de la « corde », redoutable arme de strangulation. Le soir, Bianco l'emmenait en ville, lui présentait des amis. Parfois, ils se rendaient à un bal de la bonne société ; Bianco était le chéri des riches veuves tandis qu'Astorre chantait la sérénade à leurs filles.

Le plus surprenant aux yeux d'Astorre, c'était de voir Bianco graisser la patte de hauts responsables de Rome ouvertement, au vu et au su de tous.

Un dimanche, le ministre de la Reconstruction vint en visite officielle à Palerme ; il prit, le sourire aux lèvres et sans l'once d'une hésitation, une mallette pleine d'argent, et remercia Bianco avec effusion. Il expliqua, presque en s'excusant, que la moitié de la somme irait au Premier ministre d'Italie, en personne. Plus tard, pendant le trajet du retour, Astorre demanda à Bianco si c'était vrai.

Bianco haussa les épaules.

— Peut-être pas la moitié. Mais j'espère bien un peu. C'est un honneur pour moi de pouvoir donner une petite enveloppe à Son Excellence.

Durant l'année qui suivit, Astorre rendit visite à Rosie régulièrement, juste pour un jour et une nuit – des nuits de rêves, des bénédictions du ciel.

Dans la même année, il eut son baptême du feu. Une trêve avait été instaurée entre Bianco et les Corleone. L'un des chefs de la *cosca* Corleone était un dénommé Tosci Limona – un homme de petite taille, affublé d'une toux à faire froid dans le dos. Il avait un profil de faucon et des petits yeux profondément enfoncés dans leurs orbites. Même Bianco se méfiait de lui.

La rencontre entre les deux chefs devait avoir lieu en terrain neutre, dans la propriété de l'un des plus hauts magistrats de Sicile.

Le juge en question, surnommé « le Lion de Palerme », tirait une grande fierté d'être ainsi corrompu. Il réduisait les sentences des membres de la Mafia condamnés pour meurtre et empêchait les enquêtes de remonter à la source. Tout le monde était au courant de ses liens amicaux avec la *cosca* des Corleone et avec celle de Bianco. Il avait une grande propriété, à vingt kilomètres de Palerme ; c'était le lieu choisi pour la rencontre, pour des raisons de sécurité et afin de prévenir tout acte de violence.

Les deux chefs avaient le droit de venir accompagnés de quatre gardes du corps chacun. Bianco et Limona se partageaient les honoraires du Lion pour l'organisation de la rencontre, la présidence des débats et, bien entendu, pour la location de la maison.

Avec sa grande crinière blanche qui lui mangeait presque tout le visage, le Lion de Palerme offrait l'image type du juge intègre et respectable.

Astorre commandait le groupe de gardes du corps de Bianco ; il fut impressionné par l'affection qui semblait lier les deux hommes. Limona et Bianco s'enlacèrent longuement en se donnant des claques dans le dos, s'embrassèrent sur les joues, se serrèrent les mains avec chaleur. Ils riaient et se murmuraient des choses à l'oreille comme deux vieux intimes tout au long du dîner que leur fit servir le Lion de Palerme.

Une fois la soirée finie, Astorre fut donc bien surpris d'entendre Bianco lui dire :

— Nous devons faire très attention. Ce connard de Limona s'apprête à nous faire la peau à tous !

Et Bianco disait vrai.

Une semaine plus tard, un inspecteur de police à la botte de Bianco fut abattu devant la propriété de sa maîtresse. Deux semaines après ce fait divers qui défia la chronique, un partenaire de Bianco dans le secteur des travaux publics fut assassiné par un commando d'hommes masqués qui avaient fait irruption dans sa maison et avaient criblé de balles le malheureux et sa famille.

Bianco augmenta en conséquence le nombre de ses gardes du corps et peaufina la sécurité des véhicules dans lesquels il se déplaçait. Les Corleone étaient réputés pour leur maîtrise des explosifs. Bianco restait donc le plus souvent dans sa villa.

Mais un jour, Bianco dut se rendre à Palerme pour payer deux hauts fonctionnaires de la ville ; il décida qu'il mangerait là-bas dans son restaurant favori. Il choisit une Mercedes avec le meilleur de ses chauffeurs. Astorre était assis à l'arrière avec lui. Une voiture ouvrait la route, une autre voiture fermait le convoi avec à leur bord deux gardes armés en plus des conducteurs.

Ils roulaient sur un grand boulevard lorsque, soudain, une moto, avec deux hommes en selle, déboucha d'une rue latérale. Le passager avait une Kalachnikov dans les mains et tira sur la voiture. Mais Astorre avait déjà plaqué Bianco au sol et répliquait avec son pistolet tandis que les motocyclistes s'éloignaient. La moto bifurqua dans une ruelle et disparut.

Trois semaines plus tard, sous le couvert de la nuit, cinq hommes furent capturés et ramenés dans la villa de Bianco. Ils furent ligotés et cachés dans la cave.

— Ils sont du clan Corleone, expliqua Bianco à Astorre. Descends avec moi à la cave.

Les hommes étaient ficelés à la manière paysanne, leurs membres entremêlés. Des gardes armés les surveillaient. Bianco prit le fusil d'un garde et sans un mot abattit les cinq hommes d'une balle dans la nuque.

— Jetez-les dans les rues de Palerme, ordonna-t-il, puis il se tourna vers Astorre. Une fois que tu as décidé de tuer un homme, ne lui parle jamais. Cela complique trop les choses, pour lui comme pour toi.

— C'étaient les types de la moto ?

— Non. Mais l'effet sera le même.

De fait, à partir de ce jour-là, la paix régna entre Bianco et les Corleone.

Astorre n'était pas revenu à Londres depuis près de deux mois. Un matin de bonne heure, il reçut un appel de Rosie. Il lui avait donné son numéro en lui demandant de l'utiliser uniquement en cas d'urgence.

— Astorre, commença-t-elle d'une voix très calme. Tu peux sauter dans un avion et venir ici ? J'ai un gros problème.

— Que se passe-t-il ?

— Je ne peux pas te le dire au téléphone. Mais si tu m'aimes, viens tout de suite.

Lorsque Astorre demanda la permission à Bianco de faire le voyage, le vieux chef lui dit :

— Prends de l'argent avec toi.

Et il lui donna une liasse de livres sterling.

Astorre sonna à l'appartement de Rosie, elle le fit entrer aussitôt et referma la porte derrière lui. Elle était blanche comme un linge, emmitouflée dans un gros peignoir qu'il n'avait jamais vu. Elle lui donna un rapide baiser plein de gratitude.

— Tu vas être en colère contre moi, annonça-t-elle avec regret.

À cet instant, Astorre crut qu'elle était enceinte.

— Ma chérie, je ne serai jamais en colère contre toi, s'empressa-t-il de répliquer.

Elle se lova contre lui.

— Cela fait plus d'un an que tu es parti, tu sais. J'ai essayé d'être fidèle, tant que j'ai pu. Mais c'est si long.

Soudain, la vérité se fit jour en lui, glacée. Il était donc question, ici aussi, d'une trahison. Mais il y avait autre chose… Pourquoi avait-elle voulu qu'il vienne si vite ?

— Je t'écoute, dit-il. Qu'est-ce que je fais ici ?

— J'ai besoin de ton aide, répondit Rosie en l'entraînant vers la chambre.

Il y avait une forme dans le lit. Astorre tira le drap et découvrit un homme d'âge mûr, étendu sur le dos, complètement nu, mais arborant encore une certaine dignité. L'effet était peut-être dû à sa petite barbiche blanche ou aux traits délicats de son visage. Son corps était mince et longiligne, pourvu d'une grande toison de poitrine ; le plus curieux de tout, c'était ses lunettes – des lunettes à monture dorée qu'il portait devant ses yeux grands ouverts. Il était mort, cela ne laissait aucun doute, malgré l'absence de blessures visibles. Les lunettes étaient posées de travers sur le nez. Astorre se pencha pour les redresser.

— Nous étions en train de faire l'amour, murmura Rosie, et il a eu soudain cet horrible spasme. Il a dû avoir une crise cardiaque.

— Quand est-ce arrivé ? demanda Astorre, un peu sous le choc.

— Hier soir.

— Pourquoi n'as-tu pas appelé les secours ? Ce n'est pas de ta faute.

— Il est marié et c'est peut-être bien un peu de ma faute. On a pris du pentanol. Il avait des problèmes pour jouir, expliqua-t-elle sans une ombre d'embarras.

Astorre était réellement étonné par le sang-froid de Rosie. En regardant le corps, il était pris d'un sentiment étrange ; il avait envie de rhabiller le mort et de lui retirer ses lunettes. L'homme était trop vieux pour rester ainsi nu – il avait largement dépassé la cinquantaine – cela lui semblait déplacé, indigne. Astorre se tourna vers Rosie et lui demanda sans malice, avec la simple incrédulité d'un jeune homme :

— Qu'est-ce que tu lui trouvais ?

— C'était mon prof d'histoire. Un type très gentil, vraiment. Cela s'est fait sur un coup de tête. Ce n'était que la deuxième fois. Je me sentais si seule. (Elle se tut un moment puis reprit, en le regardant droit dans les yeux.) Il faut que tu m'aides.

— Quelqu'un est au courant de votre liaison ?

— Non.

— Je crois que nous devrions appeler la police.

— Non. Si tu as les jetons, je m'en occuperai toute seule.

— Va t'habiller, répliqua Astorre d'un air sévère en tirant le drap sur le cadavre.

Une heure plus tard, ils sonnaient chez Mr Pryor ; ce fut lui qui leur ouvrit la porte ; sans un mot, il les conduisit dans son bureau et écouta leur histoire. Il se montra très compréhensif vis-à-vis de Rosie ; lorsqu'il lui tapota la main pour la réconforter, celle-ci fondit en larmes. D'un geste instinctif, il retira sa casquette de son crâne et la posa sur ses genoux, gêné et ému par ce désarroi.

— Donnez-moi les clés de votre appartement, mon enfant, dit-il à Rosie. Restez ici pour la nuit. Demain, vous pourrez rentrer chez vous et tout sera en ordre. Votre ami aura disparu. Vous resterez en ville une semaine puis vous rentrerez aux États-Unis dans votre famille.

Mr Pryor les conduisit jusqu'à leur chambre comme si de rien n'était et les laissa régler leurs affaires tout seuls.

Astorre se souviendrait toute sa vie de cette nuit. Il était étendu sur le lit, à côté de Rosie, la cajolant, séchant ses larmes.

— Ce n'était que la deuxième fois, lui murmurait-elle. Cela n'avait aucune importance ; on était simplement de bons amis. Et tu me manquais tellement. Je l'admirais pour son esprit et une nuit, c'est venu, comme ça. Il n'arrivait pas à éjaculer et ça m'ennuie de dire ça maintenant qu'il est mort, mais il n'arrivait pas non plus à avoir une érection. C'est pour cette raison qu'il m'a demandé si on pouvait utiliser du pentanol.

Elle semblait si vulnérable, si choquée, si abattue par cette tragédie que Astorre se sentait désemparé et faisait de son mieux pour la consoler. Un détail, toutefois, lui titillait l'esprit : elle était restée pendant vingt-quatre heures avec un cadavre dans son lit. Comment avait-elle pu faire ça ? Voilà un mystère. Et s'il existait cette zone d'ombre chez elle, il en restait sûrement bien d'autres à découvrir. Mais Astorre séchait tout de même ses larmes, l'embrassait sur les joues, montrant toute sa tendresse.

— Tu me reverras, dis ? soufflait-elle en enfouissant son visage dans son épaule, pressant son corps doux contre le sien.

— Bien sûr, répondit Astorre, même si, dans son cœur, il n'en était pas absolument persuadé.

Le lendemain matin, Mr Pryor réapparut et annonça à Rosie qu'elle pouvait rentrer dans son appartement. Rosie le serra dans ses bras, pleine de reconnaissance ; un mouvement d'affection qu'il accepta volontiers. Une voiture attendait Rosie devant la maison.

Après son départ, Mr Pryor, de nouveau en chapeau melon et parapluie britanniques, accompagna Astorre à l'aéroport.

— Ne te fais pas de soucis pour elle. Nous nous occupons de tout.

— Tenez-moi au courant.

— Cela va de soi. Rosie est une fille merveilleuse, une vraie *mafiosa*. Tu devrais lui pardonner ce petit écart.

8

Durant ces années en Sicile, Astorre fut formé, entraîné, pour devenir un « homme qualifié ». Il dirigea même un groupe de six hommes de la *cosca* de Bianco sur le territoire des Corleone pour exécuter leur premier artificier, un homme qui avait réduit en charpie un général de l'armée italienne et deux juges anti-mafia. C'était un raid très risqué qui assit la réputation d'Astorre dans les hautes sphères de la *cosca* de Palerme.

Astorre avait également une vie sociale chargée ; il fréquentait les cafés, les boîtes de nuit de Palerme – en particulier pour y rencontrer des jolies femmes. Palerme fourmillait de jeunes *picciotti*, la piétaille armée des diverses *cosci* ; tous pétris d'orgueil viril, tous soucieux de leur apparence – de beaux costumes, des mains manucurées, des cheveux noirs plaqués et tirés en arrière sur le crâne comme une seconde peau. Tous cherchaient à imposer leur loi : être craint et être aimé. Les plus jeunes d'entre eux n'avaient pas vingt ans ; ils portaient de fines moustaches taillées au millimètre, arboraient des lèvres rouges comme du corail. Et surtout, ne lâchaient jamais le terrain face à un congénère du même sexe. Astorre préférait les éviter. Ils étaient imprévisibles, incontrôlables, prêts à tuer des membres de haut rang de leur monde, même s'ils signaient là leur arrêt de mort pour l'heure suivante. Car tuer un frère de la Mafia ou lui voler sa femme était passible du même châtiment : la mort. Pour ménager leur susceptibilité,

Astorre montrait à ces *picciotti* une déférence affable. Tous l'aimaient bien. Le fait qu'il eût un petit béguin pour une danseuse de discothèque nommée Buji arrangea ses affaires ; il n'empiétait pas sur leur terrain de chasse et n'eut pas ainsi à affronter leur tempérament belliqueux.

Astorre fut, pendant plusieurs années, le bras droit de Bianco dans sa lutte contre la *cosca* Corleone. Il recevait périodiquement des instructions de Don Aprile, qui avait cessé ses visites annuelles en Sicile. La principale pierre d'achoppement entre les Corleone et Bianco était un choix de stratégie à long terme. La *cosca* Corleone avait décidé d'instaurer le règne de la terreur contre les autorités. Ils assassinaient des juges, transformaient en viande hachée des généraux dépêchés en Sicile pour éradiquer la Mafia. Bianco considérait que cette tactique était inefficace à long terme, malgré quelques satisfactions immédiates. Mais ses objections causèrent la mort de plusieurs de ses amis. Bianco exerça des représailles et le carnage menaça de prendre de telles proportions que les deux belligérants s'empressèrent d'organiser une trêve.

Durant ces années, Astorre s'était fait un ami. Nello Sparra était de cinq ans son aîné ; il jouait dans un groupe qui se produisait dans un club de Palerme où les hôtesses étaient très jolies – certaines officiaient même comme prostituées de luxe.

Nello ne manquait pas d'argent – il semblait jouir de plusieurs sources de revenus. Il s'habillait à la mode des *mafiosi* de Palerme et était d'humeur joviale, toujours prêt pour l'aventure ; les filles de la boîte de nuit l'adoraient parce qu'il leur faisait de petits cadeaux pour leurs anniversaires ou pour les vacances ; et aussi parce qu'elles suspectaient qu'il était l'un des propriétaires secrets de l'établissement; c'était un endroit sûr et tranquille grâce à la protection rapprochée de la *cosca* de Palerme qui contrôlait tout le secteur des divertissements de la province. Les filles étaient ravies également d'accompagner Nello et Astorre à des fêtes ou à des excursions dans l'arrière-pays.

Buji était une grande et jolie brune qui dansait au club de Nello, tout en rondeurs voluptueuses. Elle était réputée pour son caractère soupe au lait et son indépendance totale dans le choix de ses amants. Elle n'avait jamais répondu aux avances d'un *picciotto* : les hommes qui la courtisaient devaient avoir de l'argent et du pouvoir. Elle passait pour une sorte de mercenaire de l'amour, avec les manières franches et ouvertes d'une vraie *mafiosa*. Elle exigeait des cadeaux luxueux, mais sa beauté et son ardeur étaient telles que les plus riches de Palerme se bousculaient pour exaucer ses désirs.

Au fil des ans, Astorre et Buji tissèrent une relation sur ces terres aventureuses qui sont à la lisière de l'amour véritable. Astorre était le favori de Buji, même si elle n'hésitait pas à l'abandonner pour un week-end rémunérateur avec un riche homme d'affaires de Palerme. Lorsqu'elle lui avait fait cette infidélité pour la première fois, Astorre avait voulu lui faire savoir son désaccord, mais Buji lui avait cloué le bec par une réponse au bon sens imparable :

— J'ai vingt et un ans. Ma beauté est mon seul capital. Lorsque j'aurai trente ans, je serai peut-être une femme au foyer avec une ribambelle de gamins ou alors une personne indépendante ayant sa propre petite boutique. Bien sûr, on passe de bons moments, mais, un jour ou l'autre, tu retourneras aux États-Unis, un pays où je n'ai nulle envie d'aller et où tu n'as nullement l'intention de m'emmener. Alors profitons de la vie comme des êtres humains libres de corps et d'esprit. Et tu n'as pas à te plaindre; tu auras eu le meilleur de moi avant que je ne me sois lassée de ta compagnie. Alors arrête ces enfantillages. J'ai un avenir à construire, moi. (Puis elle avait ajouté, d'un air timide.) En plus tu fais un boulot trop dangereux pour que je puisse compter sur toi.

Nello habitait une grande villa à la périphérie de Palerme, sur la côte. Avec ses dix chambres, elle convenait à merveille à leurs fêtes. Sur le terrain, on trouvait une piscine dont la forme reproduisait le pourtour de la Sicile et deux courts de tennis en terre battue.

Les week-ends, la grande famille de Nello convergeait de l'arrière-pays et envahissait les lieux. Les enfants qui n'étaient pas en âge de se baigner dans la piscine étaient parqués sur les courts avec leurs jouets et de vieilles raquettes. Ils s'amusaient avec les balles, donnaient des coups de pied dedans à tout va, jusqu'à ce que le court de terre battue soit constellé de petites boules jaunes comme autant de poussins.

Astorre était inclus dans cette vie de famille ; on le considérait comme un neveu. Nello était un frère pour lui. Le soir, il l'invitait à monter sur scène dans son club ; ils chantaient ensemble des ballades italiennes ; le public, enthousiaste, trinquait à leur santé, pour le plus grand bonheur des hôtesses.

Le Lion de Palerme, cet éminent juge corruptible, offrit de nouveau sa maison et son intercession pour une rencontre au sommet entre Bianco et Limona. Encore une fois, ils étaient venus chacun avec quatre gardes du corps. Bianco était prêt à céder une parcelle de son empire des travaux publics à Palerme pour garantir la paix.

Astorre n'avait pris aucun risque. Lui et ses trois gardes étaient venus lourdement armés à la réunion.

Limona et sa suite attendaient déjà chez le juge à l'arrivée de Bianco, d'Astorre et de sa garde. Un dîner copieux avait été préparé. Aucun des gardes du corps ne participa au festin ; seuls le juge – sa crinière blanche retenue en arrière par un ruban rose –, Bianco et Limona prirent place à table. Limona mangea très peu, mais se montra très aimable et sensible aux marques d'affection de Bianco. Il promit qu'il n'y aurait plus d'assassinats de membres officiels, en particulier ceux rémunérés par Bianco.

À la fin du dîner, alors que chacun se préparait à passer au salon pour la discussion finale, le Lion quitta la pièce en disant qu'il revenait dans cinq minutes. Il avait le sourire contraint de celui qui devait aller assouvir quelque besoin naturel.

Limona ouvrit une bouteille de vin et servit Bianco. Astorre s'approcha de la fenêtre et jeta un coup d'œil dans l'immense allée. Une voiture était garée devant la maison. Soudain, le Lion de Palerme descendit les marches du perron. Il monta dans la voiture qui démarra aussitôt.

Astorre n'hésita pas une seconde. La situation se fit jour instantanément dans son esprit. Son pistolet était déjà dans sa main, avant même d'avoir songé consciemment à le prendre. Limona et Bianco avaient leurs bras entremêlés, trinquant à l'amitié. Astorre s'approcha d'eux, leva son arme et tira une balle dans la tête de Limona. La balle fracassa le verre avant de pénétrer dans la bouche, des éclats retombèrent sur la table, comme une pluie de diamants. Astorre tourna aussitôt son arme vers les quatre gardes du corps et ouvrit le feu. Ses hommes avaient sorti leurs pistolets et tiraient aussi. Les quatre hommes de Limona s'écroulèrent au sol.

Bianco regarda Astorre, interdit.

— Le Lion a quitté la villa, répondit Astorre.

Bianco comprit aussitôt qu'on leur avait tendu un piège.

— Il va te falloir être très prudent, annonça Bianco en montrant le cadavre de Limona. Ses amis vont vouloir se venger.

Il est possible pour un homme têtu d'être loyal, mais il est beaucoup plus difficile pour lui de ne pas s'attirer d'ennuis. C'est ce qui se vérifia avec Pietro Fissolini. Après le geste de mansuétude exceptionnel de Don Aprile, Fissolini ne trahit jamais son bienfaiteur, mais il trahit sa propre famille. Il voulut prendre la femme de son neveu Aldo Monza. Cela se passa des années après qu'il eut juré allégeance à Don Aprile. Il avait alors soixante ans.

C'était un geste d'une témérité rare. Lorsque Fissolini séduisit la femme de son neveu, il ruina sa position de chef de la *cosca*. Compte tenu de la mosaïque de groupes distincts qui composaient la Mafia, le seul ciment qui pouvait garantir sa cohésion et donc son influence était la famille. La famille devait être la valeur supérieure, celle à placer au-dessus de tout le reste. Ce qui rendait la situation plus délicate encore, c'était que l'épouse en question était la nièce de Bianco. Bianco ne pouvait tolérer quelque acte de vengeance du mari à l'encontre de sa nièce. Le mari n'avait d'autre choix que de tuer Fissolini, son oncle et le chef de la *cosca*. Deux provinces allaient s'engager dans une guerre sanglante et décimer la campagne. Astorre contacta Don Aprile pour lui demander ses instructions.

La réponse fut : « Tu l'as sauvé une fois; à toi de décider encore une fois. »

Aldo Monza était l'un des membres les plus valeureux de la *cosca*. Il faisait partie du groupe d'hommes qu'avait épargnés Don Aprile des années plus tôt. Aussi, lorsque Astorre le convoqua dans le village de Don Aprile, Monza s'y rendit de bonne grâce. Astorre interdit à Bianco de participer à la réunion, mais lui promit de protéger sa nièce.

Monza était grand pour un Sicilien; il mesurait près d'un mètre quatre-vingt. Il était fort comme un roc, le corps endurci par des années de labeurs depuis son plus jeune âge. Mais son visage contrastait avec le reste; des yeux caverneux, des traits anguleux avec juste la peau sur les os; on eût dit une tête de mort vivante. Il émanait de sa personne quelque chose d'inquiétant, de presque tragique. Monza était le plus intelligent et le plus cultivé de la *cosca* Fissolini. Il avait fait ses études à Palerme pour être vétérinaire, et il avait toujours avec lui sa sacoche en cas d'urgence. Il avait une sympathie naturelle pour les animaux et était toujours débordé de demandes. Il était toutefois un ardent défenseur du code de l'honneur sicilien comme tout homme de la terre. Après Fissolini, c'était l'homme le plus puissant de la *cosca*.

Astorre avait pris sa décision.

— Je ne suis pas ici pour sauver la vie de Fissolini. Je comprends que toute la *cosca* soutient ton désir de vengeance. Je comprends ta douleur. Mais je suis ici pour sauver la vie de la mère de tes enfants.

Monza le regarda avec intensité :

— Elle m'a trahi. Elle a trahi ses enfants. Je ne peux la laisser vivre.

— Écoute-moi. Personne ne réclamera justice pour la mort de Fissolini. Mais la femme est la nièce de Bianco. Il voudra venger sa mort. Sa *cosca* est plus puissante que la tienne. Cela va être une boucherie. Pense à tes enfants.

Monza agita la main avec mépris.

— Je ne sais même pas si ce sont les miens. C'est une pute (il marqua un silence) et elle mourra comme une pute!

Une lueur macabre illumina son visage. La rage le brûlait comme un tison. Il était prêt à réduire en cendres le monde entier.

Astorre tenta d'imaginer la vie de cet homme dans son village, son épouse partie avec un autre, sa dignité bafouée par son oncle et sa femme.

— Écoute-moi attentivement. Voilà des années Don Aprile a épargné ta vie. Maintenant il te demande cette faveur. Venge-toi sur Fissolini, tu dois laver ton honneur, nous en sommes conscients. Mais épargne ta femme; Bianco s'arrangera pour l'envoyer, avec les enfants, dans de la famille au Brésil. Et quant à toi, je te fais une offre avec l'approbation de Don Aprile. Deviens mon assistant, mon bras droit, mon ami. Tu auras une vie prospère et intéressante. Tu n'auras pas à subir la honte de vivre dans ton village. Et tu seras également à l'abri des représailles des amis de Fissolini.

À la satisfaction d'Astorre, Monza ne montra aucun signe de colère ou de surprise. Pendant cinq minutes, il resta silencieux, plongé dans d'intenses réflexions. Puis il demanda :

— Continuerez-vous à payer ma *cosca* ? Mon frère en deviendra le chef.

— Bien sûr. Vous êtes des alliés précieux pour nous.

— Quand j'aurai tué Fissolini, je viendrai te rejoindre. Ni toi ni Bianco ne devez intervenir de quelque manière que ce soit. Ma femme n'ira pas au Brésil avant d'avoir vu le cadavre de mon oncle.

— Entendu, répondit Astorre avec une pointe de regret au souvenir du caractère jovial et du sourire malicieux de Fissolini. C'est pour quand ?

— Pour dimanche. Je serai avec toi lundi. Et puisse Dieu condamner la Sicile et ma femme aux flammes éternelles des enfers !

— Je reviendrai avec toi dans ton village. Je prendrai ta femme sous ma protection. Je crains que tu ne te laisses emporter par la colère.

Monza haussa les épaules.

— Qui accepterait de voir son destin dicté par ce qu'une femme met dans son vagin !

La *cosca* Fissolini tint conseil le dimanche tôt dans la matinée. Neveux et beau-fils devaient décider s'il fallait tuer ou non aussi le frère cadet de Fissolini, pour éviter sa vengeance. Sans doute, le frère avait dû être au courant de la liaison de Fissolini avec la femme de Monza, et en ne disant rien, il s'était rendu complice de cette trahison. Astorre ne prit aucune part aux débats. Il s'était contenté de faire savoir qu'ils ne pouvaient toucher ni à la femme, ni aux enfants. Mais il frémissait intérieurement devant la férocité de ces hommes en réaction à une offense qui ne lui semblait pas si gravissime. Il se rendait compte à présent à quel point Don Aprile s'était montré plein de miséricorde envers lui.

Il ne s'agissait pas simplement d'une question sexuelle dans ces cas-là. Lorsqu'une femme trompait son mari avec un amant, c'était un cheval de Troie qu'elle laissait entrer dans l'enceinte politique de la *cosca*. Elle pouvait laisser filtrer des informations et affaiblir les défenses ; elle donnait à son amant un pouvoir sur la famille du mari légitime. La femme devenait une espionne. L'amour n'était pas une excuse recevable pour un acte de haute trahison.

La *cosca*, donc, s'était réunie le dimanche matin pour le petit déjeuner chez Aldo Monza, puis les femmes se retirèrent avec les enfants. Trois hommes de la *cosca* emmenèrent le frère de Fissolini dans les champs et vers sa mort. Les autres écoutèrent Fissolini faire le beau avec le reste de la *cosca* rassemblé autour de lui. Seul Aldo Monza ne riait pas à ses plaisanteries. Astorre, en invité d'honneur, était assis à côté de Fissolini.

— Aldo, lança le vieux chef à son neveu avec un sourire bravache, tu es devenu aussi aigre à l'intérieur que l'extérieur le laisse deviner !

Monza soutint le regard de son oncle.

— Je ne peux être aussi jovial que toi. Après tout, je ne couche pas avec ta femme, moi.

À ce moment-là, trois hommes s'emparèrent de Fissolini et le plaquèrent sur sa chaise. Monza se rendit dans la cuisine et revint avec sa sacoche contenant ses instruments de vétérinaire.

— Mon cher oncle, il est temps que je te réapprenne quelques principes élémentaires que tu sembles avoir oubliés.

Astorre détourna la tête.

Dans la lumière dominicale du matin, sur la route poussiéreuse menant à la petite église de la Sainte Vierge Marie, un grand cheval blanc avançait au pas ; sur cette monture, la dépouille de Fissolini, attachée à la selle avec du fil de fer, le dos maintenu droit par un grand crucifix de bois. Il semblait presque vivant, mais sur sa tête, comme une couronne d'épines, se trouvait un nid de brindilles, tapissé d'herbe verte et sur ce lit de verdure, le pénis et les testicules de Fissolini. De ses organes s'écoulait encore du sang, ruisselant en mince filet sur son front.

Aldo Monza et sa jolie épouse regardèrent la procession depuis les marches de l'église. Elle voulut se signer, mais Monza lui saisit le bras pour l'en empêcher et lui tint la tête bien droite pour qu'elle ne puisse détourner le regard. Puis, il l'obligea à avancer pour suivre le cadavre.

Astorre la rattrapa et l'entraîna vers sa voiture qui allait l'emmener vers Palerme et la sécurité.

Avec sur le visage un masque de haine, Monza se dirigea vers eux. Astorre le regarda calmement et leva le doigt pour lui rappeler sa promesse. Monza les laissa partir.

Six mois après la mort de Limona, Nello invita Astorre à passer le week-end dans sa villa. Ils joueraient au tennis, iraient se baigner dans la mer Tyrrhénienne. Ils dégusteraient le délicieux poisson local et profiteraient de la compagnie des deux plus jolies danseuses de la boîte de nuit de Nello, Buji et Stella. Et la villa serait vide ; tout le reste de la famille assistait à un grand mariage dans l'arrière-pays.

Il faisait un temps magnifique, avec ce voile particulier devant le soleil qui rendait la chaleur supportable et transformait le ciel en une canopée lapis étincelante. Astorre et Nello jouèrent au tennis avec les filles qui, n'ayant jamais eu une raquette entre les mains, donnaient de grands coups et envoyaient toutes les balles par-dessus le grillage. De guerre lasse, Nello suggéra une baignade sur la plage.

Les quatre gardes du corps d'Astorre profitaient de l'ombre de la terrasse couverte, les domestiques leur apportant victuailles et rafraîchissements. Mais ils ne relâchaient pas pour autant leur vigilance. Ils surveillaient, entre autres, les corps longilignes des deux filles dans leur maillot de bain, tentant d'imaginer laquelle était la meilleure au lit. Tous les votes se portaient sur Buji, dont la verve et le rire sonore laissaient présager de vastes potentialités. Ils se préparaient à présent de bonne grâce pour cette virée à la plage ; ils avaient même roulé le bas de leur pantalon.

Mais Astorre leur fit signe de s'arrêter.

— Nous resterons à vue, lança-t-il. Inutile de venir. Buvez un coup tranquillement.

Ils partirent donc se promener sur la plage, marchant à la limite du clapot, Nello et Astorre en tête, les deux filles derrière. Après avoir marché sur une cinquantaine de mètres, les filles commencèrent à se déshabiller. Buji descendit les bretelles de son maillot pour exposer ses seins ; les prenant dans ses mains en coupe, elle les souleva vers le soleil.

Puis ils coururent tous vers l'eau, qui était chaude et calme. À peine un petit clapotis en troublait la surface. Nello était bon nageur ; il progressa sous l'eau et jaillit entre les jambes de Stella, si bien que lorsqu'il se releva, elle se retrouva juchée sur ses épaules.

— Allez, viens ! lança-t-il à Astorre.

Astorre s'enfonça dans l'eau, comptant s'éloigner du rivage pour pouvoir nager, mais Buji tenta de le retenir en s'accrochant à lui. Il lui plongea la tête sous l'eau, mais au lieu d'être effrayée, elle en profita pour lui baisser son bermuda et exposer ses fesses.

Tandis qu'ils chahutaient sous l'eau, Astorre entendit un bourdonnement. Dans le même temps, il vit les seins blancs de Buji flottant dans l'eau turquoise, et son visage riant tout près du sien. Puis le bourdonnement s'amplifia, devint un véritable rugissement ; Astorre refit surface, Buji accrochée à ses hanches nues.

La première chose qu'il vit, ce fut un hors-bord qui fondait sur lui, son moteur comme une tornade soulevant un nuage d'écume. Nello et Stella étaient sur le sable. Comment étaient-ils arrivés là-bas si vite ? Au loin, il apercevait ses gardes du corps, pantalons relevés, se mettant à courir vers la plage. Il poussa Buji sous l'eau, au plus loin de lui et tenta de rejoindre la plage. Mais il était trop tard. Le bateau était tout près ; à son bord un homme avec un fusil, en train de le mettre en joue. Les coups de feu retentirent, assourdis par le bruit du moteur.

La première balle déséquilibra Astorre, le faisant pivoter sous l'impact, de sorte qu'il se retrouva face au tireur, offrant une cible facile. À la seconde déflagration, son corps fut projeté en l'air puis il retomba dans l'eau et disparut sous la surface. Il entendit le bateau s'éloigner, puis sentit Buji qui l'attrapait, le tirait de toutes ses forces, tentant de le ramener vers le rivage.

Lorsque les gardes du corps arrivèrent sur les lieux, ils découvrirent Astorre gisant sur le ventre dans le ressac, une balle dans la gorge, Buji, à genou à côté de lui, en pleurs.

Il fallut quatre mois à Astorre pour se remettre de ses blessures. Bianco l'avait caché, sous bonne garde, dans une clinique privée de Palerme, pour qu'il puisse recevoir les meilleurs soins. Il lui rendait visite tous les jours et Buji venait à chaque fois qu'elle avait un jour de congé.

Vers la fin de son hospitalisation, Buji lui offrit un gros tour du cou en or, large de cinq centimètres avec une médaille en pendentif à l'effigie de la Vierge Marie. Elle lui passa au cou et positionna le médaillon sur la blessure. Le revers était enduit d'un produit adhésif qui collait à la peau. Le pendentif n'était pas plus grand qu'une pièce d'un dollar, mais il couvrait parfaitement la cicatrice. Pour autrui, il s'agissait d'un bijou comme un autre. L'ensemble était esthétique, sans avoir rien d'efféminé.

— Ça fait l'affaire, annonça Buji avec tendresse. Je ne supportais plus de voir cette horreur. (Elle lui fit un petit baiser.)

— Il te suffit de laver le produit adhésif une fois par jour, précisa Bianco.

— Maintenant, je vais me faire trancher la gorge pour l'or que j'ai autour du cou! maugréa Astorre. Il faut vraiment que je porte ça?

— Oui, répondit Bianco. Un homme d'honneur ne peut exhiber une blessure infligée par un ennemi. Et puis Buji a raison; cette cicatrice est vraiment horrible.

La seule chose qu'Astorre enregistra, c'est que Bianco l'avait appelé un homme d'honneur. Octavius Bianco, le dernier grand *mafioso*, lui avait fait cette marque de respect. Astorre était à la fois surpris et flatté.

Après le départ de Buji – qui devait passer le week-end chez un riche négociant de vin de Palerme – Bianco présenta un miroir à Astorre. Le collier d'or était de belle facture. Une *Madone*, encore... songea Astorre; on la trouvait partout en Sicile, dans les petites chapelles sur les bords des routes, dans les voitures et les maisons, même sur les jouets des enfants.

— Pourquoi toute la Sicile voue-t-elle un culte à la Vierge Marie, et non au Christ? demanda Astorre.

Bianco haussa les épaules.

— Jésus est un homme, après tout, et de fait, potentiellement capable de trahison. Une mère ne trahit jamais ses enfants. Mais oublions ça. C'est fini maintenant. Avant que tu ne rentres définitivement aux États-Unis, tu vas passer un an avec Mr Pryor à Londres pour qu'il t'apprenne le métier de banquier. Ce sont les instructions de ton oncle. Une chose encore : Nello doit être tué.

Astorre avait retourné cette affaire des centaines de fois dans sa tête; il savait que Nello était coupable. C'était la seule explication. Mais pourquoi avait-il fait ça ? Ils étaient amis depuis si longtemps, de vrais amis. Mais il y avait eu la fusillade chez le Lion de Palerme et la mort de Limona. Nello devait être lié, d'une manière ou d'une autre, à la *cosca* Corleone. Il n'avait pas eu le choix.

Il y avait d'autres indices encore : Nello n'avait jamais tenté de lui rendre visite à la clinique. Nello avait en fait disparu de Palerme. On ne le voyait plus au club. Mais Astorre voulait encore croire à l'impossible.

— Tu es sûr que c'est Nello ? insista-t-il. C'était mon meilleur ami.

— Qui d'autre pouvaient-ils utiliser ? répliqua Bianco. Ton pire ennemi ? Bien sûr que non ! Il fallait que ce soit ton meilleur ami. Tu devras le punir toi-même comme le doit tout homme d'honneur. En attendant, porte-toi bien.

Le lendemain, Astorre déclara à Bianco.

— Nous n'avons pas de preuve contre Nello. Restons-en là et faisons la paix avec les Corleone. Nous serons à égalité. En ce qui concerne Nello, ce n'est qu'un pion ; cela ne vaut pas la peine qu'on le tue. Une autre fois, peut-être.

Il fallut une semaine pour tout organiser. Astorre rentrerait aux États-Unis après une étape londonienne sous la houlette de Mr Pryor. Aldo Monza serait envoyé en Amérique et resterait aux côtés de Don Aprile en attendant le retour d'Astorre à New York.

Astorre passa une année à Londres avec Mr Pryor. Ce fut une année riche d'enseignements.

À son arrivée à Londres, Mr Pryor, devant un pichet de vin chaud, apprit à Astorre l'avenir extraordinaire qu'on lui réservait. Son séjour en Sicile faisait partie d'un vaste plan ourdi par Don Aprile en vue de le préparer à un rôle futur d'une importance cruciale.

Astorre demanda des nouvelles de Rosie. Il ne l'avait jamais oubliée – sa grâce, sa joie de vivre, sa générosité en toute chose, y compris dans celles de l'amour. Elle lui avait terriblement manqué.

Mr Pryor leva un sourcil :

— La petite *mafiosa* ? J'étais sûr que tu ne l'oublierais pas.

— Vous savez où elle est ?

— Bien sûr. Elle vit à New York.

— J'ai beaucoup pensé à elle, commença Astorre avec hésitation. Après tout, j'étais parti longtemps et elle était si jeune. Ce qui est arrivé est bien naturel. J'espère que je pourrai la revoir.

— Certainement. Pourquoi en serait-il autrement ? Après dîner, je te donnerai toutes les informations utiles.

Plus tard dans la soirée, dans le bureau de Mr Pryor, Astorre connut toute la vérité sur Rosie. Mr Pryor lui passa des enregistrements de son téléphone mis sur écoute ; on y entendait Rosie organisant des rendez-vous avec des hommes dans son appartement. Il était clair qu'elle avait des relations sexuelles avec eux, et qu'ils lui faisaient, en retour, des cadeaux ou lui donnaient de l'argent. Ce fut un choc pour Astorre d'entendre sa voix douce et suave, de l'entendre utiliser des inflexions qu'il pensait être réservées à lui seul – son rire cristallin, ses reparties et ses petites taquineries. Elle était toujours aussi charmante, jamais triviale ou vulgaire. Elle jouait la lycéenne s'apprêtant pour un rendez-vous galant avec un camarade de classe. Jouer l'innocence était une idée de génie.

Mr Pryor portait sa casquette basse sur les yeux, mais il observait attentivement Astorre.

— C'est une bonne comédienne, non ? lâcha Astorre.

— Elle a ça dans le sang.

— Ces enregistrements ont été effectués à l'époque où nous étions ensemble ? demanda Astorre.

Mr Pryor eut un geste chargé de fatalisme.

— C'était mon devoir de veiller sur toi. Oui, ils datent de cette époque.

— Et vous ne m'avez rien dit ?

— Tu étais vraiment amoureux. Pourquoi aurais-je gâté ton bonheur ? Elle n'était pas avide et te faisait du bien. J'ai été jeune, moi aussi et crois-moi, en amour, la vérité n'importe guère. Et malgré tout ça, Rosie est une fille formidable.

— Une call-girl de luxe ! répliqua Astorre avec sarcasme.

— Pas exactement. Elle ne peut compter financièrement que sur elle-même. Elle a quitté ses parents à l'âge de quatorze ans, mais elle était très intelligente et voulait faire des études. Elle voulait aussi une vie agréable. Rien que de très naturel. Elle pouvait rendre les hommes heureux, c'est un talent rare. Il est normal que les gens payent pour ça.

Astorre éclata de rire.

— Vous êtes un Sicilien éclairé et large d'esprit ! Mais elle a quand même passé vingt-quatre heures à côté du cadavre de son amant.

— Mais c'est justement ce qui fait toute sa valeur ! répliqua Mr Pryor en gloussant de plaisir. Une vraie *mafiosa* ! Elle a le cœur brûlant mais du sang froid dans les veines ! Quelle combinaison. Un miracle. Mais il te faudra sans cesse l'avoir à l'œil. Ce genre de personnes sont toujours très dangereuses.

— Et le pentanol ? demanda Astorre.

— Oh pour ça, elle est blanche comme neige. Sa liaison avec le professeur datait d'avant votre rencontre et c'est bien lui qui a insisté pour avoir le vasodilatateur. Nous avons simplement affaire à une fille qui ne pense qu'à son bonheur, qui le fait passer avant tout le reste. Elle n'a aucune inhibition sociale. Mon conseil est donc le suivant : reste en contact avec elle. Tu auras peut-être un jour besoin de ses talents de comédienne.

— C'est d'accord.

À sa surprise, Astorre n'était pas en colère contre Rosie. Elle n'y était au fond pour rien si elle exerçait un tel charme sur les hommes. Elle avait été trop gâtée par la nature, voilà sa seule faute. Il fermerait les yeux et passerait l'éponge.

— Parfait, se félicita Mr Pryor. Dans un an, tu iras rejoindre Don Aprile.

— Et que va-t-il arriver à Bianco ?

Mr Pryor secoua la tête et soupira.

— Bianco doit se soumettre. La *cosca* Corleone est trop puissante. Ils ne te pourchasseront pas. Don Aprile a conclu la paix. Le vrai problème, c'est que le succès de Bianco lui a ouvert l'appétit. Il veut une grosse part du gâteau.

Astorre retrouva la trace de Rosie, en partie par précaution, en partie parce qu'elle avait été le grand amour de sa vie. Il savait qu'elle était retournée à l'université de New York et qu'elle travaillait à sa thèse de psychologie ; elle habitait un appartement dans un immeuble protégé non loin du campus où elle recevait ses « clients » qu'elle choisissait, comme une vraie professionnelle – riches et vieux.

Elle gérait sa petite entreprise avec une grande intelligence. Elle entretenait trois liaisons à la fois, et étalait ses rétributions en dons d'argent, bijoux et vacances offertes dans les fiefs de la *jet set* – où elle nouait de nouveaux contacts. Il ne serait venu à personne l'idée de la prendre pour une call-girl puisqu'elle ne demandait jamais rien – elle ne refusait simplement jamais un cadeau.

Bien évidemment, tous ces hommes tombaient amoureux d'elle. Comment aurait-il pu en être autrement ? Mais elle n'acceptait jamais leurs propositions de mariage. Elle disait qu'ils étaient avant tout des amis qui s'offraient des nuits d'amour, et que le mariage n'était pas fait pour elle comme pour eux. La plupart des hommes acceptaient cette décision avec un soulagement secret. Elle n'était donc pas une chasseresse de fortune ; elle ne se montrait jamais intéressée avec eux, ne leur réclamait jamais rien, et surtout pas d'argent. Tout ce qu'elle voulait, c'était vivre dans le luxe, sans avoir un boulet au pied. Mais elle avait un instinct d'écureuil ; elle parvenait à faire des réserves en prévision des mauvais jours. Elle avait cinq comptes dans cinq banques différentes et deux coffres à son nom.

Deux mois à peine après la mort de Don Aprile, Astorre décida de revoir Rosie – uniquement pour lui demander son concours sur un plan strictement professionnel, se persuada-t-il. Maintenant qu'il connaissait les dessous de sa vie, jamais elle ne pourrait lui faire tourner la tête. Et elle avait une dette envers lui... un secret les liait tous les deux... un mort non pas dans un placard, mais dans un lit.

Elle était également exempte, d'une certaine manière, de morale chrétienne. Son plaisir passait avant tout, c'était une sorte de divinité extatique à laquelle elle rendait un culte quasi religieux, persuadée qu'être heureuse était un droit inaliénable qui prévalait sur tout autre.

Mais la vérité, c'était qu'au fond de son être, Astorre brûlait de la revoir. Comme pour tous les hommes, le temps avait atténué en lui le souvenir de sa trahison et renforcé celui de ses charmes. Ses péchés paraissaient plus des erreurs de jeunesse que la preuve qu'elle ne l'aimait pas. Il se rappelait ses seins, comment ils rosissaient lorsqu'ils faisaient l'amour, sa façon d'incliner la tête d'un air timide, son humour contagieux, sa bonne humeur, sa démarche si gracieuse, son corps perché sur ses longues jambes, et la chaleur inconcevable de sa bouche contre la sienne. Malgré tout ça, Astorre continuait à se convaincre que sa visite était purement utilitaire. Il avait une mission pour elle, un travail à lui confier.

Rosie s'apprêtait à rentrer dans le hall de son immeuble lorsqu'il se planta devant elle, en souriant, et lui dit bonjour. Elle avait un paquet de livres sous le bras ; elle les lâcha sous le coup de la surprise. Tout son visage s'empourpra de plaisir ; ses yeux s'illuminèrent. Elle se jeta dans ses bras et l'embrassa sur la bouche.

— Je savais bien que je te reverrais ! lança-t-elle. Je savais que tu me pardonnerais.

Elle l'entraîna dans le hall et le conduisit vers la volée de marches qui menait à son appartement.

Elle servit à boire – du vin pour elle, du cognac pour lui – et s'assit à côté de lui. La pièce était luxueuse, meublée avec goût ; inutile de se demander d'où venait l'argent.

— Pourquoi as-tu attendu aussi longtemps ? s'enquit Rosie.

Tout en parlant, elle ôtait ses bagues, détachait ses boucles d'oreilles. Elle retira les trois bracelets qui ornaient son poignet gauche – tout en or et diamants.

— J'ai été occupé. Et il m'a fallu un certain temps pour te retrouver.

Rosie lui retourna un regard plein de tendresse.

— Tu chantes toujours ? Et le cheval ? Tu continues à monter dans cet accoutrement ridicule, déguisé en chaperon rouge ?

Elle l'embrassa de nouveau et Astorre sentit son cerveau entrer en ébullition, formulant une réponse pleine de désespoir.

— Non, Rosie. Nous ne pouvons pas revenir en arrière.

Rosie le fit se lever et l'attira à elle.

— C'était la plus belle période de ma vie, souffla-t-elle.

Ils se retrouvèrent dans sa chambre ; en quelques secondes, ils étaient nus.

Rosie prit une bouteille de parfum sur la table de nuit et s'en aspergea le corps, puis fit de même avec Astorre.

— Pas le temps de prendre un bain ! lança-t-elle en riant.

Puis ils furent au lit, et Astorre vit de nouveau les seins de Rosie se colorer.

Pour Astorre ce fut une expérience presque désincarnée. Il apprécia l'acte mais pas Rosie. Il la revoyait en train de veiller son amant mort pendant une nuit et un jour entier. S'il avait été en vie, aurait-on pu le ranimer ? Qu'avait donc fait Rosie lorsqu'elle était seule avec la mort et son professeur ?

Lorsqu'ils eurent fini elle s'étendit sur le dos et lui caressa la joue.

— La vieille magie ne marche plus, pas vrai ? murmura-t-elle en enfouissant la tête dans son épaule.

Elle jouait avec le médaillon d'Astorre. Elle vit la vilaine cicatrice pourpre et y déposa un baiser.

— Mais non, c'était bien.

Rosie se redressa, son torse et sa poitrine au-dessus de lui.

— Tu n'arrives pas à me pardonner pour l'histoire du prof, le fait que je l'aie laissé mourir et que je sois restée à côté sans rien faire. C'est bien ça, non ?

Astorre ne répondit pas. Il ne lui dirait jamais ce qu'il savait sur elle. Qu'elle lui avait menti, depuis le début et qu'elle n'avait rien changé à ses pratiques, pas même du temps où ils étaient ensemble.

Rosie sortit du lit et se rhabilla. Astorre l'imita.

— Tu es un être bien plus redoutable que tu ne veux bien le laisser paraître, déclara Rosie. Toi, le neveu adopté de Don Aprile. C'est le cas aussi de ton ami de Londres qui est venu tout nettoyer. Il a fait un vrai travail de pro pour un banquier anglais, mais quand on sait que c'est un immigré italien, un Sicilien, ce n'est plus aussi étonnant. Il ne m'a pas fallu longtemps pour tout comprendre.

Ils se trouvaient dans le salon ; elle leur préparait un verre. Rosie se tourna vers Astorre et le regarda droit dans les yeux.

— Je sais qui tu es. Et je m'en fiche. Complètement. Nous sommes comme deux âmes sœurs tous les deux. N'est-ce pas magnifique ?

— La dernière chose que je veux trouver, répliqua Astorre en riant, c'est bien une âme sœur ! Mais passons. C'est une raison professionnelle qui m'amène ici.

Le visage de Rosie devint de marbre, tout son charme s'était évanoui. Elle commença à renfiler ses bagues.

— Mon prix pour une passe est de cinq cents dollars. J'accepte les chèques.

Elle lui sourit d'un air malicieux ; c'était une plaisanterie. Astorre savait qu'elle n'acceptait que des cadeaux et ceux-ci étaient d'une valeur bien supérieure. L'appartement où ils se trouvaient était justement le cadeau d'anniversaire de l'un de ses admirateurs.

— Je suis sérieux, répliqua Astorre. (Il lui parla des frères Sturzo et lui expliqua ce qu'il attendait d'elle. Il conclut son exposé en disant.) Je vais te donner vingt mille dollars tout de suite pour tes frais et tu en auras cent mille de plus une fois le travail terminé.

Rosie le regarda, pensive.

— Et qu'est-ce qui se passera après ?

— Inutile de te soucier de ça.

— Je vois, répondit Rosie. Et si je dis non ?

Astorre haussa les épaules. Il ne voulait pas penser à cette éventualité.

— Ce sera non et on en restera là.

— Tu ne me livreras pas aux autorités ?

— Je ne ferai jamais une chose pareille, répliqua Astorre avec une sincérité dont elle ne pouvait douter.

Rosie poussa un soupir.

— C'est d'accord. (Il vit ses yeux s'illuminer, et un sourire apparaître sur ses lèvres.) En route pour une nouvelle aventure !

Astorre fut tiré de ses rêveries par Aldo Monza qui lui remua la jambe. Ils roulaient toujours vers Westchester.

— On n'a plus qu'une demi-heure de route. Tu dois te préparer pour la rencontre avec les frères Sturzo.

Astorre regarda les flocons tourbillonner derrière la fenêtre. Ils traversaient des terres mornes, ponctuées çà et là de gros arbres tendant leurs branches noueuses vers le ciel comme des magiciens pétrifiés. La couverture de neige luminescente transformait les cailloux en étoiles scintillantes. Astorre sentit le froid et la désolation envahir son cœur. Après cette nuit, son monde aurait changé ; il aurait lui aussi changé, et d'une certaine manière sa véritable vie commencerait.

Astorre et Monza arrivèrent sur les lieux à trois heures du matin, dans un paysage blanc et fantomatique, fouetté par de violentes bourrasques de neige.

Dans la maison, les jumeaux étaient menottés, les chevilles ficelées et une sorte de gilet-camisole entravait leurs bras et leur torse. Ils étaient étendus au sol, sous la surveillance de deux hommes armés.

Astorre les considéra avec une certaine sympathie.

— Toutes ces précautions sont à prendre comme un compliment, leur dit-il. Nous mesurons à quel point vous êtes dangereux.

Les deux frères avaient des réactions totalement différentes. Stace était calme, soumis, tandis que Franky lançait des regards haineux qui métamorphosaient son visage avenant en faciès de gargouille.

Astorre s'assit sur le bord du lit.

— Je pense que vous savez pourquoi vous êtes ici.

— Rosie était l'appât. Une excellente comédienne, pas vrai Franky ? dit Stace avec résignation.

— Exceptionnelle, répondit-il, faisant de son mieux pour ne pas hurler sa rage comme un hystérique.

— C'est parce qu'elle vous aimait réellement bien, tous les deux, précisa Astorre. Elle était dingue de vous, en particulier de Franky. Cela a été dur pour elle. Très dur.

— Alors pourquoi elle l'a fait ? rétorqua Franky avec mépris.

— Parce que je lui ai donné de l'argent pour le faire, beaucoup d'argent. Tu sais ce que c'est Franky, pas vrai ?

— Non, je ne sais pas.

— J'imagine qu'on a dû vous offrir un bon prix pour que deux cracks comme vous acceptent le contrat sur Don Aprile. Combien c'était ? Un million ? Deux millions ?

— Vous faites fausse route, répondit Stace. On n'a rien à voir là-dedans. Nous ne sommes pas aussi stupides.

— Je sais que vous êtes les tireurs, poursuivit Astorre. Vous avez la réputation de n'avoir pas froid aux yeux. Et j'ai fait mon enquête. À présent, ce que je veux savoir, c'est le nom de l'intermédiaire.

— Vous avez tout faux, insista Stace. Vous ne trouverez jamais rien qui puisse indiquer que nous sommes impliqués, pour la simple raison que nous ne l'avons pas fait. Et qui êtes-vous d'abord ?

— Je suis le neveu de Don Aprile. Son nettoyeur. Cela fait près de six mois que je vous fais surveiller, les gars. Au moment du meurtre, vous n'étiez pas à LA. On ne vous y a pas vus pendant toute une semaine. Franky, tu as manqué deux entraînements avec les gosses. Et toi, Stace, tu n'as pas même fait une apparition à la boutique pour voir si tout allait bien. Tu n'as même pas appelé. Alors où diable étiez-vous passés ?

— J'étais à Vegas, au casino, répondit Franky. Et on pourrait causer plus à l'aise si vous nous retiriez ces saloperies de liens. Nous ne sommes pas des Houdini, nom de Dieu !

Astorre lui retourna un sourire.

— Presque. Et toi Stace, tu étais où ?

— Avec ma copine, à Tahoe. Mais c'est si vieux que personne ne s'en souviendra.

— J'aurai peut-être plus de chance, reprit Astorre, si je parle à chacun de vous séparément.

Il les laissa et se rendit dans la cuisine, où on avait préparé du café pour lui. Il demanda à Monza de placer les jumeaux dans deux chambres différentes et de mettre deux gardes pour surveiller chacun d'eux. Aldo était venu avec une équipe de six hommes.

— Tu es sûr d'avoir les bons types ? demanda Monza.

— Je crois bien, répondit Astorre. Si ce n'est pas le cas, alors c'est leur jour de malchance. Je déteste te demander ça, Aldo, mais il faudra peut-être les aider à parler.

— Ils ne parlent pas toujours, tu sais. C'est difficile à croire, mais il y a parfois des entêtés. Et ces deux-là me semblent des durs.

— Je déteste descendre si bas.

Ils attendirent une heure avant de se rendre dans la chambre où se trouvait Franky. Il faisait toujours nuit, mais on voyait à la lumière d'un réverbère les essaims de flocons tourbillonner derrière les vitres. Franky était étendu par terre, ligoté de la tête aux pieds.

— La situation est très simple, commença Astorre. Tu nous donnes le nom de l'intermédiaire et tu ressors d'ici vivant.

Franky lui retourna un regard noir.

— Je ne te dirai rien, connard. Tu te trompes de gars. Et je me souviendrai de toi, et de Rosie aussi.

— Tu fais la plus mauvaise réponse qui soit.

— Quoi, tu l'as sautée aussi ? railla-t-il. Tu es son mac ?

Astorre comprit que Franky ne pardonnerait jamais la trahison de Rosie. Quelle réaction frivole dans une situation aussi grave !

— Tu réagis bêtement. Ce qui est bizarre, parce que vous avez plutôt la réputation d'être des gens futés.

— J'en ai rien à foutre de ce que tu penses ! Tu ne peux rien faire si tu n'as pas de preuves.

— Ah oui ? Alors je perds mon temps avec toi. Je vais aller parler avec Stace.

Astorre descendit à la cuisine reprendre une rasade de café avant de monter voir Stace. Il songea à l'assurance de Franky, à son arrogance malgré sa position d'infériorité. Il devrait changer d'approche avec Stace. À son arrivée, il trouva l'homme jeté inconfortablement sur le lit.

— Retirez-lui le gilet, ordonna-t-il aux deux gardes. Mais vérifiez les menottes et ses liens aux chevilles.

— J'ai réfléchi, déclara Stace d'une voix calme. Vous savez que nous avons de l'argent de côté. Je peux le débloquer pour vous et régler ce malentendu.

— Je viens de discuter avec Franky. Je dois dire qu'il m'a beaucoup déçu. Toi et ton frère passez pour des gars intelligents. Et voilà que tu me parles d'argent, alors que l'affaire qui m'occupe c'est le meurtre de Don Aprile

— Nous n'y sommes pour rien.

— Je sais que tu n'étais pas à San Francisco et que Franky n'était pas à Las Vegas. Vous êtes les deux seuls indépendants qui auraient eu le cran d'accepter le boulot.

Et les tireurs étaient des gauchers, comme toi et Franky. Alors tout ce que je veux savoir, c'est le nom de l'intermédiaire.

— Pourquoi vous le dirais-je ? Je sais que tout est fini pour nous. Vous ne portez pas de masques, vous avez exposé Rosie ; nous ne sortirons donc pas d'ici vivants. Malgré tout ce que vous pourrez promettre.

Astorre poussa un soupir.

— Je ne vais pas chercher à te raconter des histoires. Tu as raison, vous allez quitter ce monde. Mais il y a une chose encore que tu peux négocier. Ce sont les conditions du départ. Dures ou douces ? J'ai un expert avec moi, et il va se mettre à œuvrer sur Franky.

En prononçant ces paroles, Astorre sentit son estomac se nouer ; il se souvenait de ce qu'avait fait Aldo à Fissolini.

— Vous perdez votre temps ; Franky ne parlera pas.

— Peut-être pas. Mais il va être découpé en petits morceaux et chaque parcelle te sera apportée. J'imagine que tu finiras par parler pour mettre fin à cette torture. Alors pourquoi lui infliger la moindre souffrance. Il te suffit de parler tout de suite. Pourquoi tiens-tu à ce point à protéger cet intermédiaire ? Il était supposé couvrir vos arrières et visiblement, il ne l'a pas fait.

Stace resta silencieux un moment.

— Pourquoi ne pas laisser la vie sauve à Franky ? articula-t-il finalement.

— Tu sais bien que c'est impossible.

— Comment saurez-vous que je ne vous mens pas ?

— Pourquoi mentirais-tu ? Tu n'aurais rien à y gagner. Tu peux éviter à ton frère des souffrances vraiment terribles. Il faut que ce soit bien clair dans ton esprit.

— On n'était que les tireurs, de simples exécutants, déclara Stace. C'est le type au-dessus qui vous intéresse. Pourquoi ne voulez-vous pas nous laisser la vie sauve ?

Astorre répondit avec patience :

— Stace, toi et ton frère avez accepté de tuer un grand homme. Grosse récompense, grosse satisfaction pour votre ego. Allez. Cela vous a rendus fiers comme des paons. Vous avez tenté votre chance, les gars, et vous avez perdu; maintenant il faut payer ou c'est le monde entier qui fait *tilt*. C'est comme ça. Le seul choix qui te reste, c'est la nature de la mort, dure ou douce. Dans une heure, tu seras en train de chercher le morceau le plus important de Franky parmi ceux éparpillés sur cette table. Crois-moi, je ne voudrais pas en arriver à cette extrémité; cela me fait horreur.

— Qu'est-ce qui me dit que vous tiendrez parole ?

— Réfléchis, Stace. Pense à la façon dont je vous ai coincés avec Rosie. Il m'a fallu du temps, beaucoup de temps et de la patience. Et maintenant, je t'ai ici, et j'ai sept hommes armés avec moi. Cela m'a coûté beaucoup d'argent, beaucoup d'énergie. Et tout cela, juste avant Noël. Je suis un gars sérieux Stace, tu t'en rends compte. Je vais te donner une heure pour réfléchir à tout ça. Je te promets que si tu parles, Franky ne verra rien arriver.

Astorre descendit de nouveau à la cuisine. Monza l'y attendait.

— Alors ? demanda-t-il.

— Je ne sais pas. Mais je dois être chez Nicole pour le réveillon demain. Il faut donc qu'on ait tout réglé cette nuit.

— Cela ne me prendra pas plus d'une heure. Soit il aura parlé, soit il sera mort.

Astorre se reposa près du feu pendant un petit moment puis remonta à l'étage retrouver Stace. L'homme semblait las et résigné. Il avait beaucoup réfléchi. Il savait que son frère ne parlerait pas – Franky était un indécrottable optimiste. Il pensait toujours qu'il y avait de l'espoir. Stace croyait qu'Astorre avait toutes les cartes en main. À présent, il comprenait les peurs de toutes les personnes qu'il avait tuées, leurs espoirs chimériques que quelque hasard du destin vienne les sortir de ce mauvais pas – une foi tenace, contre toutes les lois des probabilités. Et il ne voulait pas que Franky meure ainsi, morceau par morceau. Il scruta le visage d'Astorre. Un visage sévère, implacable, malgré son jeune âge. Il avait la gravité d'un juge s'apprêtant à prononcer une sentence de mort.

La neige recouvrait les croisillons des fenêtres comme une fourrure blanche. Franky, dans sa chambre, s'imaginait en Europe avec Rosie, la neige recouvrant les boulevards de Paris, tombant sur les canaux de Venise, faisant tinter Big Ben. La neige était comme une poudre magique.

Stace était étendu sur le lit, s'inquiétant pour Franky. C'est vrai, ils avaient tenté leur chance et perdu. L'histoire, la leur, s'arrêtait là. Mais il pouvait donner l'illusion à Franky que tout n'était pas perdu, qu'il n'avait que vingt points de retard.

— C'est d'accord, déclara Stace. Mais arrangez-vous pour que Franky ne sache pas ce qui lui arrive, d'accord ?

— C'est promis, répondit Astorre. Mais attention, je saurai tout de suite si tu mens.

— Je ne mentirai pas. À quoi bon ? Le type qui nous a mis sur le coup s'appelle Heskow ; il vit à Bridgewaters, une ville juste à côté de Babylon. Il est divorcé, il vit seul et a un gamin de seize ans qui est un dieu au basket. Heskow nous a déjà employés pour divers contrats auparavant. On a commencé quand on était gosses. Le prix était d'un million de dollars, mais Franky et moi avons hésité à accepter. C'était du trop gros poisson pour nous. On a cédé finalement parce qu'Heskow nous a dit que le FBI et la police nous ficheraient la paix. C'était un gros coup, tout avait été prévu. Il nous a dit aussi que Don Aprile n'avait plus de relations dans le milieu, que personne ne chercherait à le venger. À l'évidence, il se trompait. Puisque vous êtes là. Mais c'était si bien payé… comment refuser ?

— Tu me donnes là beaucoup d'infos, sans savoir si tu peux me faire confiance.

— Je veux vous convaincre que je dis la vérité. J'ai bien réfléchi. C'est fini pour nous. Mais je ne veux pas que Franky le sache.

— Ne t'inquiète pas. Je sais que tu ne me mens pas.

Astorre quitta la pièce et retrouva Monza à la cuisine pour lui donner ses instructions. Il voulait leurs cartes d'identité, permis de conduire, cartes de crédit, et tout le reste. Il rapporta la promesse qu'il avait faite à Stace. Franky devait être tué d'une balle dans la nuque, sans avertissement. Et Stace devait être exécuté aussi, sans lui infliger de souffrances inutiles.

Astorre quitta la maison pour rentrer à New York. La neige s'était transformée en pluie. Toute la campagne semblait noyée sous le jet d'une douche. Pas un seul flocon n'avait survécu au nettoyage.

Il était rare que Monza désobéisse aux ordres, mais en tant qu'exécuteur de la sentence, il avait le devoir de se protéger, lui et ses hommes. Il n'y aurait pas de coups de feu. On utiliserait la corde.

Il prit, tout d'abord, quatre hommes pour étrangler Stace. L'homme n'opposa aucune résistance. Mais avec Franky, ce fut différent. Pendant vingt minutes, il se débattit, tentant de dégager son cou de la corde. Pendant vingt minutes de cauchemar, Franky Sturzo sut qu'on s'employait à le tuer.

Les deux cadavres furent enveloppés dans des couvertures et emportés dans les sous-bois, tandis que la pluie s'était, de nouveau, muée en neige. On creusa un trou dans un buisson très touffu. On ne repérerait pas les corps avant le printemps, si tant est qu'on les découvrît un jour. D'ici là, la nature aurait fait son œuvre, espérait Monza ; on ne pourrait plus déterminer la cause du décès.

Mais ce n'était pas uniquement pour des raisons d'ordre pratique qu'Aldo Monza avait désobéi à son chef. Comme Don Aprile, il était persuadé que seul Dieu pouvait faire preuve de pitié. Il méprisait l'idée que l'on puisse avoir de la mansuétude pour des hommes dont le métier était de tuer d'autres hommes. Il était présomptueux pour un mortel d'offrir son pardon à autrui. C'était la prérogative exclusive de Dieu. Prétendre que les hommes pouvaient faire acte de pitié était une idée vaine et blasphématoire. Monza serait, quant à lui, le dernier à attendre le pardon de qui que ce soit.

9

Kurt Cilke était un fervent défenseur de la loi, cet ensemble de règles dicté par les hommes pour vivre en paix. Il avait toujours essayé d'éviter les compromissions qui sapaient les fondements de la société et combattu sans pitié les ennemis de l'État. Mais après vingt années de croisades, Cilke avait perdu beaucoup de sa foi en chemin.

Seule sa femme répondait toujours à son idéal. Les politiciens étaient des menteurs, les riches des hyènes dans leur quête du pouvoir, les pauvres sournois. Et il y avait encore les filous de naissance, les traîtres de tout poil, les brutes, les assassins… Les représentants de la loi étaient à peine meilleurs, mais Cilke avait cru, de tout son cœur, que le FBI était au-dessus du lot.

L'année précédente, ses nuits avaient été hantées par un rêve récurrent. Il avait douze ans et devait passer un examen important à l'école qui durait toute la journée. En quittant la maison, sa mère était en larmes et, dans son rêve, il savait pourquoi. S'il ratait son examen, il ne la reverrait jamais.

Le crime avait pris tant d'ampleur que l'État, avec l'aide de psychiatres, avait mis en place une série de tests psychologiques capables de prédire parmi la population de garçons de douze ans ceux qui deviendraient des meurtriers. Les malchanceux qui échouaient disparaissaient de la surface de la planète. Car la science avait prouvé que les assassins tuaient par plaisir. Les causes politiques, la révolte, le terrorisme, la jalousie, l'appât du gain, tout cela n'était que des prétextes. Il était donc nécessaire d'éradiquer ce mal génétique dès le plus jeune âge.

Il y avait alors une ellipse dans le rêve et Cilke se retrouvait de retour chez lui, dans les bras de sa mère qui le couvrait de baisers. Ses oncles et ses cousins avaient préparé une grande fête en son honneur. Nouvelle ellipse : il était seul dans sa chambre, tremblant de peur. Car il savait qu'il y avait eu une erreur. Jamais il n'aurait dû réussir cet examen et, à présent, il allait devoir grandir avec l'idée terrifiante qu'il allait devenir un assassin.

Le rêve s'était ainsi produit de nombreuses fois ; il n'en parla pas à sa femme, parce qu'il savait ce que signifiait ce rêve, ou du moins il le croyait.

Cilke était en relation avec Timmona Portella depuis plus de six ans. Tout avait commencé lorsque Portella avait tué l'un de ses soldats dans une rage aveugle. Cilke avait immédiatement entrevu les possibilités que lui offrait cette situation. Portella serait sa taupe au sein de la Mafia et en échange il ne serait pas inquiété pour le meurtre de son sous-fifre. Le directeur du FBI avait approuvé, et le reste était passé à la postérité. Grâce au concours de Portella, Cilke avait décimé la Mafia new-yorkaise, mais avait dû fermer les yeux sur les opérations illicites de Portella, en particulier sur son trafic de drogue.

Cilke, toutefois, avec l'approbation du directeur, prévoyait maintenant de faire tomber Portella. Ce dernier était déterminé à utiliser les banques Aprile pour blanchir son argent. Mais Don Aprile s'était montré têtu. Lors d'un entretien funeste, Portella avait demandé à Cilke :

— Le FBI surveillera-t-il Don Aprile lors de la communion de son petit-fils ?

Cilke avait tout de suite compris, mais il avait hésité à répondre.

— Je peux te promettre, avait-il finalement articulé, qu'il n'y aura personne. Mais je ne sais pas ce que fera la police.

— Pas de problème de ce côté-là. C'est réglé.

À cet instant, Cilke avait compris qu'il était désormais complice d'un meurtre. Don Aprile méritait pourtant mille fois son sort. Il avait été un criminel sans pitié la majeure partie de sa vie. Il s'était retiré avec une fortune immense, sans jamais avoir été inquiété. Et puis, il fallait voir les bénéfices pour le FBI et la société entière ! Portella allait s'empresser d'acquérir les banques Aprile et foncer tout droit dans le piège. Et il y avait aussi Inzio en arrière-plan, avec ses rêves d'arsenal nucléaire. Avec un peu de chance, Cilke pourrait faire d'une pierre deux coups et l'État, grâce aux lois RICO, récupérerait les banques Aprile qui valaient au bas mot dix milliards de dollars, car il ne faisait aucun doute que les héritiers Aprile voudraient vendre les banques et conclure un accord avec les émissaires secrets de Portella. Dix ou onze milliards dans les caisses doperaient la lutte contre le crime. Voilà ce qui importait.

Mais Georgette ne serait pas de cet avis ; elle le mépriserait, n'aurait plus d'estime pour lui ; elle ne devait donc jamais savoir. Après tout, elle vivait sur une autre planète.

Et aujourd'hui, Cilke devait rencontrer de nouveau Portella. On avait massacré ses deux chiens. Il voulait savoir qui était derrière ce crime. Premier suspect : Portella.

Timmona Portella était une exception chez la population masculine italienne : à cinquante ans, il était célibataire. Mais il était loin d'avoir fait vœu d'abstinence. Tous les vendredis, il passait la majeure partie de la nuit avec une jeune femme fournie par l'une des agences d'hôtesses dirigées par ses vassaux. La fille devait être jeune, sans trop d'expérience, belle de corps comme de visage – gaie, spirituelle mais pas trop. Et ne pas demander de trucs tordus au lit ; Timmona était du genre classique. Il avait bien quelques lubies, mais rien de vraiment méchant. L'un de ses caprices était que les filles devaient avoir des prénoms anglo-saxons, comme Jane ou Susan ; il pouvait accepter à la rigueur une Tiffany ou une Merle, mais rien de plus ethniquement connoté. Il avait rarement la même compagne deux fois.

Ces rendez-vous galants avaient lieu dans un petit hôtel d'East Side, appartenant à l'une de ses sociétés. Ses appartements privés qui occupaient tout le premier étage, étaient constitués par deux suites communicantes. L'une des deux était équipée d'une cuisine aménagée – Portella était un fin maître queux, en particulier dans la cuisine du nord de l'Italie, ce qui était plutôt surprenant pour un natif de la Sicile. La cuisine était sa passion.

La fille de ce soir fut amenée par le directeur de l'agence d'hôtesses ; celui-ci prit l'apéritif avec eux puis s'éclipsa. Portella prépara un dîner pour deux tout en bavardant et faisant plus ample connaissance. Elle s'appelait Janet. Portella était rapide et efficace derrière les fourneaux. Ce soir, il faisait sa spécialité : veau à la milanaise, avec spaghettis au gruyère et petites aubergines rôties en accompagnement, le tout agrémenté d'une salade verte aux tomates. Le dessert était composé d'un assortiment de gâteaux provenant de la célèbre pâtisserie française du quartier.

Il servit Janet avec une courtoisie et une délicatesse qui contrastaient avec son apparence rustique ; Portella était un homme gros, poilu et affublé d'une grosse tête, avec une peau graisseuse et burinée, mais il tenait à manger en veston, chemise et cravate. Pendant le dîner, il posa des questions à Janet, montrant, à l'égard de la jeune femme, un intérêt inattendu. Il écouta avec attention le récit de ses déconvenues, comment elle avait été trahie par son père, ses frères, ses amoureux et par des hommes puissants qui l'avaient entraînée dans une vie de péchés, poussée à bout par le manque d'argent et les grossesses involontaires. Elle n'avait pas eu le choix ; elle devait subvenir aux besoins de sa famille. Portella était étonné de la quantité d'actes déshonorants perpétrés par ses congénères et émerveillé, a contrario, par sa propre bonté à l'égard de la gent féminine. Car il se montrait d'une générosité rare avec elles, et pas seulement en argent sonnant et trébuchant, qu'il leur donnait en quantité.

Après dîner, il entraîna Janet dans le salon, emportant avec lui la bouteille de vin. Il présenta à la jeune femme six écrins à bijoux contenant une montre en or, une bague surmontée d'un rubis, des boucles d'oreille incrustées de diamants, un pendentif en jade, un bracelet ouvragé et un magnifique collier de perles. Il lui dit qu'elle pouvait en choisir l'un dans le lot, celui qu'elle voulait. Chacun valait plusieurs milliers de dollars – les filles, d'ordinaire, s'empressaient de les faire estimer.

Des années plus tôt, l'une de ses équipes avait attaqué un camion de bijoux ; il avait préféré stocker le butin au lieu de le revendre. Les cadeaux ne lui coûtaient rien finalement.

Tandis que Janet réfléchissait (elle choisirait finalement la montre) Portella lui fit couler un bain, vérifiant avec soin la température, préparant les parfums et crèmes préférés de la jeune femme. Ce ne fut qu'après qu'elle se fut détendue dans l'eau qu'ils se mirent au lit pour avoir une relation sexuelle parfaitement classique, comme n'importe quel couple marié.

S'il était particulièrement amoureux, il gardait la fille jusqu'à quatre ou cinq heures du matin, mais il s'endormait toujours seul dans sa suite. Ce soir-là, il congédia Janet avant minuit.

Il veillait sur sa santé. Il se savait colérique et ce défaut pouvait lui causer pas mal d'ennuis. Ces séances sexuelles hebdomadaires l'aidaient à le calmer. Les femmes, en général, avaient un effet tranquillisant sur son métabolisme ; il en voulait pour preuve qu'à chaque fois qu'il rendait visite à son médecin le samedi, sa pression artérielle était redevenue normale. Lorsqu'il expliqua sa théorie au médecin celui-ci se contenta de murmurer un « comme c'est intéressant » poli. Ce jour-là, le docteur avait beaucoup descendu dans l'estime de Portella.

Il y avait également un autre intérêt à cette pratique hebdomadaire ; les gardes de Portella étaient postés dans l'entrée de la première suite, mais une porte au fond de la chambre débouchait dans l'autre suite, qui s'ouvrait sur un autre couloir. C'était par là que Portella recevait ses invités lorsqu'il voulait que ses proches collaborateurs ignorent avec qui il avait rendez-vous. Car il était toujours très mal vu pour un chef de la Mafia d'avoir des entretiens en privé avec un membre du FBI. On le soupçonnerait aussitôt d'être un informateur, et Cilke, de son côté, risquait de passer pour un agent corrompu acceptant des pots-de-vin.

C'était Portella qui fournissait les numéros de téléphone à placer sur écoute, qui donnait les noms des brebis galeuses susceptibles de passer à table sous la pression, lui qui mettait les autorités sur les pistes dans certains cas de meurtres ou qui expliquait la mise en œuvre de divers rackets. Et enfin, c'était lui encore qui faisait le sale boulot dont le FBI ne pouvait pas légalement se charger.

Au fil des années, Cilke et Portella avaient mis au point une sorte de *modus operandi* pour organiser leurs rencontres. Cilke avait une clé de la suite qui donnait dans l'autre couloir, de sorte qu'il pouvait s'y installer à l'insu des gardes de Portella. De son côté, Portella se débarrassait de la fille et la réunion pouvait avoir lieu. Ce soir-là, ce fut Portella qui attendit l'arrivée de Cilke.

Ces rendez-vous rendaient toujours Cilke nerveux. Il savait que personne de la Mafia n'oserait s'en prendre à un agent du FBI, mais Portella avait un esprit qui frôlait parfois la démence. Cilke était armé, mais pour garder secrète l'identité de sa taupe, il devait se rendre seul à ces rendez-vous.

Portella avait un verre de vin à la main et ses premiers mots en guise de bienvenue furent : « Qu'est-ce qui se passe encore, bordel ! » ; mais il avait le sourire aux lèvres et il donna une tape sur l'épaule de Cilke. Le gros ventre de Portella était dissimulé sous une jolie robe de chambre chinoise enfilée sur son pyjama de soie blanc.

Cilke refusa le verre qu'on lui proposa, s'assit sur le canapé.

— Il y a deux semaines, commença-t-il d'une voix calme, je suis rentré chez moi après le travail et j'ai trouvé mes deux chiens, la poitrine ouverte ; on leur avait arraché le cœur. Je me disais que tu avais peut-être une piste à me donner.

Il observa Portella avec attention.

La surprise du *mafioso* paraissait authentique. Il s'était redressé d'un bond sur son siège, le visage rouge de colère. Cilke n'était pas impressionné outre mesure ; même le dernier des coupables pouvait réagir comme le premier des innocents.

— Si tu voulais me mettre en garde, pourquoi ne pas me l'avoir dit directement ? articula Cilke.

Portella semblait presque au bord des larmes.

— Kurt ! Tu viens ici armé ; j'ai senti ton pistolet en te disant bonjour. Et moi, je suis presque dans la tenue d'Adam. Tu pourrais me tuer et prétendre que j'ai tenté de résister au moment de mon arrestation. Tu pourrais trouver mille excuses... Mais je te fais confiance. J'ai déposé plus d'un million de dollars sur ton compte dans les îles Caïmans. Nous sommes des associés. Pourquoi te ferais-je un de ces vieux tours de Siciliens ? Quelqu'un essaie de semer la zizanie entre nous. C'est clair comme de l'eau de roche !

— Qui alors ?

Portella sembla perplexe.

— Cela ne peut être qu'Astorre, le gamin. Il a la folie des grandeurs parce qu'il m'a échappé une fois. Cherche un peu par là, et en attendant, je vais lancer un contrat sur sa tête.

— D'accord, lâcha finalement Cilke, convaincu. Mais nous devons être sur nos gardes. Ne sous-estime pas ce gars-là.

— Ne te bile pas. Au fait ? Tu as mangé ? J'ai du veau, des spaghettis, de la salade et du bon vin.

— Pour ça, je te fais confiance ! répliqua Cilke en riant. Mais non, je n'ai pas le temps de dîner.

La vérité, c'est qu'il ne voulait pas manger à la table d'un homme qu'il allait bientôt envoyer en prison.

Astorre avait, à présent, suffisamment d'informations pour mettre au point son plan de bataille. Le FBI avait bel et bien joué un rôle dans le meurtre de son oncle et Cilke avait été en charge de l'opération. Il connaissait désormais l'identité de l'intermédiaire et savait que Timmona Portella avait lancé le contrat sur Don Aprile. Mais il subsistait certaines zones d'ombres. L'ambassadeur, par l'entremise de Nicole, avait offert de racheter les banques de Don Aprile, avec le concours d'investisseurs étrangers. Cilke, de son côté, avait proposé à Astorre une association pour attirer Portella dans un piège. C'étaient des données troublantes et inquiétantes. Astorre décida d'aller consulter Craxxi à Chicago et d'emmener Mr Pryor avec lui.

Astorre avait déjà demandé à Mr Pryor de venir aux États-Unis pour diriger les banques. Celui-ci avait accepté l'offre et, avec une vitesse fulgurante, il était passé du gentleman anglais au haut cadre américain. Il délaissa le chapeau melon pour le feutre new-yorkais, le parapluie pour un journal plié sous le bras ; il débarqua en Amérique avec sa femme et ses deux neveux. Mrs Pryor avait laissé en Grande-Bretagne sa robe à fleurs pour endosser un tailleur parfaitement sobre et élégant. Ses deux neveux étaient siciliens, mais parlaient couramment l'anglais. Ils étaient comptables de formation. C'étaient des passionnés de chasse ; leur matériel les suivait partout dans le coffre d'une limousine qu'ils conduisaient tour à tour. En fait, les deux neveux servaient de chauffeur et de garde du corps à Mr Pryor.

Les Pryor s'installèrent dans un hôtel particulier de Upper West Side, protégé par des patrouilles de vigiles en voiture. Nicole, qui s'était opposée à cette nomination, fut rapidement conquise par Mr Pryor, en particulier lorsqu'il lui apprit qu'ils étaient cousins éloignés. Mr Pryor avait un charme évident avec les femmes – un charme paternel ; même Rosie avait été séduite. Ses compétences en matière de gestion bancaire étaient évidentes – même Nicole avait été impressionnée par sa connaissance de la finance internationale. En jonglant entre les taux de change des monnaies, il leur avait déjà fait gagner beaucoup d'argent. De son côté, Astorre savait que Mr Pryor avait été un intime de Don Aprile. C'était lui qui l'avait convaincu d'acquérir ces banques et de les regrouper en un consortium financier. Mr Pryor avait raconté à Astorre le début de sa collaboration avec Don Aprile :

« J'ai expliqué à ton oncle qu'avec les banques on pouvait s'assurer de plus gros bénéfices en prenant beaucoup moins de risques que dans son secteur d'activité actuel. Les entreprises à l'ancienne étaient dépassées ; les États sont trop forts et leur attention est tout entière focalisée sur nos familles. Il est temps de tirer notre révérence. Les banques offrent des boulevards vers la fortune pour peu qu'on ait l'expérience, les hommes et les appuis politiques. Sans vouloir me vanter, je sais que je suis dans les petits papiers des politiciens d'Italie grâce à mes pots-de-vin. Tout le monde y gagne et personne n'est blessé, personne ne se retrouve en prison. Je devrais enseigner ça à l'université, apprendre aux gens à devenir riches sans violer la loi ni avoir recours à la violence ! Il suffit d'avoir les bonnes relations, de faire passer les bonnes lois au bon moment. Après tout, c'est par la transmission du savoir que l'on reconnaît une civilisation supérieure, n'est-ce pas ? »

Mr Pryor était à la fois plein de malice et d'un sérieux imperturbable. Astorre se sentait en grande complicité avec lui et lui vouait une confiance absolue. Don Craxxi et Mr Pryor étaient, l'un comme l'autre, des personnes fiables et fidèles. Ce n'était pas seulement l'amitié qui motivait leur conduite : les deux hommes gagnaient des fortunes grâce aux dix banques de Don Aprile.

Lorsque Astorre et Mr Pryor arrivèrent chez Don Craxxi à Chicago, Astorre vit avec surprise les deux hommes s'embrasser chaleureusement. Visiblement, ils se connaissaient bien.

Craxxi leur offrit des fruits et du fromage et bavarda avec Mr Pryor tout en mangeant. Astorre les écoutait avec une grande curiosité. Il adorait entendre les histoires des anciens. D'ailleurs, ils étaient du même avis : les méthodes traditionnelles pour s'enrichir étaient obsolètes et trop dangereuses.

— On fait tous de l'hypertension artérielle, sans parler des infarctus, pestait Craxxi. Ce n'est pas une vie ! Et les nouveaux sur le marché n'ont aucun sens de l'honneur. Laissons-leur le terrain et qu'ils se fassent descendre. Ce sera toujours ça de pris.

— Bah ! on a tous été jeunes et impétueux, répliqua Mr Pryor. Ça a été pareil pour nous et regarde ce que nous sommes devenus.

Tous ces propos n'incitaient guère Astorre à exposer son affaire. Qu'est-ce que ces deux vieux s'imaginaient ? Qu'ils étaient venus ici pour faire un bridge ? Mr Pryor lâcha un gloussement en voyant le regard noir d'Astorre.

— Ne t'inquiète pas, nous ne sommes pas des saints, ni Craxxi, ni moi. Et cette situation menace directement nos intérêts. Alors dis-nous ce que tu veux. Nous sommes prêts à t'aider.

— J'ai besoin simplement de vos conseils, rien d'autre, répliqua Astorre. Pour l'opérationnel, c'est à moi de m'en charger.

— S'il s'agit uniquement de vengeance, avança Craxxi, je te conseille de retourner à tes chansons. Mais s'il s'agit de protéger ta famille, c'est autre chose ; car elle se trouve, comme tu le sais aussi bien que moi, en grand danger.

— Pour moi, c'est les deux à la fois, répondit Astorre. Mais l'une ou l'autre suffit pour me convaincre de passer à l'action. Mon oncle m'a donné une formation pour que je sois justement capable d'affronter ce genre de situation. Je ne peux faillir à mon devoir.

— Parfait, déclara Mr Pryor. Mais n'oublie jamais ce détail crucial : dans tous tes actes, c'est ta propre nature qui s'exprime. Mesure donc à chaque fois les risques que tu prends. Ne te laisse pas emporter trop loin.

— Que puis-je pour toi ? demanda Craxxi avec un sourire doucereux.

— Tu avais raison pour les frères Sturzo, déclara Astorre. Ils ont avoué et ils m'ont dit que l'intermédiaire était John Heskow. Je n'ai jamais entendu parler de ce type-là. Maintenant, je dois retrouver cet homme.

— Et les frères Sturzo ?

— Ils sont sortis de scène.

Les deux hommes restèrent silencieux un moment, puis Craxxi articula :

— Je connais ce John Heskow. Cela fait vingt ans qu'il joue les intermédiaires. Les pires rumeurs courent sur lui ; on dit qu'il aurait organisé certains meurtres de grandes personnalités politiques du pays, mais je n'y crois pas. En attendant, quelle que soit la tactique que tu as employée avec les Sturzo, ça ne marchera pas sur Heskow. C'est un grand négociateur, et il fera tout pour sauver sa peau. Il sait que lui seul détient les informations dont tu as besoin.

— Il a un fils qu'il adore, répondit Astorre. Un joueur de basket ; pour Heskow, c'est toute sa vie.

— C'est une vieille carte et il saura parer le coup, intervint Mr Pryor ; en gardant les infos cruciales pour ne te donner que celles de moindre importance. Heskow est un cas à part, il ne fonctionne pas comme les autres hommes ; il a marchandé avec la mort toute sa vie. Trouve une autre approche.

— Il y a une foule de choses que je dois savoir avant d'aller plus loin, reprit Astorre. Qui exactement était derrière le meurtre, et surtout, dans quel but ? Pour moi, il s'agit des banques, voilà le fond de ma pensée. Quelqu'un veut les banques.

— Heskow doit pouvoir t'éclairer à ce sujet, précisa Craxxi.

— Autre chose m'inquiète, poursuivit Astorre. C'est qu'il n'y avait ni policier ni aucun agent du FBI à la cathédrale pour la communion. Et les frères Sturzo m'ont dit qu'on leur avait garanti qu'il n'y aurait pas de surveillance de la part des autorités. Dois-je donc croire que la police et le FBI étaient au courant de ce qui allait se passer ? Est-ce dans le domaine du possible ?

— Ça l'est, répondit Craxxi. Et sur ce terrain, tu marches sur des œufs. En particulier quand tu interrogeras Heskow.

— Astorre, intervint Mr Pryor d'une voix posée, ton premier objectif est de sauver les banques et de protéger les enfants de Don Aprile. La vengeance est une motivation accessoire qui doit être abandonnée.

— Je ne sais pas, répondit Astorre d'un ton évasif. Il faut que j'y réfléchisse. (Il lança aux hommes un sourire franc et sincère.) Attendons de voir comment tout ça prend tournure.

Les deux hommes savaient qu'Astorre avait déjà pris sa décision. Avec l'expérience, ils avaient appris à reconnaître les jeunes étalons de la trempe d'Astorre et voyaient en lui une résurgence des grandes icônes de la Mafia de l'âge d'or, ces hommes d'honneur et d'exception qui avaient régné sur les provinces de Sicile, défié les lois et l'État, et étaient sortis victorieux de toutes les batailles. Ni Craxxi, ni Pryor n'avaient pu rejoindre ce panthéon parce qu'il leur manquait justement un certain charisme, une certaine folie, mais Astorre avait cette aura, cet entêtement des plus grands, bien qu'il l'ignorât encore. Ses excentricités, son goût de la chanson, sa passion pour l'équitation étaient des faiblesses de jeunesse qui n'entachaient en rien sa destinée. C'étaient simplement des plaisirs innocents qui montraient sa joie de vivre.

Astorre leur parla de Marriano Rubio, le consul général, et d'Inzio Tulippa qui désiraient racheter les banques, et de Kurt Cilke qui voulait piéger Portella. Les deux aînés écoutèrent ce récit avec attention.

— Envoie-les-moi la prochaine fois, répondit Mr Pryor. D'après mes informations, Rubio est le grand intendant du trafic mondial de la drogue.

— Je ne vends pas, répliqua Astorre. Ce sont les instructions de Don Aprile.

— Bien sûr, renchérit Craxxi. Les banques sont les garantes de l'avenir et nos meilleures protections. (Il marqua une pause et reprit :) Je vais te raconter une petite histoire, Astorre. Avant de me retirer des affaires, j'avais un associé, un homme droit et honnête, une perle pour la société. Il m'a invité à déjeuner dans sa suite directoriale qui comptait une salle à manger privée. Après le repas, il m'a fait faire le tour du propriétaire et m'a montré une de ces salles énormes remplies de milliers de terminaux d'ordinateur, avec des tas d'hommes et de femmes aux claviers.

« Il m'a dit alors : « Cette salle me fait gagner un million de dollars par an. Il y a près de trois cents millions d'habitants dans ce pays et nous voulons qu'ils achètent nos produits. Nous organisons des loteries, des concours, des jeux avec des cadeaux mirifiques, toutes sortes de stratagèmes parfaitement légaux pour qu'ils dépensent leur argent dans nos sociétés. Et vous savez quel est l'élément clé dans cette affaire ? Les banques ! Il nous faut des banques qui offrent des crédits à ces trois cents millions de personnes pour qu'elles dépensent l'argent qu'elles n'ont pas. » Les banques sont le nerf de la guerre. Il vous faut les banques de votre côté pour jouer.

— C'est vrai, poursuivit Mr Pryor. Et les deux côtés y gagnent. Même si les taux d'intérêt sont élevés, les crédits à rembourser donnent un coup de fouet aux gens, les forcent à se bouger, à entreprendre davantage.

— Je suis heureux d'apprendre qu'il est judicieux de garder les banques, répondit Astorre en riant. Mais là n'est pas la question. Don Aprile m'a dit de ne pas vendre, je ne vends pas, c'est tout. Je n'ai nul besoin d'autres explications. Et le fait qu'ils l'aient tué, ne peut que renforcer ma détermination.

— Tu ne dois pas toucher à Cilke, précisa Craxxi avec fermeté. L'État est trop fort pour laisser passer cet affront. Mais je suis d'accord avec toi, ce type représente un danger. Il faut l'avoir à l'œil.

— Ton prochain coup à jouer, c'est Heskow, déclara Mr Pryor. C'est une pièce importante, mais encore une fois, tu dois être très vigilant. Souviens-toi, tu peux faire appel à Don Craxxi ou à moi si tu as besoin d'hommes ou d'appuis logistiques. Nous ne sommes pas totalement rangés des voitures. Et nous avons toujours des intérêts dans les banques – sans parler de notre affection pour Don Aprile, que son âme repose en paix.

— C'est noté, répondit Astorre. On fera une nouvelle réunion lorsque j'aurai vu Heskow.

Astorre était dans une position délicate. Sa marge de manœuvre était étroite. Ses victoires étaient minimes, même s'il avait châtié les assassins. Ils n'étaient qu'un fil menant à la trame mystérieuse qui avait ourdi le meurtre de Don Aprile. Mais il se fiait à son sixième sens, une paranoïa infaillible et omniprésente qu'il avait développée durant ses années siciliennes, à côtoyer sans cesse tromperies et traîtrises en tous genres. Il devait être très vigilant à partir de maintenant. Heskow semblait une cible facile, trop facile… il pouvait bien être un leurre.

Une chose l'étonnait. Il s'était toujours cru heureux dans sa vie de petit entrepreneur et de chanteur amateur, mais aujourd'hui, il ressentait un plaisir décuplé. Il avait l'impression d'être enfin de retour dans le monde auquel il avait toujours appartenu ; et il avait une mission à accomplir : protéger les enfants de Don Aprile et venger la mort de cet homme qu'il avait aimé. Pour ce faire, il devait briser l'échine de l'ennemi. Aldo Monza avait fait venir dix hommes de son village de Sicile. Suivant les instructions d'Astorre, il s'était assuré que leurs familles ne seraient jamais dans le besoin, quoi qu'il puisse leur arriver.

« Ne compte pas sur la gratitude des gens pour des cadeaux offerts dans le passé, lui avait dit Don Aprile. Tu dois t'assurer leur reconnaissance pour des cadeaux que tu leur feras dans l'avenir. » Les banques représentaient justement l'avenir pour la famille Aprile, pour Astorre et pour son armée grandissante. C'était un avenir qui méritait qu'on le défende, quel que soit le prix à payer.

Don Craxxi lui fournit six autres hommes en qui il avait une confiance absolue. Et Astorre transforma sa maison en forteresse avec sa garde prétorienne et ses systèmes de détection dernier cri. Il avait préparé une autre maison en position de repli au cas où les autorités voudraient lui tomber dessus.

Il n'utilisait pas une protection rapprochée avec des gardes du corps ; il préférait se fier à ses propres réflexes et utilisait ses hommes comme des éclaireurs sur les routes qu'il comptait emprunter.

Il allait laisser Heskow tranquille un moment. Astorre se demandait si la réputation de Cilke n'était pas frelatée. Était-il vraiment cet homme d'honneur décrit par tous, y compris par Don Aprile ?

« Il y a des hommes d'honneur qui consacrent toute leur vie à préparer un acte de trahison suprême », lui avait dit un jour Mr Pryor. Malgré tout cela, Astorre se sentait plutôt serein. Tout ce qu'il avait à faire, c'était de rester en vie pendant que les pièces du puzzle s'assemblaient une à une.

Les vraies épreuves arriveraient lorsqu'il faudrait traiter avec Heskow, Portella, Tulippa et Cilke. À ce moment-là, Astorre devrait se salir les mains, une fois de plus.

Il fallut un mois à Astorre pour trouver la bonne tactique à adopter avec Heskow. L'homme serait rusé comme un renard, facile à tuer mais difficile à rendre loquace. Utiliser son fils comme moyen de pression était trop dangereux – cela forcerait Heskow à comploter contre lui tout en feignant de coopérer. Astorre jugea également préférable de ne pas lui dire que les frères Sturzo lui avaient avoué qu'il était le chauffeur lors du meurtre. Cela lui ferait trop peur.

En attendant de passer à l'action, Astorre rassemblait des informations sur Heskow, ses habitudes journalières, ses manies… Il semblait un homme calme et tranquille dont la passion était de faire pousser des fleurs pour les revendre ensuite en gros à des fleuristes et même au détail à des clients de passage qui s'arrêtaient à sa guérite qu'il tenait sur le bord de la route dans les Hamptons. Sa seule faiblesse était d'assister à tous les matches de basket de son fils, et il suivait religieusement le championnat de l'équipe de Villanova, où qu'elle aille jouer.

Un samedi soir de janvier, Heskow se préparait à se rendre au match des Villanova contre les Temple, au Madison Square Garden de New York. Il quitta sa maison, la verrouillant comme un coffre-fort et la mit sous la protection de son système d'alarme à la pointe de la technologie. Heskow était toujours méticuleux avec ce genre de petits détails de la vie quotidienne ; cela le rassurait de savoir qu'il avait tenté de prévenir tous les accidents possibles. Et c'est cette confiance sereine qu'Astorre voulait détruire dès le début des pourparlers.

John Heskow partit en ville et dîna tout seul dans un restaurant chinois près du Madison. Il mangeait toujours chinois lorsqu'il sortait – c'était la seule cuisine qu'il ne pouvait pas surpasser à la maison. Il adorait les couvercles d'argent qui recouvraient chaque plat comme s'ils cachaient de merveilleuses surprises. Il aimait bien les Chinois ; ils s'occupaient de leurs propres affaires, ne bavardaient pas avec les clients, et ne montraient aucune obséquiosité. Et jamais, au grand jamais, il n'avait trouvé une erreur dans son addition – un document qu'il vérifiait scrupuleusement car il commandait un grand nombre de plats.

Ce soir-là, il sortit le grand jeu. Il se délecta du canard pékinois et des langoustines à la sauce au homard. Il y avait du riz blanc parfumé et, bien entendu, quelques samossas et des travers de porc épicés. Il termina son repas par une glace au thé vert, un mets à la saveur étrange à laquelle on ne prenait goût qu'avec le temps, mais qui montrait que l'on était un vrai amateur de cuisine orientale.

Lorsqu'il arriva au stade, l'arène était à moitié pleine, bien que les Temple fût une équipe prestigieuse. Heskow s'installa à sa place de choix, près du sol et au milieu du terrain, une place fournie par son fils – un détail qui l'emplissait de fierté.

Le match n'était pas très excitant. Les Temple écrasèrent les Villanova, mais Jocko fut le meilleur tireur du match. Après la rencontre, Heskow descendit aux vestiaires.

Il embrassa son fils.

— Salut p'pa ! Je suis content que tu sois venu. Tu viens manger avec nous ?

Heskow était très touché de l'invitation. Son fils était un vrai gentleman. Bien sûr, aucun de ces gamins ne voulait d'un vieux croûton comme lui pour leur virée nocturne. Ils voulaient se saouler, rire et draguer les filles.

— Merci, mon garçon, répondit Heskow, mais j'ai déjà dîné et j'ai de la route à faire pour rentrer. Tu as joué comme un dieu ce soir. Je suis fier de toi. Sortez donc entre vous et amusez-vous bien.

Il embrassa son fils, s'émerveillant encore de la chance qu'il avait d'avoir un bon garçon comme lui. C'est vrai qu'il avait une bonne mère, même si comme épouse, elle avait laissé à désirer.

Le voyage du retour à Bridgewaters prit une heure – la route touristique de Long Island était presque déserte à cette heure. Il était fourbu lorsqu'il arriva à destination, mais avant de rentrer chez lui, il alla vérifier ses serres pour s'assurer que l'humidité et la température étaient optimales pour ses fleurs délicates.

Sous le clair de lune qui filtrait par le toit de verre, les fleurs avaient une beauté fantasmagorique, presque inquiétante ; le rouge des pétales paraissait noir, les blancs étaient nimbés d'un halo vaporeux. Il adorait les contempler en particulier avant d'aller dormir – elles berçaient ses rêves.

Il remonta finalement l'allée gravillonnée jusqu'à sa maison et ouvrit la porte. Une fois à l'intérieur, il composa le code pour éteindre l'alarme, puis se rendit dans le salon.

Son cœur fit un bond dans sa poitrine. Deux hommes l'attendaient. L'un d'eux était Astorre. Heskow avait traité trop souvent avec la mort pour ne pas reconnaître au premier coup d'œil l'aura sinistre qui les entourait. Ces deux-là étaient ses émissaires.

Mais Heskow réagit avec la bonne vieille méthode de défense : l'attaque.

— Qu'est-ce que vous foutez chez moi, bordel ? Et qu'est-ce que vous voulez ?

— Pas de panique, répondit Astorre, avant de se présenter, en précisant qu'il était le neveu de Don Aprile.

Heskow retrouva son calme. Il avait déjà connu des moments critiques et passé la première montée d'adrénaline, il s'en était à chaque fois sorti. Il s'installa sur le canapé, le bras sur l'accoudoir, la main à proximité de la cachette où se trouvait un pistolet.

— Alors ? Qu'est-ce que vous voulez ?

Astorre avait un sourire amusé, ce qui avait le don d'agacer Heskow. Inutile d'attendre plus longtemps ; d'un geste vif, il souleva le dessus de l'accoudoir et plongea la main dans le trou pour prendre son arme ; mais elle n'y était plus. La cache était vide.

À cet instant, trois voitures arrivèrent dans l'allée, les faisceaux de leurs phares striant le salon. Deux autres hommes pénétrèrent dans la maison.

— Comme tu vois, John, je ne t'ai pas sous-estimé,

déclara Astorre d'un ton affable. Nous avons fouillé la maison de fond en comble. Nous avons trouvé un pistolet dans la cafetière, un autre scotché sous ton lit, un autre dans la fausse boîte aux lettres et un autre encore dans la salle de bain, collé sous la vasque. Nous n'en avons oublié aucun ?

Heskow ne répondit pas. Les battements de son cœur s'accéléraient de nouveau. Il en sentait les palpitations dans sa gorge.

— Que fais-tu donc pousser dans tes serres ? fit Astorre en riant. Des diamants, du chanvre, de la coke ? On se demandait si tu allais ou non rentrer un jour. Cela fait quand même une jolie puissance de feu pour défendre quelques azalées.

— Arrêtez de jouer avec moi, répondit Heskow calmement.

Astorre s'installa dans un fauteuil en face de lui et lança sur la table basse deux portefeuilles – des portefeuilles Gucci, l'un doré, l'autre marron.

— Jette donc un coup d'œil là-dessus.

Heskow se pencha et ouvrit les portefeuilles. La première chose qu'il vit ce fut les permis de conduire des frères Sturzo, avec leurs photos plastifiées. Une boule de bile monta dans sa gorge ; il faillit vomir.

— Ils t'ont donné, expliqua Astorre. Ils ont dit que tu as été leur contact pour le contrat sur Don Aprile. Ils ont dit aussi que tu leur avais garanti qu'il n'y aurait ni flics, ni agents du FBI à la cérémonie.

Heskow devinait ce qui s'était passé. Ils ne s'étaient pas contentés de les tuer… car il ne faisait aucun doute que les frères Sturzo étaient morts. Il ressentit une pointe de déception à l'idée que les jumeaux avaient parlé. Astorre, toutefois, semblait ignorer qu'il avait été également le chauffeur. Il avait une carte à jouer là, la carte la plus importante de son existence.

Heskow haussa les épaules.

— Je ne sais pas de quoi vous parlez.

Aldo Monza écoutait la discussion, sur le qui-vive, surveillant de près Heskow. Il se rendit finalement dans la cuisine et revint avec deux tasses de café, il en tendit une à Astorre, l'autre à Heskow.

— Tu as du café italien... C'est super! lança Monza Heskow lui retourna un regard méprisant.

Astorre sirota son café, puis reporta son attention sur Heskow, s'adressant à lui avec une lenteur délibérée.

— On dit que tu es très intelligent, et que c'est uniquement grâce à ton intelligence que tu n'es pas encore mort. Alors écoute-moi attentivement et fais tourner tes méninges. Je suis le nettoyeur de Don Aprile. J'ai tous les contacts, toute la logistique dont il jouissait avant de prendre sa retraite. Tu l'as connu; tu sais ce que cela veut dire. Parce que tu n'aurais jamais fait l'intermédiaire dans cette affaire s'il n'avait pas tiré sa révérence, n'est-ce pas?

Heskow ne répondit rien. Il continuait à regarder Astorre, cherchant à l'évaluer.

— Les Sturzo sont morts, poursuivit Astorre. Tu peux les rejoindre dans la seconde si tu veux. Mais j'ai une proposition pour toi; et il va falloir que tu fasses marcher tes neurones à plein régime. Tu as une demi-heure pour me convaincre que tu es de mon côté, que tu es prêt à travailler pour moi. Si tu n'y parviens pas, tu seras enterré dans la serre, sous tes fleurs. Passons à présent aux bonnes nouvelles : ton fils ne sera pas inquiété. Je ne ferais jamais une chose pareille; en outre, tu deviendrais mon ennemi juré et tu me trahirais à la première occasion. Mais tu dois comprendre que c'est grâce à moi que ton fils est en vie. Mes ennemis veulent ma mort. S'ils parviennent à leurs fins, mes amis n'épargneront pas ton fils. Son destin est donc lié au mien.

— Qu'est-ce que vous voulez au juste?

— Des informations. Il faut donc que tu parles. Si je suis satisfait, tu es engagé, marché conclu. Dans le cas contraire, tu es mort. Ton problème pour l'heure, c'est de rester en vie cette nuit; alors, vas-y, je t'écoute.

Pendant cinq minutes, Heskow ne desserra pas les dents. Il tenta d'évaluer la détermination d'Astorre – il avait l'air si gentil, incapable de faire du mal à une mouche. Mais les Sturzo étaient bel et bien morts. Ils étaient entrés chez lui, ils avaient découvert toutes ses caches d'armes. Le plus inquiétant, c'était qu'Astorre avait tranquillement attendu qu'il plonge la main sous l'accoudoir pour prendre le pistolet qui n'y était plus. Ces gens-là ne bluffaient pas, ou si c'était du bluff, il n'était pas en mesure de surenchérir. Finalement, Heskow termina son café et prit sa décision, en songeant à d'éventuelles portes de sortie.

— Je marche avec vous. Je n'ai pas le choix, déclara-t-il. Je dois m'en remettre à vous et vous faire confiance. L'homme qui m'a embauché comme intermédiaire est Timmona Portella. C'est moi qui me suis arrangé pour qu'il n'y ait pas de flics dans les parages, le jour du meurtre. J'ai acheté l'inspecteur principal Di Benedetto, cinquante mille dollars, et son adjointe, Aspinella Washington, vingt-cinq mille. En ce qui concerne le FBI, c'est Portella qui s'est occupé de ça. À force de le tanner pour savoir si c'était du sûr, il m'a lâché qu'il avait un type dans sa poche, un certain Cilke, à la tête du FBI de New York. C'était Cilke qui avait donné le feu vert pour le contrat sur Don Aprile.

— Tu as déjà travaillé pour Portella auparavant ?

— Oh oui ! Il tient la distribution de la drogue à New York ; alors il a pas mal d'ennemis à éliminer. Mais personne lié à Don Aprile. Je n'ai donc jamais bien compris les raisons de ce contrat. Voilà. C'est tout ce que je sais.

— Parfait, répondit Astorre, sans hypocrisie. Maintenant, fais bien attention. Pour ton propre bien. Y a-t-il autre chose que tu puisses me dire ?

Et soudain, Heskow sut qu'il était à quelques secondes de sa propre mort. Il n'avait pas convaincu Astorre. Un pressentiment le lui disait. Il esquissa un faible sourire :

— Oui, une chose encore, articula-t-il, très lentement. J'ai un contrat avec Portella, en ce moment. Sur votre tête. Je vais payer les deux flics, Washington et Di Benedetto, un demi-million de dollars pour vous descendre. Ils vont venir vous arrêter ; ils diront que vous avez résisté et qu'ils ont été obligés de tirer. Fin de l'histoire officielle.

Astorre sembla étonné.

— Pourquoi faire si compliqué ? Pourquoi ne pas confier le travail à un spécialiste ?

Heskow secoua la tête.

— Ils vous placent plus haut que ça. Et après la mort de Don Aprile, un autre meurtre attirerait trop l'attention. Vous êtes son neveu. Les médias commenceraient à s'affoler. De cette façon, on est couverts.

— Tu les as déjà payés ?

— Non. Nous devons nous revoir.

— Parfait. Arrange-toi pour que la rencontre ait lieu dans un endroit calme. Tu me donneras les détails avant de passer à l'acte. Une chose encore, après le rendez-vous, ne repars pas avec eux.

— Oh ! Nom de Dieu, souffla Heskow. Si c'est ce à quoi je pense, cela va faire un sacré bruit !

Astorre se laissa aller au fond de son siège.

— C'est exactement ça. (Il se releva et donna une tape presque amicale à Heskow.) Et rappelle-toi. Nous devons veiller l'un sur l'autre. Nos deux vies sont liées.

— Est-ce que je pourrai garder l'argent ?

Astorre éclata de rire.

— Non. C'est la beauté de la chose. Comment les flics vont-ils pouvoir expliquer la présence de ce demi-million sur eux.

— Juste vingt mille alors ?

— D'accord, répondit Astorre avec bonhomie. Mais pas plus. Juste un petit pourboire.

Il était désormais urgent pour Astorre d'avoir un nouvel entretien avec Don Craxxi et Mr Pryor afin de connaître leurs avis sur la vaste opération qu'il s'apprêtait à mettre en place.

Mais les conditions de leur rencontre avaient quelque peu évolué depuis sa dernière visite. Mr Pryor avait insisté pour que ses deux neveux l'accompagnent et lui servent de gardes du corps ; et lorsqu'ils arrivèrent à Chicago, la petite propriété de Don Craxxi était transformée en forteresse. L'allée qui menait à la maison était défendue par deux guérites de campagne occupées par des hommes à la mine patibulaire. Une camionnette de communication était garée dans le verger. Et trois hommes étaient chargés de répondre au téléphone et de vérifier l'identité des visiteurs. Les neveux de Mr Pryor, Erice et Roberto, étaient minces et athlétiques, experts en armes à feu, et adoraient visiblement leur oncle. Ils semblaient connaître le passé d'Astorre en Sicile, le traitaient avec une grande déférence et se montraient toujours prêts à lui rendre le moindre service – ils portaient ses bagages dans l'avion, lui remplissaient son verre de vin pendant le dîner, l'époussetaient avec leurs serviettes quand il quittait la table, laissaient les pourboires à sa place, lui ouvraient les portes, tous les gestes possibles et imaginables pour prouver qu'ils le considéraient comme un grand homme. Astorre tentait de les mettre à l'aise, mais les deux jeunes hommes refusaient de se laisser aller à la moindre familiarité avec lui.

Les gardes de Craxxi n'étaient pas aussi polis. Ils étaient courtois, mais froids, des hommes sévères d'une cinquantaine d'années, totalement concentrés sur leur travail. Tous étaient armés.

— Simple précaution, annonça leur hôte d'un ton débonnaire. J'ai entendu des nouvelles inquiétantes. Un vieil ennemi à moi, un certain Inzio Tulippa, vient de débarquer aux États-Unis. C'est un homme très emporté, et très avide ; il vaut mieux se préparer à toute éventualité. Il a un rendez-vous d'affaire avec notre Timmona Portella. Ils vont compter leurs dollars de la drogue et décider de faire le ménage parmi leurs ennemis. Soyons sur nos gardes. Alors Astorre ? Quel bon vent t'amène ?

Astorre raconta aux deux hommes les derniers événements et leur apprit qu'Heskow était devenu son informateur. Il leur parla du rôle de Portella et de Cilke, ainsi que des deux policiers.

— Il faut à présent que je passe aux actes, déclara-t-il. J'ai besoin d'une pointure en explosif et encore d'au moins dix hommes supplémentaires. Je sais que vous pouvez me trouver ça, en faisant appel aux anciens amis de Don Aprile. (Il éplucha soigneusement sa poire avant de la manger.) Vous savez à quel point cela risque d'être dangereux et je ne veux pas que vous soyez inquiétés dans cette affaire.

— C'est ridicule ! répliqua Mr Pryor avec impatience. Nous devons tous une grande part de notre existence à Don Aprile. Bien sûr que nous allons t'aider. Mais attention, il ne s'agit pas de vengeance. C'est de l'autodéfense. Tu ne peux donc t'en prendre à Cilke. Les fédéraux nous rendraient la vie impossible. Ce ne serait plus tenable.

— Mais ce type doit être neutralisé, intervint Don Craxxi. Il sera toujours un danger pour nous. Il reste une solution plus simple, toutefois : vends les banques et tout le monde sera content.

— Tout le monde, sauf moi et mes cousins, répondit Astorre.

— C'est un point à considérer, dit Mr Pryor. Je suis prêt à laisser tomber mes parts, comme Don Craxxi, même si je sais qu'elles sont la promesse d'une énorme fortune. Mais il y a forcément quelque chose à faire pour garantir la paix.

— Je ne vendrai pas les banques. Ils ont tué mon oncle ; ils doivent payer, et non arriver à leurs fins. Et je ne pourrai pas vivre dans un monde où je me sais à leur merci. Don Aprile m'a toujours appris qu'il fallait être le seul maître dans sa propre vie.

Avec étonnement, Astorre vit que les deux hommes semblaient soulagés par son inflexibilité et tentaient de dissimuler leurs petits sourires. Tout puissants qu'ils étaient, Don Craxxi et Mr Pryor le considéraient avec respect ; ils discernaient en lui une qualité qu'ils ne pourraient jamais acquérir.

— Nous connaissons nos devoirs envers Don Aprile, annonça Don Craxxi. Puisse ce grand parmi les grands reposer en paix. Et nous connaissons nos devoirs envers toi. Mais nous ne saurions trop te conseiller la prudence. Si tu es trop téméraire, et que quelque malheur t'arrive, nous serons contraints de vendre les banques.

— C'est la vérité, renchérit Mr Pryor. Sois prudent, je t'en prie.

Astorre rit de bon cœur.

— Ne vous inquiétez pas. Si je tombe, après moi, il ne restera plus personne !

Ils mangèrent leurs pêches, leurs poires. Don Craxxi semblait perdu dans ses pensées.

— Tulippa est le plus grand trafiquant de drogue de la terre, annonça-t-il finalement. Portella est son partenaire pour le continent américain. Ils doivent vouloir les banques pour blanchir leur argent.

— Mais qu'est-ce que vient faire Cilke là-dedans ? s'interrogea Astorre.

— Je n'en sais rien, répondit Craxxi. Mais tu ne peux pas toucher à Cilke. Impossible.

— Ce serait un désastre, renchérit Mr Pryor.

— Je m'en souviendrai, conclut Astorre.

Mais si Cilke était bel et bien coupable, les jeux étaient faits.

L'inspectrice Aspinella Washington prépara à dîner pour sa fille de huit ans, lui fit faire ses devoirs et la mit au lit après s'être assurée qu'elle avait bien récité ses prières. Sa fille était l'amour de sa vie – le père avait été chassé de la maison depuis des lustres. La baby-sitter, la fille d'une quinzaine d'années d'un flic, arriva à vingt heures. Aspinella lui indiqua les médicaments à donner à sa fille et lui promit qu'elle serait de retour avant minuit.

La sonnette de l'interphone retentit peu après. Aspinella descendit les escaliers quatre à quatre et sortit dans la rue. Elle n'empruntait jamais l'ascenseur. Paul Di Benedetto l'attendait dans une Chevrolet banalisée marron. Elle sauta dans l'habitacle et verrouilla sa ceinture de sécurité – Di Benedetto était un danger public la nuit au volant.

Il fumait un long cigare. Aspinella ouvrit la fenêtre avec humeur.

— Il y en a pour une heure de route, annonça-t-il. Ça nous laisse le temps de réfléchir.

C'était un grand pas pour eux. Accepter des pots-de-vin était une chose, mais accepter un contrat en était une autre.

— Réfléchir à quoi ? répliqua Aspinella. On va se partager un demi-million pour refroidir un type qui mérite la chaise électrique. Tu sais ce que je peux faire avec ces deux cent cinquante mille dollars ?

— Non, répondit Di Benedetto. Mais moi je sais ce que je vais en faire. M'acheter un super appart à Miami pour ma retraite. Mais attention, on devra vivre avec ça jusqu'à la fin de nos jours.

— Accepter de l'argent des pontes de la drogue est déjà interdit, répondit Aspinella. Qu'ils aillent tous se faire foutre !

— Ouais. Mais assurons-nous que ce type, ce dénommé Heskow, a bien l'argent ce soir, qu'il ne cherche pas à nous entuber.

— Il a toujours été réglo. C'est mon petit père Noël à moi. Et si sa hotte est vide ce soir, ce sera un père Noël mort.

Di Benedetto éclata de rire.

— C'est tout toi, ça ! Tu as bien fait suivre cet Astorre Viola pour qu'on puisse lui régler son compte sans tarder ?

— Ouais. Mes gars ne l'ont pas lâché d'une semelle. Je sais exactement où on va le coincer – dans son usine d'emballage de pâtes. La plupart des soirs, il y reste tard pour travailler.

— Tu as le flingue pour lui mettre dans les pattes ?

— Bien sûr. Pour qui tu me prends ? J'ai toujours sur moi de quoi me couvrir !

Ils roulèrent en silence pendant une dizaine de minutes, puis Di Benedetto déclara d'une voix volontairement calme et sans émotion :

— Qui va tirer ?

Aspinella lui retourna un regard amusé.

— Paul, allons... Cela fait dix ans que tu es derrière un bureau. Tu as vu plus de sauce tomate que de sang. C'est moi qui tirerai.

Elle vit le soulagement de Di Benedetto. Ah ! les hommes... tous des bons à rien.

Chacun se mura dans le silence, s'abîmant dans ses pensées. Comment en étaient-ils arrivés là, au juste ? Di Benedetto avait rejoint la police jeune homme, voilà plus de trente ans. La corruption avait été un mal insidieux, inexorable. Tout avait commencé par sa mégalomanie, sa folie des grandeurs ; il voulait être respecté, admiré de tous parce qu'il risquait sa vie pour autrui. Mais avec les années, la grande illusion fut usée jusqu'à la trame. Au début, il ne s'agissait que de quelques billets donnés par des vendeurs à la sauvette et par quelques petites échoppes. Puis, il se mit à faire un faux témoignage pour disculper un escroc. Le pas ne fut pas si grand à accomplir quand il s'agit d'accepter de l'argent d'un baron de la drogue, puis finalement de Heskow qui œuvrait, à l'évidence, pour le compte de Timmona Portella, le plus grand chef mafieux encore en activité à New York.

Certes, il y avait toujours une foule d'excuses pour se laisser corrompre. L'esprit trouve toujours de bonnes raisons pour justifier tel ou tel acte guère reluisant. Tout le monde s'en mettait plein les poches, les huiles comme les simples agents. Après tout, Di Benedetto avait trois gosses à envoyer à l'université. Mais le plus important, c'était l'ingratitude des gens même qu'il protégeait. Les groupes de défense des libertés civiles vous tombaient dessus si vous aviez le malheur de gifler un voleur noir que vous arrêtiez en flagrant délit. Les médias déversaient leur haine sur la police à la moindre occasion. Les citoyens poursuivaient les agents en justice, les flics se faisaient virer après des années de bons et loyaux services, se voyaient privés de leurs pensions, ou même envoyés en prison. Il avait lui-même reçu un blâme parce qu'il n'arrêtait que des Noirs ; il se savait en rien raciste, pourtant ! Était-ce de sa faute si la grande majorité des criminels à New York étaient des Noirs ? Que devait-il faire ? Leur donner le permis de tuer et de voler pour montrer qu'il ne faisait pas de ségrégation ? Il avait aidé nombre de flics noirs. Il avait été le mentor d'Aspinella, lui avait donné la promotion qu'elle méritait en terrorisant ces mêmes criminels noirs. Et on ne pouvait l'accuser, elle, de racisme ! En un mot, la société crachait sur la police qui la protégeait. À moins, bien sûr, de se faire tuer pendant son service. Alors on avait droit à toutes leurs conneries… honneur, travail, sens du devoir… La vérité dans tout ça, c'était qu'il ne rapportait rien d'être un flic honnête ! Mais de là à devenir un meurtrier… il n'avait pas prévu ça… Mais quoi ! Il était intouchable ; il ne courait aucun risque. Il y avait un paquet d'argent à se faire et la victime était un tueur, alors…

Aspinella aussi songeait à la nouvelle tournure qu'avait prise sa vie. Dieu était témoin d'avec quelle rage et quelle opiniâtreté elle avait combattu le monde du crime, au point de devenir une légende vivante à New York. Bien sûr, elle avait pris quelques pots-de-vin, fait des faux témoignages. Elle s'était aventurée depuis peu sur ce terrain glissant lorsque Di Benedetto l'avait persuadée d'accepter de toucher à l'argent de la drogue. Il avait été son maître à penser pendant des années et son amant pendant quelques mois – il n'était pas mal d'ailleurs, mis à part son côté ours ronfleur pour qui le sexe n'était qu'un préambule à l'hibernation.

Mais la vraie corruption avait commencé lors de son premier jour de travail comme inspectrice. Dans le foyer, un flic blanc et arrogant nommé Gangee l'avait taquinée un peu : « Hé, Aspi, avec ta chatte et mes beaux muscles, on pourrait débarrasser du crime tout le monde civilisé ! » Les autres flics, Noirs comme Blancs, éclatèrent de rire.

Aspinella lui jeta un regard mauvais et lui rétorqua :

— Tu ne seras jamais mon partenaire. Un homme qui insulte une femme n'est qu'un lâche à petite bite.

Gangee tenta de prendre ça à la plaisanterie.

— Il n'empêche que ma petite bite pourrait bien faire miauler ta grande chatte. Si cela te dit d'essayer…

Aspinella se retourna, furieuse.

— Je ne prends que des Noirs, lâcha-t-elle d'un ton glacial, les autres ne valent rien. Alors va te branler sous la douche, espèce de sous-merde !

Tout le monde se figea dans la pièce. Gangee virait au rouge. Un tel mépris, de telles insultes ne pouvaient rester impunis. Il marcha vers elle, son corps massif remuant l'air sur son passage.

Aspinella était habillée pour prendre son service. Elle sortit son pistolet et le pointa sur Gangee, le canon incliné vers le bas.

— Encore un pas et je te fais sauter les couilles.

Tous savaient que ce n'était pas du bluff. Gangee s'arrêta et secoua la tête de dégoût.

L'incident, bien entendu, arriva aux oreilles de Di Benedetto. Le cas était sérieux. Aspinella avait été trop loin. Mais Di Benedetto savait qu'une enquête interne et un conseil de discipline auraient des répercussions politiques désastreuses pour toute la police de New York. Il étouffa donc l'affaire ; il fut tellement impressionné par Aspinella qu'il la prit sous son aile et la fit intégrer son équipe.

Le plus blessant aux yeux d'Aspinella, c'était qu'il y avait au moins quatre flics noirs dans la pièce et que pas un d'entre eux n'avait bougé pour la défendre. Au contraire, ils avaient ri aux blagues de leur collègue blanc. La fraternité masculine était donc plus forte que la fraternité raciale.

Elle se révéla, après cet incident, comme le meilleur officier de police du service. Elle était impitoyable avec les revendeurs de drogues, les braqueurs et autres petites frappes. Elle était intraitable, qu'ils soient noirs ou blancs. Elle leur tirait dessus, les frappait, les humiliait à satiété. Il y eut beaucoup de plaintes contre elle, mais on ne put jamais prouver quoi que ce soit et ses états de service parlaient en sa faveur. Ces accusations, toutefois, ne faisaient qu'augmenter sa colère contre la société elle-même. Comment osaient-ils venir lui chercher des poux dans la tête alors qu'elle débarrassait le monde de la lie de l'humanité ? Di Benedetto l'avait toujours soutenue dans son combat.

Il y avait eu un moment critique, certes, lorsqu'elle avait tué, en pleine avenue de Harlem, deux jeunes braqueurs qui l'avaient agressée au sortir de son immeuble. L'un des garçons l'avait frappée au visage, tandis que l'autre lui arrachait son sac. Aspinella avait sorti son arme et les deux voyous s'étaient figés de stupeur. Froidement, elle les avait alors abattus. Pas seulement à cause du coup de poing qu'elle avait reçu au visage, mais pour envoyer un message à qui de droit : il était interdit d'agresser qui que ce soit dans son quartier. Les groupes de défense des libertés civiles lancèrent un mouvement de contestation, mais ses supérieurs la couvrirent et déclarèrent qu'elle avait utilisé son arme en état de légitime défense. Aspinella, cependant, se savait bel et bien coupable, cette fois.

Ce fut Di Benedetto qui lui conseilla d'accepter son premier pot-de-vin de la part d'un gros trafiquant de drogue. Il lui parla comme un oncle à sa nièce préférée : « Ma chère Aspinella, commença-t-il, les principaux ennemis d'un flic, aujourd'hui, ce ne sont plus les balles. Elles font partie du quotidien. Ce sont les comités de défense des libertés civiles, les groupes politiques, les citoyens et les criminels qui te poursuivent en justice pour réclamer des dommages et intérêts. Les gros bonnets de la maison, aussi… ils n'hésiteraient pas à te jeter en prison pour récolter quelques voix aux prochaines élections. Et toi, tu es la cible idéale. La victime toute désignée… alors je te pose la question ; qu'est-ce que tu veux ? Te faire avoir comme ces pauvres connes dans les rues qui se font violer, dépouiller et massacrer ? Ou vas-tu te décider à assurer tes arrières ? Franchis le pas. Les huiles derrière leur bureau mangent à la même assiette et seront bien plus enclines à te couvrir en cas de coup dur. Dans cinq ou six ans, tu pourras te retirer avec un joli magot. Et tu n'auras plus à craindre de te retrouver en prison parce que tu auras décoiffé les cheveux d'un braqueur. »

Alors elle s'était laissé convaincre. Et petit à petit, elle prit plaisir à alimenter ses divers comptes en banque avec l'argent de la drogue. Même si elle poursuivait, de son côté, sa croisade contre le crime.

Aujourd'hui, toutefois, un nouveau pas avait été franchi. Il s'agissait de toucher de l'argent pour commettre un meurtre... et, oui, cet Astorre Viola était une grosse pointure de la Mafia, oui, ce serait un plaisir que de lui régler son compte. Par une curieuse ironie du sort, elle allait enfin faire son vrai métier : éliminer les criminels. Mais le grand argument, c'était le risque quasi inexistant de l'entreprise, et ce, pour une rémunération inespérée. Un quart de million de dollars...

Di Benedetto quitta la rocade sud et s'engagea quelques minutes plus tard sur le parking d'un petit centre commercial. Les boutiques étaient toutes fermées, même la pizzeria était portes closes, malgré sa belle enseigne clignotante dans sa vitrine. Les deux officiers de police sortirent de voiture.

— C'est la première fois que je vois une pizzeria fermer si tôt, lança Di Benedetto.

Il n'était que vingt-deux heures.

Il conduisit Aspinella vers une porte derrière le restaurant. Elle n'était pas fermée. Une volée de marches menait à un palier. Deux portes à gauche, une à droite. Di Benedetto fit signe à Aspinella d'aller inspecter les pièces de gauche tandis qu'il montait la garde. Une fois la chose faite, ils se dirigèrent vers la pièce de droite. Heskow les y attendait.

Il était installé au bout d'une longue table équipée de quatre chaises. Sur la table, un grand sac de marin, ventru comme un *punching bag*, apparemment plein à craquer. Heskow serra la main de Di Benedetto et salua Aspinella d'un signe de tête. Elle n'avait jamais vu de sa vie un Blanc aussi blanc. Son visage et même son cou étaient pâles comme un linge.

La pièce était éclairée par une unique ampoule, les murs étaient aveugles. Ils prirent place autour de la table ; Di Benedetto tendit la main et tapota le sac.

— Tout est là ? demanda-t-il.

— Bien sûr, répondit Heskow d'une voix chevrotante.

Un type qui venait de transporter cinq cent mille dollars dans un sac de toile avait le droit d'être un peu nerveux, songea Aspinella. Mais, par précaution, elle jeta un regard circulaire dans la pièce à la recherche d'éventuels micros.

— On peut jeter un coup d'œil ? lança Di Benedetto.

Heskow dénoua le cordon et versa la moitié du contenu sur la table. Une vingtaine de liasses se répandit devant Di Benedetto, pour la plupart des liasses de cent dollars – aucune de cinquante. Il repéra deux gros paquets contenant des coupures de vingt dollars.

— Saloperies de billets de vingt, lâcha Di Benedetto en soupirant. C'est bon. On peut remettre tout ça dans le sac.

Heskow remisa les dollars et rattacha le cordon.

— Mon client exige que le travail soit fait dans les plus brefs délais.

— Ce sera terminé dans les deux semaines, répondit Di Benedetto.

— Parfait.

Aspinella chargea le sac sur ses épaules. Ce n'était pas si lourd, s'étonna-t-elle. Un demi-million de dollars ne pesait pas grand-chose, au fond.

Elle vit Di Benedetto serrer la main d'Heskow ; un sentiment d'impatience, presque de panique la gagna. Elle voulait s'en aller d'ici au plus vite. Elle commença à descendre les marches, le sac en équilibre sur son épaule, une main sur la cordelette pour le maintenir en place, l'autre libre, pour pouvoir dégainer son pistolet en cas de besoin. Elle entendit Di Benedetto lui emboîter le pas.

Enfin, les deux policiers se retrouvèrent dehors, à l'air libre. Ils étaient trempés de sueur.

— Mets le sac dans le coffre, lança Di Benedetto.

Il s'installa au volant et alluma un cigare. Aspinella fit le tour de la voiture et vint prendre place à côté de lui.

— Où va-t-on faire le partage ? demanda Di Benedetto.

— Pas chez moi ! Il y a ma baby-sitter.

— Pas chez moi non plus. Ma femme est à la maison. Et si on louait une chambre dans un motel ?

Aspinella fit la grimace.

— Dans mon bureau alors, proposa Di Benedetto avec un sourire conciliant. On verrouillera la porte ! (Ils rirent tous les deux de bon cœur.) Va vérifier que le coffre est bien fermé. Je ne voudrais pas qu'il s'ouvre en route !

Aspinella ne discuta pas. Elle sortit, ouvrit le coffre, prit le sac dans ses mains. À cet instant Di Benedetto tourna la clé de contact.

L'explosion projeta une pluie de verre sur le centre commercial. Un vrai déluge. La voiture parut suspendue un moment dans les airs puis redescendit en un magma de métal qui broya le corps de Di Benedetto. Aspinella Washington fut projetée à près de trois mètres de là, un bras et une jambe brisés, mais c'est la douleur de son œil arraché de son orbite qui lui fit perdre connaissance.

Heskow sortit par l'arrière du restaurant ; le souffle de l'explosion plaqua son corps contre le mur. Enfin, il put rejoindre sa voiture ; vingt minutes plus tard, il était de retour à Bridgewaters. Il se versa un verre et tapota ses poches pour s'assurer de la présence des deux liasses de billets de cent qu'il avait prélevées dans le sac. Quarante mille dollars – un joli petit pourboire ! Il donnerait à son fils deux mille dollars pour qu'il fasse la fête avec ses copains ; non, juste mille. Il mettrait le reste de côté.

Il regarda la télé tard dans la nuit. Au journal télévisé, on parlait de l'explosion dans la rubrique faits divers. Un inspecteur tué, un autre grièvement blessé. Sur le lieu du drame, un grand sac plein d'argent avait été retrouvé. Le présentateur ne précisait pas la somme.

Lorsque Aspinella Washington reprit conscience à l'hôpital, deux jours plus tard, elle ne fut pas étonnée d'être interrogée ; on lui posa une foule de questions à propos de la présence de l'argent et des raisons pour lesquelles il manquait quarante mille dollars pour faire le demi-million tout rond. Elle prétendit ne pas savoir d'où provenait l'argent. On la questionna aussi sur son supérieur ; que faisait l'inspecteur principal en ce lieu, en compagnie de son adjointe et hors de ses heures de services ? Aspinella refusa de répondre, prétextant qu'il s'agissait d'une affaire personnelle. Mais elle était furieuse que l'on puisse la harceler ainsi dans l'état où elle était. Tout le monde se contrefichait de son sort. Peu importaient ses états de services... Mais finalement, tout se termina bien ; le département de la police de New York ne la poursuivit pas en justice et s'arrangea pour que l'enquête sur l'origine de l'argent avorte dans l'œuf.

Il fallut encore une semaine de convalescence à Aspinella pour mettre toutes les pièces en place. On leur avait tendu un piège, évidemment. Le seul type qui pouvait être au courant, c'était Heskow. Et les quarante mille dollars manquants prouvaient que ce gros porc n'avait pu résister à l'envie de se sucrer sur leur dos. Bientôt, elle irait mieux... bientôt, elle retrouverait cette ordure...

10

Astorre était désormais sur ses gardes. Il fallait non seulement éviter des tueurs potentiels, mais également veiller à ne jamais se mettre en situation irrégulière pour ne pas donner, aux autorités, un prétexte pour l'arrêter. Il restait la majeure partie du temps dans sa maison avec ses équipes de cinq gardes du corps qui se relayaient vingt-quatre heures sur vingt-quatre. Il y avait des capteurs installés dans les bois et le parc alentour et des projecteurs infrarouges pour la vigie nocturne. Lorsqu'il s'aventurait à l'extérieur, il était entouré de six gardes du corps, trois devant, trois derrière. Il se déplaçait parfois seul, comptant sur l'effet de surprise et sur ses propres capacités à se défendre s'il rencontrait un ou deux assassins. Le coup de la voiture piégée avait été nécessaire, mais causait beaucoup de remue-ménage. On n'attente pas à la vie de deux officiers de police impunément. Lorsque Aspinella Washington aurait retrouvé ses esprits, elle comprendrait que Heskow l'avait trahie. Et si Heskow parlait, elle se mettrait sur les traces d'Astorre.

À présent, il mesurait toute l'ampleur du problème. Il connaissait l'identité de tous les hommes responsables de la mort de Don Aprile, ainsi que les difficultés qui l'attendaient. Il y avait Kurt Cilke, intouchable par nature, Timmona Portella, qui avait commandité le meurtre, ainsi qu'Inzio Tulippa, Grazziella et le consul général du Pérou. Les seuls qu'il avait réussi à châtier, pour l'instant, étaient les frères Sturzo, et ils n'étaient, sur l'échiquier, que de simples pions.

Toutes les informations provenaient d'Heskow, de Mr Pryor, de Don Craxxi et d'Octavius Bianco en Sicile. L'idéal serait de rassembler tous ses ennemis dans un même lieu au même moment. Les coincer un à un relevait de l'impossible. En outre, Mr Pryor et Don Craxxi lui avaient demandé de ne pas toucher à Cilke.

Il y avait le cas aussi du consul général du Pérou, Marriano Rubio, le petit ami de Nicole. Jusqu'où allait sa loyauté envers lui ? Qu'avait-elle effacé au juste dans le dossier du FBI sur Don Aprile. Qu'avait-elle voulu lui cacher ?

Dans ses moments libres, Astorre songeait aux femmes qu'il avait aimées. Il y avait eu Nicole, la première, si jeune, si impétueuse, avec son corps menu et délicat ; elle était si ardente, si passionnée qu'elle l'avait presque forcé à l'aimer. Mais elle avait bien changé... Aujourd'hui, toute sa flamme était absorbée par ses luttes politiques et par sa carrière.

Il se souvenait de Buji en Sicile ; elle n'était pas exactement une call-girl, mais elle n'en était pas loin. Elle avait une sorte de bonté naturelle qui pouvait parfois se métamorphoser en colère terrible. Il songeait aux nuits miraculeuses, chaudes et douces où ils nageaient dans l'eau noire, mangeaient des olives à même le tonnelet... Mais ce qui comptait le plus, le souvenir le plus cher à son cœur, c'était sa droiture. Jamais Buji ne lui avait menti. Elle avait été d'une franchise absolue envers lui, ne lui avait rien caché, ni les détails de sa vie, ni l'existence des autres hommes. Et sa loyauté exemplaire lorsqu'il avait reçu cette balle ! Elle l'avait sorti de l'eau, tiré jusque sur la plage, malgré la plaie béante à sa gorge qui maculait de sang tout le corps de la jeune femme. Et il y avait eu encore le cadeau, le pendentif en or pour cacher sa vilaine cicatrice.

Puis il y avait eu Rosie ; Rosie la menteuse, Rosie la comédienne – si belle, si sentimentale, qui n'avait cessé de lui déclarer son amour tout en le trahissant par-derrière. Et pourtant, nulle autre ne le rendait aussi heureux, ne le comblait autant. Il avait espéré tirer un trait sur ses sentiments en l'engageant pour piéger les Sturzo ; mais, il découvrit, à sa grande surprise, qu'elle avait adoré interpréter ce rôle, qu'elle avait pu se plonger un peu plus dans la comédie qu'elle jouait au monde entier.

Et enfin, flottant dans son esprit comme une apparition, il y avait Georgette, la femme de Cilke. Quelle bêtise ! Il avait passé la soirée à la regarder, à l'écouter proférer ces stupidités de libéraux, à propos de la valeur inestimable de chaque être humain, du caractère sacré de la vie… toutes ces choses auxquelles il ne croyait pas. Et pourtant, il ne parvenait pas à chasser cette femme de ses pensées. Comment avait-elle pu épouser un type comme Kurt Cilke ?

Certains soirs, Astorre se rendait dans le quartier de Rosie et l'appelait au téléphone. Elle était toujours libre, ce qui était surprenant, mais refusait à chaque fois de sortir, prétextant avoir trop de travail pour ses études. Une situation qui convenait à merveille à Astorre, puisqu'il préférait, par mesure de prudence, ne pas manger au restaurant, ni aller au cinéma. Il s'arrêtait donc chez Zabar, à East Side pour acheter des gâteries qui ravissaient Rosie. Pendant ce temps, Monza attendait en bas, dans la voiture.

Rosie disposait la nourriture, ouvrait une bouteille de vin. Pendant qu'ils mangeaient, elle étendait ses jambes sur ses genoux, comme une camarade, et son visage rayonnait de bonheur à l'idée d'être en sa compagnie. Elle accueillait chacune de ses paroles avec un sourire de plaisir. C'était son cadeau à elle et Astorre savait qu'elle l'offrait à tous les hommes. Mais cela importait peu.

Puis, lorsqu'ils allaient au lit, elle se montrait passionnée mais aussi délicate et attentive. Elle lui caressait le visage, le couvrait de baisers en murmurant :

« Nous sommes inséparables comme deux âmes sœurs. » Et ces mots lançaient des frissons dans tout le corps d'Astorre. Il ne voulait pas qu'elle soit une « âme sœur » pour lui. Il aurait rêvé engendrer chez elle des désirs plus ardents et dans le même temps, il ne pouvait s'empêcher de la voir.

Il restait avec Rosie une partie de la nuit. Vers trois heures du matin, il s'en allait. Parfois, lorsqu'elle dormait, il la regardait longuement; il distinguait dans la détente de ses muscles faciaux quelque chose de douloureux et de mélancolique, comme si les démons qu'elle gardait dans les replis de son âme luttaient pour se libérer.

Une nuit, il quitta Rosie plus tôt que de coutume. Lorsqu'il monta en voiture, Monza lui dit qu'il avait eu un appel urgent de Mr Juice. C'était le nom de code utilisé avec Heskow. Astorre décrocha immédiatement son téléphone.

Heskow avait l'air paniqué.

— Impossible de parler au téléphone ! Nous devons nous rencontrer, tout de suite.

— Où ?

— Je vous attendrai devant le Madison Square Garden. Prenez-moi en passant. Disons dans une heure.

En approchant du stade, Astorre aperçut Heskow faisant les cent pas sur le trottoir. Monza avait son pistolet sur ses cuisses, à portée de main, lorsqu'il s'arrêta à sa hauteur. Astorre ouvrit la porte et Heskow s'installa à l'avant avec les deux hommes. Le froid avait laissé des traînées humides sur ses joues.

— Vous avez de gros problèmes, déclara-t-il.

Astorre sentit un frisson glacé lui parcourir la colonne vertébrale.

— Les enfants Aprile ?

Heskow acquiesça.

— Portella a kidnappé votre cousin Marcantonio, et il le garde prisonnier quelque part. Je ne sais pas où. Demain, il va vous proposer une rencontre. Il veut négocier quelque chose contre la restitution de l'otage. Mais faites attention, il a engagé une équipe de quatre hommes pour vous abattre. Il m'a proposé le contrat, mais j'ai refusé.

Ils étaient dans une rue sombre.

— Merci, répondit Astorre. Où veux-tu que l'on te dépose ?

— Ici, c'est parfait. Ma voiture est à cent mètres de là.

Heskow ne voulait évidemment pas qu'on le voie en compagnie d'Astorre.

— Une chose encore, reprit Heskow. Vous connaissez cette suite qu'utilise Portella dans son hôtel pour des fins personnelles. Bruno, son frère, y sera ce soir, avec une fille. Il n'y aura pas de gardes du corps.

— C'est noté. Merci encore.

Astorre ouvrit la portière et Heskow disparut dans la nuit.

Marcantonio Aprile avait son dernier rendez-vous de la journée, et il ne voulait pas que cela s'éternise. Il était à présent dix-neuf heures et il avait un dîner à vingt et une heures.

Il s'agissait de son producteur favori et meilleur ami dans le show-business, un dénommé Steve Brody, une perle qui ne dépassait jamais les budgets, qui avait un flair infaillible pour les bons sujets et qui présentait souvent Marcantonio à de jeunes et jolies starlettes qui avaient besoin d'un petit coup de pouce pour faire avancer leurs carrières.

Mais ce soir-là, ils étaient de chaque côté de la barrière. Brody était venu avec l'un des agents les plus influents du métier, un dénommé Matt Glazier, qui se vantait d'avoir une loyauté indéfectible envers ses clients. Il défendait la cause d'un romancier dont le dernier livre avait été adapté en une série TV de huit heures à gros budget. Glazier voulait à présent vendre les trois précédents livres de son auteur.

— Marcantonio, insistait l'agent, les trois autres livres sont géniaux, mais ne se sont pas vendus. Tu sais comment sont les éditeurs, ils n'arriveraient pas à vendre une vasque de caviar pour un dollar ! Brody est prêt à produire leur adaptation. Tu t'es fait un max de pognon sur son dernier livre, alors sois généreux et marche avec nous.

— Je ne vois pas pourquoi, répliqua Marcantonio. Ce sont de vieux livres. Ils n'ont jamais été des *best-sellers*. Et en plus, ils ne sont plus publiés.

— C'est un détail ! lança Glazier avec l'assurance outrancière de tous les agents du monde. Dès que nous aurons passé un accord, les maisons d'édition s'empresseront de les ressortir.

Marcantonio avait entendu ce genre d'argument bien des fois. Certes, les éditeurs republiaient, mais cela ne favorisait en rien la diffusion télé. C'était la télévision qui aidait les éditeurs du livre et non l'inverse. Tous ces arguments étaient de la foutaise.

— Il se trouve, en outre, reprit Marcantonio, que j'ai lu ces livres. Ils ne nous sont d'aucune utilité. Ils sont trop littéraires. C'est le style qui les fait exister, et non l'histoire. Je les ai bien aimés. Je ne dis pas qu'ils sont nuls ; je dis simplement qu'ils ne méritent ni cette prise de risque ni cette dépense d'énergie.

— Arrête tes conneries ! s'emporta Glazier. Tu me recraches une note de lecture de ton staff. Tu es à la tête de la programmation, tu n'as pas le temps de lire.

Marcantonio éclata de rire.

— Tu te trompes. J'adore lire et j'ai beaucoup aimé ces bouquins. Mais ils n'ont pas le bon format pour la télévision. (Il prit sa voix chaleureuse, amicale.) Je suis désolé, mais pour nous cela a été un coup, et rien d'autre. Mais garde-nous sur tes tablettes. On a bien aimé travailler avec toi et ce serait bien, pourquoi pas, de recommencer un de ces jours.

Après le départ des deux hommes, Marcantonio prit une douche et se changea pour aller dîner. Il souhaita le bonsoir à sa secrétaire, qui partait toujours la dernière, et emprunta l'ascenseur pour rejoindre le hall de l'immeuble.

Il avait rendez-vous au *Four Seasons*, à quelques pâtés de maisons de là ; il avait décidé d'y aller à pied. À l'inverse de tous les hauts responsables de chaîne, il n'avait pas une voiture avec chauffeur à disposition vingt-quatre heures sur vingt-quatre, il en appelait une uniquement en cas de besoin. Il était très fier de faire cette économie, une qualité qui lui venait de son père, qui détestait gaspiller de l'argent.

Lorsqu'il sortit dans la rue, un vent froid le fit frissonner. Une limousine noire se gara, le chauffeur en sortit et lui ouvrit la porte. Sa secrétaire lui aurait-elle commandé une voiture ? Le chauffeur était grand, costaud, et sa casquette, une taille trop grande, reposait bizarrement sur sa tête. L'homme s'inclina devant lui :

— Monsieur Aprile ?

— Oui. Je n'ai pas besoin de vous ce soir.

— Oh si vous avez besoin de nous, répondit le chauffeur avec un grand sourire. Montez dans la voiture ou vous êtes mort.

Soudain Marcantonio aperçut trois hommes dans son dos. Voyant son hésitation, le chauffeur ajouta :

— Ne vous inquiétez pas, un ami veut juste bavarder un peu avec vous.

Marcantonio monta à l'arrière de la limousine, suivi par les trois inconnus.

Ils roulèrent sur une centaine de mètres, puis l'un de ses trois anges gardiens tendit à Marcantonio une paire de lunettes de soleil. Lorsqu'il les enfila, il eut l'impression d'être devenu aveugle. Les verres étaient si noirs qu'ils occultaient toutes les lumières. Il trouva le système ingénieux ; il faudrait qu'il s'en serve un jour dans l'une de ses séries. C'était un signe de bon augure. Si on lui bandait les yeux, c'était qu'on ne comptait pas le tuer. Tout cela lui semblait aussi irréel que ses séries policières. Et soudain, il pensa à son père. Il venait de pénétrer dans le monde de son père, un monde dont il avait toujours douté de l'existence.

Après une heure de voyage, la limousine s'arrêta et deux de ses gardes le firent sortir de voiture. Il sentit sous ses pieds une allée pavée de briques, puis quelques marches, et il se retrouva à l'intérieur d'une maison. Il y eut d'autres marches encore puis on le fit s'arrêter ; on referma une porte derrière lui et on lui retira enfin les lunettes. Il se trouvait dans une petite chambre à coucher, les fenêtres étaient occultées par de gros rideaux. L'un des gardes s'assit sur une chaise à côté du lit.

— Allongez-vous et tâchez de dormir un peu. Une rude journée vous attend demain.

Marcantonio regarda sa montre. Il était près de minuit.

Un peu après quatre heures du matin, alors que les gratte-ciel se dressaient comme des fantômes dans la nuit électrique de New York, Astorre et Monza se firent déposer devant le *Lyceum Hotel* ; le chauffeur coupa le contact et resta dans la voiture ; il devait attendre leur retour. Monza sortit son trousseau de clés et grimpa, en compagnie d'Astorre, les trois volées de marches qui menaient à la suite de Portella.

Monza se servit de ses clés magiques pour ouvrir la porte et les deux hommes pénétrèrent dans le salon ; la table était jonchée de boîtes de fast-food chinois, de verres vides, de bouteilles de vin et de whisky. Il y avait aussi un grand gâteau à la crème Chantilly, à moitié mangé, avec une cigarette écrasée au sommet, plantée comme une bougie d'anniversaire. Astorre alluma le plafonnier ; dans le lit, en caleçon, dormait Bruno Portella.

L'air était lourd de parfum, mais Bruno était seul dans le lit. Il offrait un spectacle guère ragoûtant. Son visage, lourd et flasque, luisait de sueur, une odeur de crevette s'échappait de sa bouche. Son énorme poitrail velu lui donnait des airs d'ours. Il ressemblait moins à un grizzly qu'à un gros ours en peluche, songea Astorre. Au pied du lit, une bouteille de vin rouge ouverte, qui ajoutait sa petite note âcre aux senteurs de la pièce. Il dormait si bien... c'était presque dommage de le réveiller ; Astorre lui tapota doucement le front.

Bruno ouvrit un œil, puis l'autre. Il ne semblait ni étonné, ni effrayé.

— Qu'est-ce que vous foutez ici ? (Sa voix était lourde de sommeil.)

— Rien de bien méchant, Bruno, répondit Astorre gentiment. Où est la fille ?

Bruno s'assit et éclata de rire.

— Elle est rentrée tôt chez elle parce qu'elle devait emmener sa gamine à l'école. Je l'avais déjà sautée trois fois ce soir, alors je l'ai laissée partir.

Il donna ces explications en gonflant la poitrine de fierté, à la fois en l'honneur de ses prouesses sexuelles et de sa compréhension des problèmes des femmes actives. Il posa avec nonchalance la main sur la table de nuit. Astorre lui prit doucement le poignet et Monza ouvrit le tiroir. À l'intérieur, il trouva un pistolet.

— Écoute-moi, Bruno, articula Astorre d'une voix qui se voulait apaisante. Rien de moche ne va arriver. Je sais que tu n'es pas dans les confidences de ton frère, mais il a kidnappé mon cousin Marc, hier soir. Alors tu vas me servir de monnaie d'échange pour négocier sa libération. Ton frère t'aime, Bruno. Il acceptera le marché. Tu sais qu'il t'aime, n'est-ce pas ?

— Bien sûr, répondit Bruno, apparemment soulagé.

— Alors pas de geste inconsidéré, vu ? Maintenant, va t'habiller bien gentiment.

Après que Bruno eut remis ses vêtements, il sembla rencontrer quelques difficultés à lacer ses chaussures.

— Qu'est-ce qui se passe ? demanda Astorre.

— C'est la première fois que je porte ces pompes, répondit Bruno. D'habitude, j'ai des mocassins qui s'enfilent.

— Tu ne sais pas nouer tes lacets ?

— Ce sont mes premières avec ces machins.

— Seigneur ! s'exclama Astorre en riant. Ça va, je vais te faire tes nœuds.

Il invita Bruno à poser son pied sur ses genoux. Lorsque ce fut terminé, Astorre tendit le téléphone à Bruno.

— Appelle ton frère.

— À cinq heures du matin ? Timmona va me tuer.

Astorre comprit que ce n'était pas le sommeil qui embrumait les neurones de Bruno. Il était réellement simple d'esprit.

— Dis-lui simplement que tu es entre mes mains. Tu me le passeras après.

Bruno prit le combiné et bredouilla d'une voix plaintive :

— Timmona, tu m'as mis dans de sales draps, c'est pour ça que je t'appelle si tôt.

Astorre entendit un rugissement à l'autre bout du fil puis Bruno ajouta à toute allure :

— Astorre Viola est ici ; il veut te parler. (Il passa rapidement l'appareil à Astorre.)

— Salut, Timmona, commença Astorre, désolé de te réveiller si tôt. Mais j'ai kidnappé ton frère puisque tu as kidnappé mon cousin.

Il y eut un autre rugissement sur la ligne.

— Qu'est-ce que c'est que ces salades ? Je comprends rien à rien ! Qu'est-ce que tu veux Viola ?

Bruno, qui entendait la conversation, se mit à crier :

— C'est toi qui m'as mis dans ce pétrin, espèce de salaud ! C'est à toi de m'en sortir.

— Écoute, Timmona, poursuivit Astorre calmement, accepte l'échange, et en contrepartie je suis prêt à discuter de ton affaire. Je sais que tu penses que je n'en fais qu'à ma tête, mais lorsque nous nous verrons, je t'expliquerai mes raisons et tu comprendras que je t'ai rendu un fier service.

Portella avait retrouvé son calme.

— D'accord. Comment on organise le rendez-vous ?

— Je te rejoindrai au restaurant *Le Paladin* à midi. J'ai un salon privé là-bas. J'amènerai Bruno, et tu amèneras Marc. Viens avec des gardes du corps si tu veux, mais nous ne voulons pas de bain de sang dans un lieu public. Nous réglons nos affaires et on fait l'échange, un point c'est tout.

Il y eut un long silence, puis Portella déclara :

— Je viendrai, mais attention, pas de coups fourrés.

— Rassure-toi, répliqua Astorre d'un ton enjoué. Après cette rencontre, nous serons unis comme les doigts de la main tous les deux.

Astorre et Monza placèrent Bruno entre eux ; Astorre referma son bras sur celui de Bruno, comme s'il était un vieil ami, et l'entraîna vers la sortie. Dans la rue, deux voitures supplémentaires étaient arrivées, avec des hommes en renfort.

— Monte dans l'une de ces voitures et emmène Bruno avec toi, ordonna Astorre à Monza. Ramène-le au *Paladin* à midi. Je te retrouverai là-bas.

— Qu'est-ce que je fais de lui en attendant ? bougonna Monza. Midi, c'est loin.

— Va prendre un petit déjeuner. Notre ami adore manger ; cela l'occupera bien deux heures. Faites un tour à Central Park. Allez au zoo. Je prends une voiture et un chauffeur. S'il essaie de s'enfuir, ne le tue pas. Rattrape-le simplement.

— Tu vas te retrouver seul, sans protection, précisa Monza. Ce n'est peut-être pas une bonne idée.

— Tout ira bien.

Une fois dans la voiture, Astorre appela Nicole à son domicile. Il était près de six heures du matin et sous la pâleur de l'aube, la ville semblait une longue succession de falaises de pierre.

La voix de Nicole était pleine de sommeil lorsqu'elle décrocha. Cette voix lui rappela des souvenirs, du temps où elle était jeune fille et où il était son amoureux.

— Nicole, réveille-toi. C'est moi !

— Évidemment que c'est toi ! Il n'y a que toi pour appeler à des heures pareilles !

— Écoute-moi attentivement. Et ne me pose pas de questions. Ce document que tu gardes pour moi, celui que j'ai signé pour Cilke... alors que tu ne voulais pas... tu te souviens ?

— Bien sûr que je me souviens ! répondit Nicole agacée.

— Il est chez toi ou dans ton bureau ? demanda Astorre.

— Dans mon bureau, bien sûr.

— Très bien, répondit Astorre. Je serai chez toi dans une demi-heure. Habille-toi. À mon coup de sonnette, descends me rejoindre. Et n'oublie pas tes clés ! On va faire un saut à ton bureau.

Lorsque Astorre sonna chez Nicole, elle arriva dans le hall presque immédiatement, vêtue d'un manteau en cuir bleu, un gros sac à main en bandoulière sur l'épaule. Elle lui fit une bise sur la joue, mais n'osa pas prononcer un mot avant d'être installée dans la voiture ; elle donna alors l'adresse au chauffeur puis replongea dans le silence ; ce n'est qu'une fois dans son bureau, qu'elle retrouva la parole.

— Maintenant, vas-tu me dire pourquoi tu veux ce papier ?

— Il est inutile que tu le saches.

Astorre vit que sa réponse l'avait rendue plus furieuse encore, mais elle se dirigea quand même vers le coffre et en sortit une chemise.

— Ne referme pas le coffre, précisa Astorre. Je veux l'enregistrement que tu as fait de nos entretiens avec Cilke.

Nicole lui tendit le dossier.

— Ces documents t'appartiennent, déclara-t-elle. Mais tu n'as aucun droit sur une éventuelle cassette, si tant est qu'il y en ait une.

— Allons, Nicole. Il y a longtemps, tu m'as dit que tu enregistrais tout ce qui se disait dans ton bureau. Et je t'ai bien observée durant le rendez-vous avec Cilke. Tu avais l'air un peu trop satisfaite pour être honnête.

Nicole rit malgré elle.

— Tu as vraiment changé ! dit-elle. Avant, tu n'étais pas comme tous ces connards qui se targuent de pouvoir lire dans les pensées d'autrui.

Astorre lui retourna un sourire malicieux et répondit en guise d'excuse :

— Je pensais que tu avais encore de l'affection pour

moi. C'est la raison pour laquelle je ne t'ai pas demandé ce que tu as effacé dans le dossier de ton père avant de me le passer.

— Je n'ai rien effacé du tout. Et je ne te donnerai la cassette que si tu me dis de quoi il retourne.

Astorre resta un moment silencieux puis déclara :

— C'est d'accord, tu es une grande fille après tout.

Il ne put s'empêcher de rire en la voyant s'empourprer de colère – ses yeux lançaient des éclairs, sa bouche se tordait en un rictus de mépris. Cela lui rappelait ses colères d'adolescente lorsqu'elle les affrontait, lui ou son père.

— Quoi, tu as toujours voulu jouer dans la cour des grands, non ? reprit Astorre. Et tu y as réussi. En tant qu'avocate, tu as fichu les jetons à presque autant de gens que ton paternel l'avait fait dans son temps !

— Il n'était pas aussi mauvais que la presse et le FBI veulent le laisser croire, répliqua Nicole avec humeur.

— D'accord, répondit Astorre d'un ton de conciliation. Voilà ce qui se passe : Marc a été kidnappé la nuit dernière par Timmona Portella. Mais ne t'inquiète pas. J'ai réagi et j'ai pris son frère. Maintenant, nous avons de quoi négocier.

— Tu as kidnappé quelqu'un ? articula Nicole en ouvrant de grands yeux.

— Eux aussi. Ils veulent vraiment que l'on vende les banques.

— Donne-leur donc ces foutues banques ! s'emporta Nicole, presque dans un cri. Et qu'on n'en parle plus !

— Tu ne comprends pas. Nous ne leur donnons rien. Nous avons Bruno. S'ils touchent à un cheveu de Marc, on scalpe Bruno.

Elle le regarda avec une lueur d'horreur dans les yeux. Astorre l'observait avec calme, jouant du bout des doigts avec le collier en or à son cou.

— Oui, reprit-il. Je serais contraint de le tuer.

Le visage de Nicole se fripa en un masque de regret.

— Pas toi, Astorre. Pas toi aussi.

— À présent, tu sais. Je ne suis pas du genre à leur vendre les banques après qu'ils ont tué ton père qui se trouve être mon oncle. Mais il me faut l'enregistrement et le document pour être en position de force et ramener Marc sain et sauf.

— Vends-leur donc les banques, insista Nicole dans un murmure. Nous serons riches. Où est le problème ?

— Le problème, c'est que ton père m'a fait promettre de ne pas vendre.

Sans un mot, Nicole fouilla dans le fond du coffre et en sortit une petite boîte, qu'elle posa sur la chemise.

— Je veux l'écouter maintenant.

Nicole prit dans son tiroir un lecteur de cassette. Elle inséra la bande et lança la lecture. Nicole et Astorre entendirent de nouveau Cilke révéler ses plans et son projet de piéger Portella.

Astorre ramassa le tout.

— Je te rendrai tout ça en fin de journée, et j'aurai Marc avec moi. Ne te fais pas de souci. Tout va bien se passer. Et si ça tourne mal, ce sera bien pire pour eux que pour nous.

Peu après midi, Astorre, Aldo Monza et Bruno Portella étaient assis dans un salon privé du *Paladin* vers les soixantièmes rues de Manhattan, le quartier chic d'East Side.

Bruno ne semblait guère inquiet d'être otage. Il bavardait gaiement avec Astorre :

— Vous savez, j'ai vécu toute ma vie à New York et je ne savais pas qu'il y avait un zoo à Central Park ! Il y a plein de gens que cela intéresserait de le savoir ; ça leur ferait une sortie.

— Alors tu as passé une bonne matinée ? demanda Astorre avec bonhomie, en songeant que si les choses tournaient mal, Bruno garderait un bon souvenir de sa journée avant de mourir.

La porte du salon privé s'ouvrit ; le propriétaire du restaurant apparut, suivi de Timmona Portella et de Marcantonio. La grosse tête de Portella et son costume taillé sur mesure masquaient presque entièrement Marcantonio qui se trouvait derrière lui. Bruno se précipita dans les bras de son frère et l'embrassa sur les deux joues ; Astorre fut étonné de voir sur le visage de Timmona de l'amour et de la satisfaction.

— Salut grand frère ! lançait Bruno avec enthousiasme. Salut grand frère !

À l'inverse, Astorre et Marcantonio se serrèrent simplement la main. Astorre lui passa un court instant le bras sur les épaules :

— Tout va bien, Marc ?

Marcantonio se détourna de lui et alla s'asseoir. Il avait les jambes en coton ; c'était à la fois dû au contrecoup de se savoir tiré d'affaire et au choc que lui causa l'apparence d'Astorre. Le jeune homme qui aimait pousser la sérénade, si insouciant, si chaleureux, s'était transformé en ange de la mort, sa véritable nature enfin révélée. Il émanait de sa présence une puissance qui impressionnait même Portella et le rendait fébrile.

Astorre s'assit à côté de Marcantonio et lui tapota le genou. Il avait le sourire aux lèvres, comme s'ils s'apprêtaient à déjeuner entre amis.

— Comment ça va ? demanda-t-il à nouveau.

Marcantonio se tourna vers lui et le dévisagea. Il n'avait jamais remarqué à quel point Astorre avait le regard dur et inflexible ; puis il se tourna vers Bruno, sa rançon humaine. L'homme bavardait avec son frère, il lui parlait du zoo de Central Park.

Astorre s'adressa à Portella :

— Nous avons des points à régler.

— Exact. Bruno, tire-toi d'ici. Une voiture t'attend dehors. Je te parlerai à mon retour à la maison.

Monza se leva.

— Raccompagne Marcantonio chez lui, lui ordonna Astorre. Je vous y rejoindrai dans un petit moment.

Portella et Astorre se retrouvèrent enfin seuls, assis l'un en face de l'autre de chaque côté de la table. Portella ouvrit une bouteille de vin et remplit son verre. Il n'en proposa pas à Astorre.

Astorre sortit de son attaché-case une enveloppe Kraft et la vida sur la table. Il y avait la chemise contenant les documents qu'Astorre avait signés à la demande de Cilke, ceux-là mêmes où il lui enjoignait explicitement de trahir Portella.

Il y avait aussi le petit magnétophone à cassette avec l'enregistrement ad hoc.

Portella contempla le logo du FBI sur les papiers et se mit à les lire.

— Qui me dit que ce ne sont pas des faux ? marmonna-t-il. Et pourquoi les avoir signés ? C'est totalement stupide de ta part.

Pour toute réponse, Astorre lança la lecture de la cassette ; on entendit Cilke demandant le concours d'Astorre pour l'aider à piéger Portella. Portella écouta l'enregistrement, faisant son possible pour dissimuler sa surprise et la fureur qui montait en lui, mais son visage était déjà écarlate et ses lèvres s'agitaient spasmodiquement, prononçant des injures inaudibles. Astorre arrêta la lecture.

— Je sais que tu as travaillé avec Cilke pendant les six dernières années, annonça Astorre. Tu l'as aidé à démanteler les grandes familles de New York. Et je sais qu'en échange, Cilke t'a offert l'immunité. Mais aujourd'hui, il veut ta peau. Tous ces types avec des badges officiels en veulent toujours plus. Ils ne sont jamais satisfaits ; ils veulent tout le gâteau. Tu croyais que Cilke était ton ami. Tu as violé l'*omerta* pour lui. Tu lui as offert la gloire et maintenant, il veut te jeter en prison. Il n'a plus besoin de toi. Il va te tomber dessus sitôt que tu auras acheté les banques. Voilà pourquoi je ne pouvais pas accepter votre offre. Jamais, je ne violerai l'*omerta*.

Portella resta silencieux un long moment puis il sembla prendre une décision ;

— Si je règle le problème de Cilke, quel marché proposes-tu pour les banques ?

Astorre remisa ses documents dans sa mallette.

— Tout le monde vend ses parts, répondit-il. Sauf moi, je garde cinq pour cent.

Portella paraissait remis de son étonnement.

— Ça marche. On pourra conclure le marché lorsque je me serai occupé de Cilke.

Ils se serrèrent la main et Portella s'en alla le premier. Astorre s'aperçut qu'il était affamé ; il commanda un gros *T-bone* pour déjeuner. Un problème réglé, un !

À minuit, Portella tenait conseil avec Marriano Rubio, Inzio Tulippa et Michael Grazziella, au consulat du Pérou.

Rubio se montrait toujours un hôte exceptionnel pour Tulippa et Grazziella. Il les avait emmenés au théâtre, à l'opéra, au ballet, il leur avait offert discrètement de jolies jeunes femmes qui avaient eu une petite gloire dans les arts et la musique. Tulippa et Grazziella passaient un séjour magnifique et n'avaient guère envie de retourner dans leurs environnements naturels, qui étaient beaucoup moins excitants. Ils étaient comme des seigneurs courtisés par leur roi qui faisait tout pour leur offrir un agréable séjour.

Ce soir-là, le consul général avait mis les bouchées doubles en matière d'hospitalité. La table de réunion croulait sous les fruits exotiques, les plateaux de fromages et les vasques pleines de bonbons au chocolat ; à côté de chaque siège, un seau à glace avec une bouteille de champagne, un assortiment de petits fours disposé sur de délicates pyramides de sucre. Un grand pot de café fumant attendait les amateurs et des boîtes de Havanes vertes et brunes étaient disposées un peu partout à portée de main.

Rubio ouvrit le débat en s'adressant à Portella :

— Alors, qu'as-tu de si important à nous dire, au point que nous ayons dû annuler tout notre programme pour la soirée ?

Malgré son ton courtois, il y avait une pointe de condescendance qui avait le don d'exaspérer Portella. Il allait bien sûr baisser dans leur estime lorsqu'ils apprendraient que Cilke s'apprêtait à le trahir. Mais il fallait en passer par là ; il leur raconta donc toute l'histoire.

— Tu dis que tu avais son cousin Marcantonio, commenta Tulippa en avalant une crotte de chocolat, et que tu as accepté l'échange pour libérer ton frère. Tu as fait ça sans nous consulter. (Sa voix était chargée de mépris.)

— Je ne pouvais pas laisser mon frère mourir. Et en plus, si je n'avais pas négocié avec Astorre, nous serions tombés dans le piège de Cilke.

— C'est vrai, reconnut Tulippa. Mais ce n'était pas à toi de prendre la décision.

— Ah ouais ? Et à qui ?

— À nous tous ici présents, aboya Tulippa. Nous sommes tes associés !

Portella le regarda fixement, se demandant ce qui le retenait d'occire ce gros connard adipeux. Mais il se souvint des cinquante panamas de ses *afficionados* volant dans les airs pour acclamer leur chef.

Le consul général semblait avoir lu dans ses pensées.

— Nous sommes tous issus de cultures différentes, déclara Rubio sur le ton de la conciliation, nous avons tous notre propre échelle de valeurs, mais nous devons faire des efforts les uns les autres pour nous entendre. Timmona est un Américain, un sentimental.

— Son frère est un gros débile, railla Tulippa.

Rubio agita son doigt en signe de remontrance.

— Inzio, je t'en prie, arrête de faire de la provocation gratuite. Nous avons tous le droit de décider ce qui est bien ou pas lorsqu'il s'agit d'affaires privées.

Grazziella esquissa un petit sourire ironique.

— C'est la vérité. Toi-même, Inzio, tu ne nous as rien dit de tes laboratoires secrets, ni de ton désir d'avoir l'arme nucléaire et je ne sais encore quelles autres idées loufoques. Tu crois vraiment que le gouvernement va laisser une telle menace se développer ? Ils changeront, dans la seconde, toutes les lois qui nous protègent et nous permettent de prospérer. Et on aura tout perdu.

Tulippa éclata de rire. Décidément, cette réunion l'amusait beaucoup.

— Je suis un patriote ! déclara-t-il. Je veux que l'Amérique du Sud soit en mesure de se défendre contre d'autres pays, tels que Israël, l'Inde ou l'Irak.

Rubio lui sourit gentiment.

— J'ignorais que tu étais un nationaliste.

Portella commençait à s'impatienter.

— En attendant, j'ai un gros problème sur les bras ! Je croyais que Cilke était un ami. J'ai investi beaucoup d'argent en lui ; et voilà qu'il veut me coincer, moi, et vous tous !

— Nous devons abandonner tout le projet, déclara Grazziella d'une voix forte et sans appel. (Son amabilité légendaire avait disparu.) Il nous faut réduire nos ambitions ; vivre avec moins et trouver d'autres solutions. Oublions Kurt Cilke et Astorre Viola. Ils sont trop dangereux. Il ne faut pas nous lancer dans une guerre qui nous détruira tous.

— Cela ne solutionnera pas mon problème pour autant ! insista Portella. Cilke veut ma peau.

Tulippa laissa aussi tomber son masque de convenance. Il se tourna vers Grazziella :

— Je m'étonne d'entendre ces propos dans ta bouche. Ce n'est pas la réputation que nous te connaissons. Tu as tué des policiers et des magistrats en Sicile. Tu as assassiné le gouverneur et sa femme. Toi et ta *cosca* Corleone avez tué le général d'armée que Rome avait envoyé pour démanteler ton organisation. Et voilà que tu prônes une solution pacifique, que tu nous demandes d'abandonner ce projet qui nous rapporterait des milliards de dollars et de laisser tomber notre ami Portella !

— Je vais me débarrasser de Cilke, décida Portella. Que vous soyez d'accord ou non.

— C'est une entreprise très risquée, répliqua le consul général. Le FBI lancera une vendetta pugnace. Ils mettront tout en œuvre, tous leurs moyens en hommes et en matériel, pour retrouver le tueur.

— Je suis d'accord avec Timmona, affirma Tulippa. Le FBI est contraint d'opérer dans le cadre de la loi, sa marge de manœuvre est restreinte ; on doit pouvoir s'en sortir. Je vais fournir une unité d'assaut ; une heure ou deux après l'opération, ils seront déjà dans l'avion qui les ramènera en Amérique du Sud.

— Je sais que c'est risqué, renchérit Portella, mais c'est la seule chose à faire.

— Il a raison, reprit Tulippa. Pour des milliards de dollars, on peut bien prendre quelques risques. Autant partir à la retraite, sinon !

Rubio se tourna vers Tulippa :

— Toi et moi, nous ne courrons guère de danger grâce à notre statut diplomatique. Et Michael rentrera en Sicile. C'est toi, Timmona, qui vas recevoir tout le choc en retour.

— Si ça va mal, annonça Tulippa, je pourrai te cacher en Amérique du Sud.

Portella ouvrit les bras en un geste théâtral.

— J'ai un choix à faire. Mais je veux avoir votre soutien. Michael, tu es d'accord ?

Le visage de Grazziella resta impassible :

— Oui, je suis d'accord. Mais à ta place, je me méfierais davantage d'Astorre Viola que de Kurt Cilke.

11

Lorsque Astorre reçut le message d'Heskow lui demandant un rendez-vous de toute urgence, il prit certaines précautions. Il était toujours possible que son informateur retourne sa veste. Au lieu de répondre au message, il débarqua à l'improviste chez Heskow, en pleine nuit. Il était accompagné d'Aldo Monza et d'une voiture de soutien avec quatre hommes à l'intérieur. Astorre portait un gilet pare-balles. Il appela Heskow au téléphone lorsqu'ils s'engagèrent dans l'allée pour que ce soit lui qui ouvre la porte d'entrée.

Heskow ne sembla pas surpris outre mesure. Il prépara du café et servit deux tasses, une pour Astorre, une pour lui, puis déclara avec un sourire :

— J'ai une bonne nouvelle et une mauvaise nouvelle. Par laquelle je commence ?

— Peu importe.

— La mauvaise, c'est que je dois quitter le pays pour de bon, à cause justement de la bonne nouvelle. Et je vous demande encore de tenir votre promesse ; à savoir qu'il n'arrivera rien à mon garçon, même si je ne peux plus travailler pour vous.

— Je tiendrai ma promesse. Alors, pourquoi dois-tu quitter le pays ?

Heskow secoua la tête, avec un air chargé de regret qui frisait le ridicule.

— C'est à cause de cet abruti de Portella. Il a pété un boulon. Il veut buter Cilke, le type du FBI. Et il veut que ce soit moi qui dirige l'opération.

— Il te suffit de refuser.

— Impossible ! Le contrat est lancé par tout son groupe ; si je refuse, je ne donne pas cher de ma peau, et peut-être pas cher non plus de celle de mon fils. Alors je vais organiser l'opération. Mais je n'y participerai pas. Quand ils passeront à l'action, je serai loin. Et quand Cilke sera descendu, le FBI va lâcher ses hordes de limiers dans toute la ville pour mettre la main sur les responsables. Je leur ai dit, mais ils s'en foutent. Cilke les a doublés ou quelque chose comme ça. Ils pensent pouvoir ternir suffisamment sa réputation pour que cela ne fasse pas trop de vagues.

Astorre fit de son mieux pour dissimuler sa satisfaction. Son plan avait fonctionné. Cilke allait être tué sans qu'il ait à se salir les mains. Et avec un petit peu de chance, le FBI le débarrassera de Portella du même coup.

— Tu veux me laisser une adresse ? demanda-t-il à Heskow.

Il eut une mimique presque de dégoût.

— Non, je n'y tiens pas trop. Ce n'est pas une question de confiance, vous comprenez... Mais je pourrais toujours vous contacter en cas de besoin.

— Très bien. Merci de m'avoir prévenu. Qui a pris la décision ?

— Timmona Portella. Mais Inzio Tulippa et le consul général marchent aussi. Il n'y a que ce type du clan Corleone, Grazziella, qui n'a pas voulu se mouiller. Il a pris ses distances avec eux. Je crois qu'il repart en Sicile. Ce qui est drôle parce qu'il a pratiquement tué tout le monde là-bas. Ils ne comprennent pas comment cela fonctionne aux États-Unis et Portella est vraiment un abruti. Comment a-t-il pu croire que Cilke et lui étaient amis ?

— Et tu vas monter l'opération ? Ce n'est pas très finaud, non plus.

— C'est vrai, mais je vous ai dit que je serai loin lorsqu'ils attaqueront la maison.

— La maison ? répéta Astorre, sentant un frisson glacé lui descendre la colonne à l'idée de ce qu'il allait entendre.

— Ben oui. Un gros commando d'assaut débarque ici, fait le coup et repart pour l'Amérique du Sud aussitôt après. Ni vu, ni connu.

— Du travail de professionnel. C'est prévu pour quand ?

— Pour après-demain soir. Tout ce que vous avez à faire, c'est rester à l'écart et compter les points. C'est ça la bonne nouvelle !

— Exact, répondit-il.

Astorre faisait bonne figure, mais en pensée il voyait Georgette Cilke devant lui, si belle, si bonne et généreuse.

— Je me disais qu'il fallait vous prévenir pour que vous puissiez avoir un alibi en béton, reprit Heskow. Maintenant, c'est vous qui me devez une faveur ! Alors veillez bien sur mon fils comme vous me l'avez promis.

— C'est vrai que nous sommes en dette. Pars tranquille et ne t'inquiète pas pour ton garçon. (Ils se serrèrent la main.) C'est une bonne idée de quitter le pays. Ça risque d'être l'enfer ici.

— Ouais.

Pendant un moment, Astorre se demanda ce qu'il allait faire d'Heskow. Il avait, après tout, été le chauffeur lors du meurtre de Don Aprile. Il devait payer son forfait, malgré toute l'aide qu'il lui avait apportée. Mais Astorre se sentait soudain privé d'énergie depuis qu'il avait appris que la femme et les enfants de Cilke allaient être tués. Laissons-le partir, songea-t-il. Il pourra être utile plus tard. Il sera alors toujours temps de l'éliminer. Il contempla le visage souriant d'Heskow et lui retourna son sourire.

— Tu es un homme intelligent, déclara Astorre. Intelligent et précieux.

Les joues d'Heskow s'empourprèrent de plaisir.

— Je sais, souffla-t-il. C'est comme ça que je reste en vie.

Le lendemain matin, vers onze heures, Astorre arriva au bureau du FBI, accompagné de Nicole qui avait organisé à sa demande un rendez-vous.

Astorre avait passé une grande partie de la nuit à mettre au point un plan d'action. Il avait tout organisé pour que Portella tue Cilke, mais il ne pouvait laisser Georgette et sa fille se faire massacrer. Don Aprile, lui, n'aurait sans doute pas cherché à changer le destin. Mais une histoire concernant son oncle lui était revenue en mémoire et avait pondéré cette affirmation.

Astorre avait douze ans à l'époque et passait des vacances avec son oncle en Sicile. Une nuit alors que Caterina leur servait à dîner sous la pergola, Astorre avait demandé en toute innocence : « Comment vous êtes-vous rencontrés tous les deux ? Vous vous connaissiez déjà enfants ? » Don Aprile et Caterina échangèrent un regard puis rirent de bon cœur en voyant l'intérêt du garçon.

Don Aprile plaça son doigt en travers de sa bouche et murmura d'un ton moqueur :

— *Omerta*. C'est un secret.

Caterina tapa la main d'Astorre avec sa spatule en bois.

— Ce ne sont pas tes affaires, petit chenapan ! En plus, il n'y a pas de quoi fanfaronner.

Don Aprile considéra Astorre avec tendresse.

— Pourquoi ne le saurait-il pas au fond ? C'est un Sicilien dans l'âme. Raconte-lui.

— Non, répliqua Caterina. Mais vas-y toi, si tu veux.

Après dîner, Don Aprile alluma son cigare, remplit son verre d'anisette et raconta à Astorre son histoire.

— Il y a dix ans, commença-t-il, l'homme le plus important en ville était le père Sigusmundo, un homme très dangereux et pourtant toujours enjoué. Lorsque je venais en Sicile, il me rendait souvent visite, on jouait aux cartes avec mes amis. À cette époque, j'avais une autre gouvernante.

« Mais le père Sigusmundo était très pieux. C'était un dévot, un prêtre opiniâtre. Il houspillait ses ouailles pour qu'elles aillent à la messe ; une fois même, il se battit aux poings contre un athée qui l'agaçait. Il était célèbre pour donner les derniers sacrements aux victimes de la Mafia ; il les confessait, leur donnait l'absolution et purifiait leurs âmes pour leur dernier voyage jusqu'au Paradis. On le révérait pour cela, mais l'événement se produisait trop souvent et certaines personnes commencèrent à dire que si le prêtre se montrait si dévoué pour ces mourants, c'était parce qu'il faisait partie des bourreaux, qu'il trahissait le secret du confessionnal pour ses propres intérêts.

« Le mari de Caterina était policier, menant une lutte âpre contre la Mafia. Il avait même poursuivi en justice un chef local de la Mafia venu le prévenir qu'il y avait un contrat sur sa tête, un acte de défiance, à cette époque, rarissime à l'encontre de la grande organisation du crime. Une semaine après cette menace, le mari de Caterina était tombé dans une embuscade ; on le retrouva agonisant dans une ruelle de Palerme. C'était alors que le père Sigusmundo apparut pour lui donner les derniers sacrements. On ne découvrit jamais les auteurs du meurtre.

« Caterina, la veuve éplorée, passa une année de deuil et de dévotion à l'église. Puis un samedi, elle se rendit dans le confessionnal du père Sigusmundo. Lorsque le prêtre sortit du confessionnal, devant l'assemblée de ses fidèles, elle le poignarda en plein cœur avec la dague de son mari.

« La police la jeta en prison, mais le pire était à venir, car le chef de la Mafia prononça sa condamnation à mort.

Astorre regarda Caterina avec de grands yeux.

— Tu as vraiment fait ça, ma tante ?

Caterina lui retourna un sourire amusé. Elle lisait de l'étonnement chez le garçon, mais pas une once de peur.

— Je ne veux pas que tu te méprennes sur les raisons qui m'ont poussée à accomplir un tel acte. Ce n'est pas parce qu'il avait tué mon mari. Les hommes se sont toujours entre-tués en Sicile. Mais le père Sigusmundo était un faux prêtre, c'était un assassin sans scrupule. Il n'avait pas le droit de lui donner les derniers sacrements. Pourquoi Dieu écouterait-il ses recommandations ? Non seulement mon mari avait été assassiné, mais on lui refusait l'accès au Paradis et on l'envoyait en Enfer. Les hommes vont toujours trop loin. Il y a des choses qui ne se font pas. Voilà pourquoi j'ai tué le prêtre.

— Comment t'es-tu retrouvée ici ?

— Parce que ton oncle s'est intéressé à mon cas. Et, comme par magie, mon affaire fut réglée en un clin d'œil.

Don Aprile se tourna vers Astorre et lui expliqua d'un ton solennel :

— J'avais une certaine position en ville, on me respectait. Je pus convaincre facilement les autorités de passer l'éponge et l'Église, de son côté, ne tenait pas à ce que cette histoire de prêtre corrompu par le crime s'ébruite. En revanche le chef de la Mafia se montra moins compréhensif et refusa de lever la sentence de mort. On le retrouva dans le cimetière où le mari de Caterina était enterré, la gorge coupée, et sa *cosca* démantelée. Entre-temps, j'avais appris à apprécier Caterina et je l'ai placée à la tête de cette maison. Et depuis neuf ans, les étés que je passe en Sicile sont les plus doux moments de ma vie.

Pour Astorre, tout cela relevait de la magie. Il dévora une poignée d'olives et cracha les noyaux.

— Caterina est ta petite amie ?

— Bien sûr, répondit Caterina. Tu as douze ans, tu es en âge de comprendre. Je vis ici sous la protection de ton oncle comme si j'étais sa femme et je m'acquitte de tous mes devoirs d'épouse.

Don Aprile sembla quelque peu embarrassé ; c'était la première fois qu'Astorre le voyait dans cet état.

— Mais pourquoi ne l'épouses-tu pas ? insista le garçon.

— Je ne pourrais jamais quitter la Sicile, répondit Caterina. Je vis ici comme une reine et ton oncle est très généreux. J'ai ici tous mes amis, ma famille, mes sœurs, mes frères et mes cousins. Et ton oncle ne peut vivre en Sicile. Alors on a trouvé un compromis, le meilleur qui soit.

Astorre se tourna vers son oncle :

— Tu peux épouser Caterina et vivre ici. Je resterai avec vous deux et comme ça je ne quitterai plus jamais la Sicile !

Don Aprile et Caterina éclatèrent de rire à ces paroles enthousiastes.

— Écoute-moi, mon garçon. Cela m'a demandé beaucoup d'énergie pour arrêter la vendetta lancée contre

Caterina. Si nous nous marions, intrigues et complots renaîtront aussitôt. Ils peuvent accepter qu'elle soit ma maîtresse, mais pas ma femme. Mais avec cet arrangement, nous sommes tous les deux heureux et libres. Et puis, je ne voudrais pas d'une femme qui pourrait discuter mes décisions ; lorsqu'elle dit ne pas vouloir quitter la Sicile, je la laisse faire parce que je ne suis pas son vrai mari.

— Et ce serait *un'infamita*, ajouta Caterina.

Elle baissa légèrement la tête, puis contempla le ciel noir de Sicile. Ses yeux s'embuèrent de larmes.

Astorre restait interdit. Cela dépassait son entendement d'enfant.

— Mais pourquoi ? Pourquoi ? répétait-il.

Don Aprile poussa un soupir. Il tira une bouffée sur son cigare et avala une gorgée d'anisette.

— Le père Sigusmundo était mon frère.

Astorre se souvenait que cette explication ne l'avait pas convaincu sur le moment. Avec l'innocence de son esprit d'enfant, il croyait que deux personnes qui s'aimaient pouvaient tout se permettre. Aujourd'hui, avec le recul, il comprenait la décision terrible qu'avaient prise son oncle et sa tante. S'il avait épousé Caterina, tous les membres de la famille de Don Aprile seraient devenus ses ennemis. Ils savaient que le père Sigusmundo était un scélérat, mais il était de la famille et cela excusait tous ses péchés. Un homme comme Don Aprile ne pouvait épouser la meurtrière de son propre frère. Caterina ne pouvait lui demander un tel sacrifice. Et si elle, de son côté, croyait que Don Aprile était impliqué dans le meurtre de son mari ? Quelle obstination chez l'un comme l'autre… quelle volonté… il leur avait fallu, sans doute, renier leurs convictions les plus chères…

Mais ici, c'était l'Amérique, pas la Sicile. Durant cette longue nuit, Astorre avait pris sa décision. Il avait appelé Nicole le matin.

— Je passe te prendre pour le petit déjeuner, lui avait-il dit. Puis nous irons, toi et moi, rendre une petite visite à Cilke au siège du FBI.

— La situation est aussi grave ?

— Je te raconterai tout pendant le petit déjeuner.

— Tu as pris rendez-vous avec lui ?

— Non. Arrange-moi ça, s'il te plaît. C'est ton boulot.

Une heure plus tard, cousin et cousine prenaient un café dans un grand hôtel, où les tables étaient bien séparées les unes des autres pour préserver l'intimité des clients ; c'était un lieu très prisé des gens influents de la ville qui venaient ici parler affaires.

Nicole prenait toujours un petit déjeuner copieux – c'était sa façon à elle de partir du bon pied pour une journée de travail de douze heures. Astorre commanda du jus d'orange et du café, accompagnés d'un panier de croissants, ce qui lui coûta vingt dollars.

— C'est de l'escroquerie ! lâcha-t-il avec un sourire malicieux.

Ce genre de remarques avait le don d'agacer Nicole.

— Tu payes pour le décor. Les nappes de lin, la porcelaine... Vas-tu me dire enfin ce qui se passe ?

— Je m'apprête à faire mon devoir civique, répondit Astorre. J'ai appris par une personne d'une fiabilité absolue que Kurt Cilke et sa famille vont être tués demain soir. Je veux prévenir notre super agent. J'espère bien qu'il saura se montrer reconnaissant après ça ! Évidemment, il va vouloir connaître l'identité de ma source et je ne peux pas lui dire. C'est là que tu interviens.

Nicole repoussa sa tasse et se laissa aller contre le dossier de sa chaise.

— Qui serait aussi stupide pour faire une chose pareille ? Nom de Dieu, j'espère que tu n'es pas impliqué là-dedans.

— Quelle drôle d'idée ! Pourquoi dis-tu ça ?

— Je ne sais pas. L'idée m'a soudain traversé l'esprit. Pourquoi ne pas le prévenir de façon anonyme ?

— Je veux retirer les bénéfices de ma BA. J'ai le sentiment que personne ne m'aime ces temps-ci.

Il eut un sourire désarmant.

— Mais moi je t'aime, répondit Nicole en se penchant vers lui. OK, voilà ce qu'on va raconter : En arrivant à l'hôtel, un inconnu nous a accostés et nous a murmuré l'info. Il portait un costume gris à rayures, une chemise blanche, et une cravate noire. Il était de taille moyenne, la peau mate – il pouvait être italien ou hispanique. À partir de là, tu peux broder. Je me porterai témoin de ton histoire et Cilke sait qu'il ne faut pas me chercher des poux dans la tête.

Astorre éclata de rire. Il avait toujours eu un rire charmant et communicatif, comme celui d'un enfant.

— Alors comme ça, il a plus peur de toi que de moi !

Nicole sourit.

— Et je connais le *big boss* du FBI en personne. C'est un politique jusqu'au tréfonds, forcément. Je vais appeler Cilke et lui demander de nous recevoir.

Elle sortit son téléphone et passa l'appel sur-le-champ.

— Monsieur Cilke, dit-elle, c'est Nicole Aprile. Je suis avec mon cousin Astorre Viola et il a d'importantes informations à vous communiquer.

Après un moment de silence, elle répondit :

— Non, plus tôt. Disons dans une heure, c'est mieux, et elle raccrocha sans laisser à Cilke le temps de dire quoi que ce soit.

Une heure plus tard, donc, Astorre et Nicole furent conduits jusqu'au bureau de Cilke. C'était une vaste pièce d'angle avec des baies à l'épreuve des balles dont les verres teintés protégeaient son occupant des regards indiscrets de l'extérieur.

Cilke les attendait, debout derrière sa grande table de travail. Trois fauteuils en cuir lui faisaient face. Derrière lui, un élément de décor anachronique : un vieux tableau d'école en ardoise. Dans l'un des fauteuils se trouvait Bill Boxton ; il ne se leva pas pour leur serrer la main.

— Vous allez enregistrer notre entretien ? demanda Nicole.

— Bien entendu, répondit Cilke.

Boxton se voulut rassurant :

— On enregistre toujours tout, vous savez, même nos commandes de beignets ! Nous enregistrons aussi les propos de tous ceux que nous comptons envoyer en prison un jour ou l'autre.

— Ah ! Ah ! Ah ! vous êtes un comique, vous ! répliqua Nicole, narquoise. Même le plus grand jour de votre vie, vous ne pourrez m'envoyer en prison ! Sortez-vous ça de la tête ! Mr Viola, mon client, vient vous voir de son plein gré pour vous donner une information de la plus haute importance. Je suis ici pour le protéger une fois qu'il vous aura délivré ce renseignement. Je préfère prévenir tout abus de votre part.

Kurt Cilke se révéla moins affable que lors de leurs rencontres précédentes. Il leur désigna les sièges et prit place dans son fauteuil derrière son bureau.

— C'est bon. Allez-y et finissons-en.

L'hostilité de Cilke était évidente, comme si le fait de se trouver sur son propre terrain le dispensait de montrer quelque courtoisie. Comment allait-il réagir ? songea Astorre. Il le regarda dans les yeux et déclara :

— J'ai appris que votre maison va être attaquée par un commando armé, demain soir. Tard dans la nuit. Le but de cet assaut est de vous tuer, pour des raisons qui me sont inconnues.

Cilke ne répondit pas. Il resta figé sur son siège, mais Boxton bondit sur ses pieds et se planta derrière Astorre.

— C'est bon Kurt, dit-il, reste calme !

Cilke se leva lentement, tout son corps semblant porté par une bouffée de fureur.

— C'est un vieux truc mafieux, articula-t-il. Ils lancent l'opération et la sabotent. Et ils s'attendent à ce qu'on leur en soit reconnaissant. Et comment avez-vous eu cette information, Viola ?

Astorre lui raconta l'histoire qu'ils avaient concoctée avec Nicole. Cilke se tourna vers l'avocate et demanda :

— Vous avez été témoin de cet événement ?

— Oui, mais je n'ai pas entendu ce que l'homme a dit.

Cilke revint vers Astorre.

— Vous êtes en état d'arrestation, Viola.

— Et pour quelle raison ? s'insurgea Nicole.

— Pour avoir menacé un agent fédéral dans l'exercice de ses fonctions.

— À votre place, j'appellerais votre directeur, répliqua Nicole.

— La décision m'appartient.

Nicole consulta sa montre ; il était trop tôt pour l'appeler.

— Par décret, signé de la main même du président des États-Unis, poursuivit Cilke, je peux, légalement, ordonner votre garde à vue, pour vous et votre client, pendant quarante-huit heures, et ce pour raison de sûreté nationale.

Astorre accusa le coup. Avec des yeux ronds d'enfant, il articula :

— C'est vrai ? Vous pouvez faire ça ? (Il était réellement impressionné que Cilke eût un tel pouvoir. Il se tourna vers Nicole et lança avec humour.) Dis donc, cela devient de plus en plus comme la Sicile, ici !

— Si vous vous avisez de faire ça, le FBI est bon pour dix années de procès, contre-attaqua Nicole. Et vous pouvez dire adieu à votre promotion. Vous avez le temps de mettre votre famille à l'abri et de piéger vos assaillants. Ils ne sauront pas que vous avez été prévenu. Si vous capturez l'un de vos agresseurs, vous pourrez lui poser toutes les questions que vous voudrez. En attendant, on ne vous dira rien et on ne les préviendra pas plus.

Cilke sembla évaluer la situation.

— Je respectais au moins votre oncle, lança-t-il à Astorre avec mépris. Il n'aurait jamais vendu les siens !

Astorre lui retourna un sourire embarrassé.

— Autres temps, autres mœurs. En outre, vous n'agissez pas différemment, à ce que je sache.

Comment réagirait Cilke s'il lui disait la véritable raison de sa démarche, à savoir qu'il lui sauvait la vie uniquement parce qu'il avait passé une soirée en présence de sa femme et qu'il en était tombé amoureux – un amour impossible et romantique ?

— Je ne crois pas un traître mot à votre histoire d'informateur inconnu dans la rue, mais nous verrons bien s'il y a une attaque demain soir. S'il se passe quoi que ce soit, je vous coffre, et peut-être bien vous aussi, maître Aprile ! Mais pourquoi venir me prévenir ?

Astorre sourit.

— Parce que je vous aime bien.

— Arrêtez vos conneries ! (Cilke se tourna vers Boxton.) Fais venir le commandant des forces spéciales et demande à ma secrétaire d'appeler le directeur.

Nicole et Astorre passèrent les deux heures suivantes à être interrogés par d'autres agents fédéraux. Pendant ce temps, Cilke, dans son bureau, avait une conversation téléphonique sous brouilleur avec le directeur à Washington.

— Ne les arrêtez pas, sous quelque prétexte que ce soit, lui expliqua le directeur. Les médias nous tomberaient dessus et on serait la risée de tout le monde. Et méfiez-vous de Nicole Aprile, à moins d'être sûr de votre coup. Gardez tout ça top secret ; nous verrons bien ce qui se passera demain soir. Les gardes chez vous ont déjà été alertés et ils évacuent votre famille à l'instant même où nous parlons. Passez-moi maintenant Bill. C'est lui qui va diriger l'embuscade des forces spéciales.

— Ce devrait être à moi de le faire, protesta Cilke.

— Vous aiderez à la préparation tactique, répondit le directeur, mais en aucun cas je ne veux que vous preniez part à l'opération sur le terrain. Le FBI opère sous le cadre strict de la loi ; nos degrés de liberté sont limités et je ne veux pas de violence gratuite. Si les choses tournaient mal, on vous désignerait aussitôt du doigt. Je me suis bien fait comprendre ?

— Oui. Message reçu cinq sur cinq.

12

Aspinella Washington fut autorisée à quitter l'hôpital un mois plus tard, mais elle devait attendre d'être parfaitement rétablie pour pouvoir se faire poser un œil artificiel. Elle avait encore plus fière allure qu'auparavant, un spécimen d'adaptation biologique ! Son corps entier semblait avoir trouvé une nouvelle harmonie, s'être réorganisé autour de ses récentes blessures. Il est vrai qu'elle traînait un peu la jambe gauche, et que la cavité de son œil était horrible à voir, mais elle avait choisi de porter pour bandeau un carré de tissu vert sombre au lieu du traditionnel cache noir, ce qui mettait en valeur la beauté de sa peau brune. Elle s'apprêtait à retourner au travail, vêtue d'un pantalon noir, d'un chemisier vert et d'un manteau de cuir également vert. Lorsqu'elle se regarda dans le miroir, elle fut frappée par sa nouvelle apparence.

Bien qu'elle eût droit à un congé, elle se rendait parfois au poste central pour aider ses collègues à interroger des suspects. Sa mutilation lui procurait paradoxalement une sensation de liberté – elle ne se sentait plus de limites, et usait et abusait de son nouveau pouvoir.

Deux suspects étaient présents lors du premier interrogatoire. Un duo plutôt inhabituel car l'un était blanc et l'autre noir. Le Blanc, âgé d'une trentaine d'années, prit immédiatement peur en la voyant. Mais le Noir fut séduit par cette grande et belle femme avec son cache-œil vert et son regard froid et intense. À coup sûr, la grande sœur allait être de son côté.

— Nom de Dieu ! lança-t-il à l'arrivée d'Aspinella, le visage béat.

C'était sa première arrestation, son casier judiciaire était vierge, et il ignorait encore qu'il pouvait risquer gros. Son acolyte et lui étaient entrés chez des gens par effraction, avaient ligoté le mari et la femme, puis dévalisé leur maison. Ils avaient été dénoncés par un indic. Le garçon noir portait encore au poignet la Rolex du propriétaire de la villa.

— Hé Capitaine Kidd, c'est vous qui allez nous interroger ? Cool ! lança-t-il à Aspinella, d'un ton admiratif et dénué d'agressivité.

Les autres inspecteurs présents dans la salle gloussèrent devant l'inconscience du jeune homme. Mais Aspinella ne dit pas un mot. Le garçon était menotté, les mains derrière le dos, à sa merci. Vive comme une vipère, elle abattit sa matraque sur le visage du garçon, lui cassant le nez et lui ouvrant la pommette. Il ne tomba pas tout de suite à terre. Ses genoux tremblèrent et il la regarda d'un air de reproche. Son visage était couvert de sang. Puis ses jambes fléchirent et il s'écroula sur le sol. Pendant les dix minutes suivantes, Aspinella le tabassa sans pitié. Comme deux petites sources, un filet de sang commença à s'écouler de chacune des oreilles du jeune homme.

— Nom de Dieu ! intervint un policier, comment veux-tu qu'on l'interroge à présent ?

— Je n'ai rien à lui demander, déclara Aspinella. C'est *l'autre* qui m'intéresse. (Elle désigna du bout de sa matraque le suspect blanc.) Zeke, c'est bien ça ? C'est avec toi que je veux parler. Approche !

Elle le saisit brutalement par l'épaule et le fit asseoir sur une chaise en face de son bureau. Il la fixait du regard, terrifié. Elle s'aperçut que son bandeau avait glissé d'un côté et que Zeke avait les yeux rivés sur son orbite vide. Elle réajusta son cache-œil, masquant de nouveau la cavité laiteuse.

— Zeke, commença-t-elle. Écoute bien attentivement ce que je vais te dire. Cela nous évitera, à toi comme à moi, de perdre du temps. Je veux savoir, un, comment tu as entraîné ce gamin là-dedans, deux comment tu organises tout ça. Vu ? Alors ? Tu coopères ou non ?

Zeke était devenu tout pâle.

— Oui m'dame, répondit-il sans hésitation. Je vous dirai tout ce que vous voulez.

— Très bien, poursuivit-elle en s'adressant à un autre inspecteur. Emmène le gamin à l'infirmerie et fais venir les gens de la vidéo pour recueillir la déposition que Zeke désire faire de son plein gré.

Une fois les caméras installées, Aspinella interrogea Zeke :

— Qui écoule tes marchandises volées ? Qui te fournit les informations sur les victimes ? Parle-moi des cambriolages en détail. Ton partenaire est visiblement un gentil garçon. Son casier était vierge et il ne paraît pas assez futé pour être le cerveau. C'est pour ça que j'y suis allée en douceur avec lui… Mais toi, Zeke, tu as un casier bien rempli. C'est donc toi le *Fagin*[1] de l'histoire, c'est toi qui l'as embarqué là-dedans. Alors vas-y, on t'écoute ; raconte tout ce que tu sais devant la caméra.

Quand Aspinella quitta le poste de police, elle prit la direction de Bridgewaters dans Long Island.

Contre toute attente, elle trouva que conduire avec un seul œil était plutôt plaisant. Le paysage, ainsi décentré et privé de relief, ressemblait à une peinture futuriste dont les bords s'évanouissaient dans le néant. C'était comme s'il n'y avait que la moitié du monde, comme si le globe terrestre lui-même avait été coupé en deux et que la moitié restant dans son champ de vision réclamait plus que jamais son attention.

En passant devant la propriété de John Heskow, elle aperçut sa voiture garée dans l'allée. Un homme empor-

1. Personnage d'Oliver Twist (chef des voleurs) *(N.d.T.)*.

tait une énorme azalée dans la maison, un autre sortait de la serre, une caisse pleine de fleurs jaunes dans les bras. Voilà qui est intéressant, songea-t-elle. Ils étaient en train de vider les serres.

Durant son séjour à l'hôpital, elle avait lancé des recherches sur John Heskow. Elle avait obtenu son adresse par le registre des services d'immatriculation de New York. Puis, en examinant soigneusement tous les fichiers criminels, elle avait découvert que John Heskow s'appelait en réalité Louis Ricci. Ce salopard était italien, même s'il ressemblait davantage à un *apfel strudel* teuton ! Son casier judiciaire était éloquent : il avait été maintes fois arrêté pour vol ou agression, mais n'avait jamais été condamné. Et son petit commerce de fleurs était bien insuffisant pour justifier son train de vie.

Elle s'était donné tout ce mal parce qu'elle était convaincue qu'Heskow les avait donnés, elle et Di Benedetto. Une chose cependant contredisait son pressentiment : pourquoi Heskow leur avait-il remis l'argent dans ce cas ? À cause de ces billets, elle avait eu sur le dos les types de l'inspection générale des services ; mais elle avait eu tôt fait de se débarrasser de ces idiots et de leurs enquêtes sans conviction, trop heureux qu'ils étaient de mettre la main sur le magot. À présent, c'était d'Heskow dont elle allait se débarrasser.

Vingt-quatre heures avant l'attaque prévue contre Cilke, Heskow était en route pour l'aéroport *J.F. Kennedy* où l'attendait son vol pour Mexico. Là-bas, il disparaîtrait aux yeux du monde grâce à l'emploi de faux passeports qu'il avait eu la sagesse de préparer des années auparavant.

Tout avait été prévu dans les moindres détails. Les serres avaient été vidées ; son ex-femme se chargerait de vendre la maison et déposerait les fonds à la banque pour financer les études de Jocko. Heskow lui avait dit qu'il serait de retour dans deux ans. Il avait raconté la même chose à son fils, lorsqu'ils avaient dîné ensemble au restaurant chinois *Shun Lee's*.

Il arriva à l'aéroport en tout début de soirée et fit enregistrer aussitôt ses deux valises, qui contenaient tous ses biens à l'exception des cent mille dollars en coupures de cent scotchés sur lui par petits paquets. Il s'était ainsi tapissé le corps de billets pour pouvoir faire face aux dépenses immédiates ; il possédait également un compte secret dans les îles Caïmans où il avait environ cinq millions de dollars. Dieu merci, car il n'aurait sûrement pas droit à la sécurité sociale ! Il était fier d'avoir toujours vécu prudemment et de n'avoir pas gaspillé son argent dans le jeu, les femmes ou quelque autre folie.

Heskow avait, à présent, sa carte d'embarquement en main. Il n'avait plus avec lui que sa sacoche contenant sa fausse carte d'identité et son faux passeport. Il avait laissé sa voiture au parking ; son ex-femme passerait la récupérer.

Il lui restait au moins une heure avant de décoller. Il n'avait pas de pistolet sur lui et se sentait mal à l'aise ainsi désarmé, mais il lui fallait passer les détecteurs pour monter dans l'avion. De plus, il n'aurait aucun mal à se procurer toutes les armes qu'il voudrait par ses contacts à Mexico.

Pour tuer le temps, il alla chez le marchand de journaux acheter quelques magazines, puis se rendit à la cafétéria de l'aéroport. Il se servit un plateau avec un café et un dessert, et s'assit à une des petites tables. Il feuilleta les magazines en mangeant son gâteau, une imitation de tarte aux fraises avec de la crème fouettée industrielle. Il s'aperçut soudain que quelqu'un venait de s'asseoir à sa table. Il releva les yeux et découvrit la présence de l'inspecteur Aspinella Washington. Comme tout le monde, il fut saisi d'apercevoir le petit carré de tissu vert qui lui servait de cache-œil. Un instant, il fut saisi d'un frisson de panique. Elle était encore plus belle que dans ses souvenirs.

— Salut, John ! lui lança-t-elle. Tu n'es pas venu me rendre visite à l'hôpital.

Il était tellement sous le choc qu'il prit sa remarque au premier degré.

— Vous savez bien que c'était impossible pour moi. Mais j'ai été désolé d'apprendre ce qui vous est arrivé.

— Je plaisantais, John, lui répondit-elle avec un large sourire. Mais j'aimerais avoir une petite discussion avec toi avant que tu ne prennes ton avion.

— Bien sûr, dit Heskow. (Il s'attendait à devoir payer, et il avait préparé dix liasses de mille dollars dans sa sacoche pour pouvoir faire face à ce genre de surprises.) Je suis content de voir que vous êtes parfaitement rétablie. Je me faisais du souci pour vous.

— Arrête tes boniments, l'interrompit Aspinella, son unique œil vif et brillant comme celui d'un rapace. Je n'ai pas le cœur à ça, à cause de Paul. Il n'était pas seulement mon chef, tu vois. C'était un ami.

— Ce qui s'est passé est bien regrettable, déclara Heskow avec une affliction qui fit sourire Aspinella.

— Inutile de te montrer mon insigne pour te faire obéir, n'est-ce pas ? (Elle resta silencieuse un instant.) Tu vas me suivre jusqu'à l'un de nos postes de contrôle dans l'aéroport pour un petit interrogatoire. Si tu me donnes les réponses que je désire, tu pourras prendre ton avion.

— D'accord, répondit Heskow en se penchant pour saisir sa sacoche.

— Et pas d'entourloupe ou je te descends comme un lapin. Pour l'anecdote, je suis bien meilleure tireuse avec un seul œil.

Elle se leva, lui prit le bras et l'entraîna vers un escalier qui menait à la mezzanine, où se trouvaient les bureaux de la police de l'aéroport. Ils suivirent un long couloir qui menait à une grande salle. Heskow fut surpris à la fois par les dimensions de la pièce et par la multitude de moniteurs TV qui couvraient les murs. Il y en avait au moins une vingtaine ; deux hommes, installés dans de larges fauteuils, scrutaient les écrans en avalant des sandwiches et du café.

— Qu'est-ce qui se passe, Aspi ? demanda un des hommes en se levant de son siège.

— Je vais avoir une petite discussion en privé avec ce gars-là dans le local d'interrogatoire. Enfermez-nous.

— Très bien, répondit-il. Tu veux que l'un de nous reste avec toi ?

— Non. Il s'agit d'une conversation amicale.

— Ah ! oui, tes fameuses discussions amicales ! plaisanta-t-il. (Il regarda Heskow attentivement.) Je vous ai vu sur l'un des écrans, dans l'aéroport. Alors cette tarte aux fraises ? Elle était bonne ?

Il les conduisit jusqu'à une porte au fond de la salle, qu'il déverrouilla. Une fois Heskow et Aspinella à l'intérieur, il referma derrière eux.

Heskow était rassuré à présent que d'autres gens les avaient vus. Le local d'interrogatoire était plutôt cosy, meublé d'un canapé, d'un bureau, et de trois sièges à l'allure confortable. Dans un angle de la pièce trônait un distributeur d'eau fraîche avec des gobelets en papier. Les murs roses étaient décorés de dessins et peintures représentant des avions et autres engins volants.

Aspinella installa Heskow sur une chaise, puis s'assit en face de lui sur le bureau, pour avoir une position dominante.

— Est-ce que l'on peut faire vite ? demanda Heskow. Je ne voudrais surtout pas rater mon avion.

Aspinella ne répondit pas. Elle se pencha et saisit la sacoche d'Heskow posée sur ses genoux ; celui-ci sursauta. Elle l'ouvrit et commença à en examiner le contenu, y compris les liasses de billets de cent dollars. Elle étudia avec attention le faux passeport, puis rendit le tout à son propriétaire.

— Tu es un homme intelligent, commença-t-elle. Tu savais qu'il était temps pour toi de fuir. Qui t'a dit que j'étais à tes trousses ?

— À mes trousses ? Pourquoi seriez-vous à mes trousses ? demanda-t-il.

Il se sentait plus rassuré, maintenant qu'elle lui avait rendu ses papiers. Aspinella souleva son bandeau pour montrer à Heskow son orbite creuse. Mais il ne sourcilla pas, il avait déjà vu des choses bien pires.

— Tu me dois cet œil, déclara-t-elle. Tu étais le seul à être au courant et à avoir pu manigancer tout ça.

Heskow s'exprima avec un air de sincérité sans faille, ce qui avait toujours été l'une de ses meilleures armes dans sa profession.

— Vous vous trompez, je vous assure. Si j'avais fait ça, j'aurais gardé l'argent, réfléchissez, c'est évident. Écoutez, il faut vraiment que je prenne mon avion. (Il déboutonna sa chemise et décolla une partie du ruban adhésif, libérant ainsi deux liasses de billets qu'il déposa sur la table.) Ceci est pour vous, en plus de ce qu'il y a dans la sacoche. Ça fait trente mille dollars.

— Mazette ! lança Aspinella. Trente mille dollars. Voilà beaucoup d'argent pour un seul œil ! C'est parfait. Mais il faut aussi que tu me donnes le nom de celui qui t'a payé pour nous piéger.

Heskow réfléchit un instant. Sa seule chance de s'en sortir était de prendre cet avion. Elle ne bluffait pas. Il avait eu affaire à suffisamment de maniaques durant sa longue carrière pour ne pas se méprendre sur les intentions de cette flic belliqueuse.

— Il faut me croire, lui dit-il. Je n'ai pas pensé une seconde que ce type allait s'en prendre à deux officiers de police. J'ai juste passé un marché avec Astorre Viola pour qu'il puisse se protéger. Mais j'étais loin de me douter qu'il allait faire un truc pareil !

— Très bien, répondit Aspinella. Maintenant dis-moi, qui t'a payé pour qu'on descende Viola ?

— Paul était au courant. Il ne vous l'a pas dit ? C'est Timmona Portella.

À ces mots, Aspinella sentit monter en elle une bouffée de haine. Son partenaire graisseux n'était pas seulement un foutu enfoiré, il était aussi un sale menteur.

— Lève-toi, ordonna-t-elle à Heskow, un pistolet apparut soudain dans sa main.

Une vague de terreur emplit Heskow. Il avait déjà assisté à ce genre de scènes auparavant, à ceci près que ce n'était pas lui la victime. L'espace d'un instant, il songea à ses cinq millions de dollars cachés, laissés à l'abandon… et ce magot lui apparut comme une pauvre petite chose orpheline, qui allait mourir avec lui. Quelle tristesse ! « Non ! » hurla-t-il en se recroquevillant sur son siège. Aspinella le saisit par les cheveux de sa main libre, et le fit se relever. Elle visa le haut du cou et fit feu. Heskow fut propulsé en arrière, lui échappant des mains, comme soufflé par une bourrasque, et retomba brutalement au sol. Elle s'agenouilla à côté du corps. La moitié de la gorge avait été arrachée sur le coup. Elle ôta de son étui de cheville son deuxième pistolet, celui-ci non numéroté, le glissa dans la main d'Heskow, puis se releva tranquillement. Derrière elle, on déverrouillait déjà la porte ; les deux hommes qui contrôlaient les écrans se précipitèrent dans la salle, arme au poing.

— J'ai été obligée de le descendre, annonça-t-elle, sereine. Il a d'abord voulu m'acheter, puis il a sorti son flingue. Appelez l'ambulance de l'aéroport, je me charge de prévenir la criminelle. Ne touchez à rien, et ne me lâchez pas d'une semelle.

La nuit suivante, Portella passa à l'offensive. La femme et la fille de Cilke avaient été transférées vers un centre de haute sécurité du FBI, en Californie. Cilke, comme l'avait ordonné le directeur, se trouvait au siège du FBI à New York, avec toute son équipe sur le pied de guerre. Bill Boxton avait obtenu carte blanche pour diriger le détachement des forces spéciales chargées de tendre un piège aux agresseurs. Mais les termes de son contrat étaient sans équivoque : le FBI ne voulait en aucun cas d'un bain de sang, sinon les groupes de défense des libertés civiles allaient leur tomber dessus. Les membres du groupe d'intervention avaient reçu l'interdiction formelle de tirer les premiers. Tout devait être mis en œuvre pour laisser aux assaillants une chance de se rendre.

Comme un simple adjoint, Kurt Cilke assista à la réunion entre Boxton et le commandant des forces spéciales, un homme d'environ trente-cinq ans – un benjamin comparé aux deux agents du FBI. Il avait un visage aux traits autoritaires comme un vrai chef de guerre. Malheureusement, son teint gris et sa fossette au menton gâchaient ce bel air volontaire. Il s'appelait Sestak et parlait avec le plus pur accent d'Harvard. La rencontre avait lieu dans le bureau de Cilke.

— Je veux que nous restions en contact constant pendant toute la durée de l'opération, démarra Cilke. Les termes du contrat devront être respectés à la lettre.

— Ne t'inquiète pas, dit Boxton. Nous avons une centaine d'hommes et une puissance de feu bien supérieure à la leur. Je suis sûr qu'ils capituleront sans broncher.

— Je dispose d'une centaine d'hommes supplémentaires pour établir un périmètre de sécurité, précisa Sestak d'une voix froide et posée. Une fois entrés, ils seront pris au piège comme des rats.

— Parfait, répondit Cilke. Lorsque vous les aurez, vous nous les envoyez à New York pour que l'on puisse les interroger. Je n'ai pas le droit de participer aux interrogatoires, mais je veux être aux premières loges.

— Et si ça se passe mal et qu'on ne récupère que des morts ? demanda Sestak.

— Alors il y aura une enquête interne, on aura l'inspection générale sur le dos et le directeur sera furieux ! Même si on les arrête, il ne faut pas se faire trop d'illusions ; selon toute vraisemblance, ils seront inculpés pour conspiration et tentative de meurtre puis libérés sous caution. Ils disparaîtront alors en Amérique du Sud et on ne les reverra plus jamais. Nous ne disposons donc que de quelques jours pour les cuisiner.

Boxton observait Cilke avec un léger sourire aux lèvres.

— Ça doit être terrible pour vous, déclara Sestak avec son accent pointu. J'imagine que c'est dur à digérer.

— C'est dur, oui, répliqua Cilke. Mais le directeur doit gérer sa barque pour éviter des complications au niveau politique. Il est toujours délicat d'inculper des gens pour conspiration. Il faut être irréprochable sur la procédure si l'on veut une condamnation.

— Je vois, dit Sestak. Vous êtes pieds et poings liés.

— Tout juste, répondit Cilke.

— Ils ne peuvent tout de même pas tenter de tuer un agent fédéral et s'en tirer indemnes, déclara doucement Boxton. C'est inconcevable.

Sestak les regarda tous deux avec un sourire amusé, son teint gris s'empourprant légèrement.

— Vous prêchez un converti, dit-il. De toute façon, ces opérations tournent souvent au vinaigre. Dès que des types ont un pistolet entre les mains, ils se croient immortels. C'est l'un des traits amusants de la nature humaine.

Cette nuit-là, Boxton accompagna Sestak dans la zone des opérations couvrant le domicile de Cilke, dans le New Jersey. Les lumières de la maison avaient été laissées allumées, pour faire croire que quelqu'un était à l'intérieur. Il y avait également trois voitures garées sur le parking, comme si les gardes étaient présents. Les véhicules avaient été piégés : si quelqu'un essayait de les démarrer, ils explosaient sur-le-champ. Hormis ces détails, Boxton ne notait rien de particulier.

— Où sont donc planqués vos cent gars ? demanda-t-il.

— Du travail de pro, hein ? lança Sestak avec un large sourire. Ils sont là, ne vous inquiétez pas, tout autour de nous. Et même vous, qui êtes au courant de leur présence, je vous mets au défi de les repérer. Ils ont chacun leur ligne de tir. Lorsque le commando arrivera, la route sera refermée derrière eux et ils seront pris dans la nasse.

Boxton s'installa avec Sestak dans le QG de campagne situé à cinquante mètres de la maison. À leur côté, se trouvait une équipe de transmission de quatre hommes en tenue camouflage pour se confondre avec la végétation ambiante. Sestak et ses soldats étaient armés de fusils ; Boxton n'avait que son pistolet.

— Je ne veux pas que vous participiez au combat, annonça Sestak. En plus votre arme est parfaitement inefficace dans les conditions présentes.

— Pourquoi ? Cela fait des années que j'attends de pouvoir tirer sur des méchants !

Sestak éclata de rire.

— Ce ne sera pas encore pour aujourd'hui. Mes hommes ont le même statut que des soldats en temps de guerre. Ils sont intouchables vis-à-vis de la justice. Pas vous.

— Mais je suis le responsable de cette opération.

— Vous ne l'êtes plus dès que nous passerons à l'action, répondit Sestak tranquillement. Je serai alors seul aux commandes. C'est moi qui prendrai les décisions qui s'imposent. Même le directeur du FBI n'a plus son mot à dire.

Ils attendirent dans l'obscurité. Boxton consulta sa montre. Minuit moins dix. L'un des officiers de transmission murmura à Sestak :

— Cinq véhicules avec des hommes à l'intérieur sont en approche. La route derrière eux a été fermée. Heure d'arrivée sur les lieux dans cinq minutes.

Sestak portait des lunettes infrarouges pour la vision nocturne.

— D'accord. Passez le mot. Ne tirez qu'à mon ordre ou s'ils ouvrent le feu.

Ils attendirent encore. Soudain cinq voitures débouchèrent dans l'allée et des hommes jaillirent des habitacles. Dans la seconde, l'un d'eux lança une grenade incendiaire dans la maison, brisant une vitre. Une gigantesque flamme embrasa l'intérieur de la pièce.

Aussitôt toute la zone fut noyée sous les feux de dizaines de projecteurs ; les vingt attaquants se figèrent sous le coup de la surprise. Dans le même instant, un hélicoptère surgit au-dessus d'eux, vrombissant, les prenant dans son faisceau. Des mégaphones rugirent leur message : « *Ici le FBI. Jetez vos armes et couchez-vous au sol.* »

Désorientés par les lumières et l'hélicoptère, les hommes du commando restèrent cloués sur place. Boxton comprit avec soulagement qu'ils n'avaient aucune intention de résister.

Il fut donc abasourdi de voir Sestak épauler son fusil et tirer dans le groupe d'assaillants. Par réflexe, le commando tira. Puis ce fut un déluge assourdissant de feu et de fureur. Des tirs en staccato fauchèrent le groupe. Une balle perdue fit exploser l'une des voitures piégées. Boxton eut l'impression qu'un ouragan venait de dévaster l'endroit. Une pluie d'acier et de verre retomba alentour. Les autres voitures à proximité furent tellement criblées d'éclats et de balles qu'il était désormais impossible de distinguer leur couleur d'origine. L'allée devant la maison semblait s'être transformée en une rivière de sang, un flot rouge qui coulait sur les dalles, tourbillonnait autour des voitures. Les vingt attaquants gisaient au sol ; on eût dit un tas informe de vêtements sanguinolents, attendant d'être ramassés par le service de blanchisserie.

Boxton était sous le choc, hébété.

— Vous avez tiré sans leur avoir laissé le temps de se rendre, lâcha-t-il d'un ton accusateur. Ce sera dans mon rapport !

— Ce ne sera pas dans le mien, rétorqua Sestak avec un grand sourire. À partir du moment où ils ont lancé la grenade dans la maison, il y a eu tentative de meurtre. Il n'était pas question de risquer la vie de mes hommes. Voilà ce qui figurera dans mon rapport. Ils ont tiré les premiers.

— Je maintiens ma version.

— Sans blague ? railla Sestak. Vous croyez que le directeur veut de votre foutu rapport ? Vous allez vous retrouver illico sur sa liste noire. Jusqu'à la fin de vos jours.

— Il voudra votre peau parce que vous aurez désobéi à mes ordres. Nous tomberons tous les deux.

— Ah oui ? Il se trouve que je suis le commandant en chef des opérations tactiques. Je suis le seul maître à bord. Une fois que j'entre en piste, il n'y a plus de marche arrière possible. Je n'ai aucune envie que les criminels s'imaginent que l'on peut attaquer un agent fédéral impunément. Voilà ce qui compte, et si vous n'êtes pas d'accord, allez vous faire foutre, vous et le directeur.

— Vingt morts…

— Et bon débarras. C'est ce que vous vouliez, vous et Cilke, au fin fond, mais vous n'avez pas eu les couilles de me le dire en face !

Boxton s'aperçut soudain que c'était la vérité.

Kurt Cilke se prépara au nouvel entretien qu'il allait avoir avec le directeur à Washington. Il avait, avec lui, des notes pour se rappeler les grands points à aborder avec son supérieur ainsi qu'un rapport détaillé sur les circonstances du raid.

Comme toujours, Bill Boxton était du voyage, mais cette fois, ce fut à la demande expresse du *big boss*.

Cilke et Boxton se retrouvèrent dans le bureau du directeur, avec sa rangée de moniteurs affichant les rapports d'activités des antennes locales du FBI à travers tout le pays. Toujours courtois, le grand chef leur serra la main et les invita à s'asseoir, bien qu'il lançât un regard glacial à Boxton. Deux de ses adjoints étaient présents.

— Messieurs, commença-t-il à l'intention de tout le groupe. Nous devons régler cette affaire. Je ne saurais tolérer une telle aberration dans mon service ; j'exige des explications. Que préférez-vous, Cilke, rester avec nous ou attendre dehors que l'on règle ça ?

— Je reste.

Le directeur se tourna vers Boxton, lui offrant un masque sévère d'autorité.

— C'est vous qui étiez responsable de l'opération. Comment se fait-il que tous les assaillants aient été tués. Pas un seul survivant que nous ne puissions interroger ? Qui a donné l'ordre de tirer ? Vous ? Et pour quel motif ?

Boxton se redressa sur sa chaise.

— Les agresseurs ont lancé une bombe incendiaire dans la maison et ouvert le feu. Nous n'avions pas le choix.

Le directeur laissa échapper un soupir. L'un des adjoints poussa un grognement chargé de mépris.

— Le commandant Sestak est l'une de nos têtes brûlées, déclara le directeur. A-t-il tenté au moins de faire un seul prisonnier ?

— Tout a été si vite. En deux minutes, tout était terminé, répondit Boxton. Sestak est un tacticien hors pair sur le terrain.

— Par chance, cela n'a pas fait de vagues dans les médias, mais sachez que cela reste, à mes yeux, de la pure boucherie.

— Une boucherie, absolument ! renchérit l'un des adjoints du directeur.

— Le mal est fait, de toute façon. On ne peut plus rien changer. (Le directeur se tourna vers Cilke.) Vous avez échafaudé un nouveau plan d'action ?

Cilke rongea son frein devant cette pointe de sarcasme, mais n'en laissa rien paraître.

— Je veux cent hommes supplémentaires, répondit-il calmement, et que vous demandiez un audit complet sur les banques Aprile. Je vais enquêter en profondeur chez tous les gens impliqués dans cette affaire.

— Vous jugez n'avoir aucune dette envers cet Astorre Viola qui vous a sauvé la vie, ainsi que celle de votre famille ?

— Pas la moindre. Je connais trop bien ces types ; d'abord ils vous causent des problèmes, et puis ils viennent vous donner un coup de main pour vous en sortir.

— N'oubliez pas que notre premier objectif est de récupérer les banques, précisa le directeur. Non seulement parce qu'elles valent des millions de dollars, mais aussi parce qu'elles sont destinées à blanchir l'argent de la drogue. Grâce à elles, nous pourrons mettre la main sur Portella et Tulippa. Il faut avoir une vue d'ensemble du problème. Une vue planétaire. Astorre Viola refuse de vendre et le groupe de Portella tente de l'éliminer. Pour l'instant, ils ont échoué. Nous avons appris que les deux tueurs qui ont descendu le vieux Aprile ont disparu. Et deux inspecteurs de la police de New York ont sauté dans une voiture piégée.

— Viola est rusé et insaisissable ; il n'est impliqué dans aucune affaire illégale, aucun racket, expliqua Cilke. On n'a, pour l'instant, aucune prise sur lui, aucun angle d'attaque. Peut-être que Portella va finir par lui faire la peau. S'il réussit son coup, les enfants Aprile vendront leurs parts. Je ne leur donne pas deux ans avant qu'ils ne fassent une bourde et que l'on puisse les coincer.

Il était courant qu'un officier du FBI fasse des projets à long terme, en particulier dans les affaires de drogue. Mais pour s'assurer la victoire finale, on devait souvent fermer les yeux sur certains crimes et délits.

— Nous avons souvent joué à ce jeu-là, précisa le directeur, cela ne veut pas dire pour autant qu'il faille donner carte blanche à Portella.

— Bien sûr, répondit Cilke, sachant que ces belles paroles n'étaient destinées qu'au magnétophone qui enregistrait leur conversation.

— Vous aurez cinquante hommes, annonça le directeur. Et je vais demander un audit sur les banques, juste pour les affoler un peu.

— On l'a déjà fait par le passé, intervint l'un des adjoints, et on a fait chou blanc.

— Il y a toujours une petite chance, répliqua Cilke. Astorre n'est pas un banquier ; il peut avoir commis des erreurs.

— C'est possible, reconnut le directeur. Un petit faux pas, et il n'en faut pas plus au procureur général pour les faire tomber.

De retour à New York, Cilke eut une réunion avec Boxton et Sestak pour mettre au point leur plan d'attaque.

— Nous avons cinquante hommes de plus pour enquêter sur le commando de la nuit dernière, annonça-t-il à Sestak. Il va falloir être très prudents. Je veux tout savoir sur Astorre Viola. Et je vais me pencher sur le cas de ces deux flics qui ont sauté dans leur voiture. Je veux aussi toutes les infos sur la disparition des frères Sturzo et sur le groupe de Portella. Mettez le paquet sur Viola et sur Aspinella Washington. Elle a la réputation d'accepter des pots-de-vin et d'être une violente ; l'histoire qu'elle raconte à propos de l'explosion et de l'argent trouvé sur place est plus que suspecte.

— Et pour Tulippa ? Que fait-on ? demanda Boxton. Il peut retourner en Amérique du Sud quand il veut.

— Tulippa sillonne le pays pour donner des conférences sur la légalisation de la drogue et extorquer des fonds auprès des grandes sociétés.

— On ne peut pas le coincer là-dessus ? s'enquit Sestak.

— Non, répondit Cilke. Il a une compagnie d'assurance et il leur vend, officiellement, des assurances. On pourrait tenter le coup, mais les sociétés s'y opposeraient. Elles doivent assurer la sécurité de leur personnel en Amérique du Sud. Quant à Portella, il n'a nulle part où aller.

Sestak lui retourna un sourire de prédateur.

— Quelles sont les instructions ?

— Le directeur ne veut plus d'autres massacres, sauf si votre sécurité est en jeu. En particulier, s'il s'agit d'Astorre Viola.

— En d'autres termes, on peut laisser Viola raide mort, rétorqua Sestak.

Cilke sembla perdu un moment dans ses pensées.

— Au besoin, oui.

Une semaine plus tard, les audits fédéraux commencèrent à éplucher les archives des banques Aprile ; Cilke rendit même visite en personne à Mr Pryor.

Cilke lui serra la main et lui dit d'un ton affable :

— J'aime toujours rencontrer en chair et en os les gens que je risque d'envoyer en prison. Pouvez-vous nous aider en quelque manière que ce soit et abandonner le navire avant qu'il ne soit trop tard ?

Mr Pryor considéra Cilke, de trente ans son cadet, avec perplexité.

— Je crains que vous ne fassiez totalement fausse route. Je gère ces banques de façon irréprochable, dans le cadre strict du droit national et international.

— Je voulais simplement vous informer que je vais fouiller votre passé jusqu'au moindre détail, ainsi que celui de tous vos collaborateurs. J'espère, pour vous, que vous n'avez rien à vous reprocher, aucune zone d'ombre. En particulier concernant les frères Sturzo.

Mr Pryor esquissa un sourire.

— Nous sommes immaculés.

Après le départ de Cilke, Mr Pryor se laissa aller au fond de son siège, pensif. La situation devenait inquiétante. Et s'ils trouvaient la piste de Rosie ? Il soupira. Quel dommage. Une fille si charmante...

Lorsque Cilke fit savoir à Nicole qu'il convoquait son client Astorre Viola le lendemain dans son bureau, il n'avait encore aucune idée de toutes les facettes du personnage, et ne tenait d'ailleurs pas à les connaître dans le menu. Tout ce qui importait, c'était l'aversion qu'il éprouvait envers lui, comme envers tout individu bafouant la loi. Cilke ne pouvait comprendre ce qui animait un vrai *mafioso*.

Astorre croyait en la tradition et dans les valeurs des anciens. Ses hommes l'estimaient non seulement pour son charisme mais aussi parce qu'il plaçait l'honneur comme la première des vertus humaines.

Un vrai *mafioso* se devait de venger toute insulte envers sa personne ou envers sa famille. Il ne pouvait laisser un homme ou un État décider à sa place. C'était là, l'origine de sa force. La volonté d'un *mafioso* était suprême ; la seule justice était la sienne. Avoir sauvé Cilke et sa famille d'une mort certaine n'avait été qu'une faiblesse passagère. Astorre s'attendait toutefois, en se rendant dans le bureau de Cilke en compagnie de Nicole, à entendre quelque remerciement, ou à assister tout au moins à l'ébauche d'une détente.

À l'évidence, de multiples précautions avaient été prises pour leur venue. Deux gardes fouillèrent avec minutie Astorre et Nicole avant de les laisser entrer dans le bureau du chef du FBI. Cilke, debout, les fixait des yeux. Sans la moindre chaleur, il leur indiqua leurs sièges. L'un des gardes referma la porte derrière eux et se posta sur le seuil, de l'autre côté, bloquant la sortie.

— Cet entretien va être enregistré ? demanda Nicole.

— Oui, répondit Cilke. Enregistré et filmé. Je ne tiens pas à ce que vous vous fassiez de fausses idées. (Il marqua une pause et se tourna vers Astorre.) Rien n'a changé entre vous et moi. Je vous considère toujours comme une petite ordure qui n'a rien à faire dans ce pays. Je ne crois pas à votre histoire d'informateur sorti de nulle part. Je crois que c'est vous qui tirez les ficelles et que vous trahissez maintenant les vôtres pour avoir un traitement de faveur. Je méprise ce genre de pratiques.

Astorre fut étonné de voir Cilke toucher du doigt la vérité. Il éprouva pour lui un nouveau respect. Et pourtant, il se sentait blessé. Cet homme n'avait aucune gratitude, aucun respect pour l'homme qui avait sauvé sa famille. Il ne put s'empêcher de sourire à l'idée de ces sentiments contradictoires.

— Qu'est-ce qui vous fait rire, votre bonne blague de mafieux ? Je vais vous faire passer l'envie de rire, ça ne va pas traîner !

Cilke se tourna vers Nicole :

— D'abord, le FBI vous ordonne de nous dire dans quelle condition vous avez été informée de ce raid contre mon domicile. Et ne me répétez pas les balivernes que m'a sorties votre cher cousin ! Sachez que j'envisage sérieusement de vous inculper pour complicité de meurtre.

— Essayez toujours, rétorqua Nicole d'une voix glaciale. Mais, à votre place, j'en aviserais avant le directeur.

— Qui vous a parlé de cette attaque ? Je veux le nom du vrai informateur.

— Je vous ai déjà dit que vous ne l'aurez pas. Inutile d'insister, répliqua Astorre en haussant les épaules.

— Ah oui ? Je vais donc vous mettre les points sur les « I ». Vous n'êtes, pour moi, qu'une ordure parmi d'autres. Un meurtrier de plus. Je sais que vous êtes derrière l'attentat de Di Benedetto et de Washington et nous enquêtons en ce moment sur la disparition des frères Sturzo. Vous avez tué trois sbires de Portella et vous avez participé à un kidnapping. On va vous mettre à l'ombre, et pour un bon bout de temps, c'est moi qui vous le dis. Et vous redeviendrez ce que vous avez toujours été, une merde, parmi les merdes.

Pour la première fois, Astorre perdit son calme et son masque affable tomba. Il sentit le regard de Nicole posé sur lui, un regard d'affliction et de terreur. Il se permit donc de laisser filtrer un peu de sa colère :

— Je n'attends aucune faveur de votre part. Vous n'avez aucun honneur. C'est une notion qui vous est totalement inconnue. J'ai sauvé la vie de votre femme et de votre fille. Si je n'étais pas intervenu, elles seraient, à l'heure qu'il est, six pieds sous terre. Et maintenant vous me faites venir ici pour m'insulter. Votre femme et votre fille sont en vie grâce à moi. Alors montrez-moi au moins du respect pour ça. Ce sont elles, sinon, que vous insultez.

Cilke le regarda droit dans les yeux.

— Du respect envers vous ? Jamais, articula-t-il, sentant monter en lui une fureur irrépressible à l'idée d'être le débiteur d'Astorre.

Astorre se leva de son siège et se dirigea vers la porte, mais le garde le fit se rasseoir.

— Je vais vous pourrir l'existence, lâcha Cilke.

Astorre haussa les épaules.

— À votre aise, mais laissez-moi vous dire ceci : je suis au courant de votre concours dans le meurtre de Don Aprile. Tout ça parce que vous et le FBI voulez mettre main basse sur ses banques. (À ces mots, le garde s'avança vers lui, mais Cilke l'arrêta d'un geste.) Je sais que vous avez le pouvoir de faire cesser les attaques dont est victime ma famille. À partir d'aujourd'hui, je considérerai toute agression envers elle comme relevant de votre responsabilité.

À l'autre bout de la pièce, Boxton lança :

— Seriez-vous en train de menacer un officier fédéral dans l'exercice de ses fonctions ?

— Il ne menace personne, intervint Nicole. Il ne fait que lui demander son aide.

Cilke sembla s'être radouci :

— Tout cela pour votre cher oncle, le grand Don Aprile. À l'évidence, vous n'avez pas lu le dossier que j'ai remis à votre cousine. Ce cher Raymond Aprile n'est autre que l'homme qui a tué votre père lorsque vous aviez trois ans.

Astorre chancela sous le coup et se tourna vers Nicole.

— C'est la partie que tu as rayée ?

Nicole hocha la tête.

— Je ne pense pas que ce soit vrai ; mais que ce soit la vérité ou non, j'ai jugé qu'il valait mieux que tu ne le saches pas. Cela ne pouvait que te blesser.

Astorre sentit les murs commencer à tourner autour de lui, mais il reprit ses esprits.

— Cela ne fait aucune différence, de toute façon.

— Maintenant que nous avons lavé notre linge sale, lança Nicole à Cilke, on peut s'en aller ?

Cilke avait de grands bras ; en se levant, il donna une tape sur la tête d'Astorre, par-dessus le bureau. Un geste qui surprit autant Cilke qu'Astorre. C'était la première fois qu'il se permettait ça avec un suspect. C'était un geste de mépris qui masquait une haine plus profonde encore. Jamais il ne pourrait oublier qu'Astorre avait sauvé sa famille. Astorre regarda Cilke droit dans les yeux. Il avait compris exactement ce qui se passait.

Une fois de retour chez elle, Nicole tenta de montrer à Astorre de la sollicitude pour l'humiliation qu'il avait subie chez Cilke, mais cela ne fit que l'irriter davantage. Nicole prépara un repas léger et le persuada d'aller s'étendre sur son lit pour faire un petit somme.

Pendant son sommeil, il sentit la présence de Nicole, à côté de lui, le prenant dans ses bras. Il la repoussa.

— Tu as entendu ce qu'a dit Cilke sur moi. Tu veux te souiller à mon contact ?

— Je ne crois pas ce qu'il dit. Pas plus que ces rapports. Je crois que je t'aime toujours, Astorre.

— On ne peut revenir en arrière, nous n'avons plus quinze ans. J'ai changé, et toi aussi, tu as changé. C'est ta jeunesse que tu regrettes, pas ma personne.

Ils restèrent étendus, enlacés. Après un long silence, Astorre articula d'une voix chargée de sommeil :

— Tu crois que c'est vrai ? Don Aprile a vraiment tué mon père ?

Le lendemain, Astorre prit un avion pour Chicago en compagnie de Mr Pryor pour rendre visite à Benito Craxxi. Sitôt arrivé, le jeune homme les mit au courant des derniers événements.

— C'est vrai que Don Aprile a tué mon père ? s'enquit-il une fois qu'il eut fini de leur exposer la situation.

Craxxi ignora la question et poursuivit le fil de ses pensées :

— Serais-tu à l'origine de cette attaque contre la famille de Cilke ? demanda-t-il. Aurais-tu soufflé l'idée à quelqu'un ou fait en sorte qu'elle naisse dans son esprit ?

— Non, mentit Astorre.

Il préférait mentir plutôt que de révéler ses ruses et astuces secrètes. Il savait en outre que les deux hommes l'auraient désapprouvé.

— Et pourtant, tu les as sauvés, répliqua Don Craxxi. Pourquoi ?

Encore une fois, Astorre fut contraint de mentir. Il ne pouvait avouer qu'il était capable de succomber à quelque accès de sentimentalité. Comment leur dire qu'il ne pouvait supporter l'idée que la femme de Cilke et sa fille soient tuées.

— Tu as bien fait, conclut Craxxi.

— Tu n'as pas répondu à ma question, insista Astorre.

— Parce que la réponse est complexe. Ton vrai père était un grand chef de la Mafia en Sicile, âgé de quatre-vingts ans à ta naissance et à la tête d'une *cosca* très puissante. Ta mère était très jeune ; elle est morte en te mettant au monde. Le vieux Don Zeno sentant sa fin proche nous convoqua à son chevet, Don Aprile, Bianco et moi. Toute sa *cosca* allait s'effondrer à sa mort et il s'inquiétait pour ton avenir. Il nous a demandé de veiller sur toi et a choisi Don Aprile pour t'emmener en Amérique. Mais comme la propre épouse de Raymond était mourante, il a voulu t'éviter de nouvelles souffrances et t'a confié aux Viola – choix regrettable car ton père adoptif se révéla être un traître et dut être éliminé. Don Aprile te prit alors avec lui dès que l'affaire fut réglée. Ton oncle avait un penchant pour l'humour noir ; il s'arrangea pour que le mort, bien que retrouvé dans le coffre d'une voiture, soit déclaré victime d'un suicide. Puis, lorsque tu as grandi, tu as développé toutes les qualités de ton vrai père, le grand Don Zeno. Et c'est ainsi que Don Aprile a décidé de faire de toi le champion de sa famille, son défenseur attitré. Il t'a donc envoyé en Sicile pour que tu sois éduqué comme un vrai *mafioso*.

Astorre n'était pas réellement surpris. Quelque part dans sa mémoire, il gardait le souvenir d'un très vieil homme et d'un voyage, juché sur un corbillard.

— Oui, on m'a envoyé là-bas, reprit Astorre d'une voix lente, et j'ai été formé. Je sais comment passer à l'offensive. Mais Portella et Tulippa sont encore bien protégés. Et je dois me méfier de Grazziella. Le seul que je peux tuer sans problème, c'est le consul général, Marriano Rubio. En attendant, j'ai Cilke à mes basques. Et je ne sais même pas par où commencer.

— Tu ne dois jamais, au grand jamais, t'en prendre à Cilke, insista Craxxi.

— Il a raison, renchérit Mr Pryor. Ce serait une catastrophe.

Astorre esquissa un sourire pour les rassurer.

— Je suis entièrement d'accord.

— Il y a tout de même une bonne nouvelle, annonça Craxxi. Grazziella a demandé à Bianco d'organiser une rencontre avec toi. Bianco te mettra au courant; c'est pour ce mois-ci. Tu as peut-être trouvé la clé de ton problème.

Tulippa, Portella et Rubio tinrent conciliabule dans la salle de réunion du consulat péruvien. Retenu en Sicile, Michael Grazziella leur avait fait savoir le grand regret qu'il éprouvait de ne pouvoir être en leur compagnie.

Inzio Tulippa ouvrit les débats en laissant tomber son masque de latino charmeur. Il était sur des charbons ardents.

— Il faut en finir avec ce problème! Allons-nous, oui ou non, avoir ces banques? J'ai investi des millions de dollars et je suis plus que déçu par les résultats.

— Astorre est comme un fantôme, répondit Portella. Il est insaisissable. Je ne trouve aucun point d'accroche. Inutile de monter les enchères, il ne cédera pas. Il faut le tuer. Les autres vendront ensuite.

Tulippa se tourna vers Rubio.

— Tu crois que ta petite chérie marchera?

— Je la persuaderai.

— Et les deux frères? s'enquit Tulippa.

— Ils n'ont aucune envie de se lancer dans une vendetta, répondit Rubio. Je tiens ça de la bouche même de Nicole.

— Je ne vois qu'un moyen, annonça Portella. Kidnapper Nicole et attirer son sauveur Astorre dans un piège.

Rubio protesta :

— Pourquoi ne pas s'en prendre à l'un de ses frères plutôt?

— Parce qu'à présent Marcantonio est étroitement

surveillé, répondit Portella. Et qu'on ne peut pas toucher à Valerius sinon on aura tous les services de renseignements de l'armée sur le dos, et ce ne sont pas des enfants de chœur !

Tulippa se tourna vers le consul général :

— Je ne veux plus entendre ces conneries. On ne va pas risquer de perdre des milliards de dollars parce qu'il ne faut pas brusquer ta petite amie.

— C'est juste que l'on a déjà essayé cette tactique sans grand résultat, répliqua Rubio d'un ton conciliant, et elle a cette espèce d'amazone comme garde du corps.

Il était temps de mettre un bémol ; il ne fallait surtout pas avoir Tulippa à dos.

— On s'occupera de la fille, répondit Portella.

— Dans ce cas, je marche, à condition que Nicole ne soit pas blessée, déclara Rubio.

Marriano Rubio invita Nicole au bal annuel du consulat. C'était un piège. L'enlèvement aurait lieu à son retour. L'après-midi, avant les festivités, Astorre rendit visite à sa cousine pour lui annoncer qu'il partait en Sicile pour quelques jours. Tandis que Nicole profitait de son bain, Astorre prit la guitare que sa cousine gardait pour lui et se mit à chanter des ballades italiennes de sa voix rauque et sensuelle.

Lorsque Nicole sortit de la salle de bain, elle était toute nue, à l'exception de son peignoir blanc qu'elle avait sous le bras. Astorre fut saisi par sa beauté, dissimulée d'ordinaire sous ses vêtements. Lorsqu'elle s'approcha de lui, il prit le peignoir et lui passa sur les épaules.

Elle se lova dans ses bras en soupirant.

— Tu ne m'aimes plus.

— Tu ne sais pas qui je suis ! répondit Astorre en riant. Et nous ne sommes plus des gosses.

— Mais je sais que tu es un homme bon, c'est tout ce qui compte. Tu as sauvé Cilke et sa famille. Qui est ton informateur ?

Astorre rit de nouveau.

— Cela ne te regarde pas.

Il s'en alla au salon pour éviter d'autres questions embarrassantes.

Le soir, Nicole se rendit donc au bal, accompagnée d'Hélène, qui profita davantage de la soirée qu'elle-même. Elle savait que Rubio, en tant que maître de cérémonie, n'avait pas le temps de s'occuper d'elle. Mais il lui avait réservé une limousine pour la soirée. Après le bal, la voiture la raccompagna devant chez elle. Hélène sortit la première. Mais avant qu'elles puissent accéder à l'immeuble, quatre hommes les encerclèrent. Hélène se pencha pour prendre son arme à la cheville, mais c'était trop tard. L'un des inconnus lui tira une balle dans la tête, aspergeant de sang la couronne de fleurs qu'elle avait sur la tête.

À cet instant, d'autres d'hommes sortirent de l'ombre. Trois des assaillants s'enfuirent; Astorre, qui avait suivi discrètement Nicole, se plaça devant elle pour la protéger. L'homme qui avait abattu Hélène fut désarmé.

— Emmenez-la à l'abri, ordonna Astorre. (Il se tourna vers le tueur et demanda.) Qui t'envoie ?

— Va te faire foutre ! répondit l'homme, sans le moindre signe de panique.

Nicole vit le visage d'Astorre devenir froid comme la pierre au moment où il tira une balle dans la poitrine de l'homme. Il avança d'un pas, attrapa l'homme par les cheveux avant qu'il ne s'écroule et lui tira une seconde balle dans la tête. À cet instant, Nicole comprit l'homme qu'avait été son père. Elle en eut la nausée et vomit sur le corps d'Hélène. Astorre se tourna vers elle avec un sourire chargé de regret. Nicole ne voulut pas le regarder.

Astorre la raccompagna chez elle, et il lui dit ce qu'il fallait raconter aux autorités : elle s'était évanouie dès qu'Hélène avait été tuée et n'avait rien vu de ce qui s'était passé ensuite. Sitôt qu'Astorre eut quitté son appartement, elle appela la police conformément aux instructions de son cousin.

Le lendemain, après avoir posté des gardes du corps pour assurer la sécurité de Nicole, Astorre s'envola pour la Sicile où il devait rencontrer Bianco et Grazziella à Palerme. Il suivit la procédure habituelle : un avion de ligne jusqu'à Mexico puis un jet privé jusqu'à Palerme, pour qu'il n'y ait aucune trace de son voyage.

À Palerme, il fut accueilli par Octavius Bianco ; il était si élégant dans son costume sur mesure qu'il était difficile de croire qu'il avait pu être autrefois ce bandit hirsute et féroce qu'Astorre avait connu. Bianco était ravi de voir le jeune homme et l'embrassa chaleureusement. Une voiture les emmena ensuite jusqu'à la villa de Bianco en bord de mer.

— Alors comme ça, tu as des problèmes en Amérique ! lança Bianco une fois dans le patio de sa villa, décoré de statues antiques de l'époque romaine. Mais j'ai de bonnes nouvelles pour toi. (Il changea aussitôt de sujet.) Et ta blessure ? Elle te fait toujours souffrir ?

Astorre toucha par réflexe son pendentif en or.

— Non. Cela a juste fichu ma voix en l'air. Je suis un « rauqueur » au lieu d'un ténor.

— Mieux vaut ça qu'une voix de soprano ! rétorqua Bianco en riant. L'Italie a trop de ténors de toute façon. Un de plus ou de moins, cela ne fait pas grande différence. Te voilà un vrai *mafioso* à présent, et c'est exactement ce qu'il nous faut.

Astorre esquissa un sourire, en songeant à ce jour ancien où il était parti se baigner. Cependant ce n'était plus l'éperon de la trahison qu'il ressentait à ce souvenir, mais la chaleur de ceux qui l'entouraient à son réveil. Il toucha son amulette à son cou et demanda :

— Alors ces bonnes nouvelles ?

— J'ai fait la paix avec les Corleone et Grazziella.

Michael n'a eu aucune part dans l'assassinat de Don Aprile. Il a rejoint le groupe après coup. Mais à présent, il n'est pas satisfait de Portella et de Tulippa. Ils sont trop violents à son goût, et bien trop maladroits. Il était contre l'attaque sur le type du FBI. Tu sais qu'il a un grand respect pour toi ? Il te respectait déjà lorsque tu travaillais avec moi. Il te considère comme quelqu'un d'excessivement difficile à tuer. Aujourd'hui, il veut mettre un terme à tous vos différends et te donner un coup de main.

Astorre se sentit soulagé. Sa tâche serait facilitée s'il n'avait pas à se soucier de Grazziella.

— Demain, il vient nous rendre visite, ici, à la villa.

— Il te fait confiance à ce point ?

— Il n'a pas le choix. Sans moi, sans mon soutien ici à Palerme, il ne pourrait pas régner en Sicile. Et nous sommes des gens plus civilisés que lors de ton dernier séjour ici.

Le lendemain après-midi, Michael Grazziella arriva à la villa ; Astorre nota qu'il était vêtu dans le style irréprochable des politiciens romains – costume sombre, chemise blanche et cravate noire. Il était accompagné de deux gardes du corps vêtus de la même manière. Grazziella était un homme de petite taille, courtois, avec une voix curieusement douce – comment imaginer qu'il ait pu être responsable de tant d'assassinats de hauts magistrats anti-mafia ? Il serra la main d'Astorre avec vigueur et déclara :

— Je suis venu vous offrir mon aide en l'honneur de la grande estime que je voue à notre ami Bianco. Faisons table rase du passé, voulez-vous ? Repartons sur des bases saines.

— Je vous remercie pour ces paroles. Tout l'honneur est pour moi.

Grazziella fit un signe à ses gardes qui s'éclipsèrent en direction de la plage.

— Alors Michael, commença Bianco, comment peux-tu nous aider ?

— Portella et Tulippa sont trop incontrôlables à mon goût. Et Marriano Rubio est trop malhonnête. En revanche, je vous considère comme un homme intelligent et qualifié. Il se trouve aussi que Nello est mon neveu et que vous l'avez épargné – ce qui n'est pas rien. Voilà ce qui motive mon geste.

Astorre hocha la tête. Derrière Grazziella, il apercevait les vagues outremer sur lesquelles se reflétaient les rayons ardents du soleil de Sicile. Une bouffée de nostalgie l'envahit, et sa gorge se serra à l'idée qu'il allait devoir encore quitter cette terre si chère à son cœur. Tout ici, lui était si familier. Jamais, il n'éprouverait un tel sentiment aux États-Unis. C'était ici chez lui, son véritable foyer. Les rues de Palerme lui manquaient, les voix chantantes du Mezzogiorno, jusqu'à la langue italienne, qui lui paraissait, dans sa bouche tellement plus naturelle que l'anglais... Astorre interrompit le fil de ses pensées et reporta son attention sur Grazziella.

— Quels renseignements pouvez-vous me donner ?

— Le groupe veut que je les retrouve en Amérique ; ils veulent organiser une réunion. Je peux vous tenir informé de la date et du lieu, ainsi que des dispositifs de sécurité sur place... Si vous avez recours à la manière forte, je peux vous offrir refuge en Sicile, et si les fédés demandent votre extradition, j'ai des amis à Rome qui pourront arrêter le processus.

— Vous avez ce pouvoir ? s'étonna Astorre.

— Certainement, répondit Grazziella avec un petit haussement d'épaules. Comment pourrions-nous survivre sinon ? Mais ne faites pas trop dans la démesure.

Grazziella pensait à l'attaque du commando contre Cilke. Astorre esquissa un sourire rassurant.

— Pas de danger !

Grazziella sourit poliment.

— Vos ennemis sont mes ennemis et je m'associe sans réserve à votre cause.

— Je suppose que vous ne serez pas présent à cette réunion ?

Grazziella eut un nouveau sourire :

— Un empêchement de dernière minute me retiendra ici.

— Et cette réunion, c'est pour quand ?

— Pour ce mois-ci.

Après le départ de Grazziella, Astorre demanda à Bianco :

— Dis-moi vraiment pourquoi il fait tout ça ?

Bianco eut un sourire admiratif :

— Décidément, tu comprends bien la Sicile ! Toutes les raisons qu'il t'a données sont vraies, mais il n'a pas dit la principale. (Il hésita un instant avant de poursuivre.) Tulippa et Portella l'escroquent ; ils ne lui reversent pas toute la part qui lui revient sur l'argent de la drogue ; tôt ou tard, il serait obligé de leur déclarer la guerre. Il ne peut tolérer de se faire ainsi spolier. Il a une haute estime pour toi ; il serait ravi que tu le débarrasses de ses ennemis et que tu deviennes son allié. Grazziella est un homme avisé.

Ce soir-là, Astorre se promena sur la plage, songeant à la suite des événements. La fin de la guerre approchait.

Mr Pryor était certain de pouvoir diriger les banques Aprile et les défendre contre l'avidité des autorités. Mais lorsque les armées du FBI déferlèrent sur New York après le raid sur le domicile de Cilke, il commença à avoir des doutes. N'allaient-ils pas découvrir quelque chose dans les archives ? Leur détermination était décuplée et la visite de Cilke lui avait laissé un certain malaise.

Dans sa jeunesse, Mr Pryor était l'un des tueurs les plus sûrs de la Mafia de Palerme. Mais il avait senti le vent tourner et s'était reconverti dans les banques ; son charme naturel, son intelligence et ses relations dans le milieu avaient été les clés de son succès. Il devint rapidement un expert du marché des changes, un loup de mer bravant les tempêtes monétaires et un grand nettoyeur d'argent sale. Il avait aussi un talent pour acheter des affaires parfaitement légales à bon prix. Finalement, il avait émigré en Angleterre ; la rigueur du système britannique protégeant mieux ses intérêts que le système de corruption national qui sévissait en Italie.

Ses activités, toutefois, dépassaient largement le cadre des îles anglo-saxonnes, et son influence tentaculaire s'étendait jusqu'à Palerme et les États-Unis. Il était le banquier attitré de la *cosca* de Bianco, qui avait fait main basse sur tout le marché des travaux publics de Sicile, ainsi que le chaînon incontournable entre les banques Aprile et l'Europe.

Aujourd'hui, avec toute cette agitation policière, il prenait conscience de l'existence d'un possible talon d'Achille dans sa cuirasse : Rosie. Elle était le lien entre Astorre et les frères Sturzo. Mr Pryor savait qu'Astorre avait un faible pour elle et qu'il s'abandonnait encore à ses charmes. Cela ne diminuait en rien son respect pour ce garçon ; depuis la nuit des temps, les hommes connaissaient ces égarements. Et Rosie était une telle *mafiosa* ! Comment ne pas succomber ? Mais voilà, malgré toutes ses qualités, cette jeune femme représentait désormais un danger potentiel.

Mr Pryor décida donc de régler par lui-même ce problème. Ce n'était pas la première fois qu'il intervenait dans la vie de Rosie, il l'avait déjà fait à Londres. Bien sûr, il ne pouvait espérer avoir l'assentiment d'Astorre ; Mr Pryor connaissait les risques encourus s'il décidait d'agir de son propre chef ; Astorre était un homme dangereux et on ne pouvait impunément passer outre son avis – mais c'était avant tout un homme de raison. Mr Pryor était sûr de pouvoir le convaincre du bien-fondé de son action après coup. Astorre se rangerait à son avis, et oublierait cette petite trahison.

Il n'y avait pas d'autre solution. Il fallait en passer par là. Mr Pryor appela donc Rosie un soir. Elle était ravie de son coup de fil, en particulier lorsqu'il lui dit qu'il voulait la voir pour lui apprendre de bonnes nouvelles. Lorsqu'il raccrocha, Mr Pryor ne put s'empêcher d'avoir un soupir chargé de regret.

Il emmena ses deux neveux avec lui, l'un comme chauffeur, l'autre comme garde du corps. Il en laissa un dans la voiture et monta avec l'autre jusqu'à l'appartement de Rosie.

Sitôt qu'ils furent entrés, Rosie se jeta dans les bras de Mr Pryor, prenant de court son neveu qui porta sa main sous sa veste par réflexe.

Elle avait fait du café et préparé un assortiment de pâtisseries qui provenaient tout droit de Naples. Mr Pryor les trouva succulentes. C'étaient les meilleurs gâteaux qu'il avait eu l'occasion de manger, alors qu'il se considérait un expert en la matière.

— Vous êtes vraiment adorable, dit-il avant de se tourner vers son neveu. Tiens, prends-en un.

Mais le jeune homme s'était posté dans un coin de la pièce, regardant de loin la petite comédie que jouait son oncle.

Rosie tapota le feutre de Mr Pryor posé à côté de lui.

— Je préférais votre chapeau melon anglais, lança-t-elle d'un air espiègle. Vous étiez plus rigolo avec.

— Bah ! quand on change de pays, on se doit de changer de couvre-chef ! Je suis venu vous voir, ma chère Rosie, pour vous demander une grande faveur.

Il remarqua son infime hésitation avant qu'elle ne songe à montrer son enthousiasme en frappant dans ses mains :

— Mais bien sûr, tout ce que vous voulez. Je vous dois tant !

Mr Pryor était lui aussi sous le charme de la jeune femme, mais il ne pouvait faire machine arrière.

— Voilà Rosie, commença-t-il Je voudrais que vous preniez vos dispositions afin de pouvoir partir demain pour la Sicile. Juste un séjour de quelques jours, pas plus.

Astorre vous attend là-bas ; vous lui remettrez de ma part des documents que je vais vous confier, dans le plus grand secret, cela va sans dire. Vous lui manquez beaucoup, et il se fait une joie de vous retrouver en Sicile.

Rosie rougit de bonheur.

— Il veut vraiment me voir ?

— Bien sûr.

La vérité était qu'Astorre s'apprêtait à quitter la Sicile et serait de retour à New York le lendemain soir. Rosie et Astorre se croiseraient sans doute au-dessus de l'Atlantique, chacun dans son avion.

Rosie se montra soudain timide.

— Je ne peux pas partir aussi vite. Il faut que je réserve mon billet, que je passe à la banque...

— Sans vouloir paraître présomptueux, je puis vous assurer que je me suis occupé de tous ces détails.

Il lui tendit une grande enveloppe blanche.

— Voici votre billet. Une place en première classe. Ainsi que dix mille dollars pour vos dépenses de dernières minutes et autres frais. Mon neveu, que vous voyez assis là-bas comme un ahuri, passera vous prendre en voiture demain matin. À Palerme vous serez accueillie par Astorre ou par l'un de ses amis.

— Il faut que je sois revenue dans une semaine, précisa Rosie. J'ai des examens pour mon doctorat.

— Ne vous inquiétez pas. Vous ne raterez aucun examen. Je vous le promets. Vous ai-je jamais mise en mauvaise posture ?

Sa voix était douce et rassurante comme celle d'un gentil tonton pour sa nièce, mais en son for intérieur, il se disait : quel dommage qu'elle ne doive jamais revoir l'Amérique ; une si charmante fille.

Ils burent leur café en mangeant des gâteaux. Le neveu refusa encore une fois toute collation, malgré l'insistance aimable de Rosie. Leur bavardage fut interrompu par la sonnerie du téléphone. La jeune femme décrocha.

— Oh Astorre ! Quelle surprise ! Tu appelles de Sicile ? Mr Pryor m'a tout expliqué. Oui, il est assis en face de moi. On prend le café.

Mr Pryor continua à boire son café comme si de rien n'était, mais son neveu se leva de sa chaise ; il se rassit aussitôt sous l'œil réprobateur de son oncle.

Rosie ne disait rien et regardait Mr Pryor d'un air interrogateur, qui hochait la tête pour la rassurer.

— Oui, il avait tout arrangé pour que l'on se retrouve en Sicile et que l'on passe une semaine ensemble. (Elle se tut et écouta Astorre.) Oui, bien sûr, je suis un peu déçue. C'est vraiment dommage que tu aies dû rentrer aussi vite. Tu veux lui parler ? Non ? D'accord, je vais le lui dire.

Elle raccrocha.

— Quelle guigne, annonça-t-elle en se tournant vers Mr Pryor. Il a dû rentrer plus tôt que prévu. Mais il veut que vous l'attendiez. Il arrive d'ici une demi-heure.

Mr Pryor piocha un autre gâteau sur le plateau.

— Mais avec joie.

— Il vous expliquera tout en détail quand il sera là. Encore un peu de café ?

Mr Pryor acquiesça, puis poussa un soupir.

— Vous auriez passé un séjour merveilleux en Sicile. Quel dommage.

Il imaginait son enterrement dans un cimetière sicilien, comme tout cela aurait été sinistre. Il se tourna vers son neveu.

— Va m'attendre en bas, dans la voiture.

Voyant le jeune homme se lever à contrecœur, Mr Pryor lui fit signe de se hâter. Rosie, courtoise, le raccompagna jusqu'à la porte.

Une fois son neveu parti, Mr Pryor se tourna vers Rosie et lui demanda d'un ton presque inquiet :

— Avez-vous été heureuse ces dernières années mon enfant ?

Astorre était rentré de Sicile la veille. Aldo Monza était venu le prendre au petit aéroport du New Jersey. Il avait, bien entendu, voyagé à bord d'un avion privé avec un faux passeport. C'est par pur hasard qu'il avait appelé Rosie – une impulsion subite ; le désir de la voir, de passer une nuit agréable en sa compagnie. Lorsque la jeune femme lui apprit que Mr Pryor était chez elle, tous ses signaux de dangers étaient passés au rouge. Lorsqu'elle lui parla de son voyage en Sicile, Astorre comprit aussitôt ce que fomentait Mr Pryor. Il tenta de dissimuler sa fureur. Son vieil ami pensait agir au mieux, à l'aune de sa propre expérience, mais aux yeux d'Astorre le prix était trop lourd à payer. Sa propre sécurité n'était pas si précieuse.

Lorsque Rosie ouvrit la porte, elle l'enlaça tendrement. monsieur Pryor se leva de son siège ; Astorre marcha vers lui et l'embrassa ; le vieil homme fut pour le moins étonné.

Astorre ne l'avait pas habitué à ce genre de gestes d'affection. Puis, à sa grande surprise, Astorre lança à Rosie :

— Pars pour la Sicile demain comme prévu. Je te rejoindrai là-bas dans quelques jours. On va s'offrir des vacances en amoureux !

— Génial ! Je ne suis jamais allée en Sicile.

Il se tourna vers Mr Pryor.

— Merci pour avoir tout arrangé. (Puis, il s'adressa de nouveau à Rosie.) Il faut que je file ! Je te verrai en Sicile. Ce soir, j'ai des affaires importantes à régler avec notre vieil ami. Alors prépare tes valises pour le voyage. Et ne te surcharge pas de vêtements ; on fera des emplettes à Palerme.

— D'accord.

Elle fit une bise à Mr Pryor et donna un long baiser à Astorre sur le pas de la porte.

Une fois que les deux hommes furent dans la rue, Astorre donna ses instructions :

— Montez avec moi dans ma voiture. Dites à vos neveux de rentrer chez eux. Vous n'aurez plus besoin d'eux pour cette nuit.

Ce fut à cet instant que Mr Pryor eut une bouffée d'angoisse.

— J'ai fait ça pour ton bien, déclara-t-il.

Monza était au volant. Ils prirent place à l'arrière et la voiture démarra.

— Personne au monde ne vous estime plus que moi, monsieur Pryor. Mais qui est le chef, vous ou moi ?

— La question ne se pose même pas.

— Je comptais vous faire part tôt ou tard du problème que posait Rosie, poursuivit Astorre. Je reconnais que le danger est réel et je suis heureux que vous m'ayez forcé à agir. Mais je tiens à elle. Il est donc acceptable de prendre quelques risques. Alors voici mes ordres : une fois qu'elle sera arrivée en Sicile, trouvez-lui une belle maison, avec une ribambelle de domestiques – le grand train ! Qu'elle s'inscrive à l'université de Palerme. Il faudra lui donner une pension généreuse, très généreuse, et Bianco la présentera au gratin de toute la société sicilienne. Nous la rendrons heureuse là-bas ; Bianco s'occupera des problèmes s'il en survient. Je sais que vous n'approuvez pas mon affection pour elle, mais c'est plus fort que moi. Je compte sur ses propres faiblesses pour trouver le bonheur à Palerme. Elle aime l'argent et le plaisir, qui l'en blâmerait au fond ? À partir d'aujourd'hui vous êtes responsable de sa sécurité. Alors pas d'accident.

— J'aime beaucoup moi-même cette demoiselle, comme tu le sais. C'est une vraie *mafiosa*. Tu retournes en Sicile ?

— Non, répondit Astorre. J'ai des affaires plus urgentes à régler ici.

13

Une fois qu'elle eut passé sa commande, Nicole regarda Marriano Rubio avec intensité. Elle avait deux messages importants à délivrer – c'était sa mission de la journée – et elle tenait à ce que l'info soit reçue cinq sur cinq par l'intéressé.

Rubio avait choisi un restaurant français chic où les serveurs attendaient dans les starting-blocks avec, à la main, de grands moulins à poivre et de longues corbeilles à pain. Rubio n'aimait guère cette cuisine, mais il connaissait le maître d'hôtel ; il était donc assuré d'avoir une table agréable dans un coin tranquille. Il invitait souvent ici ses conquêtes féminines.

— Tu es bien silencieuse, ce soir, dit-il en tendant le bras pour lui prendre la main. (Nicole sentit un frisson lui traverser tout le corps. Une bouffée de haine l'envahit à l'idée qu'il puisse avoir encore un tel pouvoir sur elle ; elle retira sa main.) Tu vas bien ? s'enquit-il.

— J'ai eu une journée difficile.

— Ah ! C'est le prix à payer lorsqu'on travaille dans un nid de serpents ! lâcha Rubio dans un soupir. (Il n'avait aucun respect pour les activités de Nicole.) Pourquoi ne jettes-tu pas l'éponge ? Il est temps de penser un peu à toi, non ?

Combien de femmes étaient tombées dans le panneau ? se demanda Nicole. Combien avaient abandonné leur carrière pour son regard ténébreux de Latin ?

— Ne me tente pas, minauda Nicole.

Cette réponse surprit Rubio, car il savait Nicole tout entière dévouée à son travail. Mais c'était, au fond, la réponse qu'il espérait.

— Laisse-moi prendre soin de toi, insista-t-il. Et puis, combien de sociétés te reste-t-il à poursuivre en justice ? Tu as bientôt fait le tour.

Un serveur vint ouvrir une bouteille de vin blanc, tendit le bouchon sous le nez de Rubio pour qu'il en vérifie l'arôme, et en versa une larme dans un élégant verre de cristal. Rubio goûta le vin, opina du chef et reporta son attention sur Nicole.

— Je laisserais bien tout tomber, mais j'ai engagé des combats que je veux mener à terme. (Elle but une gorgée de vin.) Dernièrement, j'ai pas mal pensé à l'idée de me reconvertir dans les banques.

Rubio plissa les yeux.

— C'est une chance pour toi que les banques soient dans ta famille.

— C'est vrai, reconnut Nicole ; malheureusement, mon père ne pensait pas qu'une femme fût capable de diriger une telle affaire. Je dois donc attendre que mon cousin fasse une bourde. (Elle releva la tête pour observer la réaction de Rubio et ajouta :) Au fait, Astorre est persuadé que tu cherches à lui régler son compte.

Rubio tenta de paraître amusé.

— Ah oui ? Et comment pourrais-je accomplir ce prodige ?

— Oh, je ne sais pas, répondit Nicole, agacée. Je te rappelle que c'est un gars qui vend des pâtes. Il a le cerveau embrumé par la farine. Il dit que tu veux te servir des banques pour blanchir de l'argent et je ne sais quoi encore ! Il a même tenté de me convaincre que tu as essayé de me kidnapper. (Nicole rassembla tout son courage ; elle arrivait au point crucial du message.) Mais je ne peux pas croire ça. Pour moi, c'est Astorre qui n'est pas net. Il sait que mes frères et moi voulons le contrôle des banques, alors il cherche à nous rendre paranoïaques, à nous fiche la frousse. Mais on en a assez, mes frères et moi, d'écouter ses sornettes.

Rubio dévisagea Nicole un long moment. Il se savait doué pour distinguer le vrai du faux. En tant que diplomate, il côtoyait nombre de chefs d'État – et parmi les plus respectables – qui usaient et abusaient du mensonge. Et aujourd'hui, en sondant le regard de Nicole, il vit qu'elle lui disait la stricte vérité.

— Tu en as assez... à quel point ?

— On en a tous ras le bol. La coupe est pleine !

Un bataillon de serveurs apparut et s'activa autour de leur table pour servir les plats. Lorsque l'essaim eut regagné les cuisines, Nicole se pencha vers Rubio, et murmura :

— Mon cousin travaille jusque tard dans la nuit à son entrepôt. Presque tous les jours...

— Où veux-tu en venir ?

Nicole prit son couteau et commença à couper sa viande. Des médaillons de magret baignant dans une sauce orange.

— Nulle part. Mais je ne vois pas pourquoi un propriétaire d'un consortium de banques internationales passe toutes ses nuits dans un entrepôt de pâtes. Je te le demande ! Si j'avais le contrôle des banques, je ne quitterais pas mon fauteuil de banquier et je m'activerais à faire gagner de l'argent à mes partenaires financiers.

À ces mots, Nicole mordit dans son morceau canard. Elle esquissa un sourire :

— C'est délicieux.

En plus de toutes ses qualités, Georgette était une femme organisée. Tous les mardis, elle offrait deux heures de son temps au comité national contre la peine de mort ; elle répondait au téléphone, révisait les plaidoiries des avocats en charge de détenus patientant dans le couloir de la mort. Nicole savait donc exactement où et quand délivrer son second message de la journée.

Lorsque Georgette vit Nicole entrer dans le bureau, son visage s'éclaira. Elle se leva pour embrasser la jeune femme.

— Dieu du ciel ! lança Georgette. Cela a été une journée de cauchemar. Je suis bien contente que tu sois là. Tu vas me remonter le moral !

— Je ne sais pas si je vais t'être d'une grande aide. J'ai un sérieux problème sur les bras. Je dois en discuter avec toi.

Dans les années passées, elles avaient travaillé ensemble. Nicole n'avait encore jamais abordé de sujets personnels avec Georgette, même si les deux femmes entretenaient des relations de travail amicales. Georgette ne parlait à personne des activités de son mari. Et Nicole ne voyait pas l'intérêt de raconter ses aventures à des femmes mariées – toutes se sentaient obligées d'y aller de leur conseil sur la meilleure façon de mener un homme devant l'autel, ce qui n'était absolument pas le propos. Nicole préférait parler de sexe et de ses joies, mais ce genre de sujet mettait les épouses modèles souvent mal à l'aise. Peut-être, songeait Nicole, n'aimaient-elles pas évoquer ce qui leur faisait le plus cruellement défaut ?

Georgette, attentionnée, voulut s'enquérir des soucis de Nicole. Comme il s'agissait d'une affaire privée, les deux femmes trouvèrent un coin tranquille – un petit bureau inoccupé au bout du couloir – pour pouvoir bavarder en toute discrétion.

— Je n'ai encore parlé de cela à personne, commença Nicole ; comme tu le sais, mon père était Raymond Aprile – plus connu sous le nom de Don Aprile. Ce nom te dit quelque chose ?

— Je ne crois pas que nous devrions avoir cette conversation, répondit-elle en se levant.

— Assieds-toi, s'il te plaît, l'interrompit Nicole. J'ai des choses à te dire. Tu dois m'écouter.

Georgette parut mal à l'aise, mais obtempéra. En vérité, la famille de Nicole avait toujours excité sa curiosité, mais elle considérait le sujet tabou. Comme nombre d'autres personnes, Georgette supposait que Nicole, par son engagement dans la lutte contre la peine de mort, tentait de racheter les péchés de son père. Quel cauchemar que de grandir dans le monde noir du crime ! Comme cela devait être embarrassant. Georgette pensait à sa propre fille, à sa gêne de se trouver en public avec l'un ou l'autre de ses parents. Comment Nicole avait-elle pu survivre à ça ?

Nicole savait que Georgette ne trahirait jamais son mari, mais elle avait un cœur prêt à compatir, et un esprit ouvert. Comment, sinon, aurait-elle pu offrir de son temps pour défendre des meurtriers ? Nicole la regarda droit dans les yeux et déclara :

— Mon père a été tué par des gens qui étaient en relation étroite avec ton mari. Mes frères et moi avons la preuve que ton mari a accepté des pots-de-vin de ces personnes.

La réaction première de Georgette fut l'effarement, puis l'incrédulité. Elle resta silencieuse. Mais la consternation ne dura que quelques secondes. La colère prit le dessus :

— Comment oses-tu ! souffla-t-elle avec des yeux étincelant de fureur. Kurt préférerait mourir que violer la loi !

La foi de Georgette en son mari était impressionnante. Jamais elle ne douterait de lui.

— Kurt n'est pas l'homme qu'il paraît être, poursuivit Nicole. Et je comprends ta colère. Je viens de lire le dossier du FBI sur mon père ; malgré tout l'amour que j'ai pour lui et sa mémoire, je sais qu'il ne m'a pas tout dit. Il avait des secrets. Comme Kurt a les siens.

Nicole parla alors du million de dollars que Portella avait viré sur un compte de Cilke ainsi que des relations d'affaires que Portella entretenait avec des magnats de la drogue et des tueurs à gages – des ententes qui ne pouvaient être conclues sans la bienveillance tacite de Cilke.

— Je ne te demande pas de me croire, reprit Nicole. Tout ce que j'espère c'est que tu en parleras à ton mari pour que tu puisses te rendre compte par toi-même que je dis la vérité. S'il est l'homme que tu dis, il ne te mentira pas, pas à toi.

Georgette ne laissa rien paraître des doutes qui l'assaillaient.

— Pourquoi me racontes-tu tout ça ? articula-t-elle avec froideur.

— Parce que ton mari a lancé une vendetta contre ma famille. Il va laisser ses associés assassiner mon cousin Astorre afin de prendre le contrôle des banques de la famille. C'est pour demain soir. Cela se passera à l'entrepôt de mon cousin.

Georgette lâcha un rire nerveux.

— Je ne te crois pas. (Elle se leva et se dirigea vers la porte.) Je suis désolée Nicole. Je sais que tu es inquiète, mais nous n'avons plus rien à nous dire.

Ce soir-là, dans le ranch spartiate où sa famille avait émigré, Cilke faisait face à son pire cauchemar. Lui et sa femme avaient fini de dîner, ils étaient assis, l'un en face de l'autre, en train de lire, lorsque Georgette avait posé son livre et murmuré :

— Kurt, il faut que je te parle de Nicole Aprile…

Durant toutes ces années de vie commune, jamais Georgette ne lui avait posé de questions sur son travail. Elle ne tenait pas à connaître des secrets d'État. Elle n'avait aucune inclination pour ce genre de responsabilités. C'était une part de son existence qu'il devait garder pour lui seul. Parfois, allongée à côté de lui dans leur lit, elle s'interrogeait, se demandait comment se déroulait son travail – quelles tactiques il utilisait pour obtenir ses informations, comment il faisait pression sur ses suspects, parce qu'il fallait bien les faire parler, il n'avait pas le choix… Mais dans son imagination, elle le voyait toujours comme l'agent spécial irréprochable – en costume cravate, tiré à quatre épingles, avec un exemplaire de la Constitution et des Droits de l'homme dans chaque main. En son for intérieur, elle savait que c'était une image d'Épinal qui ne pouvait être vraie. Son mari était, certes, un homme de bonne volonté, mais avant tout de *volonté*. Il pouvait aller très loin pour défaire ses ennemis ; mais c'était là une réalité qu'elle préférait ne pas examiner de trop près.

Cilke lisait un roman à suspense – le dernier tome d'une trilogie policière, traitant d'un tueur en série qui voulait faire de son fils un prêtre. Lorsque Georgette prononça le nom de Nicole Aprile, il referma aussitôt son livre.

— Je t'écoute.

— Nicole m'a dit certaines choses aujourd'hui – sur toi et sur les enquêtes que tu mènes. Je sais que tu n'aimes pas parler de ton travail, mais elle a proféré de graves accusations.

Une bouffée de rage monta en lui, une fureur si intense qu'elle lui brouilla la vue un instant. D'abord, ils avaient tué ses chiens ; puis ils avaient détruit sa maison. Et maintenant ils salissaient ce qu'il y avait de plus beau dans sa vie ! Lorsque les tambourinements de son cœur se furent quelque peu apaisés, il demanda à sa femme de lui raconter en détail ce qui s'était passé. Il sentait la colère en lui, toute proche, prête à exploser ; il devait faire appel à toute sa volonté pour la contenir.

Georgette rapporta sa conversation avec Nicole, en scrutant les réactions de son mari. Son visage ne laissait paraître ni surprise, ni colère. Lorsqu'elle lui eut tout dit, il déclara :

— Je te remercie de ta confiance, ma chérie. Cela a dû être très difficile pour toi de me raconter tout ça. Je suis désolé qu'on t'ait infligé cette épreuve.

Il se leva de sa chaise et se dirigea vers la porte.

— Où vas-tu ?

— Prendre l'air. J'ai besoin de réfléchir.

— Kurt ?

Sa voix était lourde d'interrogation. Elle avait besoin d'être rassurée.

Cilke avait juré de ne jamais mentir à sa femme. Si elle insistait, il lui dirait la vérité. Il n'aurait pas le choix et devrait en assumer les conséquences. Peut-être comprendrait-elle, peut-être chasserait-elle de ses pensées ces choses inavouables, les occulterait à jamais et tout redeviendrait comme avant, comme s'il n'avait rien dit ?

— Y a-t-il quelque chose que tu puisses me dire ? souffla-t-elle.

Il secoua la tête.

— Non. Je ferais n'importe quoi pour toi. Tu le sais, n'est-ce pas ?

— Je le sais. Mais j'ai besoin de savoir. Pour nous, et pour notre fille.

Il n'y avait plus d'échappatoire possible. Elle ne le verrait plus jamais avec les mêmes yeux s'il lui avouait la vérité. À cet instant, Cilke brûlait d'écraser le crâne d'Astorre entre ses mains. Que pouvait-il dire à sa femme au juste ? J'ai accepté des pots-de-vin à la demande expresse du FBI ? On a fermé les yeux sur des crimes mineurs pour pouvoir empêcher de plus gros ? On a violé certaines lois pour préserver les plus importantes ? Toutes ces réponses ne feraient que renforcer son courroux ; il respectait trop sa femme pour lui raconter ce genre de balivernes.

Cilke quitta la maison sans un mot. Lorsqu'il fut de retour, Georgette faisait semblant de dormir. Sa décision était prise. Demain soir, il irait trouver Astorre Viola et exigerait réparation !

Aspinella Washington ne haïssait pas tous les hommes, mais elle était étonnée du nombre qui la laissaient froide. Ils étaient si... inutiles.

Après s'être occupée d'Heskow, elle avait été brièvement interrogée par deux officiers de la sécurité de l'aéroport – deux types trop stupides ou trop lâches pour contester sa version des événements. Lorsque les flics avaient découvert cent mille dollars scotchés sur le corps d'Heskow, ils eurent tôt fait de trouver une explication à ce qui s'était passé. Ils décidèrent que nettoyer l'endroit avant l'arrivée de l'ambulance méritait salaire... ils donnèrent une liasse maculée de sang à Aspinella qui vint s'ajouter aux trente mille dollars que lui avait déjà versés Heskow.

Aspinella ne connaissait que deux utilités à l'argent, pas une de plus. Elle en enferma donc la majeure partie dans son coffre, ne gardant sur elle que trois mille dollars. Elle avait laissé des instructions à sa mère si quelque chose lui arrivait : tout l'argent – plus de trois cent mille dollars de pots-de-vin – devait revenir à sa fille. Avec les trois mille restants, la policière prit un taxi jusqu'à l'angle de la Cinquième Avenue et de la Cinquante-Troisième Rue, là où se trouvait le magasin sado-maso le plus chic de la ville. Elle emprunta l'ascenseur pour rejoindre une suite privative au deuxième étage.

Une femme en tailleur strict, affublée d'une paire de lunettes à la dernière mode, encaissa l'argent et l'accompagna jusqu'au bout du couloir, où l'attendait un bain parfumé aux huiles de Chine. Aspinella se prélassa dans l'eau pendant une vingtaine de minutes, en écoutant des chants grégoriens, avant l'arrivée de Rudolpho, un maître ès massage érotique.

Rudolpho recevait trois mille dollars pour une séance de deux heures, ce qui, comme il aimait le faire remarquer à ses clientes, dépassait le tarif horaire des avocats les plus cotés de la ville. « Quitte à se faire baiser, disait-il avec son accent bavarois et son petit sourire aux lèvres, autant que cela fasse du bien ! »

Aspinella avait eu vent de l'existence de Rudolpho alors qu'elle menait une enquête pour la brigade des mœurs parmi les plus grands hôtels de New York ; un directeur, craignant d'être appelé à témoigner, lui avait parlé de Rudolpho dans l'espoir de s'attirer les faveurs de la policière. Aspinella pensait qu'il vantait un peu trop la marchandise, mais lorsqu'elle eut fait la connaissance de l'étalon en question et de ses massages, elle décida qu'il aurait été un crime de priver la gent féminine de ses dons extraordinaires.

Au bout d'un moment, il toqua à la porte et demanda :

— Je peux entrer ?

— Plutôt deux fois qu'une, chéri ! répliqua Aspinella.

Il pénétra dans la pièce et la regarda :

— Génial, votre bandeau !

La première fois, elle avait été surprise de voir entrer Rudolpho entièrement nu. « Pourquoi s'habiller s'il faut se déshabiller juste après ? » C'était un spécimen extraordinaire, grand et beau, avec un tigre tatoué sur le biceps gauche et une toison blonde sur le poitrail. Aspinella raffolait particulièrement de cette toison qui le différenciait de tous ces mannequins de magazine épilés, rasés et huilés, à tel point que l'on ne savait plus si c'étaient des hommes ou des femmes.

— Comment ça va, ces temps-ci ?

— Arrête tes simagrées ! Tu te fiches de savoir comment je vais, répondit Aspinella. Tout ce qui importe pour toi, c'est que j'aie besoin de tes talents.

Rudolpho commença par le dos, pressant ses paumes sur sa peau, dénouant tous ses nœuds. Puis il lui massa doucement le cou avant de la retourner et de lui caresser les seins et le ventre. Puis il entreprit de la caresser entre les jambes ; elle était déjà mouillée, le souffle court.

— Pourquoi les autres hommes ne me font-ils jamais ça ? souffla Aspinella avec un soupir d'extase.

Rudolpho s'apprêtait à se lancer dans le clou de sa prestation : le massage lingual, qu'il faisait de façon experte et avec une vigueur hors pair. Mais il était troublé par la question d'Aspinella, bien qu'il l'eût entendue maintes fois. Chaque fois, c'était une surprise pour lui. La ville semblait pleine de femmes sexuellement insatisfaites.

— C'est un mystère pour moi. Et vous, à votre avis, pourquoi les hommes ne font pas ça ?

Elle n'avait aucune envie de descendre de son petit nuage de plaisir, mais Rudolpho avait, à l'évidence, besoin d'une pause avant le grand final.

— Les hommes sont faibles, répondit-elle. Ce sont nous, les femmes, qui prenons toutes les décisions importantes ; quand nous marier ; quand avoir des gosses. Nous les dirigeons et les tenons pour responsables de leurs actes.

Rudolpho sourit poliment.

— Je ne vois pas le rapport avec le sexe.

Aspinella brûlait qu'il se remette à l'ouvrage.

— Je n'en sais rien. C'est juste une théorie comme ça.

Rudolpho reprit ses massages – avec lenteur, rythme, et continuité. Il ne semblait jamais fatigué. Chaque fois qu'il lui faisait atteindre de nouveaux sommets de plaisirs, elle imaginait les abysses de souffrances insondables dans lesquelles elle allait plonger Astorre Viola et sa bande. Demain soir, ce sera l'extase promise.

La société des pâtes Viola était située dans un grand entrepôt en brique sur Lower East Side à Manhattan. Plus de cent personnes travaillaient là, déchargeant des containers de pâtes en provenance d'Italie sur un grand tapis roulant qui les triait par catégorie et les empaquetait.

Un an plus tôt, inspiré par un article traitant des moyens pour les PME d'améliorer leur chiffre d'affaire, Astorre avait embauché un consultant, tout frais émoulu d'Harvard, pour rénover l'entreprise. Le jeune homme avait conseillé à Astorre de doubler ses prix, de changer le nom de sa marque pour « La bonne *pasta* de l'oncle Vito », et de se débarrasser de la moitié de ses employés, qui pourraient être remplacés, au coup par coup, par des CDD à moitié prix. Pour cette dernière suggestion, c'est le consultant dont Astorre se débarrassa.

Le bureau d'Astorre Viola se trouvait au rez-de-chaussée. L'entrepôt était grand comme un terrain de football, bordé de deux lignes de machines rutilantes. Le fond du bâtiment s'ouvrait sur les aires de chargement des camions. Des caméras vidéo surveillaient les accès et les dédales de l'usine, de sorte qu'Astorre pouvait, depuis son bureau, repérer d'éventuels visiteurs et suivre toute la production. D'ordinaire, l'usine fermait à dix-huit heures, mais ce soir Astorre avait gardé avec lui cinq de ses meilleurs employés *qualifiés* ainsi qu'Aldo Monza. Il attendait une visite.

Lorsque Astorre, la veille, avait expliqué son plan d'attaque à Nicole, elle s'y était vivement opposée :

— Primo cela ne marchera pas, avait-elle lancé en secouant la tête avec énergie. Et secundo, je ne veux pas être complice d'un meurtre !

— Ils ont tué ta garde du corps et ils ont essayé de te kidnapper, répondit tranquillement Astorre. Nous sommes tous en danger. Il faut passer à l'action.

Nicole songea à Hélène, puis se souvint de toutes les discussions houleuses qu'elle avait eues à table avec son père – il aurait réclamé la vengeance, à n'en pas douter. Le grand Don Aprile lui aurait dit qu'elle le devait au nom de la mémoire de son amie ; il lui aurait également rappelé que prendre des dispositions pour protéger la famille était un mal raisonnable et nécessaire.

— Pourquoi ne pouvons-nous pas aller trouver la police ?

La réponse d'Astorre fut sans appel :

— Parce qu'il est trop tard.

Astorre patientait à présent dans son bureau – appât vivant. Grâce à Grazziella, il savait que Portella et Tulippa étaient en ville pour tenir conseil. Les propos qu'avait tenus Nicole à Rubio allaient-ils suffire à les convaincre de venir lui rendre visite ? Il allait bientôt en avoir le cœur net. Il y avait de fortes chances toutefois qu'ils aient envie de tenter une dernière médiation pour le persuader de vendre les banques avant d'avoir recours à l'artillerie. Ils vérifieraient, bien sûr, qu'Astorre serait sans arme ; il n'avait donc rien sur lui, à l'exception d'un *stiletto*, glissé dans un fourreau cousu à l'intérieur de sa manche de chemise.

Astorre surveillait les écrans vidéo lorsqu'il vit six hommes entrer par l'arrière du bâtiment. Il avait donné ordre à ses hommes de rester cachés et de n'attaquer qu'à son signal.

Il reconnut Portella et Tulippa parmi le groupe d'intrus. Au moment où ils sortirent du champ de vision des caméras, il entendit des bruits de pas s'approcher de son bureau. S'ils avaient dans l'idée de le tuer, Monza et son équipe étaient prêts à intervenir pour lui porter secours.

Mais Portella l'appela.

Astorre ne répondit pas.

Pendant quelques secondes, Portella et Tulippa hésitèrent devant la porte.

— Entrez donc, lança finalement Astorre avec un grand sourire. (Il se leva pour leur serrer la main.) Quelle surprise ! J'ai rarement des visiteurs à cette heure. Je peux vous être utile en quoi que ce soit ?

— Ouais, ricana Portella. On a un gros dîner et on est à court de pâtes !

Astorre ouvrit les bras d'un geste théâtral :

— Mes pâtes sont à vous !

— Et les banques, elles sont aussi à nous ? lâcha Tulippa d'un air revêche.

Astorre s'était préparé à ça.

— Il est urgent que nous ayons une discussion sérieuse à ce propos. Il est grand temps de nous entendre. Mais avant tout, venez, je vais vous faire visiter l'usine. J'en suis très fier.

Tulippa et Portella échangèrent un regard. Ils se méfiaient.

— D'accord, mais vite fait, répondit Tulippa en se demandant comment un clown comme Astorre avait pu survivre aussi longtemps.

Astorre les conduisit vers les chaînes d'emballage. Les quatre hommes qui les avaient accompagnés se tenaient à proximité. Astorre les salua avec chaleur, leur serrant la main, un à un, et les complimentant sur leur tenue vestimentaire.

Les hommes d'Astorre surveillaient la scène avec attention, attendant le signal d'Astorre pour passer à l'attaque. Monza était posté sur la mezzanine avec trois tireurs, hors de vue. Les autres étaient disséminés aux quatre coins de l'entrepôt.

De longues minutes s'écoulèrent tandis qu'Astorre faisait faire le tour du propriétaire à ses visiteurs. Puis Portella n'y tenant plus, lâcha :

— Il est évident que ton cœur est ici ! Pourquoi ne pas nous laisser diriger les banques ? Nous allons te faire une dernière offre et revoir ton pourcentage à la hausse.

Astorre était sur le point de donner l'ordre de tirer, mais soudain, il entendit les bruits d'une fusillade. Il vit trois de ses hommes tomber de la mezzanine et s'écraser sur le ciment du rez-de-chaussée. Il sonda du regard le bâtiment, cherchant à repérer Monza, tout en allant se mettre à l'abri derrière une empaqueteuse.

De sa cachette, il vit une femme noire, avec un bandeau vert sur un œil, courir dans leur direction, avec à la main un fusil d'assaut ; elle attrapa Portella, lui donna un grand coup de crosse dans le ventre, jeta le fusil au sol et sortit un revolver.

— OK ! hurla Aspinella Washington, tout le monde lâche ses armes. Tout de suite !

Voyant que personne ne bougeait, sa réaction fut immédiate ; elle saisit Portella par le cou, le retourna et lui tira deux balles dans l'abdomen. Au moment où Portella s'effondrait, plié en deux, elle lui asséna un coup de crosse sur le crâne et un coup de pied dans les dents.

Puis elle attrapa Tulippa et lança :

— Tu es le suivant, si tes petits copains ne font pas ce que je dis. Avec moi, c'est œil pour œil, connard !

Portella se savait condamné ; il ne lui restait plus que quelques minutes à vivre. Sa vue commençait à se brouiller. Il rampait au sol, suffoquant, sa chemise à fleurs dégoulinante de sang. Sa bouche était du plâtre.

— Faites ce qu'elle dit, grogna-t-il faiblement.

Les hommes de Portella obéirent.

Il avait toujours entendu dire qu'il n'y avait pas plus douloureux que de recevoir une balle dans le ventre. C'était une mort terrible, disait-on. Il s'apercevait, à présent, du bien-fondé de cette affirmation. Chaque fois qu'il prenait une inspiration, il avait l'impression qu'on lui transperçait le cœur avec un poignard. Il perdit bientôt la maîtrise de ses sphincters et son urine forma une tache noire sur son beau pantalon bleu tout neuf. Il tenta d'observer son agresseur, malgré sa vue brouillée – une femme noire athlétique qu'il ne connaissait pas. Il voulut articuler : « Qui êtes-vous ? » Mais aucun son ne sortit de sa bouche. Sa dernière pensée fut curieusement altruiste : qui donc allait prévenir son frère Bruno de sa mort ?

En quelques instants, Astorre comprit ce qui se passait. Il n'avait jamais vu l'inspectrice Aspinella Washington, hormis dans les magazines et les journaux TV, mais sa présence en ces lieux prouvait qu'elle avait coincé Heskow et que celui-ci devait être mort à l'heure qu'il était. Astorre n'allait pas pleurer la disparition de ce filou. Heskow était prêt à dire ou faire n'importe quoi pour rester en vie ; c'était là un grand défaut de sa personne. Il était juste qu'il soit sous terre, à présent, avec ses chères fleurs.

Tulippa ignorait totalement qui était cette furie noire qui pressait le canon de son arme sur sa gorge. Il avait fait confiance à Portella pour assurer leur sécurité et avait donné à ses propres gardes du corps leur soirée. Regrettable erreur. L'Amérique n'est pas un pays comme les autres, songea-t-il. C'est une cocotte sous pression. La violence peut jaillir n'importe où, à n'importe quel moment. Et jamais là où on l'attend.

Tandis qu'Aspinella accentuait la pression de l'arme sur sa gorge, Tulippa se fit une promesse : s'il survivait à cette soirée et rentrait en Amérique du Sud sain et sauf, il mettrait les bouchées doubles pour lancer la production de son arsenal nucléaire. Il veillerait personnellement à raser ce pays de malheur, en particulier Washington, cette capitale arrogante emplie de gros lards avachis dans leurs fauteuils en cuir, ainsi que New York, la *Big Apple* véreuse, qui engendrait trop de dingues, comme cette possédée borgne.

Kurt Cilke avait surveillé l'usine Viola toute la journée. Installé dans sa Chevrolet bleue, avec pour seuls compagnons un pack de bières et le dernier *Newsweek*, il attendait qu'Astorre sorte de sa tanière.

Il était venu seul, ne voulant impliquer d'autres agents fédéraux dans cette affaire qui allait mettre, sans doute, un terme définitif à sa carrière. Lorsqu'il vit Tulippa et Portella entrer dans le bâtiment, une montée de bile lui vrilla l'estomac. Astorre était décidément un vrai renard ! Si, comme le supposait Cilke, les deux hommes attaquaient Astorre, il serait de son devoir d'agent fédéral de le protéger. D'un côté, Astorre sortirait libre et grandi de cette histoire, car il n'aurait pas trahi l'*omerta*. Et de l'autre, Cilke aurait réduit à néant des années de dur labeur en l'espace d'un instant...

Mais lorsque Cilke vit Aspinella arriver comme une walkyrie et foncer dans l'usine avec un fusil d'assaut, ce n'est plus de la colère qu'il éprouva, mais une terreur sourde. Il avait eu vent de l'affaire à l'aéroport. La version d'Aspinella lui avait paru suspecte. Cela ne collait pas.

Il vérifia que son arme était chargée à bloc, caressant le secret espoir qu'Aspinella lui donnerait un coup de main en cas de coup dur. Avant de sortir de voiture, il jugea opportun de prévenir le FBI.

— Je suis devant l'entrepôt de Viola, annonça-t-il à Boxton sur son portable. (Il entendit soudain une fusillade.) J'y vais maintenant ! Si ça tourne mal, je veux que tu dises au directeur que j'agissais en mon nom personnel. Mon appel est enregistré ?

Boxton hésita, ne sachant trop si son supérieur allait apprécier d'être sur écoute. Mais comme Cilke était devenu une cible de la Mafia, il était normal que ses conversations téléphoniques soient archivées.

— Oui, répondit-il.

— Parfait. Alors je déclare, officiellement, que ni toi ni personne d'autre au FBI ne pourra être tenu responsable pour ce que je vais faire. Je vais avoir affaire à trois membres bien connus du crime organisé ainsi qu'à un officier de police corrompu lourdement armé.

— Kurt ! l'interrompit Boxton, attends des renforts !

— Je n'ai plus le temps. En plus, cette histoire ne regarde que moi. Je dois faire le ménage devant ma porte.

Il songea un instant à laisser un message pour Georgette, mais cela aurait été morbide et complaisant. Mieux valait laisser les actes parler d'eux-mêmes. Il raccrocha sans un mot de plus. Au moment de quitter la voiture, il remarqua qu'il était garé sur une zone de stationnement interdit.

La première chose que vit Cilke lorsqu'il pénétra dans le bâtiment ce fut le revolver d'Aspinella plaqué sur le cou de Tulippa. Tout le monde était silencieux. Personne ne bougeait.

— Je suis un agent du FBI ! lança Cilke en levant son pistolet. Posez vos armes.

Aspinella se tourna vers Cilke.

— Je sais qui tu es, connard ! railla-t-elle. Mais ce ne sont pas tes oignons ! Va donc courir après tes petits comptables, tes petits boursicoteurs ou Dieu sait quels branleurs. C'est du sérieux, ici. C'est une affaire pour les flics, on n'est pas payés à rien foutre, nous !

— Inspectrice Washington, répondit calmement Cilke, posez votre arme, c'est un ordre. Si vous n'obtempérez pas, j'utiliserai la force. Je compte vous arrêter pour racket et association de malfaiteurs.

Aspinella ne s'attendait pas à ça. À en juger par le regard de Cilke et le ton de sa voix, il n'allait pas céder. Mais pas question de se rendre, pas tant qu'elle avait un revolver à la main ! Cilke n'avait sans doute pas tiré sur un être humain depuis des années, songea-t-elle.

— Tu m'accuses de m'être acoquinée avec eux ? lança-t-elle. Alors que c'est toi qui es mouillé jusqu'au cou ! À mon avis, cela fait des années que tu touches des pots-de-vin de ces ordures. (Elle frappa de nouveau Tulippa.) Pas vrai, *señor* ?

Au début, Tulippa était resté silencieux, mais lorsqu'Aspinella lui donna un coup de genou dans les parties, il opina du chef.

— Combien ? demanda Aspinella.

— Plus d'un million de dollars, répondit Tulippa, en hoquetant de douleur.

Cilke fit de son mieux pour contenir sa fureur et articula :

— Chaque dollar qu'ils ont versé sur mon compte était déclaré au FBI. Cela faisait partie d'une enquête fédérale, inspectrice. (Il prit une profonde inspiration pour se calmer.) C'est ma dernière sommation, Washington. Posez votre arme ou je tire.

Astorre regardait la scène. Aldo Monza se tenait caché derrière d'autres machines. Astorre remarqua le rictus fugitif sur la bouche d'Aspinella ; puis, comme au ralenti, il la vit se glisser derrière Tulippa et faire feu sur Cilke. Mais au moment où elle appuya sur la détente, Tulippa se libéra de son étreinte et plongea au sol, déséquilibrant la jeune femme.

Cilke avait été touché à la poitrine. Il fit feu à son tour ; Aspinella tituba à reculons, du sang s'épanchant sous son épaule droite. Aucun des deux n'était mortellement blessé. Ils avaient suivi à la lettre ce qu'on leur enseignait à l'entraînement : tirer sur la partie la plus grosse de la cible. Mais maintenant que la douleur était là, que la balle avait déchiré sa chair, Aspinella jugea qu'il était temps d'oublier la procédure standard. Elle visa Cilke entre les deux yeux. Elle fit feu à quatre reprises. Chaque balle imprimant sa marque, jusqu'à ce que le nez et le front de l'agent fédéral ne soient plus que pulpe sanguinolente, éclaboussée de fragments de cervelle.

Voyant Aspinella blessée et chancelante, Tulippa l'empoigna à bras-le-corps et lui donna un grand coup de coude au visage. Elle s'effondra, sonnée. Mais il n'eut pas le temps de ramasser son arme ; Astorre jaillit de sa cachette et poussa du pied le revolver, le projetant au loin. Il se pencha vers Tulippa et lui offrit sa main pour l'aider à se relever.

Tulippa accepta l'aide d'Astorre et le jeune homme le remit debout. Pendant ce temps, Monza et les survivants de son équipe encerclèrent les gardes de Portella et les ficelèrent aux poutrelles d'acier supportant l'entrepôt. Personne ne toucha à Cilke et à Portella.

— Bien, lâcha Astorre. Je crois que l'on a quelques affaires en souffrance tous les deux. Il est temps de les régler.

Tulippa ne savait plus que penser. Astorre était un personnage plein de contradiction – un adversaire amical, un tueur chantant. Comment faire confiance à un joker aussi improbable ?

Astorre se dirigea vers le centre du bâtiment, et fit signe à Tulippa de le suivre. Lorsqu'il fut en terrain bien découvert, il se retourna et fit face au Sud-Américain.

— Tu as tué mon oncle et tu as tenté de voler nos banques. T'adresser la parole est déjà te faire trop d'honneur. (Astorre sortit son *stiletto* ; il montra à Tulippa la fine lame qui captait des reflets de lumières.) Je devrais te trancher la gorge et en terminer avec toi. Mais tu es sans défense et il n'y a pas d'honneur à tuer un homme en état d'infériorité. Alors je vais te donner une chance de combattre.

À ces mots, il fit un signe de tête presque imperceptible à l'intention de Monza ; Astorre leva les bras en l'air, comme s'il se rendait, lâcha le couteau au sol et recula de quelques pas. Tulippa était plus vieux et plus petit qu'Astorre, mais il avait fait couler des rivières de sang au cours de son existence. C'était un homme très dangereux avec un couteau… pas au point, toutefois, d'inquiéter le jeune *mafioso*.

Tulippa ramassa le stylet et s'avança.

— Tu es trop stupide et trop impétueux, lança Astorre. J'étais prêt à m'associer avec toi.

Tulippa plongea plusieurs fois, mais le jeune homme était plus vif et esquivait chaque attaque. Lorsque Tulippa cessa ses assauts pour reprendre son souffle, Astorre retira le médaillon en or qui lui couvrait la gorge et le jeta au sol.

— Je veux que ce soit la dernière chose que tu puisses voir avant de mourir, dit-il en montrant sa cicatrice pourpre au cou.

Tulippa sembla un instant hypnotisé à la vue de cette blessure, une chose hideuse et violette. Avant qu'il ait eu le temps de s'apercevoir de ce qui se passait, Astorre, d'un coup de pied au poignet, lui avait fait lâcher le stylet... une poussée du genou dans les reins, une clé au cou, une torsion vive imprimée aux vertèbres et ce fut fini. Tout le monde entendit le craquement sinistre.

Sans un regard pour sa victime, Astorre ramassa son médaillon, le replaça sur son cou, et sortit du bâtiment.

Cinq minutes plus tard, un escadron du FBI arrivait sur les lieux. Aspinella Washington, encore en vie, fut emmenée dans une unité de soins intensifs à l'hôpital.

Lorsque les agents fédéraux eurent achevé de visionner les cassettes des caméras de surveillance enregistrées par Monza, ils furent contraints de conclure qu'Astorre, qui avait levé ostensiblement les mains et laissé tomber son couteau, avait agi en état de légitime défense.

ÉPILOGUE

Nicole raccrocha le téléphone avec humeur et appela sa secrétaire.

— J'en ai marre d'entendre que l'eurodollar est faible. Trouvez-moi Pryor ! Il doit être sur le neuvième trou de je ne sais quel parcours !

Deux ans avaient passé ; Nicole dirigeait le consortium des banques Aprile. Lorsque Mr Pryor avait décidé de prendre sa retraite, il avait demandé que ce soit elle qui s'installe à son fauteuil. C'était la meilleure candidate possible. Elle connaissait le monde des affaires et ne se laisserait pas intimider par les institutions financières et les exigences des clients.

Aujourd'hui, Nicole tentait désespérément de s'acquitter des affaires courantes pour pouvoir quitter son bureau. Plus tard dans la soirée, elle et ses frères devaient s'envoler pour la Sicile pour se rendre à une fête familiale organisée par Astorre. Mais avant de pouvoir partir, elle devait encore s'entretenir avec Aspinella Washington ; l'ex-policière lui avait demandé d'assurer sa défense en appel pour lui éviter la peine de mort, et elle attendait sa réponse. L'idée d'être l'avocate d'Aspinella lui faisait froid dans le dos, et pas seulement parce que son emploi du temps était surchargé par ses nouvelles responsabilités.

Au début, lorsque Nicole avait proposé de s'occuper des banques, Astorre avait hésité, se souvenant des derniers souhaits de Don Aprile. Mais Mr Pryor l'avait convaincu ; Nicole était bien la fille de son père. Chaque fois qu'un gros débiteur rechignait à payer, la banque pouvait compter sur elle pour déployer une savante combinaison de paroles conciliantes et d'intimidation voilée pour régler l'affaire. Elle avait des talents de persuasion hors pair.

L'interphone de Nicole tinta. C'était Mr Pryor au bout du fil.

— En quoi puis-je vous être utile, ma chère ? demanda-t-il avec sa courtoisie légendaire.

— On va se faire plumer sur le marché des changes ! expliqua-t-elle. On devrait investir plus massivement sur le deutsche mark, qu'en pensez-vous ?

— C'est une excellente idée.

— Vous savez, spéculer sur les monnaies est à peu près aussi fiable que de jouer toute la journée au baccara dans un casino à Las Vegas.

— C'est un peu vrai, répondit Mr Pryor en riant, mais au baccara, les pertes ne sont pas garanties par les réserves fédérales !

Nicole raccrocha, et songea un moment à la progression des banques Aprile. Depuis qu'elle était à ce poste, elle avait acquis six autres établissements dans des pays à fort taux de croissance et doublé leur chiffre d'affaires. Mais ce qui l'emplissait de fierté, c'était que les banques accordaient des prêts importants à de nombreux pays en voie de développement.

Elle sourit en se souvenant de son premier jour dans ce bureau.

Avec la première page de son bloc de correspondance, elle avait rédigé une lettre à l'intention du ministère des Finances du Pérou exigeant le remboursement de tous les prêts accordés au gouvernement. Comme elle s'y attendait, son courrier provoqua une crise économique dans le pays, puis un marasme politique qui déboucha sur de nouvelles élections. Le nouveau parti au pouvoir exigea la démission du consul général du Pérou aux États-Unis, Marriano Rubio.

Dans le mois qui suivit, Nicole apprit avec plaisir que Rubio était mis en faillite personnelle. Il était aussi impliqué dans une série de procès avec des investisseurs péruviens qui avaient financé l'un de ses nombreux projets – un parc d'attractions qui n'avait jamais vu le jour. Rubio leur avait fait miroiter un « Disneyland latino ». Mais tout ce qu'il avait pu attirer ce fut une Grande Roue et un fast-food tex-mex.

L'affaire, baptisée par les journaux à scandale « Massacre dans les Macaronis », était devenue un incident international. Dès qu'Aspinella Washington se fut remise de ses blessures – un poumon perforé par la balle de Cilke – elle fit une série de communiqués aux médias. En attendant son procès, elle se dépeignait comme une martyre des temps modernes, une Jeanne d'Arc afro-américaine. Elle attaqua le FBI pour tentative de meurtre, diffamation et viol de ses libertés de citoyenne. Elle poursuivit également en justice la police de New York pour dommages et intérêts consécutifs à sa suspension d'activité.

Malgré ses récriminations, il ne fallut que trois heures de délibérations au jury pour la condamner. Lorsque le verdict tomba, Aspinella mit à la porte ses avocats et demanda au comité contre la peine de mort de défendre son cas. Faisant preuve d'un sens inné de la communication, elle exigea que Nicole Aprile soit son avocate. Depuis sa cellule, dans le couloir de la mort, Aspinella multipliait les déclarations à la presse. « Puisque c'est son propre cousin qui m'a mise dans ce merdier, elle n'a qu'à m'en sortir ! »

Au début, Nicole avait refusé de rencontrer Aspinella, prétextant qu'elle était trop impliquée personnellement dans cette affaire, et que n'importe quel procureur la récuserait. Mais Aspinella contre-attaqua en l'accusant de racisme. Nicole, ne voulant pas se mettre à dos les minorités, accepta un entretien.

Le jour de leur rencontre, Nicole avait dû attendre vingt minutes qu'Aspinella ait fini de recevoir une délégation de dignitaires étrangers. Tous scandaient qu'Aspinella était une héroïne luttant contre la barbarie du code pénal américain. Enfin, Aspinella fit signe à Nicole de s'approcher de la vitre. Elle portait dorénavant un bandeau jaune sur son œil, où était brodé le mot LIBERTÉ.

Nicole annonça qu'elle n'assurerait pas la défense d'Aspinella et exposa toutes les raisons qui motivaient son refus, précisant, en outre, qu'elle avait représenté Astorre lors de sa déposition contre elle.

Aspinella écouta attentivement ces explications tout en jouant avec ses nouvelles dreadlocks.

— Je vous comprends, mais il y a beaucoup de choses que vous ignorez. Astorre dit vrai : je suis bel et bien coupable des crimes que l'on me reproche et je vais passer le reste de ma vie à expier mes fautes. Mais, je vous en prie, aidez-moi à vivre suffisamment longtemps pour que je puisse commencer à me repentir.

De prime abord, Nicole jugea que c'était là une simple pirouette pour gagner sa sympathie, mais il y avait quelque chose de troublant dans la voix d'Aspinella. Aucun être humain ne pouvait avoir droit de vie ou de mort sur un autre être humain; son credo n'avait pas changé. Elle croyait toujours en la rédemption des âmes. Aspinella méritait d'être défendue, comme n'importe quel condamné à mort. Tout ce qu'elle aurait souhaité, c'était de ne pas avoir à se charger personnellement de ce cas-là.

Avant de prendre sa décision finale, Nicole devait rendre visite à une certaine personne...

Après les funérailles, au cours desquelles Cilke reçut les honneurs d'un héros de la nation, Georgette sollicita un entretien avec le directeur du FBI. Une escorte d'agents fédéraux l'accueillit à sa descente d'avion et la conduisit jusqu'au quartier général à Quantico.

Sitôt qu'elle eut passé le seuil de la porte, le directeur la prit dans ses bras avec chaleur et lui promit que le

FBI ferait tout ce qui est en son pouvoir pour l'aider, elle et sa fille, à surmonter cette terrible épreuve.

— Je vous remercie, mais ce n'est pas la raison qui m'amène, répondit Georgette. Je veux savoir pourquoi mon mari a été tué.

Le directeur observa un long silence avant de parler. Il y avait eu des rumeurs, bien sûr. Et ces rumeurs risquaient de ternir l'image du FBI. Il fallait rassurer Georgette.

— Je suis embarrassé, commença-t-il. Mais il se trouve que nous devons nous-mêmes mener enquête à ce sujet. Votre mari était un exemple, un modèle pour nous tous ici. Il était totalement dévoué à son travail et il a suivi la loi à la lettre. Je sais qu'il n'aurait jamais rien fait qui pût mettre en mauvaise posture le FBI ou sa famille.

— Alors pourquoi s'est-il rendu tout seul dans cette usine ? Et quelles étaient ses relations avec ce Portella ?

Le directeur ne s'écarta pas d'un pouce du discours qu'il avait mis au point avec ses adjoints avant cette entrevue.

— Votre mari était un grand enquêteur. Il avait acquis la liberté et le droit de poursuivre ses propres pistes. Nous sommes persuadés qu'il n'a jamais accepté le moindre pot-de-vin, ni eu quelque rapport avec Portella ou qui que ce soit d'autre du milieu. Ses états de service parlent pour lui. Kurt Cilke est l'homme qui a démantelé la Mafia de New York !

Elle quitta le bureau, guère convaincue par ce panégyrique. Pour trouver la paix, elle n'avait d'autre choix que de croire ce que lui disait son cœur : son mari, malgré sa dévotion obstinée pour son travail, était le meilleur des hommes. Elle devait s'en tenir à ça.

Après le meurtre de son époux, Georgette continua à travailler pour le comité contre la peine de mort, mais Nicole ne l'avait pas revue depuis leur conversation funeste. À cause de ses nouvelles responsabilités, Nicole avait déclaré qu'elle ne pouvait plus donner de son temps au comité. Mais la vérité, c'était qu'elle avait trop peur de regarder Georgette en face.

Et pourtant, sitôt qu'elle eut franchi le seuil de son bureau, Georgette accueillit Nicole avec chaleur.

— Tu m'as manqué, lui dit-elle.

— Je suis désolée de n'avoir pas pris de tes nouvelles. J'ai voulu écrire une lettre de condoléances, mais je n'ai pas su trouver les mots.

Georgette acquiesça.

— Je comprends.

— Non, tu n'as pas à te montrer compréhensive, répliqua Nicole, en sentant sa gorge se nouer. Je ne suis pas innocente dans ce qui est arrivé à ton mari. Si je ne t'avais pas parlé cet après-midi-là…

— Ce serait quand même arrivé, l'interrompit Georgette. Si cela n'avait pas été ton cousin, cela aurait été quelqu'un d'autre. Un drame comme ça devait arriver tôt ou tard. Kurt le savait et moi aussi.

Georgette hésita une fraction de seconde avant d'ajouter :

— L'important à présent, c'est de se souvenir de sa bonté. Ne parlons plus du passé. Je suis sûre que nous sommes tous pleins de regrets.

Nicole aurait aimé que ce soit aussi simple. Elle prit une profonde inspiration.

— Il y a autre chose. Aspinella Washington veut que je sois son avocate.

Malgré les efforts de Georgette, Nicole la vit tressaillir en entendant le nom d'Aspinella. Georgette n'était pas croyante, mais à cet instant, elle était sûre que Dieu lui lançait cette épreuve pour tester la solidité de ses convictions.

— C'est d'accord, répondit-elle en se mordant les lèvres.

— Tu es d'accord ? répéta Nicole, surprise.

Elle avait espéré que Georgette mettrait son veto, opposerait un non absolu, la contraignant ainsi à refuser l'affaire d'Aspinella par loyauté envers son amie. Son père, s'il avait été vivant, aurait été de son avis : il y a de l'honneur à être fidèle à ses amis, aurait-il dit.

— Oui, articula Georgette en fermant les yeux. Tu devrais la défendre.

Nicole était stupéfaite.

— Rien ne m'y oblige. Tout le monde comprendrait que je refuse.

— Ce serait hypocrite. La vie humaine est sacrée ou elle ne l'est pas. Il n'y a pas deux poids, deux mesures. On ne peut modifier notre action sous prétexte que la situation nous est pénible.

Georgette se tut et tendit la main à Nicole pour lui dire au revoir. Il n'y eut pas d'embrassades, cette fois.

Après avoir revécu cette conversation en pensée toute la journée, Nicole se décida à appeler Aspinella ; la mort dans l'âme, elle lui annonça qu'elle acceptait son affaire. Par bonheur, dans une heure, elle s'envolait pour la Sicile...

La semaine suivante, Georgette envoya une note au président du comité contre la peine de mort. Elle y annonçait qu'elle et sa fille déménageaient dans une autre ville pour commencer une nouvelle vie et souhaitait tous ses vœux de réussite à tout le monde. Elle ne laissait aucune adresse où la contacter.

Astorre avait réalisé les vœux de Don Aprile : sauver les banques et assurer le bien-être de sa famille. Dans son esprit, il était désormais libre de toute obligation.

Une semaine après qu'il eut été lavé de tout soupçon dans la tuerie survenue dans son usine, il rencontra Don Craxxi et Octavius Bianco dans son bureau et leur annonça son désir de rentrer en Sicile. Il avait le mal du pays, expliqua-t-il, cette terre avait hanté ses rêves depuis trop d'années. Il n'avait que des souvenirs heureux de ses séjours à la Villa Grazia, le lieu de retraite de Don Aprile ; il avait toujours espéré en secret y retourner. C'était une vie plus simple là-bas, mais tellement plus riche à tant d'égards.

— Tu n'as pas besoin de retourner à la Villa Grazia, lui annonça alors Bianco. Il y a un domaine bien plus vaste qui t'appartient en Sicile. Le village entier de Castellammare del Golfo.

Astorre ne put masquer sa surprise.

— Par quel miracle est-ce possible ?

Benito Craxxi lui parla du jour où le grand Don Zeno avait convoqué ses trois amis au chevet de son lit de mort.

— Tu étais l'élu de son cœur et de son âme. Et tu es, à présent, son seul héritier. Le village t'a été légué par ton père naturel. Il est à toi, par droit du sang.

— Lorsque Don Aprile t'a emmené en Amérique, poursuivit Bianco, Don Zeno avait laissé des fonds pour aider les habitants du village, jusqu'au jour où tu viendrais prendre ce qui t'appartient. Nous avons aidé et protégé le village après la mort de ton père, conformément à ses souhaits. Lorsque les fermiers faisaient une mauvaise récolte, on leur offrait les moyens d'acheter des fruits et du grain pour replanter – on leur donnait un coup de main.

— Pourquoi ne pas m'en avoir parlé avant ? s'enquit Astorre.

— Don Aprile nous avait fait jurer de garder le secret, répondit Bianco. Ton père voulait ta sécurité et Don Aprile voulait que tu fasses partie de sa famille. Il avait également besoin de protéger ses enfants. En définitive, tu avais deux pères. Un vrai don du ciel !

Astorre atterrit en Sicile sous un soleil radieux. Deux gardes de Michael Grazziella l'accueillirent à sa descente d'avion et l'emmenèrent dans une Mercedes bleu roi.

Tandis qu'ils traversaient Palerme, Astorre s'émerveillait de la beauté de la ville : des colonnes de marbre, des sculptures et des bas-reliefs donnaient à certains bâtiments des allures de temples grecs, d'autres ressemblaient à des églises espagnoles avec leurs saints et leurs anges sculptés dans la pierre grise. La descente jusqu'à Castellammare del Golfo prit deux heures, sur une petite route de montagne. Encore une fois, comme à chacune de ses venues, ce qui frappa le plus Astorre, c'était la beauté sauvage de cette île, avec ses panoramas à couper le souffle sur la mer Méditerranée.

Le village, blotti dans une vallée étroite cernée de montagnes, était un labyrinthe de ruelles, bordées de petites maisons blanches à un étage. Astorre aperçut des regards fugitifs derrière les volets blancs, fermés pour lutter contre les rayons ardents de la mi-journée.

Il fut accueilli par le maire, un homme râblé vêtu à la paysanne – pantalon large et grosses bretelles – qui se présenta sous le nom de Leo DiMarco.

— *Il padrone*, dit-il en s'inclinant avec respect. Nous vous souhaitons la bienvenue.

Astorre, quelque peu embarrassé, lui retourna un sourire et demanda en sicilien :

— J'aimerais visiter le village. Vous voulez bien me servir de guide ?

Ils passèrent devant des vieillards jouant aux cartes sur des bancs de bois. À l'autre bout de la place, se dressait une jolie église catholique, l'église San Sebastian ; le maire l'y conduisit en premier. Astorre, qui n'avait pas prié une seule fois depuis la mort de Don Aprile, pénétra dans l'édifice et remonta l'allée bordée de bancs de bois sombre. Il s'agenouilla et pencha la tête pour recevoir la bénédiction du père Del Vecchio, le prêtre du village.

Ensuite, le maire DiMarco mena Astorre jusqu'à la petite maison où il séjournerait. En chemin, Astorre aperçut plusieurs *carabinieri*, les agents de la police nationale d'Italie, adossés aux façades des maisons, le fusil entre les mains.

— Une fois la nuit tombée, il est plus sûr de rester dans le village, expliqua le maire, mais durant la journée il est divin de se promener dans la campagne.

Pendant les deux ou trois jours suivants, Astorre fit de longues randonnées dans l'arrière-pays, s'enivrant du parfum des citronniers et des orangers. Son intention était de faire la connaissance des villageois et d'explorer les anciennes maisons de pierre des alentours. Il voulait faire de l'une d'elles sa demeure.

Dès le troisième jour, il sut qu'il serait heureux ici. Les habitants, d'ordinaire méfiants et austères, le saluaient dans les rues, lorsqu'il s'installait à la terrasse du café de la place, les vieux et les enfants venaient faire un brin de causette, le taquinaient gentiment.

Il lui restait encore deux devoirs à accomplir, les deux derniers avant d'être totalement libre.

Le lendemain matin, Astorre demanda au maire de lui indiquer le chemin du cimetière du village.

— Pour quoi faire ?

— Pour me recueillir devant la tombe de ma mère et de mon père.

DiMarco hocha la tête et s'empara d'une grosse clé de fer suspendue au mur de son bureau.

— Vous connaissiez mon père ? demanda Astorre.

DiMarco se signa rapidement.

— Qui ne connaissait pas Don Zeno ? Nous lui devons la vie, tous autant que nous sommes. Il a sauvé nos enfants en faisant venir ici des médicaments très chers de Palerme. Il a protégé notre village des bandits.

— Mais quel genre d'homme était-il ?

DiMarco haussa les épaules.

— Parmi ceux qui l'ont connu intimement, peu sont encore en vie, et ceux qui accepteront de vous parler de lui seront encore plus rares. Il est devenu une légende. Qui se soucie à présent de connaître le personnage réel ?

Moi, je m'en soucie, répondit Astorre en pensée.

Ils marchèrent dans la campagne, puis grimpèrent le versant d'une colline ; DiMarco s'arrêtait de temps en temps pour reprendre son souffle. Enfin, Astorre aperçut le cimetière. Mais au lieu de pierres tombales, il découvrit des rangées de petites constructions ; les mausolées étaient protégés par une grande grille en fer forgé, fermée par un portail. Au-dessus de l'entrée, on pouvait lire l'inscription : PASSÉES CES PORTES, TOUS SONT INNOCENTS.

Le maire ouvrit la porte et conduisit Astorre jusqu'au caveau de marbre gris de son père, où était gravée l'épitaphe : VINCENZO ZENO : UN HOMME BON ET GÉNÉREUX. Astorre entra dans le mausolée ; sur l'autel, il découvrit une photo de son père. Il l'étudia avec attention. C'était la première fois qu'il voyait un portrait de son père ; leur ressemblance était saisissante.

DiMarco conduisit ensuite Astorre vers une construction plus modeste, quelques rangées plus loin. Elle était faite de marbre blanc, la seule touche de couleur était due à la tunique bleu ciel de la Vierge sculptée sur le fronton. Astorre entra et observa la photo. La femme avait tout juste vingt-deux ans, mais ses grands yeux verts et son sourire radieux lui firent chaud au cœur.

Une fois dehors, il annonça à DiMarco :

— Quand j'étais petit, je voyais souvent en rêve une femme comme elle, mais je croyais à l'époque que c'était un ange qui venait me rendre visite.

DiMarco hocha la tête :

— Elle était très belle. Je la revois encore à l'église. Et vous n'avez pas tout à fait tort. Quand elle chantait, on aurait dit un ange tombé du ciel.

Astorre se promenait à cheval dans la campagne, il montait à cru et ne s'arrêtait que pour manger du fromage de brebis et du bon pain que lui préparait une femme du village.

Un jour, il arriva en vue du village de Corleone. Il ne pouvait plus remettre indéfiniment sa visite à Michael Grazziella. Il lui devait au moins cette courtoisie.

Grazziella l'accueillit avec chaleur en le serrant dans ses bras.

— Le soleil de Sicile vous a donné bonne mine ! lança-t-il en voyant la peau hâlée du jeune homme.

Astorre décida de lui exprimer sur-le-champ sa gratitude pour rompre toute gêne éventuelle :

— Je vous remercie pour tout. En particulier pour votre aide.

Grazziella l'entraîna jusqu'à sa villa.

— Et qu'est-ce qui vous amène à Corleone ?

— Je crois que vous vous en doutez.

Grazziella sourit.

— Un grand et beau jeune homme comme vous ? Bien sûr ! Je vais vous conduire à elle tout de suite. Sa présence a été une joie pour nous, votre Rosie est un rayon de soleil. Elle a apporté du bonheur à tous ceux qui l'ont croisée.

Connaissant l'appétit sexuel de Rosie, Astorre se demanda si Grazziella ne tentait pas de lui dire quelque chose. Mais il se reprit aussitôt. Grazziella était trop raffiné pour laisser sous-entendre de telles choses et trop Sicilien pour permettre une telle infidélité sous sa responsabilité.

La maison de Rosie se trouvait à quelques centaines de mètres de là. Une fois arrivé à destination, Grazziella appela :

— Rosie ! Venez voir, vous avez une visite !

Astorre la vit enfin apparaître. Elle portait une petite robe d'été bleue, ses cheveux blonds attachés derrière sa nuque. Sans maquillage, elle paraissait plus juvénile, plus innocente que dans son souvenir.

Elle se figea lorsqu'elle l'aperçut, puis s'élança vers lui.

— Astorre ! s'écria-t-elle. (Elle l'embrassait tout en lui parlant avec excitation.) Je parle déjà le sicilien couramment ! Et j'ai appris des tas de recettes de cuisine d'ici ! Qu'est-ce que tu veux manger ce soir ? Des gnocchis aux épinards ?

Il l'emmena à Castellammare del Golfo et s'employa, la semaine suivante, à lui faire découvrir le village et ses environs. Ils allaient se baigner tous les jours, parlaient pendant des heures, et faisaient l'amour avec cette espèce de sérénité que seul le temps offre aux amoureux.

Astorre observait attentivement Rosie dans la crainte de discerner chez elle des signes d'ennui pour cette vie simple en sa seule compagnie. Mais non, elle semblait réellement heureuse. Toutefois, après tout ce qu'ils avaient vécu ensemble, pouvait-il lui faire confiance ? Était-il sage, au fond, d'aimer une femme au point de lui faire une confiance aveugle ? Lui et Rosie avaient chacun ses secrets – des choses que ni l'un ni l'autre ne voulait se rappeler, ni partager. Elle savait beaucoup de choses sur lui et l'aimait quand même... tout était peut-être possible... Rosie garderait les secrets d'Astorre et Astorre garderait ceux de Rosie.

Il y avait encore un point qui le chagrinait. Rosie avait un faible pour l'argent et les cadeaux de luxe. Pourrait-elle se satisfaire de ce que lui donnerait un seul homme ? Il fallait qu'il en ait le cœur net.

Pour leur dernier jour ensemble à Corleone, Astorre et Rosie partirent à cheval dans les collines, sillonnant la campagne jusqu'au coucher du soleil. Ils firent halte ensuite dans une vigne ; ils ne purent s'empêcher de cueillir des grappes et de se faire goûter l'un l'autre les grains juteux, comme deux oiseaux se donnant la becquée.

— Je n'en reviens pas d'être restée si longtemps, déclara Rosie tandis qu'ils se reposaient tous les deux assis dans l'herbe.

Les yeux verts d'Astorre étincelaient d'un éclat nouveau.

— Tu crois que tu pourrais rester un peu plus longtemps encore ?

Rosie parut surprise.

— Où veux-tu en venir ?

Astorre se mit sur un genou et tendit la main vers Rosie.

— Disons cinquante ou soixante ans, répondit-il avec un sourire désarmant. (Dans sa paume luisait un simple anneau en bronze.) Veux-tu m'épouser ?

Astorre scrutait la réaction de Rosie, à la recherche d'une hésitation, d'une déception à la vue de cette bague sans valeur, mais la réponse de la jeune femme fut instantanée. Elle se jeta dans ses bras et le couvrit de baisers. Ils tombèrent enlacés au sol, riant et roulant dans l'herbe. Leur joie semblait ne jamais devoir finir.

Un mois plus tard, Astorre et Rosie se marièrent. La cérémonie eut lieu dans l'une de ses plantations de citronniers, sous les bons offices du père Del Vecchio. Tous les habitants des deux villages assistèrent aux épousailles. La colline était tapissée de glycines pourpres, et les senteurs des citrons et des oranges embaumaient l'air. Astorre portait un costume blanc à la mode paysanne ; la robe de Rosie était faite de soie rose.

Un cochon était cuit à la broche, avec des tomates grillées au feu de bois. Il y avait des miches de pain chaud et du fromage de brebis tout frais. Le vin de la propriété coulait à flot.

Lorsque la cérémonie fut terminée et que les serments de fidélité furent échangés, Astorre chanta à sa dulcinée ses sérénades favorites. Il y avait tant de vin à boire, tant de joie à danser, que la fête dura jusqu'à l'aube.

Le lendemain matin, lorsque Rosie se réveilla, elle vit Astorre seller leurs chevaux.

— Tu viens en balade avec moi ?

Ils cheminèrent toute la journée, jusqu'à ce qu'Astorre trouve ce qu'il cherchait : la Villa Grazia.

— C'était le jardin secret de mon oncle. J'ai passé là les plus beaux jours de mon enfance.

Il fit le tour de la maison pour gagner le jardin. Finalement, ils arrivèrent jusqu'à *son* olivier, celui qui avait grandi depuis qu'Astorre, enfant, avait planté un noyau. L'arbre était à présent grand comme lui, et le tronc solide et épais. Il sortit son canif de sa poche et coupa une branche.

— Nous la planterons dans notre jardin. Quand nous aurons un enfant, lui aussi aura des souvenirs heureux.

Un an plus tard, Astorre et Rosie fêtèrent la naissance de leur fils, Raymond Zeno. Quand vint le moment de le baptiser, ils invitèrent toute la famille d'Astorre à l'église San Sebastian.

Après que le père Del Vecchio eut achevé son office, Valerius, en tant qu'aîné des enfants Aprile, leva son verre de vin et porta un toast :

— Puissiez-vous vivre jusqu'à la fin de vos jours dans la joie et la prospérité ! Et puissiez-vous insuffler dans le cœur de votre fils la passion de la Sicile comme l'amour de l'Amérique.

Marcantonio leva son verre à son tour et ajouta :

— Et s'il veut jouer dans une sitcom, il saura à quelle porte frapper !

Les banques Aprile s'étaient révélées une telle mine d'or que Marcantonio avait investi vingt millions de dollars pour développer ses propres projets. Lui et Valerius collaboraient à l'écriture d'un film sur leur père, reprenant les informations contenues dans le dossier du FBI. Nicole voyait ce projet d'un mauvais œil, mais elle était la première à reconnaître que Don Aprile aurait apprécié l'idée de toucher de grosses royalties pour voir porter ses crimes à l'écran et faire de son personnage une légende planétaire.

— Ses crimes *supposés,* rectifiait à chaque fois Nicole.

Qui s'en souciait à présent ? se disait Astorre. L'ancienne Mafia n'était plus. Les grands parrains avaient accompli leur but ultime et s'étaient fondus dans la bonne société, comme tous les plus grands criminels de l'histoire. Les rares prétendants en lice du crime organisé étaient un ramassis déprimant d'escrocs de seconde zone et de brutes épaisses. Pourquoi se donner du mal à organiser des rackets alors qu'il était si facile de voler des millions de dollars en créant sa propre société et en vendant des actions sur la place publique ?

— Hé ! Astorre, tu ne voudrais pas être notre consultant spécial sur le film ? lança Marcantonio. On tient à être le plus crédibles possible.

— D'accord, répondit Astorre en souriant. Je t'enverrai mon agent !

Plus tard ce soir-là, alors qu'ils étaient couchés, Rosie demanda à Astorre :

— Tu es sûr que tu ne voudras jamais revenir en arrière ?

— Où ça ? À New York ? En Amérique ?

— Tu sais bien ce que je veux dire, insista Rosie avec une certaine appréhension. Je parle de revenir à ton ancienne vie...

— Ma vie, c'est ici, avec toi.

— Parfait. Mais pour le bébé ? Est-il juste de le priver de tout ce que l'Amérique peut lui offrir ?

Astorre vit en pensée le petit Raymond, courant dans les collines, mangeant des olives dans les tonnelets, écoutant bouche bée les récits épiques des grands parrains de la Sicile. Il était impatient de raconter toutes ces histoires à son fils, mais dans le même temps, il savait que ces mythes ne lui suffiraient pas.

Un jour ou l'autre, son fils devrait aller en Amérique – une terre de vengeance et de miséricorde, aux possibilités infinies...

6031

Composition Chesteroc International Graphics
Achevé d'imprimer en Europe (France)
par Brodard et Taupin à La Flèche (Sarthe)
le 7 mai 2001. 7539
Dépôt légal mai 2001. ISBN 2-290-31299-1

Éditions J'ai lu
84, rue de Grenelle, 75007 Paris
Diffusion France et étranger : Flammarion